Benoîte Groult
Vom Fischen und von der Liebe
Mein irisches Tagebuch (1977–2003)

Benoîte Groult

Vom Fischen und von der Liebe

Mein irisches Tagebuch (1977–2003)

Herausgegeben und mit einem Vorwort
von Blandine de Caunes

Aus dem Französischen
von Patricia Klobusiczky

Ullstein

Die Originalausgabe erschien 2018 unter dem Titel
Journal d'Irlande. Carnets de pêche et d'amour 1977-2003 bei Éditions Grasset & Fasquelle, Paris.

Die Übersetzerin dankt dem Deutschen Übersetzerfonds für die großzügige Förderung ihrer Arbeit.
Die deutsche Fassung ist in Absprache mit der Herausgeberin leicht gekürzt und redigiert.

MIX
Papier
FSC FSC® C014496

ISBN 978-3-550-05096-1

Umschlaggestaltung: Sabine Wimmer, Berlin
Gesetzt aus Garamond und Futura
Satz: LVD GmbH, Berlin
Druck und Bindearbeiten: GGP Media GMBH, Pößneck
Printed in Germany

VORWORT

Als letztes literarisches Projekt wollte meine Mutter ihr irisches Tagebuch veröffentlichen. In Irland hatte sie mit ihrem Mann Paul Guimard mehr als zwanzig Sommer verbracht, in dem Haus, das sie in Kerry hatten bauen lassen. Ihre Fischereilogbücher und die persönlichen Tagebücher, die sie stets parallel führte, sollten miteinander verflochten werden. Dafür wollte sie eine Struktur schaffen, Passagen auswählen, kombinieren und collagieren. Ein technisch anspruchsvolles Unterfangen, das sie wegen ihrer Alzheimererkrankung nicht mehr ausführen konnte.

Sie hatte oft darüber gesprochen, mit uns – ihren Töchtern –, aber auch mit ihren Verlegern und ihren Freunden. 2015, ein Jahr vor ihrem Tod, erschien es mir wie eine Selbstverständlichkeit, ja sogar eine Pflicht, es an ihrer Stelle zu tun. Ich habe mich also in die Arbeit gestürzt und zunächst ihre Tagebücher von 1977 bis 2003 gelesen, die vom Frühling und Sommer in Irland handeln. Es sind sehr viele, da meine Mutter ununterbrochen schrieb. Sie führte ihr reguläres Tagebuch und ein weiteres, intimeres – »nicht um Anstößiges bereinigtes«, wie sie selbst sagte –, dazu die Logbücher, in denen sie akribisch notierte: »500 Gramm Felsengarnelen, ein 650 Gramm schwerer Hummer und 5 Samtkrabben, 8 Kilo mittelgroße Lippfische, 3 Lachse, einer 2 Kilo schwer …«

Paul und Benoîte, meine Eltern, waren seit jeher passionierte Fischer. Bei Mama hatte es bereits in der Kindheit angefangen, in Concarneau, wo ihre Großeltern väterlicherseits ein Haus und ein Boot besaßen. Ihr Großvater führte sie in die Kunst des Fischens ein, später trugen meine Eltern ihr Wissen dann an meine Schwestern und mich heran. Zuerst in Kercanic, dann in Doëlan, wo wir die Ferien verbrachten. Immer drehte sich alles um das Boot und ums Fischen. Während der Springflut jagten wir Garnelen, Venus- und Teppichmuscheln und – jeden Abend! – legten wir Schleppnetze und Fangkörbe aus, die wir am nächsten Tag bei Sonnenaufgang wieder heraufholten, damit die gefangenen Fische nicht von den anderen gefressen wurden, die der Falle zu ihrem Glück entgangen waren. Das machten wir für unser Leben gern, bis wir vierzehn, fünfzehn wurden und nach interessanteren Fischen Ausschau hielten, die nun ihrerseits Fallen legten und uns zu ködern versuchten. Die Wahl zwischen Aufstehen im Morgengrauen oder Tanzen bis Mitternacht fiel uns nicht schwer. Zum Leidwesen unserer Eltern! Als Ausgleich stellten wir ihnen fleißige Gratishelfer zur Verfügung – unsere Verehrer –, um diese verdammten Netze zu reinigen, die oft heillos verheddert und voller Algen und Krabben waren, die sich nur herauslösen ließen, indem man sie zerquetschte.

Diese Leidenschaft fürs Fischen blieb meinen Eltern bis zum Schluss erhalten, aber es tat einem fast leid, mit anzusehen, wie sehr sie sich im hohen Alter verausgaben mussten, um ihr nachzugehen. Vor allem Paul: »Aufs Meer hinauszufahren verlangt ihm mittlerweile eine übermenschliche Anstrengung ab«, schreibt Mama. »Sein Körper sträubt sich dagegen. Irland ist ein mühsames Land. Um dort zu überleben, muss man jung oder verrückt oder besoffen oder bekloppt sein – oder alles auf einmal!« Mama hingegen blieb unermüdlich, sie konnte nie genug bekommen und mutete sich – und anderen – viel zu. Sie verfügte über eine Lebenskraft, auch über einen Schneid, der Paul fehlte. Wenn ich ihre Texte lese, staune ich über die ungeheure Energie, die sie immer und überall aufbrachte, angefangen bei ihren vier Häusern – Paris, Hyères, Doëlan und Bunavalla in Irland – und ihren drei Gärten. Jedes Haus sollte makellos sauber, schön und wohnlich sein. Mama konnte alles und machte alles: heimwerken, streichen, herrliche Sträuße binden und köstliche Gerichte kochen, den gesamten Papierkram erledigen. Und schreiben, natürlich: Romane, Vorträge, Artikel, lange Briefe an ihre Töchter und an ihre Freunde. Außerdem das Tagebuch, das sie von dreizehn oder vierzehn an ein Leben lang führte. Die Fischerei nicht zu vergessen! Paul gab sich wie gewohnt mit dem Chefposten zufrieden: an Bord wie zu Hause. Man nannte ihn nicht ohne Grund den »Pascha«. Das kam Mama durchaus zupass, denn sie packte gern selbst mit beiden Händen an: »Allem Anschein zum Trotz bin ich nicht pflichtbewusst, sondern hedonistisch. Weil ich an so vielen Dingen Gefallen finde, muss ich mich nie zwingen, sie zu tun.«

Schließlich, und vor allem, die Liebe – zu Paul, aber auch zu Kurt, ihrem amerikanischen Geliebten, den sie 1945 kennengelernt und in den sechziger Jahren wiedergefunden hatte. Er hatte sie zu ihrem Roman *Salz auf unserer Haut* inspiriert, der 1988* erschien und in dem aus Kurt, dem amerikanischen Piloten, Gauvain wurde, ein bretonischer Hochseefischer. Kurt kam oft nach Irland und in unsere anderen Häuser, während Pauls Abwesenheit, aber mit dessen Einverständnis. Sartre und Beauvoir lassen grüßen …

In diesem Tagebuch habe ich nichts entdeckt, was das Bild, das ich mir von meiner Mutter gemacht hatte, erschüttert hätte. Ich wusste über ihren Lebenswandel Bescheid, und wir hatten früh begonnen, so offen wie liebevoll miteinander zu reden. Meine Schwestern und ich mochten Kurt sehr, auch wenn unsere Liebe Paul galt, bei ihm waren wir aufgewachsen, und wir bewunderten ihn.

Die unbändige Lebenslust hatte Mama von ihrer eigenen Mutter geerbt. Nicole Groult war eine Vorreiterin der Emanzipation, verdiente mit ihrem Modehaus viel Geld, war mit sämtlichen Künstlern ihrer Zeit befreundet, mit denen sie rege Korrespondenz unterhielt (ja, auch sie), und sie verführte leidenschaftlich gern, Männer wie Frauen, was ihrer glücklichen Ehe, die erst durch den Tod ein Ende fand, keinen Abbruch tat.

Die starke Neigung meiner Mutter zum Keltischen

---

* Auf Deutsch 1989, in der Übersetzung von Irène Kuhn (A. d. Ü.)

stammte vermutlich von ihrem »Geburtsvater«, um einen Begriff von Françoise Dolto zu verwenden. In der Familie war es ein offenes Geheimnis, dass ihr Patenonkel Léon Yeatman ihr biologischer Vater war, alle wussten Bescheid. Er starb, als sie zwölf Jahre alt war. Mama erinnerte sich lebhaft an ihn und an die schönen Geschenke, die er ihr zu Weihnachten und zum Geburtstag machte. Léon war Jude und stammte aus Irland: »Und darum ist Ihre Tochter stumm!« Später sollte ich zu meinem Entzücken erfahren, dass er mit Proust befreundet war. Auf den Fotos scheint er Mama zu ähneln, und ein wenig sogar mir.

2013 schrieb sie in ihr Tagebuch: »Dem Buch des Psychiaters Serge Tisseron verdanke ich die Erkenntnis, dass Familiengeheimnisse nur dann schädlich sind, wenn der Geheimnisträger darunter leidet. Wahrscheinlich konnte ich mit Nicoles Geheimnis, was meine Geburt betrifft, so gut umgehen, weil es ihr gelungen ist, nur das Positive zu behalten. Und mir wird bewusst, dass die Geburt von Séverine in meinem Roman *Salz des Lebens* eine Art Hommage an meine Mutter ist, auch daran, wie viel Lust es ihr bereitet haben muss, mich mit Léon Yeatman zu zeugen, ohne Pater [André Groult] oder unsere Beziehung zu gefährden. Ob es wirklich so schlimm ist, Dinge zu verschweigen? Tja ...«

Tatsächlich betrachtete Mama sowohl Léon als auch André als »wahren Vater«. Der eine wurde ihr vorgegeben, den anderen wählte sie. So verhält es sich auch mit ihrer Wahlheimat Irland und der Bretagne als ihrem Geburtsland.

Irland … Paul und Mama haben das Land 1976 entdeckt, weil ihre Schwester Flora in zweiter Ehe mit Bernard Ledwidge verheiratet war, halb Engländer, halb Ire, außerdem Diplomat und Schriftsteller. Meine Eltern verliebten sich auf Anhieb in die »Insel der Heiligen und Verrückten«: eine Landschaft von unerhörter Schönheit, magisches Licht und eine märchenhafte Ausbeute in diesen Meeresparadiesen, weil die Iren keine Schalentiere essen. Damals wurden in der Bretagne die Fische bereits weniger und die Touristen zahlreicher. Im Jahr darauf erkundeten sie ganz Kerry und Connemara im Wohnmobil, im Gepäck ein Schlauchboot, einen Fangkorb, ein Schleppnetz und einen Bodenkescher, auf der Suche nach einem Haus mit unverbaubarer Aussicht und in Reichweite nie versiegender Fischgründe. Und sie waren verrückt genug, ihren Traum zu verwirklichen!

Viele ihrer berühmten Freunde – François Mitterrand, Elisabeth und Robert Badinter, Eric Tabarly – und andere, weniger bekannte oder inzwischen etwas in Vergessenheit geratene, kamen zu Besuch, um die herrliche Landschaft zu entdecken und über die Hummer, Muscheln, Garnelen und vielfältigen Sorten Fisch zu staunen, die sie gierig verschlangen. Natürlich waren auch Flora und Bernard oft zu Gast.

Ihre Töchter ebenfalls – Constance, Lison und ich –, mit unseren damaligen Ehemännern und unseren Töchtern – Pauline, Clémentine und Violette. Und Kurt, der amerikanische Geliebte.

Irland, das Land, in dem »stets ein Unwetter heraufzieht« und das Mama so liebte, trotz oder gerade wegen des Regens, der Feuchtigkeit, des Windes und des *drizzle* – der unserem bretonischen Niesel entspricht –, spielt in ihrem Tagebuch eine tragende Rolle: »Dieses tragische, zerrissene Irland kann man nicht lieben: Man muss es vergöttern oder verlassen. Oder beides.«

Meine Mutter begann ihre Karriere als Schriftstellerin 1962, mit *Tagebuch vierhändig*, das sie gemeinsam mit Flora verfasst hatte, und es bewegt mich sehr, dass sie diese mit einem anderen Tagebuch, diesmal dem irischen, beschließt. So hatte sie es sich gewünscht, und ich bin froh, ihr diesen Wunsch erfüllt zu haben.

Ich danke Mona Ozouf, Mamas teurer Freundin und auch meiner, die mich zu diesem Abenteuer ermutigt hat: »Du musst es tun, nichts könnte ihr mehr Freude bereiten. Eine wunderbare Geschichte von Liebe und Überlieferung.«

Danke, Mona.

BLANDINE DE CAUNES

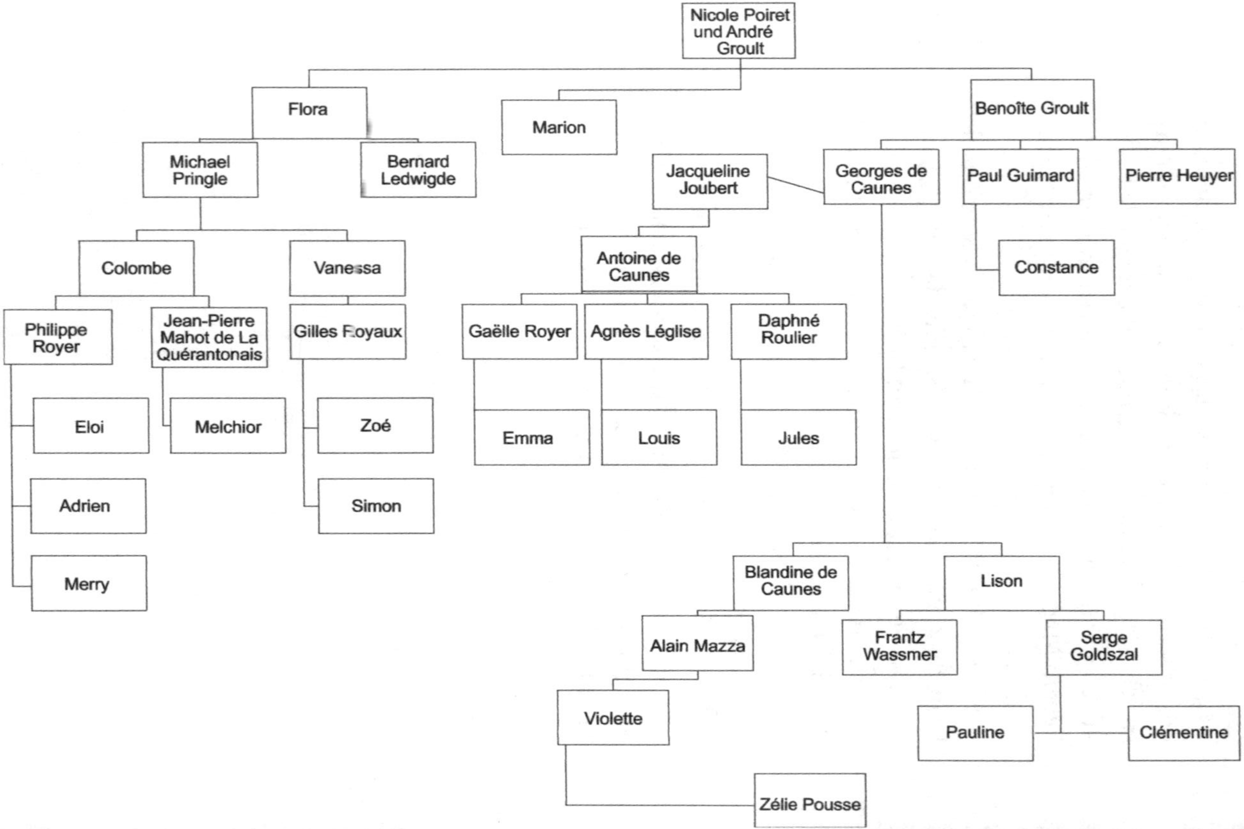
Nicole Poiret und André Groult
Flora
Marion
Benoîte Groult
Michael Pringle
Bernard Ledwigde
Jacqueline Joubert
Georges de Caunes
Paul Guimard
Pierre Heuyer
Colombe
Vanessa
Antoine de Caunes
Constance
Philippe Royer
Jean-Pierre Mahot de La Quérantonais
Gilles Royaux
Gaëlle Royer
Agnès Léglise
Daphné Roulier
Eloi
Melchior
Zoé
Emma
Louis
Jules
Adrien
Simon
Merry
Blandine de Caunes
Lison
Alain Mazza
Frantz Wassmer
Serge Goldszal
Violette
Pauline
Clémentine
Zélie Pousse

1977

7. August

»In unserem Alter!«, bemerkt Paul beim Anblick des schäbigen Wohnmobils, das wir in Orgeval gerade für drei Wochen gemietet haben, und des bunten Sammelsuriums, mit dem wir es beladen wollen. »In unserem Alter!«, wiederholt er, mit einem Hauch von Selbstbewunderung, normalerweise hat er nämlich ein Faible für Luxusautos.

»Und ich bin sogar ein Jahr älter als du, Paulo!«

Der Fahrzeugverleiher setzt diesen Betrachtungen jedoch ein Ende, als er uns mitteilt, dass der im Mietvertrag vorgesehene Dachgepäckträger nur in Meaux angebracht werden kann.

»Am anderen Ende von Paris! Das ist eine Zumutung! Wie sollen wir ohne Dachreling den Benzintank für das Schlauchboot unterbringen, den Zwanzigliterkanister für das Süßwasser, den Weinkanister, die beiden Ruder, den Schiffshaken, die Hummerreuse, die Garnelenkescher …«

»Das Sillinger-Schlauchboot nicht zu vergessen … selbst wenn es nicht aufgepumpt, sondern eingerollt ist!«

Der Außenbordmotor, ein Johnson 2,5 PS, ließ sich

immerhin unter dem Tisch verstauen. Wo wir unsere Beine unterbringen, werden wir später sehen, was zählt, ist die Ausrüstung, die wir unbedingt entlang der Küste von Kerry, und sogar von Connemara ausprobieren wollen, bevor wir in der Nähe möglichst fischreicher Gründe ein kleines Cottage kaufen …

»Sie haben mehr als genug Zeit für einen Abstecher nach Meaux, weil die Irlandfähre nicht, wie auf Ihren Tickets angegeben, um 20 Uhr in Le Havre ablegt, sondern aus technischen Gründen um 22 Uhr in Cherbourg.«

»Das fängt ja gut an«, sagt Paul. »Hundert Kilometer mehr, damit die Irish Ferries Zeit und Treibstoff sparen, indem sie ihre Meeresstrecke abkürzen.«

Aber das wussten wir ohnehin: Wir unternehmen keine Lustreise, sondern eine Erkundungstour, um unsere Zukunft als Fischer zu sichern, als manische Liebhaber von Garnelen, von Hummer, Seeigeln und Kammmuscheln, von Steinbutt, Seelachs und anderen Salmoniden, mit einem Alltag voller halsbrecherischer Fahrten zwischen trügerisch mit glänzendem Palmentang bewachsenen Felsen, die nichts anderes im Sinn haben, als uns Zweibeiner in die Tiefe zu reißen, die so naiv waren zu glauben, der Ozean gehöre auch ihnen.

Auf dem riesigen Hafenvorplatz in Cherbourg versuchen Hunderte von Autos in den Bauch der *St-Patrick* vorzudringen, dazu noch Motorräder, Fahrräder, Wohnwagen und Touristen ohne Gefährt, mit einer Angel über der Schulter, lauter Forellen und Lachse vor Augen. Wer besonders viel Glück hat, kann sich in eine Kabine zurückziehen, die Jungen lassen sich in den Gängen auf den Boden fallen und schlafen mit den Köpfen auf ihren Rucksäcken ein.

Um vier Uhr dreißig sollen wir Cork erreichen, und dort bekommen wir einen kleinen Einblick in die irischen Sitten: Zöllner und Garda schlafen, die Schlagbäume sind geöffnet, ganz offensichtlich werden keine Kontrollen stattfinden.

Wir hatten geplant, abends bei unserem Immobilienmakler in Tahilla Cove an der Südwestküste anzukommen. Woran wir allerdings nicht gedacht hatten, war, die Meilen in Kilometer zu übersetzen, sodass wir unterwegs in Youghal übernachten mussten, einem trostlosen Städtchen, auf typisch irische Weise heruntergekommen. Alles wirkte so, als hätten die Bewohner vor kurzem Hals über Kopf die Flucht ergriffen, genau wie jene vier Millionen Auswanderer im 19. Jahrhundert. Überall verwaiste Lagerhallen, Häuser mit weit offenstehenden Türen und eingestürzten Dächern, im Hafen ein paar Boote. Um sie herum sind im Schlamm die weißen Bäuche eines guten Dutzends dicker, toter Haie zu erkennen. Die Seemänner – als Fischer kann man sie nicht bezeichnen – warten so lange, bis die Biester gestorben und ihre Kunden wieder weg sind, um die Kadaver ins Hafenbecken zu kippen. Weder Hörner noch Geweihe, die man nach Hause tragen könnte! Die Haie taugen lediglich dazu, die Albträume von Badegästen und die Berichte von Reisenden zu bevölkern.

Wir haben am Kai geparkt, um unsere erste Nacht im Wohnmobil zu verbringen. Die schöne Landschaft des County Cork, die ans Berry erinnert, erstrahlt im letzten Tageslicht. Die Pumpe lässt nur tröpfchenweise Wasser aus dem Hahn der Spüle rinnen. Wir müssen den schweren Kanister hervorholen, um einen Kochtopf und einen Krug zu befüllen. Als wir später vor dem Zubettgehen die Tür zuschlagen, funktioniert die Pumpe wieder. Während der Kühlschrank, der sich beim Fahren aus der Batterie speist, plötzlich von allein anspringt.

Der Hafen von Youghal liegt an einer »malerischen Stelle«, wie es in unserem Reiseführer heißt, aber so einsam, dass überall Gefahren zu lauern scheinen. Zum Glück stoßen wir auf einen heimeligen Pub, in dem ein Torffeuer brennt. Und dann singt eine Gruppe junger Leute den ganzen Abend gälische Lieder, mit einem Song von Belafonte als Zugabe. Genau, was wir uns erhofft hatten, und so kehrten wir beglückt in unsere Nische zurück und rollten uns in einer Ecke der Sitzbank zusammen, die noch mit Koffern, Stiefeln und Öljacken übersät war.

9. August

Beim Aufwachen schönstes Wetter. Strahlendes Blau. Völlige Windstille und milde 20 Grad. Nach einer Stunde aber ziehen massenweise Wolken auf. Der irische Himmel kann sich binnen kürzester Zeit bedecken.

Mittags erreichen wir Tahilla Cove. Kaltes Essen, Lachs mit Mayonnaise. Paul, der angeblich sehr schlecht geschlafen hat, zieht sich für eine Siesta zurück. Obwohl gerade Flut ist, beschließe ich, durch die umliegenden Buchten zu streifen: Ich will mir ein Bild machen! Dort spazieren Reiher herum, denen ich vollkommen gleichgültig bin. Fische springen, das Violett des Heidekrauts kommt mir kräftiger vor als in der Bretagne, das Gras grüner. Heißt es nicht: die grüne Insel? Im klaren Wasser tummeln sich Garnelen und unzählige grüne Krabben, die sich jäh im Tang verstecken. Wie immer in diesem Land überwältigt einen das Gefühl, der Entstehung der Welt beizuwohnen.

Um 16 Uhr haben wir einen Termin bei Sheldon, unserem Makler. Der Eingangsbereich ist mit verheißungsvollen Anzeigen tapeziert, die allesamt mit dem Vermerk SOLD durchgestrichen sind. Übrig ist nur ein Haus am Westufer der Derrynanebucht, die Beschreibung klingt umwerfend. Aber schon bald müssen wir erkennen, dass Sheldon der reinste Lyriker ist: »View truly amazing must be seen to be believed. Modernized storehouse! Modern kitchen units« … Wobei der Prospekt zugleich warnt: »This is only a guide and its accuracy is not guaranteed.«

In der Tat … Bei der Hausbesichtigung stellt sich heraus, dass die Aussicht nur jenseits der Zufahrt und von den beiden Fensterchen im ersten Stock aus besteht. Das dritte Zimmer hat überhaupt keine Fenster! In der vermeintlich modernen Küche sind die Kacheln aus Plastik und lösen sich schon halb. Die Schränke sind aufgequollen. »Lässt sich nicht vermeiden, in einem so feuchten Land«, erklärt Sheldon und lächelt. Der Teppichboden ist so abgewetzt, dass man das Rosenmuster nicht mehr erkennen kann. Er muss scheußlich gewesen sein. Jetzt wirkt er fast schön. In den Schlafzimmern sind die Betten nicht gemacht. Als wären die Bewohner eben ausgeflogen. Seitlich erstreckt sich eine große Brache, von Bäumen gesäumt, die sich alle in dieselbe Richtung neigen und offenbar stark gelitten haben. Und auch hier: Kein Meer in Sicht!

10. August

Auf der Fähre hatte uns ein Tourist Castle Cove Pier empfohlen, drei Kilometer von Caherdaniel entfernt. Wir sind zum Abendessen hingefahren: ein paar Boote, am Kai vertäut, und überall Inseln. Es war zwar nur Nipptide, aber ich musste einfach meinen Kescher und die Anglerstiefel von der Dachreling holen. Binnen einer halben Stunde hatte ich eine ordentliche Menge mittelgroßer Garnelen gefischt. Auf dem Heimweg sehe ich ein Pärchen, das im Kanu zurückkommt, mit einem Korb haben sie zwei Hummer gefangen. Außerdem holen sie drei kleine, schlaffe Reusen hervor, selbst gebastelt und auf allen Seiten mit Zugangslöchern für Riesengarnelen versehen, die sie einfach am Kai entlang ins Wasser versenkt und mit Ringen festgebunden hatten. Jetzt sind sie voller dicker Felsengarnelen! Da braucht man nicht mal aufs Meer hinauszufahren. Es ist das erste Mal, dass wir Iren fischen sehen. Die beiden stammen aus Belfast und mieten seit fünfzehn Jahren ein altes, halb eingefallenes Cottage oberhalb des Hafens. Leider steht es nicht zum Verkauf, sondern kurz vor dem Abriss, wie die Hälfte aller Cottages im Westen. Der Besitzer ist verschwunden, genau wie Millionen anderer Iren, die ihre Heimat verlassen haben, um sich nicht zum Anglikanismus bekehren zu müssen.

Unser Abendessen an diesem herrlichen Ort: Garnelen, Eier mit Speck und Sodabread, Bananen. Wir möchten eine zivilisierte Nacht verbringen und die Beine ausstrecken, ohne uns an einer Pfanne oder einem Schnellkochtopf zu stoßen. Das Grand Hotel von Derrynane ist ausgebucht. Wir übernachten im Gästehaus von West Cove. Ein unglaublicher Garten voll blühender Schmucklilien, dazu Klematis, Phlox und Herbstanemonen. An windgeschützten Orten gedeiht hier alles. Die Zimmer hingegen sind welk: Bequemlichkeit scheint ein Schimpfwort zu sein! Keine Ablage über dem Waschbecken, auch keine Beleuchtung. Etagenbad: Die Wanne ist riesig, das Wasser nur lauwarm.

11. August

Bewölkt, aber mit langen Zwischenaufheiterungen.

Einkauf in Caherciveen, das Gefallenendenkmal hier ist naturgemäß den mehrere Jahrhunderte umspannenden Kämpfen gegen die Engländer gewidmet, es trägt die Jahreszahl 1916, gefolgt von einem Strich ohne Schlussdatum, denn hier nimmt der Krieg kein Ende. Alles ist auf Gälisch geschrieben. Auf einen Besuch beim Makler von Caherciveen haben wir verzichtet, weil die Gegend uns nicht gefällt. Die Küste ist entweder schlickig oder von hohen schwarzen Felsen umgeben, die Geröllhaufen überragen. Irland wirkt schnell wüst, wenn die Schönheit der Landschaft einen nicht alles vergessen lässt. Hinter Caherciveen fahren wir eine Küstenstraße hoch, auf der uns viele Reisebusse begegnen: Ring of Kerry. Große, sandige Buchten, von Wellen gepeitscht, Strände mit dicken Kieseln in Rosa und Grün. Ziemlich spektakulär, jedoch kaum bewohnt, ohne Hafen oder Unterstand.

Wir essen im Wohnmobil zu Mittag, neben dem Strand von Glenbeigh, er ist riesig, aber ganz dem Wind aus Nordost und den Wellen überlassen. Das Wasser ist sehr kalt, und ich habe weder eine Badekappe dabei noch Lockenwickler oder Fön. Natürlich sind die hiesigen Steckdosen nicht mit unseren Steckern kompatibel.

Die folgende Nacht verbringen wir auf einem *Camping Site.* »Das ist ja wie La Bernerie, wo ich als Kind immer war«, bemerkt Paul, gebürtig aus Saint-Mars-La-Jaille im Département Loire-Atlantique. Wir trinken köstliches Smithwick-Bier, um nach Irland zurückzufinden.

12. August

Im Morgengrauen von Silbermöwen geweckt, die noch lauter schreien als in der Bretagne, und von der Sonne, die durch unsere orangeroten Gardinen strahlt. Was für ein Einfall, ein transparentes Orange, ausgerechnet für ein Wohnmobil … Die Rollläden haben wir erst am dritten Tag entdeckt, wobei man sie nur von außen steuern kann. Und just, als ich mit nackten

Brüsten verzweifelt nach einem BH suche, zwischen Pauls Espadrilles und den Bratpfannen, taucht ein alter Wirrkopf auf, eine Beckett-Figur, wie sie im Buche steht, und will ein Pläuschchen auf Gälisch mit mir halten!

Jeden Morgen brauchen wir eine Dreiviertelstunde, um die Schlafzelle in eine Speisezelle zu verwandeln, kriechen über die Matratze, rollen die Schlafsäcke zusammen und verstauen sie in den Kästen, die sich direkt unter besagter Matratze befinden. Rufen uns in Erinnerung, wo wir die frischen Hemden hingepackt haben, und bemühen uns, während dieser Plackerei weder Brille noch Schlafmittel zu verlegen. Zu guter Letzt ziehen wir den Klapptisch hoch, auf dem wir nachts schlafen.

Wir spekulieren auf ein Haus in Portmagee, das unser Makler angepriesen hatte. Wir fahren hin. SCHRECKLICH. Nicht das Haus, aber das Umfeld und die Landschaft, am Gärtchen ziehen sich Müllhaufen entlang. Wir erteilen Sheldon eine Absage, noch ehe wir das Haus besichtigen.

Danach fahren wir nach St. Finian's. Sehen uns dort ein Baugrundstück an, samt Fertighaus in einem hübschen Garten über einer kleinen Bucht, einer wahrhaftigen Baie des Trépassés: prachtvoll und öde, so möchten wir nicht wohnen.

13. August

Irgendwo in den Dingle Heights machen wir Halt, zwischen zwei großen Bauernhöfen. An der lieblichen

Küste sehen wir zum ersten Mal »No Camping«. Also fahren wir weiter die kahlen Berge hinauf, die Dingle umgeben, mit einem Hummer, für den wir stattliche acht Pfund das Kilo bezahlt haben! Der Fish Shop befand sich neben einem Laden für Souvenirs und Ziermuscheln. Auf der Tafel stand: »MUSSELS, OYSTERS, FISH, LOBSTER«. Tatsächlich gab es Pappteller voller Gemüsesalat mit Mayonnaise und einem Stück Fertiglachs, dazu ein Scheibchen Hummer. Ich fragte die Verkäuferin, ob wir einen lebenden Hummer bestellen könnten. »O nein, der würde nicht frisch bleiben, darum kochen wir ihn gleich und stellen ihn dann kalt.« Hinter dem Laden entdecken wir ein paar Fischkisten: Makrelen, Rotzungen und Franzosendorschfilets, der prallen Sonne ausgesetzt und von Fliegen bedeckt.

In der Gegend von Slea Head und Dunquin ist die Küste herrlich, allerdings schroff und steil. Großartig. Dort zu wohnen und zu fischen, ist aber undenkbar. Zwei schöne Strände zwischen den Steilhängen und schon reihen sich Autos und Wohnwagen aneinander wie in der Bretagne. Danke, das haben wir schon zu Hause! Wir wollen das Wilde, dazu gern ein paar Dörfer und feinen Sand, aber bloß keine Reisebusse. Vor allem wollen wir ein Haus mit einem Schuppen, um unser Boot, unsere Ausrüstung und unsere Träume sicher zu verwahren.

Paul gefiel es in Dingle Heights, wo er seine Heimatgegend wiederfand: Kuhfladen, Brombeersträucher, Muhen. Für mich kommen nur ein Hafen oder das Meer infrage. Eine flusslose »Pampa« stürzt mich in tiefste Niedergeschlagenheit, und Seen bringen mich zum Weinen, wie Lamartine.

14. August

Strahlender Sonnenschein nach den dicken Wolken von gestern. Hier vergisst das Wetter immer, wie es am Vortag war.

Wir schauen bei Sheldon vorbei, dem Dichter, um ihm von unserer Enttäuschung und unseren Ängsten zu erzählen. Lehnen eine Reihe von »Villen« in Waterville ab, wo sich ein Ansturm der Bauunternehmer abzeichnet. Wir rechnen damit, nichts Annehmbares zu finden: Die Neubauten sind scheußlicher Schrott, die alten Häuser zu Ruinen zerfallen und herrenlos.

Mittagessen in Tynagh bei Michel und Chantal Déon, zusammen mit Chantal de Castelbajac und zwei französischen Buchhändlern, die ihren Augen nicht trauen, als ausgerechnet an diesem unwahrscheinlichen Ort zwei weitere Schriftsteller in Erscheinung treten. Das Haus, ein ehemaliges Pfarrhaus, ist quadratisch und eher reizlos, aber gediegen und angefüllt mit schönen Möbeln, wie sie zum Besitz angesehener Familien zählen. Sie zeugen von Frieden und Wohlstand, zwei Begriffen, die den Leuten von hier fremd geblieben sind. Ich bereitete meine Suppe zu – die Garnelen dafür hatte ich gestern in nur einer Viertelstunde gefangen – und Chantal eine riesige Lammkeule, die köstlich schmeckte. Ihren Sohn, einen dicken kleinen Jungen, der sich bereits wie ein Despot aufführt, hatte sie nach oben geschickt, wo er mit dem Stallburschen essen sollte. Die Tochter, ein schüchternes und sympathisches Mädchen, aß mit uns. Angenehme Tischrunde, zivilisiert und literarisch. Chantal erzählte von den Schelmenstücken Nimiers, Blondins, Jean Massons … Paul sprach über den furchtbaren Streich, den Roger Nimier einem etwa vierzigjährigen Möchtegernschriftsteller gespielt hatte, als der ihm sein Manuskript ins Büro brachte und Gaston Gallimard hinzukam. »Das ist unser alter Buchhalter«, sagte Nimier zu dem Autor. »Wir behalten ihn da, weil er schon so lange im Haus ist.« Der Autor begrüßte den Verleger mit Herablassung. Und als er ging, erklärte ihm Nimier: »Das war Gaston Gallimard!« So was machte er gern.

Morgen ist Springtide angesagt. Michel rät uns zu Kinvara. Aber er hat keine Ahnung von Gezeitenfischerei! Kinvara entpuppt sich als gefährliches Watt, in dem man mit seinen Anglerstiefeln steckenbleibt. Alles, was ich dort aufgelesen habe, waren dicke, schmutzige Miesmuscheln.

Dahinter schließt Parkstrand an, ein ziemlich schöner Strand, allerdings ist der Sand fast schwarz. Ich erbeute ein paar Garnelchen. Und das winzigste Cottage kostet bereits zehntausend Pfund … Der Hafen ist bezaubernd, aber nicht atemberaubend. Und wir erwarten in Irland nichts weniger als atemberaubende Schönheit! Tatsächlich atemberaubend sind die Klippen von Moher, in Richtung Galway. Der Sand ist jedoch auch dort fast schwarz, und Reisebusse versperren den Blick auf das Heideland.

Man rät uns, eine wunderschöne Halbinsel zu besichtigen, die zum Verkauf steht, ein paar Meilen von Carna entfernt. Sie ist von kleinen, weißsandigen Buchten gesäumt, mit grauen und rosa Granitbrocken übersät, die weiter oben Feldern voller Schwertlilien und blauen Disteln weichen. Noch weiter oben ist ein kleiner See zu erkennen, in dem es angeblich von Forellen und Lachsen nur so wimmelt. Ein scheußliches, sehr hohes Haus und hier und da die üblichen Cottageruinen unter einem alten Baum, dem zu viele Stürme zugesetzt haben und der trotzdem überlebt hat, zerzaust, vom übermächtigen Wind fast zu Boden gedrückt. Der Preis für dieses Schätzchen? Fünfundvierzig Millionen! »Wie berauschend das sein muss, wenn man Milliardär ist und einfach sagen kann: Ich nehme es«, meint Paul.

Plötzlich haben wir keine Lust mehr auf unser Wohnmobil und übernachten in Cashel, im selben Hotel wie einst de Gaulle und Tante Yvonne.

16. August

Wir sind wieder unterwegs, um ein »Cottage direkt am Wasser« zu besichtigen. Es bleibt unauffindbar, trotz unserer Generalstabskarte. In dieser Gegend halten sie an ihren Kriegsgewohnheiten fest: dem Feind niemals irgendwelche Informationen zukommen lassen! Kein einziges Schild, das die Richtung angibt oder den Namen eines der Dörfer, obwohl sie auf der Karte verzeichnet sind.

Ein fertiges Haus werden wir wohl nicht mehr finden, und so erklären wir uns bereit, Grundstücke zu besichtigen. Sheldon hat uns ein Feld in Caherdaniel gezeigt: eine abschüssige Wiese, darunter eine riesige Bucht, deren Strand bei Ebbe austrocknet und bei Flut zu Schlamm wird. Unmöglich. Anschließend besichtigen wir ein hektargroßes Grundstück in Derrynane, wild romantisch. Eine Baugenehmigung liegt vor, aber man müsste auch eine Zufahrt von fünfzig Metern Länge anlegen. Etwa einen Kilometer entfernt gibt es einen kleinen Hafen. Die Aussicht ist überwältigend: »Of outstanding beauty«, wie sie hier sagen.

Danach haben wir uns noch eins angesehen, in Castel Cove, unterhalb der Hauptstraße, gleich neben einem prächtigen Landsitz in bester Lage, das zum Meer hinunterführt. Rechts kleine Buchten und ein weißer Sandstrand. Dahinter eine großartige, karge Landschaft aus Felsen und Stechginster. Auch das ist wirklich »outstanding«! Teurer, dafür leichter zugänglich. Und weniger einsam.

Das schreibe ich in meinen Schlafsack verkrochen, neben Paul, der völlig starr in seinem daliegt. Rechts von uns eine Insel, das Meer, ein Strand: die Summe ganz Irlands! Dahinter der kleine Kai, von dem unser Fangkorb baumelt. Das ist Castel Cove.

17. August

Herrliches, warmes Aufwachen: 18,2 Grad. Den Fangkorb heraufgeholt, den wir mit von Hand gefangenen Krabben als Köder bestückt hatten: ziemlich viele mittelgroße Felsengarnelen, ein paar richtig große. Wo zehn sind, finden sich bestimmt tausend!

Zum ersten Mal haben wir unser Schlauchboot aufgepumpt und bewegen uns zwischen Felsen hindurch auf Castel Cove zu. Ich werfe meine Schlepprute ins Wasser – sie schlägt hart auf! Zunächst glaube ich, den Grund erwischt zu haben. Aber dann ziehe ich einen Pollack herauf, ein Kilo schwer und 48 Zentimeter lang. »Schluss jetzt, das reicht«, meint der Pollack. »Einverstanden.« Ich werfe die Rute nur noch einmal aus, um die Schnur wieder einzurollen. Andererseits hätte ich auch gern eine Makrele für den Korb. Ich lasse die Schnur laufen. Der nächste Aufschlag … Und noch ein kiloschwerer Pollack! Ich werfe die Rute wieder aus, um die Schnur einzurollen: ein kleiner Fisch beißt an – eine halbe Portion –, wir lassen ihn zurück ins Wasser. Die beiden großen behalten wir für den Korb.

Wir haben in Sneem zu Mittag gegessen, um »seacrayfish« zu kosten, was das Wörterbuch als »Krebs« übersetzt. Doch dann tischt man uns eine riesige Languste auf! Offenbar bedeutet seacrayfish Languste und rivercrayfish Krebs. Und der Wirt erklärt uns: »Krebse findet man nur in amerikanischen Sümpfen.« Mal sehen, würde Grandgousier, der alte Gierschlund, sagen … Die Languste kostet pro Portion fünf Pfund, der Hummer vier!

In Sneem haben wir einen Metzger nach Hirn gefragt, aber die Iren essen keine Innereien. Sie töten auch keine Hasen, »weil die weinen …«. Er brachte uns trotzdem zwei oder drei, die wir nach Gewicht bezahlt haben, nicht nach Stückzahl, weil sie wirklich ziemlich zerstückelt waren. Ein einziger Brei!

Nachmittags einmal den Kescher ausgeworfen, eine Stunde vor Niedrigwasser: prächtige Garnelen. Ich gebe Paul wie verabredet ein Zeichen, damit er Wasser zum Kochen aufsetzt. »Nimm nur die dicken«, ruft er. »Und nur so viele, wie wir essen können …«

Zum Abendessen gab es einen Pollack in Buttersahnesauce und Salzkartoffeln. Und natürlich Garnelen als Vorspeise!

Wir haben uns auch die beiden Grundstücke noch einmal angesehen. Unser Favorit ist eindeutig dasjenige in Castel Cove, aus einem entscheidenden Grund: Das nasse Boot können wir den ganzen Sommer über am unteren Ende des Gartens lagern. Dank der langgestreckten Inseln ist es rundherum geschützt. Und der kleine Hummerhafen von Derrynane ist mit dem Auto nur fünf Minuten entfernt.

Es ist beschlossene Sache, wir kaufen das Grundstück und lassen es bebauen! Paul und ich sind aufgeregt … Wir können es noch nicht ganz fassen: Das ist doch Wahnsinn, ein viertes Haus, in unserem Alter?

18. August

Wir sind spät aufgestanden, dann losgezogen, um unseren Fangkorb hochzuholen. Schöne Garnelen, genug für ein Mittagessen zu zweit. Anschließend der zweite Pollack, kalt serviert mit Mayonnaise.

Auf dem Rückweg fallen uns drei abgerissene Gestalten auf, die in einer völlig heruntergekommenen Barkasse vom Fischen heimgekehrt sind, sie alle tragen zerlumpte Dreiteiler. Wir kaufen ihnen ein Dutzend dicke Scheren von Taschenkrebsen ab, die restlichen Körper werfen die Männer einfach wieder ins Wasser. Wobei abkaufen nicht stimmt ... Sie haben mir die Scheren geschenkt: »No good for eating.« Etwa fünfzig Stück haben sie behalten und in einen Eimer geschüttet. Wahrscheinlich, um sie an das Vieh zu verfüttern. »Stell dir den langsamen Tod dieser amputierten Krebse vor«, sagt Paul.

Danach sind wir nach Caherciveen gefahren, um unseren Notar aufzusuchen, einen großen, etwas wunderlichen Mann mit Bart, um den sich aufgerissene Umschläge stapeln, sie dienen ihm als Aktenmappen. Offensichtlich hat er keine Ahnung, worum es geht. Wir warten in einem Flur ohne Sitzgelegenheiten. Endlich fällt ihm Sheldons Anruf wieder ein! Er wird die Papiere für uns vorbereiten, wir sollen am 20. zum Unterschreiben kommen.

21. August

Heute Morgen haben wir unseren Architekten getroffen, der unser Nachbar sein wird, und gleich Pläne skizziert. Wir wollen es schlicht, mit großzügigen Fenstern und Türen, um die Aussicht voll und ganz auszukosten. Die endgültigen Pläne schickt er uns in einem Monat, zusammen mit dem Kostenvoranschlag. Und dann wollen wir umgehend mit dem Bau beginnen.

Den ganzen Abend verbringen wir damit, Pläne zu zeichnen!

23. August

Beide in Hochstimmung aufgewacht! Erst recht, weil wir bisher kein einziges Mal das Pech hatten, im Regen aufzuwachen oder auch nur unter grauem Himmel.

Aber just an diesem Morgen fällt Paul ein, dass er eigentlich schon in Portsmouth sein müsste, zum Start der Weltumseglungsregatta. Also rasen wir zum Flughafen von Cork. Ab Donnerstag soll es bei der BEA Generalstreik geben. Der Zehn-Uhr-Flug ist schon weg, bleibt nur noch Aer Lingus nach London, um 18 Uhr. Paul schätzt, seine Chancen stehen 1:10, ich hingegen räume ihm 9:10 ein. Erstens, weil man es als Alleinreisender meistens irgendwie an Bord schafft. Zweitens, weil Paul ein Glückspilz ist.

Wir quartieren uns im Jury's Inn ein und fahren später bei strömendem Regen wieder zum Flughafen, wo sich bestätigt, dass ich allein hier zurückbleiben werde. Paul ergattert tatsächlich noch einen Flug. Und ich darf mich mit dem überladenen Riesengefährt herumschlagen.

Ich werde morgen die Fähre nehmen. Dann geht es von Le Havre nach Meaux. Wo ich das Riesending aus- und den Simca beladen muss. Dann die Rechnung begleichen und nach Paris zurückfahren, auf der rechten Seite. Zwei Tage später werde ich mich samt Boot, Motor, Fangkorb und der schmutzigen Wäsche auf den Weg nach Doëlan machen. Alles in allem ein trauriges Ende dieser Reise, ohne meinen *pollock* (so heißt nicht nur der Fisch, es ist auch Pauls Spitzname!).

24. August

Pünktlich an Bord gegangen, nach den üblichen zwei Stunden in der Warteschlange. Viele Leute, aber die Fähre ist nicht so überfüllt wie auf dem Hinweg. Ich bin allein in meiner Kabine, Paul hat seine Buchung storniert. Auf der Hinfahrt hatten wir allerdings eine Viererkabine, mit Dusche und WC, dazu noch ein Fenster mit Aussicht aufs Meer. Jetzt reise ich unter Deck, in einer schwarzen Nische, mit einem vorsintflutlichen Eckklo.

Kaum haben wir abgelegt, fängt es an zu schaukeln, starker Seegang. In der Kabine ertönt in regelmäßigen Abständen ein höllischer Lärm. Im Viking, dem Restaurant am Bug der Fähre, das so spektakulär in die Wellen taucht, ist fast niemand zu sehen. Touristen, die leicht seekrank werden, sollten lieber nicht nach Irland reisen! Ich gehe in die Cafeteria, wo ein paar junge Leute schlaff in ihren Sitzen hängen und mit Abscheu das Essen mustern, das sie bestellt haben. Alle an Bord schwanken wie betrunken.

Beim Einschlafen sage ich mir immer wieder, dass wir ein Grundstück und bald auch ein Haus besitzen, im County Kerry, in Irland …

1978

10. August

Sitzen in einer Fokker der Fluggesellschaft TAT, in der Paul seine Beine nirgendwo unterbringen kann – die Maschine ist nicht lang genug für seinen Oberschenkelknochen. Man versetzt uns nach vorn, hinter eine Reihe von zusammengeklappten Sitzen.

Bei strahlend blauem Himmel sind wir in Doëlan aufgebrochen. Als wir in Rennes ins Flugzeug steigen, ziehen ein paar Wolken auf. Im Meer sind die langen Schlieren der *Amoco Cadiz* zu erkennen.

Bei der Landung wirkt Irland unscharf wie hinter Milchglas.

Das Wohnmobil erwartet uns schon. Fünf Kilometer vor Cork der erste überfahrene Rabe. Kurz vor Macroon fängt es an zu nieseln. In Kenmare regnet es. In Tahilla: Wolkenbruch. Wir haben uns vorgenommen, dieses Jahr öfter in Hotels zu übernachten. Unsere erste Nacht verbringen wir dann auch in Tahilla. Wir bekommen das schönste Eckzimmer, im Erdgeschoss. Hinter dem großen Fenster heben sich Drachenbäume vom Meer ab, sie haben wirklich nichts mit den Drachenbäumen gemein, die Erwan Tymen, mein bretonischer Gärtner, mir anbietet. Diese hier verzweigen sich nicht schon am Stamm, sondern erst unterhalb der Krone.

Herzlicher Empfang durch den Wirt, der uns zum Zimmer geleitet und nur eines der drei Fenster schließt, damit die gesunde Luft auch bis in die letzte Ritze unserer Betten dringt. »It was nice, yesterday!«, verkündet er fröhlich.

Im Badezimmer befindet sich eine Klärgrube, was auf Anhieb abschreckend wirkt. Die Kloschüssel ist überall von Rissen durchzogen. Der Teppichboden spottet jeder Beschreibung. Willkommen in Irland!

11. August

Gestern Nacht habe ich mein Schlafmittel genommen und darum verpasst, wie wir fast von einem Hoteldieb beraubt worden wären. Paul ist gegen zwei Uhr aufgewacht und hat eine Gestalt gesehen, die sich hinter dem Vorhang abzeichnete, von der Hafenbeleuchtung erhellt. Zunächst dachte er, ich wäre das, um nachzusehen, ob es immer noch regnet. Doch dann bewegte sich die Gestalt wie ein echter Profi lautlos durch das Zimmer, und Paul murmelte wie üblich »Hm?«, wie jedes Mal, wenn ich zwischendurch aufwache. Der Dieb erschrak und stürzte zur Fenstertür, dabei stieß er sich an Pauls Fuß, der aus dem Bett ragte. Der Vorhang begann zu flattern, die Fenstertür war weit aufgerissen. Eine halbe Stunde später sah Paul die Gestalt durch den Garten huschen, nachdem im Flur verschiedene Geräusche zu hören waren. Offenbar wurden noch andere Zimmer heimgesucht, denn am Morgen gab der Wirt Anweisung, ausgeraubten Gästen Rabatt zu gewähren …

12. August

Um halb acht aufgestanden, um vor der Weiterfahrt in Tahilla Cove zu fischen. Ich war zu früh dran, trotzdem habe ich schöne Garnelen gefangen und viele mittelgroße Krevetten, außerdem Kammmuscheln und riesige Strandschnecken.

Anschließend sind wir nach Hause gefahren, nach Bunavalla! Unser Zuhause … Wir haben die Fundamente in Augenschein genommen, die Wände und das Dach unseres Hauses … Und dann haben wir auf unserem Grundstück ein Picknick gemacht, mit meinem Fang und dazu Brot und Butter.

Den Nachmittag mit langen Diskussionen mit unserem Architekten verbracht.

13. August

Weil heute Morgen fast schon Springtide herrscht, bin ich zum Strand gegangen, der direkt vor dem Dorf Caherdaniel liegt. Ich mache fast meinen ganzen – wunderbaren – Fang in einem »Tümpelchen«, wie Michèle Rossignol sagen würde, begeisterte Gezeitenfischerin auf den Chausey-Inseln, wo sie ein Haus besitzt. In einem richtigen Tümpel finde ich ein paar pralle Seeigel.

Das Ganze haben wir uns im Scariff Inn garen lassen, das gleich über uns liegt, sodass wir von dort aus »unsere« Landschaft bewundern konnten.

15. August

Kräftiger Südwestwind. Tiefe, träge Wolken. Heftige Schauer.

Wir haben den Dabadies – gestern sind Jean-Loup und Marie mit ihren Söhnen eingetroffen: Florent (genannt »Flotte«) und Clément – unser Grundstück und das noch unfertige Haus gezeigt. Mittagessen im Scariff Inn, das in leuchtendem Orange gestrichen ist, so erkennt man es selbst im Nebel, der uns die ganze Zeit einmummte. »Wie schön es hier ist«, rief Clément, »fast wie in Courchevel!« Eine dreißig Sekunden kurze Aufheiterung hat uns immerhin einen Blick auf die wundervolle Bucht von Derrynane Harbour gewährt, bevölkert von einem Dutzend kleiner Boote.

Wir bestellten Krebse, sie standen auf der Speisekarte. »No crabs.« – »Wie wäre es dann mit Haddock?« – »Haben wir nicht. Die Boote sind nicht rausgefahren.« – »Plaice [Scholle]?« – »Haben wir nicht!« Wir müssen wieder einmal mit Lachs vorliebnehmen.

Nach dem Mittagessen sind wir zur Beara-Halbinsel gefahren, zwischen Kenmare und Bantry Bay. Dort den tropischen Garten von Derreen besichtigt, voller riesiger Rhododendren und Baumfarne, wie in Guadeloupe. Die Palmen, die ich für Drachenbäume hielt, sind offenbar Keulenlilien (*Australian Cordylines)*, man kann sie über Brown und Thomson in Cork beziehen. Derreen House ist ein schöner Landsitz, der an drei Tagen pro Woche dem Publikum offensteht.

In Kenmare war gerade Viehmarkt. Da stündlich

Schauer herunterkamen, war der Boden mit einer zehn Zentimeter dicken Schicht aus Kuhfladen bedeckt, und die Pissstrahlen der Rinder, die sich in sämtlichen Ecken drängten, verstärkten den Geruch noch. Als wären wir auf den Markt von Cricquebœuf geraten, den Flaubert so anschaulich beschreibt. Solche Bauern bekommt man bei uns nicht mehr zu Gesicht.

Danach folgten wir dem Schild »Irish Pub« und landeten an einem dieser hinterwäldlerischen Orte, die man in Irland immer wieder findet. Der Boden des Schankraums war mit Sägespänen und Kippen übersät, überall standen Männer herum, lachten und redeten, alte wie junge Bauern. Unglaubliche Gesichter. Dazu ein paar Rucksack-Hippies. Alles voller Schmutz, Herzlichkeit und Frohsinn.

Letztes Jahr streikten die Post und die Banken, und das während unseres gesamten Aufenthalts. Dieses Jahr wird die Stromversorgung bestreikt. Gestern funktionierte die Heizung in dem Luxushotel nicht mehr, das die Dabadies ausgesucht haben, damit ihre Kinder fernsehen können – dabei braucht man sie ganz dringend , und heißes Wasser gab es auch nicht. Heute Morgen hatte Flotte 40 Grad Fieber. Zu allem Überfluss hatte außerdem der Familienmercedes eine Panne.

Köstliches Abendessen im Great Southern, der Hummer war frisch, wenn auch völlig zerkocht. Jean-Loup erzählte mir, dass Bertrand Poirot-Delpech sich unsterblich in Claire Bretécher verliebt hat und sie beide wahre Flitterwochen in Griechenland verleben.

Herrlicher Mond auf dem Heimweg, Windstille. Verheißung?

Ich habe Paul wegen seiner Zähne bestürmt: Er wollte nichts davon hören. Später haben wir doch noch darüber geredet. Manche Verfallserscheinungen darf man einfach nicht hinnehmen, beispielsweise eine schwarze, wackelige Fassade. Sie zählt sogar zu den schlimmsten. Ich bin sicher, mit fauligen Zähnen hätte Kurt mich kein zweites Mal verführt. Und es zahlt sich aus, dagegen anzugehen: Man gewinnt zehn Jahre hinzu, mindestens, zehn Prozent seines Lebens. Ich habe ihn wohl überzeugt, er will sich im Herbst behandeln lassen.

16. August

Letzte Nacht mit den Dabadies, zehn Kilometer von Killarney entfernt, in einem luxuriösen, völlig abgelegenen Hotel, wo wunderschöne blassbeige Pferde mit weißen Mähnen tatsächlich auf einem Golfrasen weiden. Voll funktionierende Zentralheizung.

17. August

Als wir aufwachen, tobt ein Sturm in den Baumwipfeln und Mähnen unserer Pferde. Meeresrauschen im Laubwerk. Danach Regen. Auf *France-Soir* sehen wir, dass in Frankreich diese Woche herrlichstes Wetter war.

Pub-Mittagessen in Macroon: Wir bestellen zwei Mal Spiegelei mit Speck. Beim Servieren entdecke ich auf einem der beiden Teller nur Speck – die Eier sind ihnen ausgegangen. Fünf Minuten später kommt Nachschub, und sie bringen uns zwei.

18. August

Um 14 Uhr sind wir bei Ebbe in eine Art Rückhaltebecken gegangen, vom Meer abgeschnitten durch ein Mäuerchen, das riesige Säcke voll ebenfalls riesiger Garnelen schützte – sie waren für den Export bestimmt. »I don't eat that sort of things«, sagte mir ein Ire und verzog angeekelt das Gesicht. Im offenen Meer war keine einzige Garnele zu finden. Eine junge Frau, Besitzerin eines dieser Säcke voll widerlichem Zeugs, das nur verrückte Ausländer kaufen, bestätigte mir, dass ich hier auf keinen Fall fündig werden würde. Habe dann trotzdem einmal das Netz ausgeworfen, in diesem ziemlich großen teichartigen Etwas: viele kleine Garnelen! Genug, um daraus morgen eine Suppe zu machen.

20. August

Heute wollten wir eigentlich in der Cashla Bay Felsengarnelen fischen. Doch obwohl ich den Blick fest auf meine Generalstabskarte gerichtet hielt, fuhren wir über die falsche Brücke, sodass wir uns nach zehn Kilometern am anderen Ende der letzten Insel befanden, der großen Goruma, und damit auch am Ende der Straße, ja des europäischen Kontinents!

Von dem starken Ostwind abgeschirmt, hatten wir

es schön warm. Die Sonne schien so kräftig, dass ich sie gern eine Weile ausgekostet hätte, ausgestreckt in einer Felsmulde, zwischen Heidekraut und blühendem Stechginster. Paul träumte aber davon, den Lough Corrib in der Nähe von Oughterard zu besichtigen. Wir fuhren hin, über eine Straße voller Bodenwellen durch eine dürre, wunderschöne Landschaft, von Seen durchbrochen, von Torfstichen durchfurcht, von bergklaren Krebsbächen durchflossen.

In Oughterard angekommen, suchten wir nach einem Stellplatz, auf den wenigen geeigneten Uferflächen ist Camping aber verboten. Wir kamen uns vor wie Zigeuner. Und weil unsere Sarkophage uns ohnehin allmählich zu eng wurden, beschlossen wir einmütig, ins Hotel zu gehen. Wir entdeckten ein reizendes B&B-Cottage mit Gärtchen und aßen dort am Seeufer zu Abend: Miesmuscheln in Sahnesauce, die besten, die wir jemals gegessen haben! Nicht zu salzig, riesig, zart, voller Jod. Ein Gedicht.

Am nächsten Tag war Markt in Oughterard. Unmöglich, in dieser Angelhochburg eine frische Forelle oder frischen Lachs zu finden. Kaufen kann man hier nur Dosenprodukte, die meisten aus England.

So schön Goruma als Insel ist, hat man dort das verstörende Gefühl, sich am alleräußersten Ende der Welt zu befinden. Die Landschaft ist berückend schön, aber wir hätten uns nur dann für eine Insel in Connemara entschieden, wenn die Déons die andere Hälfte genommen hätten. Ich bin sicher, dass man dort im Winter verrückt wird …

21. August

Wie soll man sich im Alter von fünfzig und ein paar zerquetschten nur damit abfinden, dass man schon beim Binden seiner Schnürsenkel keuchen muss und den Kopf kaum zum Himmel heben kann, weil der Nacken steif und der Rücken krumm ist? Das ist doch nicht hinnehmbar. Ich spreche von Paul! Aber es weckt in mir das Bedürfnis, mich auch im Winter in Form zu halten. Fitnessstudio? Wenn es sein muss, ja! Am liebsten würde ich rudern, aber wohin mit einem Kanu in Hyères?

22. August

Paul ging »ouigi machen« (pinkeln!), während ich mir meinen Bodenkescher schnappte, um eine vielversprechende kleine Bucht kurz vor Costelloe zu erkunden. Binnen einer berauschenden halben Stunde hatte ich ein gutes Kilo Garnelen gefangen, allerdings nur mittelgroße. Eine einzige Felsengarnele, dunkler und weniger durchsichtig als diese, ging mir ins Netz und zeigte den Unterschied auf. Die Meereslandschaft ist großartig, die ländliche Umgebung aber trostlos. Man sieht ihr immer noch an, dass sie von ihren gälischen Bewohnern verlassen wurde: verbrannte Bauernkaten, schadhafte Strohdächer, Zäune zwischen zwei Grundstücken und überall diese Mäuerchen aus Bruchsteinen, um winzige Felder zu begrenzen, sie zeugen von der Armut jener Leute, die gezwungen waren, die Hälfte ihrer Ernte an die englischen Besatzer abzugeben.

Wir richten unser Wohnmobil auf das Meer aus, um die traurige Geschichte dieser baufälligen Katen nicht lesen zu müssen, die selbst Jahrhunderte später noch von Unglück künden. Leben und Wärme derjenigen, die geblieben sind, flüchten sich in die Pubs. Michel Déon hatte uns den in Carna empfohlen. In den Häfen von Connemara ist das Irische besonders ausgeprägt, und dieser Pub sieht aus wie das Bühnenbild für ein Stück von Synge. Als Statisten sitzen auf den Bänken eine Nonne mit Flügelhaube, ein junger Priester, »so schön, dass die Sonne neben ihm verblasst«, zwei junge Rothaarige mit sehr hellen Augen, die Tee trinken. In der anderen Ecke hockt ein junger Riese mit langem, orangeblondem Haar und klaffenden Schuhsohlen schlaff vor fünf oder sechs Pints und diskutiert mit einem greisen, ebenso betrunkenen Iren, der einen unförmigen Schlapphut auf dem Kopf und ein großes Loch in der Hose hat – vor zehn oder zwanzig Jahren muss das ein schöner Tweed gewesen sein ... Die beiden waren offensichtlich schon seit Stunden hier, ihre lauten Stimmen konnten dem Schlaf eines alten Bauern aber nichts anhaben, der lang ausgetreckt auf einer Bank lag.

Unser Reiseführer nennt ein paar Langustenhäfen, doch in den zwei, drei kleinen Buchten mit halb eingestürzten Deichen sind weder Boote noch irgendwelche Anzeichen von Leben zu entdecken. Schließlich erspähen wir eine kleine Gruppe von Kähnen, die nur Mistgabeln an Bord haben – tatsächlich sammeln diese Männer Tang, um damit ihre Felder zu düngen! Auch danach bekommen wir nur Karren voller Torf oder Algen zu sehen.

23. August

Zwischenhalt im riesigen Souvenirshop von Moll's Gap, scheußlich. Für Pauls Mutter habe ich das unvermeidliche irische *clover leaf* besorgt und für Blandine eine Decke aus rosa- und zartlilafarbenem Mohair. Etwas anderes kann man hier letztlich nicht kaufen, auch wenn die Decken selten richtig schöne Farben haben. Wenn, dann wohl aus Versehen.

Ich habe mich nicht getraut, Paul zu bitten, mit mir zum anderen Handicraft-Laden zu fahren, auf der Straße nach Killarney. Er zählt zu den vielen Männern, die nicht gern »geschäfteln« (*magasiner*, wie es in Quebec heißt). Außerdem sei »alles immer so hässlich«, sagt er ein ums andere Mal. Na und? Der Reiz eines Schaufenster- oder Einkaufsbummels, die Entdeckungslust sind ihm fremd. Außerdem ermüdet ihn die Fahrerei sehr. Um 21 Uhr schläft er ein. Zugegeben, die Strecke war auch anstrengend, ständig ging es über diese kleinen Landsträßchen, und das auf der linken Seite. Bei jeder Kreuzung verfällt er allerdings wieder in seine französischen Gewohnheiten.

Jetzt sind wir tief in der Bucht von Bantry, in einem charmanten kleinen Hotel mit Blick auf zwei Meeresarme voller Schwäne. Die steilen Ufer sind bewaldet. Es wirkt sehr alpin.

Vorhin sind wir durch Glengariff gefahren, dem Port-Manech Irlands: lauter Hotels und Villen, junge

Camper und Touristen aller Nationalitäten. Sehr viele Geschäfte …

Gestern gab es zum Abendessen winzige Austern, sechs Stück für zwanzig Franc, und frischen Lachs. Ein Frankokanadier ließ uns eine Flasche Wein bringen. Wir suchten ihn an seinem Tisch auf. Ein großer alter Manager mit weißem Haar. Allein. Er war gerade aus Montreal angereist und war ganz gerührt, hier Französisch zu hören. Ein unglaublicher Akzent, »ici« sprach er »icitt« aus und sein »moi« klang wie »muäh«. Ich fand es wunderbar, ihm zuzuhören! Wir tranken noch einen Wodka mit einem jungen Iren, der mit ihm befreundet war und sich sehr besorgt zeigte über den Wahlausgang in Frankreich. Er konnte es nicht fassen, dass Franzosen wie wir, die ein Haus an der Côte d'Azur besitzen, für die Sozialisten gestimmt haben!

24. August

Am salzigen Bach geschlafen. Von strahlendem Sonnenschein geweckt. Weit und breit keine einzige Wolke zu sehen. Das ist nicht normal! Die (kabbalistischen) Schwäne lassen sich erhaben mit der Strömung treiben, inmitten von (geschniegelten) Algen.

Heute Morgen habe ich unter einem Tanghaufen zwei Austern und ziemlich viele Teppichmuscheln entdeckt, die mit ihren armen Füßchen im Ufergras verzweifelt nach Wasser suchten. Die Muscheln habe ich ins Wasser zurückgeworfen und die beiden schönen, flachen Austern in eine Schale mit Meerwasser gelegt. Wir haben sie dann zum Frühstück genossen:

köstliche Belon-Austern! Danach ein weiches Ei, Orangensaft, Irish dairy milk.

Gerade lesen wir Olievensteins Buch, *Il n'y a pas de drogués heureux**. Sehr interessant: Er schreibt über seinen spirituellen und intellektuellen Werdegang. Besonders gelungen sind die Passagen über das Hippie-Phänomen der Sechziger, wie es unsere Lebensweise bereichert und verändert hat.

26. August

Unsere Koffer sind gepackt, und wir reisen ab ... So schnell!

Eigentlich wollten wir in Cork in einem schönen Hotel übernachten. Alle waren ausgebucht. Und so mussten wir mit einer grässlichen Karawanserei voller Pferdewagen und Reisebusse vorliebnehmen. Bereits um 21 Uhr war kein Abendessen mehr zu bekommen. Frühstück soll es erst ab neun geben. Vor neun kann man auch nicht auschecken, weil die Rezeption noch nicht besetzt ist. Also haben wir am Vorabend bezahlt, und der Portier versorgte uns in der trostlosen Lobby mit Putensandwiches, mitten unter den bedauernswerten Gästen, die Veranstalter von billigen Pauschalreisen dort ausgekippt hatten.

Das Klo, durch nichts abgeschirmt, gluckert die ganze Nacht. Die Kopfkissen sind von zweifelhafter Sauberkeit und so groß wie Kannenwärmer. Ich suche

---

* Zu Deutsch etwa »Drogen machen niemanden glücklich« (A. d. Ü.)

das Etagenbad auf – wie lange ist diese Wanne wohl nicht mehr geschrubbt worden? Schwarze Ränder und der Boden voller Härchen. Gebrauchte Handtücher auf dem Boden. Die zellenartigen Zimmer sind mit riesigen Schlössern versehen – als wäre man im Gefängnis gelandet. Kein Personal in Sicht, alles völlig anonym. Hässlich und verdreckt. In den Fluren riecht es nach Fritten, aber zu essen gibt es sie nicht.

Paul verspürt ein gewisses Unbehagen, vor allem, weil er gerade Olievensteins Beschreibungen des Anstaltslebens liest. Diese riesige Touristenfalle macht einem Angst.

Wegen des Regens und der Entfernung lassen wir den Bummel durch das malerische Cork ausfallen, leider. Dabei habe ich schon drei Wolldecken gekauft, eine in Schwarz und in Beige und eine weitere in »Babyfarben«, wie Paul sagt, in Rosa-Grau mit zartem Blau, die ich bis zur Geburt meines ersten Enkelkinds aufbewahren werde. Ich brauche aber noch eine Decke für Michèle Rossignol. Paul macht jedes Mal große Augen, wenn ich wieder eine gekauft habe …

Cork ist das Neapel von Irland. Dreckig. Überall liegt Papier herum, es stinkt, die Leute schreien. Eine Miniaturausgabe des Südens.

Die Bauarbeiten an unserem Haus müssten im Frühjahr abgeschlossen sein.

1979

25. Mai

Vor drei Tagen angekommen. Das Haus ist halbwegs fertig, und nun campen wir dort.

Wir haben eine Unmenge an kleinen Möbeln, Gegenständen, Lampen mitgebracht. Die Tage sind mit Arbeit gefüllt. Paul bleibt heiter. Ich habe vier Betten bestellt, Teppichboden für die drei Schlafzimmer und alle Rollos im Wohnzimmer montiert. Für das Bad habe ich noch keine Regale gefunden. Keinen Medizinschrank. Auch keinen Abtropfkorb aus Plastik. Dieses Land erwartet alles von der Außenwelt.

28. Mai

Vorhänge für beide Gästezimmer genäht. Die Holzstangen werden demnächst angebracht. O'Sullivan, der Bauunternehmer, liefert uns morgen flache Steine für die große Terrasse. Ich habe eine Hauswärterin gefunden, Sheila O'Shea, Frau von Sean O'Shea, der uns morgen zu den Skellig Rocks mitgenommen hätte, wenn wir nicht schon vergeben wären. Sie wohnt nur einen Kilometer entfernt, unterhalb unseres Hauses. Im Sommer bekommen wir einen Traktor für den

Torfabbau. Wir verbrauchen täglich fast einen großen Sack voll. Aber wir sind so froh, im kleinen Kamin Feuer machen zu können und über heißes Wasser zu verfügen. Die Heizkörper werden ausschließlich mit Torffeuer betrieben, und ich bin ziemlich stolz auf diese Einrichtung. Abgesehen von der Kiste mit dem weißen Geschirr, die wir in Hyères haben stehen lassen, sind erst mal alle Probleme gelöst.

Ich musste allerdings feststellen, dass Foxall »vergessen« hat, im Bad für irgendeine Art von Beheizung zu sorgen. Ein feuchtes Handtuch bleibt selbst bei schönem Wetter vierundzwanzig Stunden lang feucht. Also haben wir eine Wärmelampe und einen beheizbaren Handtuchhalter bestellt.

Außerdem haben wir Farben ausgesucht, sind dem blassen Apfelgrün entronnen, mit dem der Maler das Garagenschwingtor streichen wollte, und haben uns für Dunkelgrün entschieden. Dunkelblau für die Türen im Flur. Wir haben die blauen Kacheln anbringen lassen, die wir aus Paris mitbringen mussten, weil Foxall nichts anderes im Angebot hatte als geflammte Fliesen, alle meliert, sogar die marineblauen.

Beim *hardware*-Händler von Waterville habe ich das Wahnsinnsplakat eines Sängers ergattert, der im Sommer hier auftreten wird. So eine Gestalt ist mir bisher noch nicht begegnet: ein dicht behaarter Clochard mit wallender Mähne, alt, zerzaust, die Jacke zerlumpt.

Irland … schon meine ersten drei – einsamen – Spaziergänge haben mich bezaubert … ringsum plätschernde Bäche. Wilde Hyazinthen, tausend Blumen, die bei uns fast ausgestorben sind. Eine urwüchsige Landschaft. Schafe und Lämmer überall.

30. Mai

Ich frage mich, ob ich manchmal nicht doch schon die grausige Weisheit, die jämmerliche Resignation heraufdämmern sehe, nicht aus Überdruss oder körperlicher Erschöpfung, sondern weil ich immer wieder mit den unumkehrbaren Zeichen des Alters konfrontiert bin, die sich überall bemerkbar machen. Wieder verspüre ich den Wunsch, diese ganze widerliche, überschüssige Haut wegmachen zu lassen, die die Konturen verwischt. Gestern war es das Kinn: Zum ersten Mal nehme ich wahr, dass es nicht mehr glatt und rund ist, sondern ein bisschen fleckig und mit kleinen Vertiefungen übersät. Über der Oberlippe zeichnen sich bereits senkrechte Falten ab, die besonders unansehnlich sind.

25. August

Michel Déon, braungebrannt nach zwei für Irland ungewöhnlich sonnigen Monaten, hat uns zur Einweihung unseres *home* besucht. Elektroherd und Kühlschrank waren schon in Betrieb. In Hunts Restaurant hatten wir zwei Hummer, Salate und Geflügelleberpastete gekauft.

Heute war der Himmel weiß, das Wetter herrlich schön und warm. Das Licht aber war ganz und gar nicht irisch, es war ein Licht ungeklärter Herkunft, das den Horizont verschleierte. Das Meer glänzend und glatt.

28. August

Paul raucht wieder. Zigaretten zwischen zwei Gängen, bei der Arbeit, im Auto. Als er komplett aufgehört hatte, war das für mich eine so himmlische Überraschung gewesen, dass es mich jetzt deprimiert, die vollen Aschenbecher zu finden, den Rauch einzuatmen, ihn an den Kippen saugen zu sehen. Mit dem Whiskey hat er längst wieder angefangen. Was die Menschen in seinem Umfeld aber nicht weiter zu stören scheint. Genauso wenig wie sein Eckzahn, den er sich ausgerechnet beim Verzehr von Schmalzfleisch abgebrochen hat. Das spricht Bände über den allgemeinen Zustand seiner Zähne! Aber er macht keinerlei Anstalten, zum Zahnarzt zu gehen, trotz meiner Winke mit dem Zaunpfahl.

30. August

Beim Abendessen haben wir uns aus heiterem Himmel Dinge gesagt, die wir noch nie ausgesprochen hatten.

Er: »Es gibt vieles, was du an mir nicht magst.«

Sie: »Weniger als bei den meisten Paaren. Früher habe ich noch darunter gelitten, heute langweilt mich das nur.«

Was sie nicht sagt: Wie erholsam es doch ist, nicht mehr zu lieben! Genauer ausgedrückt: nicht mehr verliebt zu sein. Tatsächlich hat sich alles verändert. Sie denkt nicht mehr: »Ich muss unbedingt glänzen, ich muss IHN verführen.« Sie lässt sich einfach treiben. Komme, was da wolle. Wir haben uns auch über *L'Impromptu de Paris* unterhalten, die Sendung, die er früher beim Radio hatte, und über die Sendung, die er jedes Wochenende in einer anderen französischen Stadt moderierte, produziert von Aimée Mortimer. Damals fuhr er jeden Samstagmorgen in die Provinz. Ich hatte ihn nur ein oder zwei Mal begleitet, weil ich sonntags auf meine Mädchen aufpassen musste. Inzwischen vermute ich, dass er mit Marie-Claire Duhamel dorthin fuhr, meiner »Rivalin«, der Frau, die er wirklich liebte und deretwegen ich so sehr gelitten habe. Er behauptete aber, er wisse ziemlich genau, dass er nicht mit ihr zusammen unterwegs war.

»Mit wem dann?«, wollte ich wissen.

»Aimée Mortimer fragte sich jede Woche aufs Neue, mit welcher Schauspielerin, Sängerin oder Assistentin ich das Wochenende im Hotel verbringen würde.«

Sehr komisch! Ich hatte insgesamt den Eindruck, dass Paul ein schlimmer Womanizer war, ein unverbesserlicher Fremdgeher, trotzdem schöpfte ich nur selten Verdacht. Unschuldig wie ich bin, habe ich mir nicht einmal einen Bruchteil ausgemalt – wie hätte ich sonst all diese Wochenenden überlebt? In welchem Zustand? Er kam damit blendend zurecht. Im Grunde hat er mich genauso leichten Herzens und genauso oft betrogen, wie er seine erste Frau Nicole betrogen hatte. Dass ich ihn nicht mehr liebte oder er mich nicht mehr liebte (was noch zu beweisen wäre), änderte NICHTS.

Heute betrübt ihn meine Gleichgültigkeit. Er möchte sicher nicht, dass ich unglücklich bin, aber er möchte auch nicht, dass es mir ganz und gar nichts ausmacht. Er ist immer noch von dieser Utopie beseelt, dass man seinen Partner weiterhin leidenschaftlich liebt und es trotzdem akzeptiert, wenn dieser sich auch anderweitig vergnügt, ob aus Lust oder Bedürftigkeit. Das zu akzeptieren, fällt mir inzwischen leicht, weil ich ihn sehr viel weniger liebe. Eine so traurige wie einfache Erklärung.

Paul hatte nicht lockergelassen: »Es gibt einiges, was uns trennt. Du machst ja keinen Hehl daraus, dass du vieles an mir, an meinem Charakter ablehnst.«

»Nicht, wenn es um Wesentliches geht, um Religion oder Politik oder Freiheit oder unsere Kinder. Da trennt uns nichts, jedenfalls nicht in ideeller Hinsicht. Und das ist, was zählt. Was die Verhaltensweisen angeht, sind wir vielleicht nicht immer einer Meinung. Aber selbst das ist bei uns nicht so schwerwiegend wie bei anderen Paaren.«

»Das sehe ich anders.«

»Nenn mir doch Paare, bei denen in diesen wesentlichen Fragen mehr Einigkeit herrscht. Natürlich unter der Voraussetzung, dass beide Partner Persönlichkeit haben, dass sich keiner der beiden vom anderen unterdrücken lässt. Wenn SIE schweigt, bekommt man die Meinungsverschiedenheiten ja nicht mit.«

»Warum sagst du SIE?«

»Weil SIE immer diejenige ist, die zurücksteckt.

Es ist nämlich Michèle, die zwanzig Jahre lang geschwiegen hat, es ist Marie Dabadie, die nie den Mund aufmacht. Bénita Poirot-Delpech, schön und stumm. Während die Männer immer wahrgenommen werden, und sei es nur im beruflichen Kontext.«

1. September

Diese Energie, die mich durchströmt, diese jugendliche Haltung, die mich jung erscheinen lässt – inwiefern habe ich das Kurt zu verdanken? Das Gefühl, wie wahnsinnig geliebt zu werden, wiegt sämtliche Verjüngungskuren auf. Trotzdem ist die Zukunft auf Taschentuchgröße geschrumpft, wie meine liebe Michèle immer sagt. Dass ich so weise bin, noch zwei Monate auf ein Wiedersehen mit ihm zu warten – ist das nicht der Gipfel des Wahnsinns? Die größtmögliche Dummheit? Was, wenn er krank wird, gelähmt, einen Herzinfarkt erleidet? Welche Hoffnung auf Liebe und Lust bleibt mir dann? Vor allem auf solche Liebeslust. Aber da ist seine Frau, die jedes Mal damit droht, ihn zu verlassen, wenn er verreist, auch wenn sie angeblich von nichts weiß. Und er hat Angst, im Fall einer Scheidung allein zu bleiben und praktisch bankrott zu sein. Ob er den Mut aufbringen wird, als Siebzigjähriger sein Leben auf den Kopf zu stellen, wenn ich mich selbst nicht ganz und gar auf ihn einlasse? Mein ewiges Zaudern treibt ihn zur Verzweiflung, das verstehe ich. Aber es wäre ein Verbrechen, ihm Versprechungen zu machen, die ich möglicherweise nicht halten kann. Auf unsere Liebe zu verzichten, wäre andererseits Selbstmord, ein unverzeihlicher Irrtum … für uns beide.

Während ich mit Paul immer auf unsicherem Gelände gelebt habe, bewege ich mich jetzt zwischen zwei Gewissheiten: seiner Liebe und der Liebe von Kurt. Erstere kann ich nicht mehr uneingeschränkt genießen. Das vergangene Glück lässt sich nicht mehr heraufbeschwören. Letztere kann ich nur gelegentlich ausleben, dafür aber so intensiv, dass diese Liebe mich voll und ganz erfüllt und die restliche Zeit erhellt. Was für eine erstaunliche Situation: mit neunundfünfzig erfahre ich mehr Liebe als mit vierzig!

2. September

An Bord der *St-Killian*, 22 Uhr.

Bunavalla voller Sehnsucht verlassen. Jetzt schon! Noch ein Ort, der nach Liebe verlangt. Wobei ich Doëlan bis dahin nicht wirklich liebte. Und an Hyères liegt mir nicht viel. Am Haus, ja. Aber der Garten lässt mich eher kalt, mit seiner närrischen Blühfreude im Frühling. Zu viele Rosen, zu viel Kamille. Man spürt förmlich, dass die Rosensträucher vor lauter Erschöpfung eingehen oder drei Monate lang traumatisiert sein werden. Außerdem scheißen die Katzen auf den Lavendel, und das finde ich wiederum scheiße.

Wir haben es gerade noch rechtzeitig geschafft, nach dreihundert Kilometern, mit einer Durchschnittsgeschwindigkeit von vierzig Kilometern pro Stunde, obwohl unser 3,5-Tonner leer war. Paul ist wie ein irrer Fernfahrer über die schmalen, gewundenen Straßen gebrettert. Bis Killarney eine wunderschöne Landschaft: kleine Seen, rosa getönt vom Widerschein der glatten lila Felswände, dahinter blühende Rhododendronwälder. Danach wurde es eintöniger. Die Straßen hingegen blieben eng und voller LKWs. Schließlich sind wir immer schneller gefahren …

1980

29. Februar

Kurt kam pünktlich in Roissy an. Seiner Frau hatte er erzählt, er müsse beruflich verreisen. Er hat sich kein bisschen verändert. Keine Spur älter geworden. Obwohl er schon siebzig ist. Fast hätten wir einen Abstecher in die Rue de Bourgogne gemacht, bevor wir nach Cork flogen, auf ein Schäferstündchen, um mit leichterem Gepäck zu reisen! Hätte ich gewusst, dass unser Flug sich um zwei Stunden verspäten würde, hätte ich es gemacht.

In Cork stand für uns schon ein Mietwagen bereit. Wir übernachteten dort und kauften am nächsten Morgen alles Mögliche fürs Haus ein, Lebensmittel, Federbetten und Laken für die Gästezimmer.

In Macroon zu Mittag gegessen, danach eine reizvolle Route bis Bunavalla, auch wenn der Linksverkehr, das Steuer auf der rechten Seite und die engen Straßen das Fahren etwas anstrengend machen. Foxall, unser Architekt, erwartete uns, um die letzten Arbeiten zu besprechen. Kurt war regelrecht in seinem Element, als es um Geld und Materialfragen ging. Traumhaftes Licht.

Kurt ist vom Kerry völlig hingerissen. Paul und ich

haben uns also nicht geirrt: Die Lage ist atemberaubend. Alle Fenster blicken auf ein Stück Irland hoch zehn: Mäuerchen, grüne Felder, lila Berge, sämtliche Felsen von Kühen gekrönt. Dazu unsere eigenen Felsen im Garten und der herrliche Hafen, in dessen Mitte ein wunderschönes altes Schiff mit braunen Segeln ankert. Der Anblick ist einfach »amazing«. Kurt, durchaus blasiert, hat bisher nichts Vergleichbares gesehen.

2. März

Diese zwei Wochen mit Kurt sind für mich wie ein Geschenk: zwei Wochen, in denen MAN sich rund um die Uhr um mich kümmern, mir sämtliche Mühen und lästige Pflichten ersparen wird. Und wenn ich dann noch zu jeder Tages- und Nachtstunde »I love you« zu hören bekomme, löst das bei mir einen Schub wohltuender Hormone aus, so wie der Spruch »Hände hoch« einen Adrenalinausstoß bewirkt. Wenn das zehn Mal täglich wiederholt wird, ist es die reinste Kur.

Wenn er bei mir ist, kehren sich meine gewohnten Muster um. Kurt bewundert mich so sehr, er begehrt mich so sehr – und scheut sich auch nicht, es mir immer wieder zu sagen –, dass ich endlich Selbstvertrauen habe. Er ist derjenige, der mich bemuttert, mich versorgt und mich beim Schreiben unterstützt, indem er mir die praktischen Dinge abnimmt. Ich »raube« ihm nichts, wenn ich mich zurückziehe, um mich meiner egoistischen Schreibtätigkeit zu widmen. Er ist MEINE FRAU! Tatsächlich brauche ich ja eine Frau: zärtlich, hingebungsvoll, bereit, sich bei Bedarf zurückzunehmen. Und das Beste ist: Nachts bringt er das Wunder fertig, ein Mann zu sein.

Natürlich fällt meine Liebe zu Kurt aus dem Rahmen. Und dass ich ihm erlaube, mich zu lieben, grenzt an bewusste Irreführung. Allerdings ist er von sich aus auf mich zugekommen. Und vielleicht ist unsere Liebe gerade deswegen so kostbar, unverwüstlich, wundersam, weil es sie nicht geben dürfte. Es gibt ja unzählige Arten und Weisen, sich zu verlieben. Mit ihm geschieht es immer auf Knopfdruck, wie schon vor fünfunddreißig Jahren, als es losging. Und vor zehn Jahren, als wir uns wiederbegegnet sind. Bei Paul war es zunächst die intellektuelle Anziehungskraft, die dann alles Weitere in Gang gesetzt hat. Immerhin habe ich ein bis zwei Jahre gebraucht, um ihn auch körperlich zu lieben. Am Anfang hat er mir überhaupt nicht gefallen. Aber ich habe ihn leidenschaftlich, auch verzweifelt geliebt, wie ich zugeben muss. Ich verzehrte mich immerzu nach ihm, und er hatte offenbar nie Lust, meinen Hunger zu stillen. Und als dieser Hunger mit der Zeit, vor allem wegen der Bitterkeit dieser unglücklichen Jahre, in denen ich an meiner Eifersucht schier erstickte, abgeklungen ist, dieser Zauber, den Paul auf mich ausübte, haben meine natürlichen Neigungen wieder die Oberhand gewonnen. Darum blicke ich jetzt manchmal kritisch auf Paul, auf seinen Körper und auf seine Verhaltensweisen.

Und trotzdem … Paul … Kurt war ganz baff, als ich ihm erzählte, was Paul mir zu Weihnachten geschenkt hatte: einen Umschlag, in dem ein Flugticket New York-Paris steckte! »Damit Du auf jeden Fall zurückkommst.« Wie einfallsreich. Wie bewegend. So eine schöne Geste ... Fast zu schön. Dann dieses Gefühl, eingelullt, in die Falle gelockt zu werden – um dich zu fressen, mein Schatz!

4. März

Whiskyverkostung. Zum ersten Mal finde ich daran wirklich Gefallen. Ich habe mindestens zehn Sorten probiert: die Macallans, die Glens, die von der Isle of Islay – mit einem besonders ausgeprägten Aroma von Torf und Jod –, die aus Orkney ... Dazu Schafsmagen, mit pfeffriger Würze, aber klebrig. Die »Alten« waren um die fünfzig, die »Jungen« etwa zehn. Ein freundlicher Veranstalter erzählte von den Glens und anderen Abenteuern. Von der traurigen Übernahme Glenlivets durch den nordamerikanischen Spirituosengiganten Seagram. Solche Konzerne verkaufen zunächst den kompletten Bestand an uralten Whiskys. Danach bauen sie neue Destillerien, mustern die alten Fässer aus, sogar die portugiesischen Sherryfässer. Zu guter Letzt setzen sie Bottiche aus Edelstahl ein und verkürzen die Reifezeit auf zwei oder drei Jahre – und das soll dann Glenlivet sein! Mehrere Destillerien wurden von solchen Konzernen aufgekauft. Selbst Yamaha »macht« jetzt in Whisky ...

5. März

Kurt überlegt, ob er mit seiner Frau reden soll, damit sie ihn freigibt, aber dann droht ihm die Scheidung.

Und ich werde mich wohl eher nicht scheiden lassen, auch wenn ich mittlerweile eine tiefe Zuneigung für Kurt empfinde und seine Defizite allmählich zu tolerieren lerne. Neuerdings gibt sich Paul aber mehr Mühe, und das ist bei ihm so ungewohnt, dass es mich rührt. Seit Weihnachten rührt er keinen Tropfen Alkohol mehr an, er hat stark abgenommen, ist witzig und unternehmenslustig und kauft sich schöne Anziehsachen. Er führt mir gerade vor, wie amüsant, spannend und abwechslungsreich das Zusammenleben mit ihm ist. Doch alles, was mich Paul näherbringt, schmerzt mich wegen Kurt.

7. März

Je mehr ich voranschreite, desto weniger kann ich mir vorstellen, wie ich als alte Frau sein werde. Mit weißem Haar, meine ich, und ohne jemanden über mein Alter täuschen zu können, vor allem nicht mich selbst. Dennoch lassen sich, trotz eines zweiten Liftings – ein außerordentlicher Glücksfall –, meine verbleibenden Licht-Jahre an einer Hand abzählen. Was dann? Werde ich eines Morgens als Greisin aufwachen? Die nichts mehr anstrebt und sich damit abfindet? Die von ihrer Substanz zehrt? Die sich nicht mehr auf ihre Kräfte verlassen kann? Und niemand weist mir den Weg – alle meine Freundinnen, Flora eingeschlossen, sind jünger als ich. Manche sehr viel jünger.

Inwiefern bewahrt mich Kurts Liebe davor, in diesen Abgrund zu stürzen? Er hat mir wieder Freude an der Liebe geschenkt, eine Lust darauf, die sich jeder

Vernunft widersetzt. Sollte er das Zeitliche segnen – ich glaube nicht, dass er vorher aufhören wird, mich zu lieben –, sollte er also sterben, hätte ich wohl nicht die Kraft, mir eine neue Liebe zu suchen. Erst recht nicht mit diesem Bewusstsein, dass mich nie wieder jemand so lieben wird wie er. Ich könnte mir vielleicht einen Liebhaber suchen. Aber das mit Kurt ist so viel reicher. Und was für eine ungeheure Gnade, mit sechzig genauso unbedarft zu sein, wenn es um die verflixte Liebe geht, wie mit zwanzig!

10. März

Ich würde Kurt gern glücklich machen. Es würde mir so leichtfallen, außerdem hätte ich auch noch genug Zeit für mein eigenes Leben. Einen Sartre oder Bernard Henri-Lévy möchte ich nicht mehr lieben: zu intelligent. Da genüge ich mir selbst, danke! Ich kann den beiden zwar nicht das Wasser reichen, aber ich langweile mich nie und hole genug aus mir heraus, um davon zu leben. Natürlich bin ich zehn Jahre zu spät dran: Kurt ist eine Spur zu gesetzt, trotz seiner wahnwitzigen Liebe zu mir. Jetzt weiß ich, warum ich seinen Heiratsantrag damals abgelehnt habe und warum ich ihn heute annehmen würde, wenn ich ungebunden wäre. Ich habe nicht die Meinung gewechselt, sondern die Perspektive, außerdem haben sich die Rahmenbedingungen verändert. Vielleicht kann ich inzwischen auch besser einschätzen, wie einzigartig Kurt ist. Manchmal stelle ich mir mein Leben (an der Schwelle zum Alter, wie es heißt) ohne Kurt als Komponente vor, und mir schaudert vor dieser Ödnis. Obwohl ich schon mit so unermesslich viel gesegnet bin, gab es Raum für etwas, das noch unermesslicher ist: eine Zärtlichkeit, die mich trägt, eine Hoffnung, die sich eigentlich nicht mehr einstellen dürfte, aber zweifellos vorhanden ist, die Erwartung, dass Neues geschehen wird, auch wenn schon alles gelaufen ist. Und wer, wenn nicht Kurt, würde zu mir sagen: »Du bist so süß, wenn du ›Pfff‹ machst, einfach zum Anbeißen.« Das mag unsinnig sein, unpassend. Solche Dinge habe ich aber sonst nie zu hören bekommen, weil ich ja alles andere als süß bin. Na und? Wir brauchen gelegentlich schöne Lügen.

12. März

Kurt hat mir in aller Ausführlichkeit von seiner Kindheit in seinem Geburtsland Deutschland erzählt, das er im Mai 1925 mit seinen Eltern und seinen beiden Brüdern verlassen hatte. Alle übrigen Angehörigen seiner jüdischen Familie, die geblieben waren, wurden während des Kriegs ermordet. Er musste schon sehr früh arbeiten, als Tellerwäscher, als Bäcker, und wurde von der Polizei verfolgt, weil er dafür zu jung war. Mit sechzehn ging er ein halbes Jahr zur Schule, danach trat er als Lehrling in eine Süßigkeitenfabrik ein, wo er acht Jahre lang blieb, bis 1934. Mit vierundzwanzig eröffnete er seinen eigenen Süßwarenladen und hatte damit Erfolg. Seine Mutter übernahm für ihn die Buchhaltung. Später gelang es ihm, sich dank eines staatlichen Stipendiums zum Fluglehrer ausbilden zu lassen. 1938 machte er seinen Abschluss, 1939 wurde er zum leitenden Fluglehrer ernannt. Als die Hochschule 1940 geschlossen wurde, stellte ihn die Armee als Fluglehrer ein. Dort tat er drei Jahre seinen Dienst, verfügte endlich über etwas Geld und ein Auto.

Zu Kriegsbeginn hatte er sich bei den Chicago Airlines beworben. Er musste sich in die zivile Luftfahrt einarbeiten, außerdem noch den Morsecode lernen. Schließlich kam er bei den American Airlines unter, aber dann stellte sich heraus, dass sie keine Juden nehmen … Antisemitic Airlines. Kurt brachte sie dazu, das offen zuzugeben. Und ließ sich von der Armee rekrutieren.

Er überführte Bombenflugzeuge und flog B-29s und B-24s voller Verwundeter über den Pazifik zurück. Eigentlich sollte er nach Indien und Japan versetzt werden, doch eine Sekretärin, die von seinen Deutschkenntnissen wusste, bekam den Versetzungsbefehl zu sehen und änderte ihn um. Er lieferte eine C-54 an Eisenhower, der eine Besatzung brauchte, und wurde dessen persönlicher Pilot. Als er nach dem Krieg aus Frankfurt und Paris – wo er und ich uns kennengelernt hatten – zurückkehrte, war sein Süßwarenladen hoch verschuldet. Eisenhower bot ihm an, in der Armee zu bleiben. Kurt war sich aber bewusst, dass es ihm an der nötigen Bildung fehlte, um dort wirklich Karriere zu machen. Im April 1945 trat er aus der Armee aus und fing als Pilot beim Philadelphia Bulletin ein, einer der bedeutendsten Abendzeitungen der USA. Dort blieb er zwanzig Jahre, bei nicht sonderlich guter Bezahlung. Aber sein Chef McLean schätzt Kurt so sehr, dass er zugesagt hat, ihm über die Rente hinaus fünfzehn Jahre lang sein Monatsgehalt als Pilot zu bezahlen, damit er über die Runden kommt. Nun sind schon fünf Jahre vergangen.

14. März

Der Gedanke, dass er mich in zwei Tagen verlassen muss, stimmt ihn so traurig, dass es mir das Herz bricht. Ich könnte jederzeit losweinen.

Im Juli werde ich mit Paul hier sein.

27. Juli

Perfekte Überfahrt. Keine Wolke am Himmel. Wir sprachen über unseren lieben Antoine Blondin: Wie bestürzt wir waren, ihn bei der Tour de France wiederzusehen, kaum siebzigjährig, aber ohne Zähne, sodass er schnalzt wie ein Greis, wenn seine Kiefer aufeinandertreffen.

Mit einer halben Stunde Verspätung angekommen, dafür gab es weder Zoll- noch sonst eine Kontrolle. Bei herrlichstem Wetter mit dem Auto weitergereist. Der VW ächzte wegen des Anhängers und des vielen Gepäcks, unsere Tochter Lison ist diesmal mit von der Partie. Kurz vor Kenmare zog es sich zu. Als wir gegen halb elf im letzten Dämmerlicht zu Hause in Bunavalla ankamen, »drizzelte« es. Merkwürdig, in Irland von »zu Hause« zu sprechen!

Keine einzige Glühbirne wurde angebracht, bis auf die Leuchtröhren in Küche und Bad. Alles, was wir in die Schränke geräumt hatten, ist feucht. Die Betten stapeln sich in einer Ecke. Es wurde nur flüchtig geputzt. Wenigstens gibt es warmes Wasser.

2. August

Springflut, Koeffizient 95, und so flitzen Lison und ich mit dem Boot zu den vorgelagerten Inselchen. Mildes, graues Wetter. Das Meer ist nicht kalt. Wir finden die vergessenen Freuden wieder: Stille, Einsamkeit, beinahe vertraute Vögel, Garnelengewimmel, klares Wasser. Fangen Seeigel, Felsengarnelen – ein Pfund von den mittelgroßen für die Suppe, Strandschnecken, riesige Samtkrabben.

Dank Lison habe ich jetzt Verstärkung, um die starren Essenszeiten aufzuheben, auf die Paul so großen Wert legt. Hier richtet sich alles nach den Gezeiten, und schließlich sind wir ja zum Fischen gekommen! Um den Tag zu genießen, statt brav um halb eins und halb acht die Mahlzeiten einzunehmen …

4. August

Ich habe den Briefkasten aus Doëlan angebracht. Täglich treffen zwei bis drei Briefe ein. Sie brauchen nur vier Tage, die irische Post funktioniert besser als die französische. Wir sollten uns schämen!

Morgens wieder fischen gewesen, in Richtung östlicher Strand. Selten sonniger Tag, der dieses mit allerlei verschiedenen Algen gefüllte Wasser zum exotischen Meer macht. Biegsame, sehr grüne Pinien, heller

Sand, bunte Kiesel. Der Sand ist voller Löcher, die ich noch nicht zu deuten vermag, da warte ich auf Michèle Rossignol mit ihren Luchsaugen.

Nachts Unwetter mit sintflutartigen Regenfällen. Der Tag eher grau. Aber was für ein schöner Anblick! So schön, dass Paul ein Foto machen wollte: Er steht vom Tisch auf, geht zum Panoramafenster, bückt sich mit der Kamera vor dem Auge und schlägt das Fenster dabei mit dem Knie ein. Die riesige Scheibe zerbricht, er ist von Scherben umgeben. Wundersamerweise wird er nur von einem einzigen Splitter verletzt: ein langer, tiefer Schnitt am kleinen Finger. Der blutet stark. Wir halten ihn unter das Wasser, ohne zu bedenken, dass es gelblich-rot ist und aus einer Quelle stammt, die unter den Kuhweiden verläuft. Danach rasen wir zum Arzt, Pat Gilson in Waterville, dessen chirurgische Ambulanz zum Glück zwischen 15 und 17 Uhr geöffnet ist. Die Wunde wird mit sechs Stichen vernäht.

Die Ankerreuse muss warten. Paul wollte sie gestern bauen, nun trägt er zwei Tage lang eine Armschlinge und wird für einen Großteil unseres Aufenthalts nur bedingt einsatzfähig sein.

7. August

Paul geht es allmählich besser. Die Armschlinge trägt er immer noch, dazu einen riesigen Handschuh aus schwarzem Leder. Immerhin konnte er Olivier, der gestern mit Michèle angekommen ist, mit seinem gesunden Arm Anweisungen geben, damit unser Freund die Ankerreuse für ihn baut.

Heute Nacht werde ich wieder in Lisons Zimmer schlafen, ohne Lison, die Michèle und ich nach Killarney gefahren haben, damit sie von dort aus mit dem Zug nach Mallow und weiter nach Dublin fährt, wo sie für dreihundert Franc einen Charterflug nach Paris ergattert hat.

Killarney war die Hölle: Motorräder, Gipfeltreffen von jungen Campern, Schlangen von Autos und Pferdewagen. Dazu noch im Regen.

Bei unserer Rückkehr überraschten uns Paul und Olivier mit einer Riesenlanguste: drei Kilo! Sean O'Shea hatte sie gerade mit dem Netz gefangen, und sie hatte sich verletzt. Zwar lebte sie noch, aber er konnte sie nicht in seinem Wasserbecken halten. Und so bot er sie uns zum halben Preis an.

Ich war erstaunt, als ich erfuhr, dass man Langusten bei der Zucht zähmen kann und sie ihren Herrn und Meister wiedererkennen. Man wird sie niemals in Batterien züchten können, weil die Larve in ihren ersten Lebensjahren sieben oder acht Phasen durchmacht, die sich nicht beherrschen lassen. Beim Hummer durchlebt die Larve hingegen vier Phasen in einem Jahr, wobei er vier Jahre braucht, um auf zwölf Zentimeter zu kommen und danach nur noch um einen Zentimeter pro Jahr wächst. Er kann sehr alt werden, bis zu 30, vielleicht sogar 50 Jahre.

Vorgestern haben wir uns fünf Hummer gegönnt, zu 50 Franc das Kilo! Wir haben uns schön den Bauch vollgeschlagen. In den Beinen steckten fette Fleischstäbchen.

8. August

Heute bekam Paul einen frischen Verband: ein Stich blutete, aber der Finger ist sauber, die Wunde rein.

Vor dem Fenster haben wir ein riesiges Brett, das uns die Aussicht auf diese herrliche Welt zur Hälfte versperrt. Das ist scheußlich, und so wird es den ganzen Sommer über bleiben, leider! Das Wetter ist immer noch mies: frisch, wenn nicht sogar kalt, Südwestwind, viel Regen, keine Sonne, über den Bergen ist es bewölkt.

Oben höre ich Olivier schnarchen. Durch eine Diät hat er fünf Kilo abgenommen, aber sein Gesicht hat weder den Reiz noch den Charme von früher zurückgewonnen. Es fällt ihm immer schwerer, sich auszudrücken. Er stottert zwar nicht mehr, stolpert aber über die entscheidenden Adjektive. Seine Sätze bleiben alle unvollendet …

9. August

Schon wieder ein Tag, an dem der Nebel tief hängt, die Skelligs, die Scariffs und zwei Drittel der Berge ver deckt. Wenn man zur Straße hinaufgeht, dringt man in Watte ein. Hier ist wenigstens die Bucht zu sehen.

Das, was man einst als Feldblumen bezeichnete, gibt es in Frankreich nicht mehr, höchstens in der Lozère oder in Naturparks, die ja nichts Natürliches an sich haben. Hier haben die Sträuße etwas Anrührendes. Nicht die ewigen Margeriten oder Butterblumen, sondern tausend andere Blümchen, unter anderem blaue Kugelblumen, an die man sich plötzlich wieder erinnert, weil man sie als Kind gesehen hat, als man gar nicht richtig hinschaute.

Gestern Abend waren wir wieder im Scariff Inn: »Ballads every Friday« ab 21 Uhr 30. Eine kleine Band: zwei junge Frauen, ein junger Mann. Patriotische Gesänge und Liebeslieder, allesamt traurig. Danach sind quer durch den Raum Freiwillige aufgestanden, Männer und Frauen jeglichen Alters, die ohne Musikbegleitung sangen, oft mit sehr schönen Stimmen und recht eigenartigen Jodeleffekten.

Man brachte uns drei Irish Coffee (Paul war nicht mitgekommen, *because his finger*), von einem Mann am Nebentisch ausgegeben. »Zum Gedenken an de Gaulle«, erklärte er und küsste Michèle die Hand. Ein sehr netter Abend.

Heute Abend ein Glas bei Wendy, unserer Nachbarin. Danach haben wir zu Hause dicke – quer geschnittene – Scheiben Räucherlachs gegessen und Wodka getrunken. Paul hatte vielleicht schon vor uns angefangen, jedenfalls war er am Ende betrunken. Wir redeten über das Leben als Paar, das heutzutage nicht mehr möglich sei, Paul zufolge: Man müsse die Liebe aufspüren, sobald sie keime, um sie gleich auszurotten! Das und noch andere Säufersentenzen. Wenn man dreißig Jahre als Paar zusammengelebt hat, ist eine solche Bemerkung völlig unangebracht. Und dann sagte er wieder, wie er es manchmal macht, wenn er zu viel getrunken hat, was man ihm allerdings nur in seltenen Ausnahmefällen anmerkt: »Wenn Benoîte mich verlässt oder stirbt, würde ich alle Häuser verkaufen, nichts würde ich behalten!« Seltsam, dass ausgerechnet der Mann, der die Romanvorlage für *Die Dinge des Lebens* verfasst hat, so was sagt.

»Du kannst also ohne sie nicht leben«, glaubte Michèle zu verstehen.

»Doch. Mit einer anderen Frau würde ich nur ein anderes Leben führen. Ich brauche Benoîte nicht – natürlich ist er viel zu arrogant, um sich einzugestehen, dass er jemanden brauchen könnte. Aber das Leben, das wir jetzt führen, interessiert mich nur mit ihr. Einfacher geht's nicht, oder?«

»Was für eine allumfassende Liebeserklärung«, sagte Michèle beharrlich.

Mag ja sein, in gewisser Hinsicht, in dieser Erklärung steckt aber auch etwas Besitzergreifendes. Wenn ich ihn verlassen würde, hieße das also, die Decke vom Tisch zu reißen und damit auch das ganze Geschirr und Besteck. Und als ich ihm vor dem Schlafengehen gute Nacht wünschte, fragte er mich völlig unvermittelt: »Glaubst du, wir werden unser Leben gemeinsam beschließen?«

»Ja, das glaube ich schon. Es sei denn, ich lerne jemanden kennen, der mich auf ganz neue Ideen bringt. Aber wir sind nicht mehr in dem Alter, in dem man so leicht jemanden kennenlernt. Ich wüsste also nicht, was uns trennen könnte.« Paul verzog das Gesicht und seufzte: »Sagen wir, bis Anfang September …« (Wenn ich Kurt in Doëlan wiedersehe).

»Ach was … Ich kenne doch mein Leben, da gibt es nichts Neues. Jetzt nicht und auch nicht im September. Was mich angeht, so bin ich zutiefst überzeugt, dass wir zusammen alt werden. An mir dürfte es jedenfalls nicht scheitern.«

Tatsächlich kommt Paul nur sehr schwer damit zurecht, dass ich Kurt liebe, auch wenn er das selbst auf dem Totenbett noch leugnen wird, und dass es mir gelingt, dabei ein gewisses, ja sogar vollkommenes Gleichgewicht zu wahren, ohne dass er mir irgendetwas vorwerfen kann, sei es eine Laune oder eine Handlung. Mit einer Ausnahme, als unsere erste Enkelin Violette zur Welt kam, da hatte er den idealen Vorwand, um in die Luft zu gehen, ohne eifersüchtig zu wirken (Kurt, nicht Paul, war bei der Geburt anwesend, weil Blandine einen Monat früher als erwartet entbunden hatte). Eifersucht: schändliches Wort, das niemals Verwendung finden darf.

10. August

Ob er Kurts Briefe liest, die in meiner Handtasche versteckt sind? Oder liegt es am Datum meines Wiedersehens mit ihm, das immer näher rückt, ohne Paul irgendeinen Anlass zur Klage zu geben? Sodass seine Eifersucht ins Leere läuft …

Heute Abend hat er sich sehr seltsam aufgeführt, fast schon mitleiderregend, als er sich weigerte, die Dinge beim Namen zu nennen. »Das Leben als Paar ist keine Lösung«, wiederholte er. »Es gibt nie eine Lösung«, antwortete Michèle, »weder für das Alter noch für die Einsamkeit. Man kann nichts ungeschehen machen. Und entscheidet weiterhin von Fall zu Fall.«

Ich stelle fest, dass er solche Diskussionen inzwischen genauso angeht, wie ich es früher mit ihm getan habe, hochempfindlich, verletzlich. Heute habe ich die Ruhe weg, er nicht mehr. Ich kann mich einfach nicht daran gewöhnen. Bin immer noch verblüfft darüber, dass mir nichts mehr wehtut, dass mir nichts mehr Angst macht. Bin ich gleichgültig geworden? Nein. Aber mir ist offensichtlich etwas abhandengekommen. Wie Paul so gern sagt: »Man verfügt nur über ein begrenztes Kapital.« Jetzt lebe ich unbeschwert, weil ich meinen Vorrat an Leidensfähigkeit ausgeschöpft habe.

11. August

Das Wetter bleibt sich treu. Heute zwei Regenschauer und zwei Stunden heiterer Himmel. Ich habe geheimwerkt. Wenn es draußen so bleibt, werde ich im Haus bald nichts mehr zu tun haben! Michèle nähte die Tagesdecken, während ich mich zur Bohrmeisterin mauserte, die nicht mehr bei jedem Versuch, ein Loch zu bohren, tonnenweise Putz rieseln lässt. Ich habe das Medizinschränkchen und den Klopapierhalter angebracht. Und den alten Kühlschrank angestrichen, den ich Madame Rosa in der Rue de Bourgogne geliehen hatte und der hier seine dritte Jugend verleben wird.

In Waterville eingekauft, als ich Paul zum Arzt gefahren habe, damit er sich die Fäden ziehen lässt. Er hat den Finger zu stark gekrümmt, sodass die Wunde zum Teil noch klafft. Bis sie verheilt, wird er besser aufpassen müssen.

Wir deckten gerade den Tisch, als Foxall vorbeikam und fragte, wer mit ihm zum Fischen rausfahren wolle. Paul darf seinen Finger nicht nass machen. Michèle fror »bis ins Mark«. Olivier wollte sich die Zeit bis zum Abendessen lieber mit einem Gläschen vertreiben. Ich schloss mich Foxall an.

Alte Seebarke, mit einem Seafull-Motor ausgerüstet. Wir fahren durch Engstellen, in denen es nur so spritzt und schäumt, passieren die Brandung und gelangen dorthin, wo das Meer auf geradezu schamlose Weise »atmet«. Was für ein Schauspiel! Wir schalten den Motor aus und fischen mit Wackelköder. Binnen vierzig Minuten fangen wir vierzehn Pollacks und sechs Makrelen. Keine Fischkörbe, sondern Kindereimer. Alles ist improvisiert. Bei diesem Seegang ist das besonders beeindruckend. Bei den Skelligs ist es angeblich noch zehnmal eindrucksvoller. Hin und wieder greift Foxall zu den Rudern, um Felsen auszuweichen. Unterwegs müssen wir Benzin nachfüllen.

Zu Hause dann köstlicher Räucherlachs mit Salat, frischer Pollack und Schokoladenéclairs.

Der Kühlschrank bekommt noch eine Schicht Farbe verpasst, dann ab ins Bett!

12. August

Irland enttäuscht mich – uns – nicht. Paul liebt dieses Haus, unter anderem, weil es sich dort bequemer leben lässt als in unseren anderen, mehrstöckigen und schwer zugänglichen Häusern: Die Garage an der Rückseite und dieses Schutzdach über dem Zugang zur Küche, das macht zwar nicht viel her, aber so komfortabel hatten wir es noch nie.

Ich habe sogar eine Wäscheleine! Schon immer hatte ich von einem nicht ganz so hübschen Hinterhof geträumt, wo ich die Wäsche trocknen lassen und irgendwelchen Kram zwischenlagern kann. Jetzt habe ich ihn. Meine anderen Gärten gehen alle nach vorn heraus und sind so winzig, dass es sich verbietet, dort Wäsche aufzuhängen, Holz zu stapeln oder eine Müllecke einzurichten. Es ist wunderbar hier!

Heute Morgen habe ich die Reuse heraufgeholt, die ich gestern an der Ostseite der Insel vor unserer Küste versenkt hatte: darin ein einpfündiger Hummer! Außerdem drei riesige Samtkrabben. Aber keine Garnelen, was merkwürdig ist. So festige ich meinen Ruf als französische Fischerin bei Foxall, der in diesem Sommer noch keinen einzigen Hummer gefangen hat, trotz seiner vier oder fünf Reusen. Ich glaube, er legt sie nicht akkurat genug aus, und er benutzt so ein zusammengeflicktes Plastikzeug, das die Hummer eher abschreckt.

Wenn ich dieses Floß der Medusa sehe, mit dem O'Shea haufenweise Touristen transportiert! Das Steuerrad ist nur mit einem Nagel befestigt. Es gibt keine Rettungsgürtel. Doch, einen für zwanzig Personen. Kein Rettungsfloß, weder Anker noch Segel. Auch keine Ruder für den Fall, dass dieses rostige Ding, das als *engine* dient, den Geist aufgibt. Und keinerlei Aussicht auf Gnade an dieser erbarmungslosen Küste.

13. August

Ich bin pausenlos beschäftigt, finde nicht mal genug Zeit, um meinem Kurt zu schreiben. Mal müssen diverse Kleinmöbel montiert werden, mal sind wir bei der Nachbarin zu Besuch, mal gehe ich fischen oder lege den Garten an ... Ich habe 57 Hortensienbüsche gepflanzt, davon 17 an der Frontseite, und zwei Stöcke Jungfernrebe gesetzt. An der Ostseite habe ich eine Terrasse fürs Nacktsonnenbaden eingerichtet und sämtliche Überbleibsel der Bauarbeiter beseitigt: Konservendosen, 7up-Flaschen, Lappen, Styropor, Kachelscherben, zerbrochene Limoflaschen ...

14. August

Schon wieder den ganzen Tag Regen. Nein, kein Regen, Pardon: *drizzle*!

Unsere Hummerkörbe sind leer geblieben, weil ich als Köder nur zwei alte Krabben hatte. Heute Morgen habe ich sie jeweils mit einer halben Makrele bestückt. Üppig ist das nicht.

O'Shea hat die ganze Nacht an seinem Boot gewerkelt: Er muss die Lenkung auswechseln. Dieser junge angehende Lehrer hat sich für das einfache Leben in einem Wohnwagen entschieden, zusammen mit einer jungen Psychiatrieschwester. Bei ihm kann ich das noch verstehen, aber sie mag weder Boote noch Fischen. Was macht sie dann den ganzen Tag in ihrem Wohnwagen? Putzen und Kochen? Da kann sie sich doch gleich einweisen lassen. Bald werde ich mehr wissen, sie kommen heute zum Abendessen.

Hier ist der Sommer die Hochsaison für Rheumatismus: Meine kleinen Finger sind beide an den Gelenken leicht geschwollen, vor allem der linke, und sie tun mir weh, wenn ich sie richtig krümme. Die kleinen Dreckskerle! Bewegen kann ich sie ohnehin nicht so gut. Wie es mir am Mittelmeer damit ergangen wäre? Wahrscheinlich hätte es dort nachgelassen.

Und ich vermisse Flora, mein Schwesterchen, sie ist gerade in China! Just zu der Zeit, als auf sämtlichen Plätzen die Statuen von Mao abmontiert werden und der Besitz des Kleinen Roten Buchs womöglich als subversiv gilt.

15. August

Die weißen, fast durchscheinenden Hälse der Irinnen – und Iren – fallen mir besonders auf und rühren mich sehr.

Vorgestern habe ich das Treibnetz in den Hafen versenkt, neben dem Strand, bei niedrigstem Wasserstand. Gestern dann wieder hochgeholt, bei heftigstem Nordwestwind, der die Regenwolken endlich vertrieben hatte: ein Dutzend Schollen, oder Goldbutte? Vor allem Krabben, sehr viele Krabben ... Ich habe drei Stunden gebraucht, um das Netz zu säubern, zum Glück in der Sonne, vor der südlichen Giebelwand, wo wir die Terrasse bauen lassen. Nach der Tötung unzähliger Krabben – die ich entweder herauszerrte oder zerquetschte – war mir so übel, dass ich abends nichts mehr essen mochte. Mein Albtraum: *Die Rache der toten Krabben*. Toller Titel!

Gestern drei flammende Liebesbriefe von Kurt. Letztlich, denke ich, ist es genauso schwer, die Liebe eines Dummkopfs zu wecken wie die eines Genies. Mit seinem amerikanischen Moralismus war Kurt nicht leichter aus der Reserve zu locken als ein freizügiger französischer Intellektueller. Die Vorstellung, dass ich meinen Körper in einem Monat auf ganz andere Weise ertüchtigen werde als jetzt, da ich jeden Morgen zwanzig Minuten rudern gehe, entzückt mich.

16. August

Heute Morgen nichts in den Körben, abgesehen von 50 grünen Krabben, leider, dazu ein Taschenkrebs und eine Samtkrabbe.

Das Wetter wird besser. Mittags klart es auf. Grandioses Licht über Lambs Head, wo wir gerade fischen.

»Wo ist denn mein Joghurt? Ich habe keinen Joghurt mehr«, sagt Paul freundlich entrüstet, aber eben doch entrüstet, beim Blick in den Kühlschrank. So würde ich mich selbst nie ausdrücken, sollte ich entdecken, dass »meine Milch« oder »mein Orangensaft« alle sind.

18. August

Paul gehört nicht zu den Herren, die zweimal hintereinander Liebe machen. Höchstens einmal am Abend und dann wieder am nächsten Morgen. Wenn überhaupt. Aber auf keinen Fall zweimal in derselben Nacht. Soweit ich das beurteilen kann! Solche Wiederholungen setzen voraus, dass man entweder von Natur aus unersättlich ist oder ein maßloses Verlangen nach dem anderen Körper hat oder beides. Ersteres trifft auf Paul nicht zu, dem alles Mögliche gefällt und der darum keinen unstillbaren Hunger auf etwas Bestimmtes verspürt, Zweites auch nicht – as *far as I'm concerned*. Natürlich möchte ich gern glauben, dass es bei ihm immer so ist. Als Frau sollte ich aber nicht davon ausgehen, dass der Mann, den ich liebe, sich überall gleich verhält. Ich hatte Paul mehr begehrt als er mich. Als wir ein Liebespaar wurden, war er schneller satt als ich und ließ mich ohne ein Zeichen des Bedauerns zurück. Vielleicht war er mit Marie-Claire, die ihm so gut entsprach und in die er sich – im Gegensatz zu mir – Hals über Kopf verliebt hatte, diesem unstillbaren Verlangen erlegen? Vom Naturell her bin ich selbst nicht unersättlich. Wenn ich aber wirklich verliebt bin, was selten der Fall ist, löst die Liebe bei mir eine solche Gier aus, ein Verlangen, das, kaum gestillt, gleich wieder spürbar wird.

Endlich ein richtig schöner Tag. Wir beschließen, zum Fischen rauszusegeln. In der Bucht richten wir das Segel aus, da bricht der Lümmelbeschlag entzwei. Wir schalten den Motor wieder ein und entscheiden uns dafür, mit dem Schleppnetz zu fischen, aber nun fällt der Motor aus. Wir rufen Nolan zur Hilfe – auch bei ihm fällt der Motor aus! Also holen wir das Netz wieder ein und wriggen zurück, ohne uns allzu sehr zu grämen.

Kaum sind wir zu Hause, sehen wir ein riesiges Segel nahen: die *Pen Duick VI*! Tabarly, Jacqueline, seine Tochter und eine Freundin kommen an Land, nach einer spektakulären Einfahrt, die von unseren Nachbarn bestaunt wird. Sie bleiben über Nacht, das Abendessen begießen wir mit Wodka, Wein und Irish Coffee, was mir nicht schlecht bekommt! Weil ich mich hier so viel bewege, rudere, den ganzen Tag körperlich betätige, bin ich voller Energie. Dieses Land wächst mir mehr und mehr ans Herz. In Doëlan fehlt mir inzwischen die Energie, die ständige Lust, fischen zu gehen, die mich in Kercanic umtrieb. Die magere Ausbeute, das schwärzliche, niemals klare Wasser, der mit Treiböl, grünem Schaum und beigem Schleim aus der vom Bolloré-Konzern verschmutzten Laïta überzogene Hafen haben mich traumatisiert. Es ist dort so verdreckt wie in der Sargassosee. All das hat in mir nach und nach den Wunsch abgetötet, mit meinen Netzen auf See zu sein und ihr dabei tief in die Augen zu blicken. Irland weckt in mir wieder die Lust, hinauszufahren, das bestätigt sich immer mehr. Seit zwanzig – oder hundert – Jahren saubere Häfen und klares Wasser. Und das Fischen? Auch das ist hier ein Wunder.

19. August

Paul hat mich heute Morgen um Viertel vor neun geweckt: Ihm war langweilig, so allein!

Manches im Leben fügt sich bestens. So vergeht einem ohnehin die Lust auf Kinder, wenn man keine mehr bekommen kann. Dafür freue ich mich sehr, dass Blandine Mutter geworden ist. Auch wenn sie mir fast leidtut, weil sie ein paar Jahre lang voll und ganz mit ihrer Mutterschaft beschäftigt sein wird und ihr die Lebenskraft einer Frau wie Colombe fehlt, der Tochter von Flora. Sie wird drei oder vier Jahre »verlieren«, nicht alles, natürlich. Aber SICH.

Komisch, dass Paul, der theoretisch sehr an einem Kind hängt, wie an Violette, unserer Enkelin, vor dem realen Kind eher zurückscheut. Während ich im Gegenteil die Gesellschaft des Kindes genieße und die abstrakte Vorstellung mir eher Angst einflößt. Violettes Kacke ekelt mich kein bisschen – sie ist fünf Monate alt, da stinkt sie (noch) nicht. Ich wasche ihr gern die Vielliebchen, spüre sie gern an meiner Brust schlafen, den Kopf an meinen Hals geschmiegt. Freue mich, wenn sie genüsslich an ihrem Fläschchen saugt und vor sich hin lächelt. Das Schlimme ist nur, dass eine Frau von der Mutterschaft aufgefressen wird, wenn sie nicht genug Lebensenergie hat. Blandine hat aufgehört zu lesen, fernzusehen, sie ist nur noch mit ihren Ängsten beschäftigt. Ich hoffe, dass sie SICH buchstäblich wieder fangen wird. Umso mehr bewundere ich Colombe, das habe ich ihr auch geschrieben, ich bewundere die allumfassende Energie, mit der sie ALLES bewältigt. Bei Lison wird es auch so sein. Wenn ich mich nicht irre … Als ich etwa zwölf Jahre alt war, notierte meine Mutter in ihrem Tagebuch: »Rosie [so hieß ich, bis ich achtzehn wurde] wird niemals schöpferisch tätig sein. Ihr fehlt das schöpferische Talent, das habe ich mittlerweile erkannt.« Man hat ein ganzes Leben Zeit, um sich selbst zu entdecken. Und das Wunderbare ist, dass es immer noch Dinge zu entdecken gibt, in jedem Alter.

22. August

Kurt hatte eine offene Aussprache mit seiner Frau: Jetzt weiß sie Bescheid ... Sie wollte ihn gleich hinauswerfen, aus dem gemeinsamen Haus, das er zum großen Teil mit seinen eigenen Händen erbaut hat. Amerikanische Ehefrauen sind von einer Unverfrorenheit! Jetzt will sie nicht mehr mit ihm ausgehen und erzählt allen gemeinsamen Freunden, was er für ein *bastard* ist. Aber sie erlaubt ihm weiterhin gern, die Einkäufe zu erledigen, für sie zu kochen, sich um den Garten zu kümmern und sie durch die Gegend zu kutschieren. Wenigstens kann er jetzt verreisen, ohne lügen zu müssen. Er schreibt mir, dass ihm das alles egal ist: *I live for you*. Nur, welches Leben?

Im Grunde geht es mir jetzt so wie Colette, im Alter brauche ich nur einen Goudeket – in meinem Fall einen Kurt –, um mich ganz unbefangen und in aller Ruhe dem zu widmen, was ich schreiben möchte. Und nicht mehr einem Mann, mit dem ich alles teilen müsste (den glücklichen Stunden zum Trotz, die sich gelegentlich daraus ergeben). Unbedingt. Damit er ja nicht unglücklich wird. Paul ist auf meine veränderte Haltung nicht vorbereitet, das stimmt. Ich möchte nicht mehr einen geliebten Schriftsteller verhätscheln, sondern selbst verhätschelt werden. Das kann Paul nicht, und mit unserem »schöpferischen« Ego haben wir beide dieselben Bedürfnisse. Seine wurden über lange Zeit erfüllt. Damit ist jetzt Schluss. Das mag hart und ungerecht sein. Aber man ist nun mal egoistisch, wenn man mehr anstrebt als die Aufrechterhaltung einer harmonischen Ehe.

1981

9. Juni

An Bord der *St-Patrick*. Bei der Abfahrt war es windstill, der Himmel blass bei wenig Sonne. In der Nacht bekamen Kurt und ich aber einen heftigen Sturm ab. Heute Morgen haben wir Windstärke 5.

Als ich beim Frühstück die Hand wechseln musste, um ein störrisches Marmeladenglas zu öffnen, dachte ich unversehens: Dann nehme ich eben den rechten Daumen statt des linken. Ist ja nicht so schlimm, angesichts meiner verbleibenden Lebensdauer … Vor zehn, vielmehr fünfzehn Jahren hätte ich etwas unternommen. Jetzt, da ich die sechzig überschritten habe, kann ich mich mit einem lahmen Daumen arrangieren. Seltsam, dass mir das so egal ist. Weil ich anderen nicht mehr unbedingt gefallen muss? Weil ich Kurt so oder so gefalle, mit funktionstüchtigem oder ohne funktionstüchtigen Daumen?

Paul, der noch im Élysée zu tun hatte, sagte mir zum Abschied: »Gib Irland einen Kuss von mir«, durchaus im Bewusstsein, dass ich bestimmt Küsse verteilen würde, aber wohl nicht an Irland. Er ist glücklich und genießt die Aufmerksamkeit im Kreis einer anderen Familie, Mitterrands Familie, wo er sicher meint, mehr Wertschätzung und Zuwendung zu erfahren, sich jedenfalls wichtiger vorkommt. Mir macht es nichts aus, nicht dabei zu sein. Ich habe nicht viel übrig für diese ritualisierte und patriarchalische Atmosphäre, die Mitterrand erzeugt, umgeben von Frauen, die nicht so intelligent sind wie er (und ich!), dafür den Laden schmeißen und als Claqueurinnen dienen.

11. Juni

Es nieselt über dem grauen *Eire*. Genau dasselbe Wetter wie im letzten August: Man erkennt nicht einmal eine Kuh auf der Weide gegenüber!

Freudiges Wiedersehen mit dem Haus. Wir haben wacker geschuftet: Duschvorhänge angebracht, die Ecke neben dem Kamin tapeziert, wo wir das Feuerholz stapeln, meine Rhododendren mit getrocknetem Kuhdung versorgt, das komplette Geschirr der Eltern von Paul gespült, das wir aus Saint-Mars-La-Jaille mitgebracht hatten.

Kurt und ich fühlen uns sauwohl, wir haben das Haus für uns allein und noch reichlich Zeit vor uns – zwölf Tage, genug, um nicht gleich Tränen über den bevorstehenden Abschied zu vergießen. Er denkt immer öfter daran, Peggy und seine Heimat zu verlassen, aber das macht ihm Angst, und ich kann ihn verstehen. Wie würde es ihm ergehen, wenn ich mich dann von ihm trennte? Und wie kann ich ihm garantieren, dass sich meine Gefühle für ihn nicht ändern werden? Er hätte nicht einmal mehr genug Geld, um in die USA zurückzukehren. Und würde in seinem Alter – immer dieses verhängnisvolle Alter – auch keine vernünftige Arbeit mehr finden.

13. Juni

Ich habe es satt, mich wie im November einzumummeln. Es ist so kalt, dass ich sogar meine Handschuhe vermisse! Dicker Pulli, Regenmantel und Halstuch, Wollsocken, Kreppsohlen …

Trotzdem habe ich heute Morgen genug für eine Suppe gefangen, ein halbes Pfund dicke Felsengarnelen und 6 Seeigel.

Gerade, wenn ich mir vorstellen kann, Kurt zu verlassen, vielleicht für immer, ohne allzu unglücklich zu sein, berührt er mich wieder auf unerfindliche Weise, und ich fürchte mich davor, all das bis ans Ende meiner Tage entbehren zu müssen. Seine rückhaltlose Liebe, ja, aber auch einfach nur unsere körperliche Liebe, denn alles, was mich in der Vertikalen an ihm stört, schwindet in der Horizontalen dahin! Mit ihm empfinde ich eine Art von sinnlicher Euphorie, die unvergleichlich ist. Auch wenn ich schon vor ihm sehr verliebt war (nur in Paul), habe ich noch nie so viel Lust erlebt. Und noch nie hatte ich das Gefühl, so viel Lust zu schenken. Früher habe ich mich immer viel zu sehr um die Lust meines Partners gesorgt, anstatt mich der eigenen hinzugeben. Mit Kurt sorge ich mich um nichts. Ich fühle mich endlich bewundert, voller Anmut und Anziehungskraft. Das ist mir vor ihm nie so ergangen.

Doch leider ist es viel zu spät, um ihn von seinen dämlichen Vorurteilen zu befreien. Schauderhaft, was er so von sich gibt: »Hat man ein Schloss gesehen, kennt man sie alle, wie mein Sohn sagt.« Selbstverständlich ist er für die Todesstrafe. Ein typischer Repräsentant des bodenständigen Amerikas: Diebstähle, Vergewaltigungen, Verbrechen aller Art werden grundsätzlich von Schwarzen, Haitianern und anderen »Kanaken« begangen. Wäre er nicht selbst Jude, wäre er bestimmt Antisemit. Doch er hat gelitten, weil er Jude ist, und das hat ihm Verständnis abgenötigt. Ein wenig. Andererseits hat er ein feines psychologisches Gespür für seine Mitmenschen.

17. Juni

Blandine hat mir einen bezaubernden Brief geschrieben: »Ich denke an Euch beide, verliebt und glücklich in Bunavalla. Genießt es, sie dauert bloß kurz, die Süßkirschenzeit ...« Ehebruch mit dem Segen der eigenen Kinder – ist das nicht schön? Und zu wissen, dass ihr Segen einem sicher ist, egal, was man mit seinem Leben vorhat. »Für mich zählt einzig und allein, dass Du glücklich bist. Denk also an Dich, Mama, und denk auch daran, dass das Leben kurz ist. Das rät Deine ›junge‹, bereits sehr erfahrene Tochter ihrer ›alten‹, ewig jungen Mutter. Wobei es mir leidtut, dass Du eine so schwere Entscheidung treffen musst, und ich keine Ahnung habe, wie wir Dir helfen könnten, Lison, Constance oder ich. Höchstens mit dem Zuspruch: Egal, was Du tust, wir heißen es gut.«

Meinen Tod werde ich vor allem aus einem Grund bedauern: Weil ich die herzzerreißende Trauer meiner Töchter dann nicht mehr selbst erleben kann.

20. Juni

Der erste Tag, an dem ich meinen Badeanzug tragen konnte: zwei Stunden lang!

Gestern haben wir lange über die Zukunft geredet, über den Mut, den er aufbringen wird oder auch nicht. Aber wir stolpern immer über sein Alter. Ein Alter, das ich allmählich an ihm wahrnehme: Es hat ihn zwar erst mit zehn Jahren Verspätung eingeholt, aber jetzt ist es da und wird sich immer stärker bemerkbar machen. Paul ist vor der Zeit gealtert, Kurt danach. Ergibt jetzt trotzdem zwei Greise! Während ich, von meinen Falten abgesehen, nicht die geringsten Anzeichen von Alterung spüre. Und da wird mir klar, dass Liebe sich auf eine Frau tatsächlich belebend auswirkt, während sie den Mann erschöpft, vor allem, wenn er regelmäßig – und dann gleich doppelt – gefordert wird. Ideal wäre, ihn alle zwei Monate zu sehen, damit er genug Zeit hat, alles zu erledigen, was ich ihm auftrage, und mich außerdem in den siebten Himmel zu befördern. Ich sehne mich immer noch und immer wieder danach. Durch ihn werde ich unersättlich, das war ich vorher nie. Vor allem hege ich für ihn unendlich viel Zärtlichkeit und ein gewaltiges Verlangen nach seinen Liebeskünsten. Außerdem mag ich seine Erscheinung, seine Eigenheiten, vielleicht mag ich das, was er früher war, noch lieber als das, was von ihm übrig ist. Manchmal scheint hinter seinem Gesicht bereits das Greisenantlitz durch, und das treibt mich zur Verzweiflung. Da schließe ich manchmal lieber die Augen und konzentriere mich ganz auf das, was ich fühle. Vielleicht geht es ihm mit mir nicht anders, wer weiß? Aber ich bin acht Jahre jünger als er. In diesem Alter macht das einen riesigen Unterschied.

24. Juni

Für irische Verhältnisse herrliches Wetter, das heißt wolkig-bedeckt mit sehr kurzen Aufheiterungen und zwei, drei *drizzle*-Spritzern.

Seit heute Morgen haben wir uns drei Mal geliebt. Jetzt ist es 16 Uhr. Eigentlich könnte man ohne leben, denke ich manchmal. In unserem Alter! Aber dann spüre ich wieder dieses Verlangen nach ihm, nach seiner Berührung, und mir wird angst und bange bei der Vorstellung, ihn aufzugeben, all das aufzugeben. *Quickies* finde ich nicht verlockend. Oder vielleicht doch, aber das ist kein Ersatz für die zärtliche Aufmerksamkeit, mit der er mich unaufhörlich umgibt. Und seine Art, mich zu lieben, ist so erlesen wie ein Calon-Ségur oder meinetwegen ein Château Soutard. Alles andere nimmt sich dagegen wie billiger Fusel aus, der einem nur Kopfschmerzen beschert.

Kurzum, wir haben kein bisschen Schluss gemacht. Werden uns im September oder Oktober wiedersehen. Dann kann er eine Eskapade wagen, ohne gleich das Erdbeben auszulösen, das er sich insgeheim wünscht, jetzt, da Peggy die Wahrheit kennt. Bis dahin werde ich wissen, wie Paul mit seinem neuen Posten zurechtkommt, an dem er sich gerade berauscht. Ob er mich wohl noch gründlicher vergessen wird, weil ich nicht vorhabe, die Gefährtin seines Ruhms oder seine Muse zu sein? Wenn ich die nächsten sieben Jahre allein in Hyères verbringen muss, um zu schreiben, ist das eine ziemlich trostlose Aussicht. Es wäre aber auch nicht fair, Kurt sieben Jahre Probezeit zuzumuten. Also warte ich. Worauf? Das weiß ich selbst nicht. Schade, dass Kurt in intellektueller Hinsicht so viel zu wünschen übrig lässt. Er spricht nicht mal Französisch ... Ein Glück für Paul, denn sonst würde ich wohl kaum dem Vergnügen widerstehen, mich ständig auf diese Weise lieben und umsorgen zu lassen.

26. Juni

Gestern war ein trister Tag. Kurt ahnt, dass alles, was wir besprochen haben, nichts ist als *words, words, words*. Je näher der Abschied rückt, desto feuchter werden seine Augen, wenn er mich ansieht.

28. Juni

An Bord der *St-Patrick*. Ich vermisse schon jetzt Kurts Fürsorglichkeit, eine Fürsorglichkeit, die Paul mir nie hat zuteilwerden lassen. Hier werde ich hingegen wahrgenommen, unterstützt, aufmerksam verfolgt, rücksichtsvoll behandelt. Annehmlichkeiten, auf die ich bald verzichten muss. Vielleicht für immer ...

26. Juli

Von einem herrlichen Licht begrüßt, nach einer Fahrt im *drizzle*. Sheila war kein einziges Mal da, nachdem Kurt und ich abgereist sind. Die Bettdecke ist zurückgeschlagen, aber nur leicht, um erzkatholische Iren nicht über Gebühr zu schockieren. Butter und Kaffeeschalen stehen noch auf dem vollgekrümelten Esstisch … Ein wahres Fest für Paul, der immer wieder knurrt: »Diese Schlampe! Was für eine Schlampe!« Wen meint er wohl damit? Er zeigt sich dann trotzdem ritterlich: Ich bin zu faul, um die Laken zu wechseln, er verkneift sich jede Bemerkung und schlüpft in das Bett meiner heißen Liebesspiele … das allerdings seit einer ganzen Weile erkaltet ist.

Auf der Fahrt von Cork nach Bunavalla haben wir uns so offen ausgesprochen wie schon lange nicht: »Was würden die Mädchen wohl sagen, wenn wir uns scheiden ließen?« Wir reden um den heißen Brei herum, aber wir reden. Loten die Tiefe des Abgrunds aus. Ich habe den Eindruck, dass Paul mich erst jetzt kennenlernt. Tatsächlich bin ich inzwischen eine Andere. Ich achte nicht mehr furchtsam auf das geringste Zucken seiner Augenbraue. Was immer er sagt oder tut, macht mir keine Angst mehr und kann mir auch nicht mehr richtig wehtun. Das ist ein so grundlegender Wandel, dass ich Paul ebenfalls mit neuen Augen sehe: Möglicherweise ist er leichter zu knacken und zu dominieren, als ich dachte. Aber ich habe kein Interesse mehr daran, ihn zu dominieren.

»Wenn du mich nicht achtest, kann ich nicht länger

mit dir zusammenleben. Und du hast die Achtung vor mir verloren.«

»Du übertreibst. Ich bringe dir nur nicht mehr diese blinde – nein, das ist kein nettes Wort –, diese ungebrochene Bewunderung entgegen, die ich dir fünfundzwanzig Jahre lang hinterhergetragen habe.«

»Während meine Achtung für dich wächst und wächst.«

»Aber nur, weil sie früher so gering war. Kräfteverhältnisse können sich im Lauf des Lebens ändern.«

Tatsächlich wird mir bewusst, wie segensreich eine gewisse Gleichgültigkeit ist. Wenn Paul unser Leben so unerträglich findet, muss er eben eine Entscheidung treffen. Ich habe jedenfalls nicht vor, mich zu irgendetwas zu zwingen oder ihm etwas vorzuspielen. Und ich werde sicher nicht unglücklich sein. Wenn ich bedenke, wie sehr seine Bemerkungen mich noch vor zehn Jahren verletzt haben … Vermutlich verletze ich jetzt ihn, weil ich ihm nicht widerspreche, als er feststellt: »Mittlerweile liebe ich dich mehr, als du mich liebst.« Schmerz ist ihm nicht anzumerken. Er begnügt sich damit, die Entscheidungen zu erörtern, die getroffen werden müssen. Ja, es stimmt, dass ich ihn oft sehr kritisch sehe und vieles an ihm nicht schätze, seien es Verhaltensweisen oder Charakterzüge. Bisher hat er in einem so wunderbaren Kokon aus Liebe und Anerkennung gelebt, da wird man wohl besonders kälteempfindlich. Während die Wunde, die diese so unglücklichen Jahre bei mir hinterlassen haben, als Paul in Marie-Claire verliebt war, unheilbar geblieben oder zumindest niemals vernarbt ist. Leben bedeutet immer, verletzt zu werden. Niemand kommt im Laufe seiner Existenz unversehrt davon.

28. Juli

Schönes Wetter gestern. Der erste warme Tag seit einem Monat, hören wir. Auf dem offenen Meer herrscht jedoch dichter Nebel. Sean O'Shea irrte mit seinen fünfzehn Passagieren vor den Skelligs umher. Er darf höchstens zehn transportieren!

Paul bleibt zum Glück nicht ganz untätig. Das Leben hier bekommt ihm. Bei unserer Ankunft hatte er Ringe unter den Augen und geschwollene Lider, außerdem war er ganz bleich. Jetzt geht es ihm schon etwas besser, er vergisst die Politik. Auch wenn wir beide durchaus auch unsere politischen Verwicklungen haben … Aber die Stimmung zwischen uns ist nach langer Zeit mal wieder heiter und zärtlich. Heiter, wenn auch traurig grundiert, jedenfalls bei Paul. Er hat mir ein paar Dinge anvertraut über die Frau, in die er zurzeit ein bisschen verliebt ist. Und auch über Marie-Claire Duhamel, die er so sehr geliebt und die mich damals so unglücklich gemacht hat. Seine und meine Erinnerungen stimmen nicht unbedingt überein. Ich erinnere mich daran, dass sie ihn jeden Morgen anrief, als wir noch im Bett frühstückten. Sie erzählte ihm von ihrer Arbeit, ihren Projekten. Ich erinnere mich an unsere Reise zu viert (mit ihrem Mann) nach Griechenland. Paul fotografierte sie fortwährend … Ich erinnere mich an die Tränen, die ich auf Mykonos vergoss, obwohl ich zu diesem Zeitpunkt (1952) von nichts wusste – oder von nichts wissen wollte. Dabei sah ich die beiden in meinen Albträumen miteinander schlafen … Mein Körper wusste mehr als ich: Während unserer Kreuzfahrt bekam ich zwei Fieberbläschen und nach unserer Rückkehr eine Gelbsucht.

29. Juli

Irland ist ein Seelenzustand, eine Lebensweise. Und mir gefällt diese Lebensweise. Ich atme die Luft ein, wie man quellreines Wasser trinkt. Sie hat viertausend Kilometer Atlantik hinter sich, und so schmeckt sie auch. Ich finde das wieder, was meine Kindheit und Jugend in Concarneau geprägt hat: unberührtes Meer, ursprüngliche Strände. Und Hohlwege voller seltener Blumen, wie es sie bei uns gab, bevor die Touristen sie zerstörten und schließlich ausrotteten.

Wir waren angeln. Nach einer knappen Viertelstunde, während der wir einen Pollack nach dem anderen fingen, sagte Paul: »Wenn du nicht aufhörst, fängst du dir gleich eine Ohrfeige!« Und dann hat er mir verboten, die Angel noch einmal auszuwerfen. Ich durfte nicht mehr fischen! Nicht einmal Lippfische für meine Pökellake. Die Nachbarn lassen sie zu Dutzenden am Kai liegen. Aber wir sind nur zu zweit, um diese Unmengen zu essen …

30. Juli

Gezeitenfischen ohne Paul, er hat den ganzen Vormittag mit Schreiben verbracht. Als ich um 13 Uhr nach

Hause kam, war das Geschirr, das ich gestern gespült hatte, noch immer nicht eingeräumt. Das werfe ich nicht ihm vor, sondern mir. Paul lässt seinen Pyjama liegen, wirft Hemden und Pullis auf einen Haufen, breitet nie die Tagesdecke über das Bett, weder morgens noch nach seinem Mittagsschlaf. Er hat noch nie einen Besen in die Hand genommen. So hat er Zeit zum Schreiben. Die gönnt er sich ohnehin, während die niederen Verrichtungen des Alltags an mir hängenbleiben. Ich kann erst arbeiten, wenn sie erledigt sind. Das heißt, wenn mir niemand hilft, komme ich nicht zum Arbeiten. Wenn Chaos herrscht, fehlt mir die innere Ruhe und Konzentration.

Paul ist zum Taschenkrebs (notorischer Tagschläfer) geworden und nach dem Mittagessen gleich eingenickt.

1. August

Das – schöne – irische Wetter hat sich wieder eingestellt: grau mit fast sonnigen Abschnitten.

Heute kein Gezeitenfischen, ich ruhe mich mit Wonne aus. Ich lasse meinen Körper hier immer auf Hochtouren laufen und bin jetzt durch und durch gerädert. Aber dieses Haus, in das ich keine Arbeit stecken wollte, ist wider Erwarten so schön und so voller Erinnerungen ganz unterschiedlicher Art, dass ich es ohne Unterlass schrubbe. Auf allen vieren habe ich mit einem Schwamm, Sandpapier und einem Messer die unzähligen Farbtropfen vom Kachelboden entfernt. Habe herrliche Wildblumensträuße gebunden: rosa

Dünenblümchen, Kapuzinerkresse, violettes Heidekraut. Wenn Flora und Bernard am 16. kommen, werden sie über diesen zauberhaften Ort staunen. Wenn ich nicht rudere, nähe ich. Und schreibe in der Kammer hinter unserem Schlafzimmer, mit Blick auf den Hügel aus schönem Granit, an dem sich wilde Karden, Zwergginster und blonder Strandhafer heften. Das Meer sehe ich zwar nicht, aber diese keltische Miniaturheide rührt mich an.

Allem Anschein zum Trotz bin ich nicht pflichtbewusst, sondern hedonistisch. Weil ich an so vielen Dingen Gefallen finde, muss ich mich nie zwingen, sie zu tun.

3. August

Heute Abend war es wieder Zeit für die »Große Debatte«, »Jetzt mal Tacheles!«, das »Rededuell«. Wie meistens, von Paul angestoßen: »Es wäre die größte Dummheit deines Lebens, mit Kurt zusammenzuziehen, ohne es vorher drei Monate mit ihm unter einem Dach zu probieren.« Die größte Dummheit meines Lebens: nein. Sicher nicht schlimmer als damals, als ich Georges geheiratet und unsere beiden Töchter bekommen habe, ohne vorher mit ihm auf Probe zu leben, nicht mal eine Woche! Ich würde einfach dieselben Risiken eingehen wie die Bräute von früher: gewaltige Risiken. Und wenn man ein Jahr mit jemandem zusammenlebt – ist das eine Garantie für Dauerhaftigkeit? In meinem Fall wären drei Monate bestimmt genug, um zu wissen, ob Kurt mich langfristig abschrecken oder sich als untauglich erweisen würde. Oder ob seine Körpermagie nachzulassen droht, was fatal wäre. Wobei unser Verlangen und unsere Lust noch ein paar Jahre anhalten dürften. Eine Ewigkeit, in unserem Alter! Es sind jedenfalls die letzten Jahre vor dem Ruhestand. Kurt kann sich diese drei Monate aber gar nicht nehmen, und ich entdecke dank meiner neuen Gelassenheit die vielen Ausflüchte und blinden Flecke, die Paul zu kaschieren versucht.

»Du führst dich hier als Märtyrerin auf, dabei hast du doch alle Karten in der Hand. Zwei Männer sind für dich zum Äußersten bereit: Kurt setzt seine Existenz aufs Spiel, ich würde mich deinem Wunsch fügen, wenn du mit ihm in Frankreich zusammenleben willst.«

»Ich führe mich keineswegs als Märtyrerin auf. Mir ist klar, dass ich nicht die größte Leidtragende wäre, egal, wie diese Geschichte ausgeht. Wenn es einen Märtyrer gibt, dann ist es Kurt.«

»Ach ja?«, sagt Paul ungläubig.

»Kurt ist Rentner, ohne Aussicht auf eine neue Karriere, selbst wenn er gelegentlich noch als Pilot arbeitet, und wenn wir die Sache aufgeben, muss er bei einer Frau bleiben, mit der ihn nichts mehr verbindet, nicht mal ein Rest Zärtlichkeit … Während du dank Mitterrand eine Aufgabe übernimmst, die dich brennend interessiert, außerdem bist du zehn Jahre jünger als Kurt, du hast Geld, Freunde, ein Leben voller Abwechslung und Spaß, Frauen, die dich lieben …«

»Und das heißt also, ich soll brav eure Entscheidung abwarten?«

»Was spricht dagegen? Empfindest du das als Demütigung? Wenn du der Meinung bist, dass ich diesen Aufwand nicht wert bin, kannst du dich ja von mir trennen. Ich musste selbst sehr lange warten, musste jahrelang in Ungewissheit ausharren, mit der Angst, nicht geliebt zu werden. Und das in einem Alter, in dem man weniger geduldig ist. Wenn du aber nicht warten willst …«

»Ich will nicht hundert Jahre warten …«

»Ich auch nicht. Ich habe dir doch gesagt, dass wir uns ohnehin im Herbst entscheiden müssen.«

»Wann genau? Ich muss es wissen, um selbst planen zu können …« (Diese Manie, immer gleichziehen zu müssen, er will nicht allein warten, wenn ich nicht allein bin. Als wäre ich selbst nicht unzählige Male allein geblieben.)

»Wenn ich zwei Wochen frei habe«, fährt Paul fort, »will ich es im Voraus wissen, um sie richtig zu nutzen.« (Er wird keine zwei Wochen frei haben, er schafft es ja nicht mal, sich ein Wochenende im Monat freizuhalten. Das mochte ich nie, seine Art, jede Lücke zu füllen.) »Und worauf warte ich dann überhaupt? Trifft Kurt die Entscheidung?«

»Wir treffen sie gemeinsam. Ja, so ist es nun mal. Liebe bringt eine gewisse Abhängigkeit vom anderen mit sich.«

»Ich finde es schlimm, dass dir die dreißig Jahre unseres Zusammenlebens nichts mehr bedeuten.«

»Sagen wir es mal so: Dass wir dreißig Jahre zusammen waren, ist für mich noch lange keine Verpflichtung, auch die nächsten zehn Jahre so zu verbringen.

In diesem Punkt waren wir uns noch nie einig. Dabei sind dreißig Jahre Partnerschaft, ja sogar Glück, etwas Großartiges. Ein Geschenk. Das bedeutet aber keineswegs, dass es so weitergehen muss. Ich weiß, dass du das anders siehst, du bleibst just wegen dieser gemeinsamen Jahre bei mir.«

»So wie in den letzten paar Jahren kann ich aber auf keinen Fall mit dir weiterleben.«

»Aber selbst wenn Kurt morgen schon tot wäre, würde ich nicht wieder dieselbe werden, die ich vor zehn Jahren war. Und ich finde, wir können sehr wohl so weitermachen. Ich werde mir jetzt nichts vornehmen, nichts verändern ... was denn überhaupt? In unserem Alter sind die Persönlichkeiten längst gefestigt. Es hat keinen Sinn, sich da zu verbiegen ...«

»Wenn du mir sagen würdest: Ich möchte weiter mit dir zusammenleben, wäre alles geregelt. Und alles Weitere würde sich finden. Ich könnte mich sehr wohl mit Kurt arrangieren.«

»Du träumst. Du hast mir schon einmal ein Leben zu dritt aufgezwungen. Das war nichts für mich. Für dich wäre das auch nichts. Und wo sollten wir dann wohnen? Kurt und ich in der kleinen Wohnung im obersten Stock des Hauses in Hyères und du unten? Und ich müsste zum Gärtnern jedes Mal die Treppe nehmen?«

9. August

Regen! Ganz unerwartet, seit Tagen tragen wir nur noch Espadrilles ...

Wenn ich sehe, wie Paul die Schultern hochzieht und den Kopf dazwischen einsinken lässt, wie eine Schildkröte, muss ich an ein altes Krustentier denken, das zunehmend verkalkt und sich in seinem härter gewordenen Panzer zurückzieht. Schnell straffe ich die Schultern und recke den Hals …

15. August

Flora und Bernard sind vor zwei Tagen eingetroffen, gleichzeitig mit Constance. Bernards Vater war Engländer, seine Mutter Irin, ihm verdanken wir die Entdeckung dieses Landes vor vier Jahren, als wir uns Hals über Kopf darin verliebten. Gestern Abend war Bernard völlig besoffen, er hielt Vorträge über Linkshänder, Rechtshänder und Beidhänder – denen die Zukunft gehöre –, während Flora, die ebenfalls intensiv ins Glas geschaut hatte, sich wild fuchtelnd damit brüstete, wegen ihrer Tochter Colombe über Linkshänder ganz genau Bescheid zu wissen. Sie habe sich zum besseren Verständnis tief in sie hineinversetzt und die Gewissheit erlangt, dass die linke Hand die künstlerische Hand sei. Danach diskutierte sie mit Constance über psychosomatische Krankheiten, ihr zufolge die einzig wahren Krankheiten. »Du musst dich verweigern«, riet sie Constance, die ebenso von Logorrhö befallen war und sich auf ihre Phlegmonen berief. Unterdessen zeigten die Hummer, die wir beim Huntsman gekauft hatten, Wirkung: Constance kotzte das komplette Abendessen aus. Zum Glück hatte Flora ihren halben Hummer nicht gegessen, weil sie ihn zu verkocht fand.

17. August

Nach zwei herrlichen Springfluten, von Lastcove Pier aus gesehen, hat Bernard, tollkühn wie immer, im Meer gebadet. Unser Fang: Kamm-, Teppich-, Venus- und Herzmuscheln. Außerdem zwei Kilo Felsengarnelen, fast die Hälfte Prachtexemplare.

Nachmittags Ausflug zu den Scariffs, wo wir dicke Pollacks angeln. Bernard beizubringen, wie man mit der Rolle umgeht, ist wirklich ein Kraftakt, der Mann weiß nicht mal, wie man einen Gasherd anmacht. Er ist auch der Einzige, der keinen Fang macht.

Zurzeit liest Bernard *Ireland, a terrible beauty* von Leon Uris und wirft ihm vor, sein Bild von Irland sei sehr stark von anti-englischen Ressentiments geprägt. Wie sollte es anders sein? Er hat auch eine Tirade über verschleierte Frauen vom Stapel gelassen, die mich mit den Zähnen knirschen und sogar Flora murren ließ. Über die afghanischen Frauen hinter ihren Stoffgittern: »Dass sie eingesperrt sind, heißt nicht, sie hätten keine Macht. Sie üben einen enormen Einfluss auf die Männer aus und mischen sich in alles ein …«

19. August

Köstliches Abendessen gestern im Huntsman. Flora und ich sind mächtig angeheitert heimgegangen und kicherten wie zwei richtige Zechschwestern. Wir tranken fröhlich weiter, als Paul, vom Alkohol sentimental gestimmt, sagte: »Jetzt wünsche ich mir nur noch genug Zeit, um Benoîte hinlänglich zu lieben …« – »Weil du sie bisher nicht genug geliebt hast!«, rief Flora, die ihm die Geschichte mit Marie-Claire niemals verzeihen wird, genauso wenig wie die anderen Zufallslieben. Paul verkniff sich jede Antwort, um den Frieden zu wahren, was ihm aber auf der Zunge lag, war: »Ob ich sie genug geliebt habe, weiß ich nicht, auf jeden Fall länger, als du Michael geliebt hast (ihren ersten Mann).«

20. August

Sie sind heute Morgen bei grauem Himmel abgereist. Am Flughafen sagte Bernard zu mir: »Deine Fahrkünste sind bewunderungswürdig. Und deine Ausdauer auch! Um acht schon auf den Beinen, um Schellfisch zu räuchern und die Reusen hochzuholen. Dann die Fischerei und jetzt fünf Stunden Fahrt hin und zurück. Alle Achtung!«

Tatsächlich ist das Klima hier für mich wie Doping, beschwingt bin ich auch, weil ich – endlich – nicht mehr auf Paul angewiesen bin. Und ich weiß, dass ich ohne ihn nicht seltener aufs Meer hinausfahren werde. Im Gegenteil! Mit meinem inzwischen kühlen Blick erkenne ich, dass es Paul immer am liebsten war, sein Boot angetäut zu sehen und von einem Ausflug am nächsten Tag zu träumen. Und wenn der nächste Tag kommt, findet er immer eine Ausrede: die Wettervorhersage oder irgendein Wehwehchen. Er ist überängstlich, scheut aber auch jede körperliche Anstrengung.

Außerdem ist der Traum so viel schöner … Ich habe jedes Mal das Gefühl, ihn zu überfordern, wenn er den Johnson zum Dock tragen muss: Es strengt ihn so sehr an, dass er darüber fast die Lust verliert. Allmählich komme ich mir vor wie ein Schlittenhund, ziehe einen Paul, der immer langsamer und vertrödelter wird.

Unter meiner ungeübten Hand funktioniert unser kleiner Außenbordmotor sehr gut. Wieder so ein Fall: Man schreibt dem anderen unvergleichliche Meisterschaft zu, dabei hat man es einfach noch nie selbst probiert. Kaum lege ich mal damit los, läuft es einwandfrei! Bisher habe ich keine Zündkerzen ausgebaut, aber das lerne ich auch noch. Es macht mich sehr stolz, mit Constance im Schlauchboot in die Bucht hinauszuschießen. Wie ein Kerl!

Nicole, meine Freundin aus Hyères, hat mir geschrieben, wie sie darüber denkt: »Wenn ich Dich in der Paarbeziehung erlebe, ist mir die mit Paul viel lieber, weil er unser Freund ist. Was Dich angeht, gefällst Du mir in den letzten Jahren aber besser, wenn Du mit Kurt erscheinst, dann wirkst Du weniger angespannt, herzlicher, besser gelaunt, nicht so verbissen erwachsen.« So sieht sie mich also? Verbissen erwachsen – klar, geht ja nicht anders, als Ausgleich für Paul, den ewigen Jugendlichen ohne Gepäck.

Für mich zählt zum Vergnügen, das ich an Irland habe, auch der Überdruss, den das Land gegen Ende unseres Aufenthalts stets bei mir auslöst. Überdruss an der unermesslichen Schwermut dieser Landschaft, die einem schließlich in die Seele dringt, genau wie die

Feuchtigkeit, und einen untilgbaren Geruch hinterlässt. Obwohl ich binnen zwei Tagen zwei Hummer fangen konnte – dazu regelmäßig kiloweise Garnelen –, bin ich froh, dass wir bald abreisen. Was sind wir Franzosen doch verwöhnt und verzogen. Ich erst recht. Die Aussicht auf die trockene Hitze von Hyères, auf das milde Doëlan, das intellektuell so anregende Paris, auf meine Töchter, Freunde, Kino – und im Kontrast dazu ein so karges, eintöniges Leben wie das von Susan Foxall mit ihren sechs Gänsen, zwei Kühen, vier Hühnern und den Schalottenbeeten. Sie kann nirgendwohin ausgehen und hat nur ihren Mann, um sich zu amüsieren ... Und das hier, wo es bereits Ende August Herbst wird.

Constance und ich haben alles aufgeräumt und geputzt, bevor wir ein letztes Mal fischen gingen.

21. August

Stundenlang – vor allem morgens – plagt mich der Gedanke, dass ich in diesem so ausgeklügelt orchestrierten Leben, in diesen vielen so behaglichen Häusern unmöglich alles unterbringen kann. Abends hingegen habe ich den Eindruck, wenn ich nicht mehr auf sichtbare, fühlbare Weise geliebt, nicht mehr angebetet und verwöhnt, nicht mehr verführt werde, wenn ich nicht mehr kichern darf wie ein albernes junges Ding, käme das einer Amputation gleich, die ich nicht ertragen könnte. Wofür soll ich mich also entscheiden? Für den Abend oder für den Morgen?

23. August

Zwei Wochen ohne einen einzigen Brief von Kurt … Er muss tot sein, anders ist das nicht zu erklären. Im Ernst. Oder ein schwerer Infarkt, eine Lähmung. Dreimal habe ich um acht Uhr morgens angerufen, normalerweise ist nur er um diese Zeit schon aufgestanden. Diesmal ist seine Frau rangegangen. Ich male mir verschiedene Szenarien aus, beunruhigend sind sie alle. Vermutlich liegt er im Krankenhaus. Natürlich könnte ich hinfliegen. Aber wie soll ich ihn besuchen, ohne dass Peggy davon erfährt? Autounfall? Schlaganfall? Das kann eigentlich nicht sein: Die Ergebnisse seines jüngsten Piloten-Check-ups waren hervorragend.

Mir schaudert vor den möglichen Folgen. Mein letzter Liebhaber, vielleicht. Jedenfalls werde ich nach ihm keinen Mann mehr so lieben. Nicht nur, dass wir körperlich so gut harmonieren, im Lauf von vierzig Jahren ist eine tiefe emotionale Verbindung entstanden, und seine Liebe kennt keine Schranken. Wie soll ich ohne sie auskommen? Ich müsste nicht nur um unsere Liebe trauern, sondern auch um meinen Körper, meine Jugend, meine Abenteuer mit ihm. Wie trüb und alltäglich erschiene mir die Welt ohne seine glühenden Liebesbriefe, trotz meines schönen Lebens. Es gäbe in diesem Leben nichts Unerwartetes mehr. Mit sechzig ist es nämlich unerwartet, täglich die Botschaft »I adore you« zu empfangen. Einen Geliebten zu haben, der leidenschaftlicher und beglückender ist als alle vorherigen. Mein Leben wäre wieder banal. Ich wäre nur eine Frau, die körperlich zwar noch erstaunlich vital ist, der aber Vergreisung und Liebesverzicht drohen. Ich würde die Kraft verlieren, jung zu bleiben, davor hätte ich große Angst.

25. August

Ein Brief, endlich, zweieinhalb Wochen war der unterwegs. Dennoch lösen sich meine Schreckensvisionen nur ganz allmählich auf. Ich musste heute Morgen seine Stimme hören, um mich zu vergewissern, dass alles beim Alten war, dass er lebte und sich treu blieb. Wenn er den Hörer abnimmt, sagt er jedes Mal: »I love you, my darling.« Ein Piepton vor dem regulären Klingeln verrät ihm, dass es sich um einen Anruf aus Übersee handelt.

26. August

Immer, wenn ein Tief herrscht, bekommt die Seele Rheuma.

1982

1. August

Reibungslose Überfahrt auf der *Quiberon*, einer riesigen Fähre, die normalerweise England ansteuert. Unser Auto ist schwer beladen: 15 Kilo grobes denaturiertes Salz, ein Kilo Speisesalz. Drei Fangkörbe auf dem Dach, einer drinnen. Zwei Netze, ein Nachttisch aus Plastik, ein Stuhl, eine Jalousie für unser Zimmer. Eine Verlaufskarte des Kenmare-River, gerahmt und hinter Plexiglas, außerdem ein grottenhässliches Gemälde, das man uns geschenkt hat, es sieht aus wie aus Scheiße und Asche gemalt. Und die Koffer, natürlich, sowie fünf Zehnliterkanister Cahors-Wein. Dazu noch der Tank für den Motor, den wir letztes Jahr vergessen hatten.

Paul hatte eigentlich keine Lust, Doëlan zu verlassen. Irland schlägt uns aber immer wieder in Bann, es ist so schön dort, schöner noch, als wir es in Erinnerung hatten.

2. August

Heute haben wir den letzten Tag der sechs mediterranen Wochen genossen, die Irland vergönnt waren: 25°

abends um neun! Es gab so wenig Regen, dass der Rasen, den Christophe gepflanzt hat, sehr dürftig ausfällt. Dafür ist das Haus grün eingefasst. Die Hecke besteht aus Olearia, im Hintergrund zwei Birken. Aber die Rhododendren sterben …

3. August

Seit heute Morgen werkelt und hämmert Paul vor sich hin, was so unerhört ist wie das Wetter zurzeit! Er hat alle Bilder aufgehängt. Das Haus ist makellos, lilienrein, kein Feuchtigkeitsfleck nirgends.

Mittagessen mit Jean Glavany, einem »Jungspund« (32 Jahre alt), Mitterrands Büroleiter, und seiner charmanten Frau, einer typischen Vertreterin des Südwestens Frankreichs. Er selbst ist Bretone.

Nachmittags das Schlauchboot aufgepumpt und den Motor ausprobiert, mit einigem Herzklopfen, weil er regelmäßig aussetzt, wenn man die Kupplung betätigt, ohne zu beschleunigen. Um elf Uhr das Treibnetz ausgelegt, um Köderfische zu fangen. Die Angel ausgeworfen: Drei kleine Pollacks. Um siebzehn Uhr das Treibnetz eingeholt: mehr als zehn Kilo Fische!

Die Netze gereinigt. Den Johnson wieder nach oben geschleppt, der mit seinen 6 PS viel mehr wiegt als der alte. Rund zwanzig Lippfische aufgeschnitten und in Salz eingelegt. Fischsuppe mit Meeraal gekocht.

4. August

Ein Wetter, das ich überall sonst scheußlich fände: eisige Böen, 13° am Morgen. Aber der Fang ist gut, sogar bei Regen, später *drizzle.* Weiter draußen hole ich die zwei Reusen hoch, sie sind voll von diesen schönen, blassgrünen Sägegarnelen. Zwanzig Minuten Rudern, ganz sachte, um das Reiherpärchen nicht zu erschrecken, das sich in der Nähe niedergelassen hat. Als ich heimkomme, bin ich bis zum Nabel durchnässt. Noch nie war eine heiße Dusche herrlicher! Abends spüre ich überall in meinen Schultern einen prachtvollen Muskelkater.

5. August

Heftiger Nordwestwind, der mir das Fischen ein wenig verdorben hat. Die dicken Garnelen sind alle geflohen ... Das Meer ebbte nicht, und der Johnson ließ sich nicht mehr starten. Wir mussten mit dem Schlauchboot zurückrudern. Furchtbar anstrengend.

Paul hat sich ein rotes Halstuch um die Stirn gebunden, wie ein Indianer, und eine lange Möwenfeder hineingesteckt. Das steht ihm so gut wie einem wahren Häuptling! Die Leute, die im Auto an uns vorbeifahren, staunen über diesen Sioux vor unserem Haus.

6. August

Wir wollen ein anderes Boot und verkaufen die bretonische Jolle, die uns zu schwer und zu segellastig ist.

Dafür legen wir uns einen hässlichen Plastikkahn zu, elf Fuß lang, mit drei Bänken und zwei Paar Rudern, sehr praktisch zum Angeln.

Für irische Verhältnisse ein schöner Tag, zunächst grau, mit ein paar Schauern, am Ende ein leuchtend blauer Himmel. Bin mit dem Tabur rausgefahren, um meine drei Hummerfangkörbe auszulegen. Morgen mache ich das mit meinen beiden Garnelenreusen.

8. August

Heute unser neues Boot eingeweiht, die *Drennec*, bei atemberaubend guten Bedingungen: silbern und still, Springniedrigwasser. Das Meer als gewaltiger Aquamarin, in dem bunt schillernde Felsen und Algen eingelassen sind ...

Wir fingen mit den beiden Reusen in der kleinen Bucht vor dem Deich an: Sie wimmelten von Garnelen. Paul wriggte behutsam zum Felsen, die Reusen lagen in anderthalb Meter Wasser. Danach zur Bucht von Lison, um meine drei Körbe zu holen.

Anschließend haben wir in aller Ruhe das norwegische Oberflächennetz ausgelegt, dort, wo ich gestern einen Lachs hatte springen sehen. Dann spaßeshalber noch eine Runde gedreht, zum Felsen von Lison und zurück: ein zwei Pfund schwerer Pollack! Nichts wie heim.

Mittags riss die Wolkendecke auf. Um 14 Uhr strahlend blauer Himmel und brennend heiße Sonne, trotz leichten Südwestwinds. Im Kreis, der aus der Heide herausgeschnitten wurde, herrschte absolute

Windstille. Nackt in der Sonne gebadet, selig. Links die Berge als Patchwork aus Lila und Grün und die – geradezu griechische – Bucht mit ihren paar Jachten. Rechts das offene Meer: Bulls Head, the 2 Heads, die Halbinsel Beara mit den Caha Mountains. Unsagbar schön. Sei also still!

10. August

Im Hexenkreis: Hier ist der Westwind nicht zu spüren und die Aussicht rundherum berückend. Im Südwesten erkenne ich die Boje unseres Kanisters: fünf Liter Wein aus dem Quercy, den wir aus Paris mitgebracht haben und der jetzt mitten im Atlantik baden darf! Apropos Atlantik – heute Morgen zwar nur vierhundert Gramm Garnelen erbeutet und ein paar Samtkrabben, aber im norwegischen Netz … in dem seit zwei Tagen unerklärliche Löcher klafften, es ist ja ganz neu und wurde noch nirgendwo ausgelegt, haben wir heute früh eine riesige Meeräsche (1,5 Kilo) gefunden, die an den – sehr fragilen – Maschen riss, um sich zu befreien. Wir haben sie gerade noch rechtzeitig erwischt und mittags im Teigmantel gegessen. Paul kocht wie ein Wahnsinniger, mittags wie abends: *pommes soufflées*, hausgemachte Apfeltarte. Heute Abend droht mir ein Stew mit noch allzu frischem Rindfleisch, das wir gestern gekauft haben.

Wenn ich hier nicht fische, nähe ich, aber nicht gut, ich mache nicht die geringsten Fortschritte. Zwei pinke Tagesdecken genäht, aus indischer Baumwolle, die ich beim Schlussverkauf im Bon Marché erstanden hatte.

Wie langwierig es doch ist, Kinder zu haben. Binnen zwei Tagen allen dreien geschrieben. Ich höre nicht auf, ihnen Ratschläge zu erteilen, sie zu ermutigen, sie zu ermahnen ... Aber wozu sollte man sonst Kinder bekommen?

14. August

Das kann doch nicht wahr sein – werden wir denn immer wieder leibhaftigen Irlandklischees begegnen? Unterwegs von Sneem zum Gap of Dunloe haben wir einen Anhalter mitgenommen, einen Rucksacktouristen, der erst zum Youth Hostel und dann den höchsten Gipfel Irlands erklimmen wollte: 1040 Meter. Ein Nordire, Anfang/Mitte zwanzig. Er stellte sich als Schriftsteller vor und hatte einen dicken Wälzer unterm Arm, natürlich Joyce!

Zwischendurch hielten wir an, um die Aussicht von oben zu genießen, und verstellten mit unserem Auto die schmale Straße. Da tauchte ein Polizeiwagen auf – was hatte der hier verloren? –, zwei Bullen stiegen aus und kamen auf uns zu. Wir rechneten schon mit einer herben Zurechtweisung. Aber nein: Die beiden ergötzten sich mit uns an dieser schönen Aussicht, an diesem schönen Land! In Frankreich völlig undenkbar.

Danach haben wir uns ein bisschen verfahren, weil die Karte nicht exakt war, und sind auf eine Art Relaisstation für Fuhrwerke aus dem 19. Jahrhundert gestoßen. Dutzende von Karren, überall Pferde, große irische Ponys, die ihren Hafer aus Säcken mampften, die man ihnen wie früher um den Hals gebunden hatte … Säcke aus beigem Hanf, die ich so lange nicht mehr zu Gesicht bekommen hatte!

Um 15 Uhr losgefahren, um 21 Uhr zurück. In Küstennähe diesen knallblauen Himmel wiedergesehen. Und in der Nähe von Dunloe diese typisch irischen Wolken, die sich nicht so verhalten wie die anderen. Sie türmen sich wie Schneehaufen auf den Gipfeln und fallen wie Stoffbehänge in die Spalten, schmiegen sich an die Umrisse der Berge, die wiederum so tun, als wären sie echte Berge. An manchen Stellen hat man das Gefühl, in Peru zu sein, in Afghanistan, in den Anden. Riesige, wüste Plateaus, zwischen grauen oder lila Felsen, die mit Heide, Stechginster und Grasflecken bewachsen sind und auf denen jeweils ein Schaf weidet. So verrückt wie die Iren, diese Schafe … und wie die kleinen Bergsteigerkühe.

15. August

Schlaflos um vier Uhr morgens: Ich bekomme – zum Glück – nur selten unverhoffte Einblicke in das Leben als Greis, in MEIN Leben als Greisin. Und ich verweigere mich dem. Ich habe zu viel Selbstachtung, um auf Sparflamme weiterzubestehen, und ich bin dafür viel zu gern AKTIV. Nein, ich werde mir dieses grausame Alter nicht antun, und ich glaube, dass ich den Mut aufbringen werde, mich sterben zu lassen. Meiner Neugier und Entdeckungslust zum Trotz, wobei ich dann nichts mehr lustig finden werde, sonst wäre ich ja nicht alt! Ich lehne die Gebrechlichkeit ab, den schleichenden Tod, während man in seinem Zimmer im »Heim für Altlasten« hockt, wie Sylvie Caster schreibt. Ein beruhigender Gedanke: Warum sollte man das Alter scheuen und fürchten, wenn man weiß, dass man ihm entgehen kann?

16. August

Ein erschütternder Brief von Kurt: Peggy denkt sich täglich neue Leiden aus, um ihn noch nachhaltiger zu versklaven. Man hat ihr die Wirbel geröntgt, ihr Krebs ist in Remission. Mit ihren Rückenschmerzen will sie Kurt nur an sich fesseln. Trotzdem kommt er morgen!

17. August

Paul reist heute Nachmittag ab, und Kurt kommt fast gleichzeitig an. Ich werde nicht mal einen Tag für mich haben.

Ich hadere mit mir, weil ich den Handlanger stärker herbeisehne als den Herzensmann. Allerdings vertraue ich ihm und auch mir: Auf die Hausarbeit folgt bestimmt das Liebesspiel, denn: »la joie venait toujours après la peine«*.

---

* Zitat aus Apollinaires Gedicht *Le Pont Mirabeau*, zu Deutsch: »auf den Schmerz folgt immer die Freude«. (A. d. Ü.)

18. August

»Ich wollte dir nur sagen, dass ich mit dir sehr schöne Ferien verbracht habe« – diesen ganz und gar überraschenden Satz bekam ich gestern zu hören, als Paul mich vom Flughafen aus anrief, bevor er an Bord ging. Ich war gerührt, nicht zuletzt, weil es Paul – bis auf ein, zwei Sekunden – gelungen war, diesen bitteren Ton zu vermeiden, den er sonst immer anschlägt, wenn er seinen Platz für einen anderen räumen muss, die derben oder verzagten Bemerkungen, wenn er sieht, wie ich das Bett abziehe und mit »Liebeslaken« neu beziehe. Davon abgesehen, dass zwischen unseren Laken keinerlei Liebe stattgefunden hat, war es mit ihm diesmal tatsächlich schön und heiter. Er leidet trotzdem, weil er nicht mehr der unangefochtene König ist, der bewunderte Gott. Früher habe ich mich bedroht gefühlt: Ich hatte den Eindruck, dass alles andere Paul mindestens genauso viel Spaß machte wie ich, um die er sich scheinbar nicht mehr bemühen musste. Er konnte sich ganz entspannt durchs Leben bewegen, dank seinem Charme und all der Liebe – meiner Liebe –, die ihn wie ein Schutzwall umgab und ihn überallhin begleitete. Die Tatsache, dass ich ihm nicht mehr zu Füßen liege, verdirbt ihm ein bisschen das Vergnügen, anderen zu gefallen. Dabei schmeichle ich ihm noch. Wie ich es immer getan habe. Instinktiv und aus Verliebtheit, zwanzig Jahre lang. Inzwischen aus Umsicht und Zuneigung. Und ich muss mich zusammenreißen, um ihm nicht alles zu sagen, was ich denke. Er liebt mich, ja. Aber er schenkt mir nicht sein

Leben. Er bietet mir an, seines mit ihm zu teilen. Lange habe ich das für das schönste aller Geschenke gehalten.

Und wieder hat mein Uhrwerk auf die Sekunde genau funktioniert: Um 16 Uhr habe ich Paul in Cork abgesetzt und Kurt um 16.30 Uhr im dreißig Kilometer entfernten Jury's abgeholt. Er war mit einem Mietwagen aus Shannon gekommen. Nach einem guten Irish Coffee und einem ersten höflichen Kuss fuhren wir los. Es will mir einfach nicht gelingen, ihn nach drei Monaten Abwesenheit gleich forsch und verliebt zu küssen, selbst wenn wir ganz unter uns sind. Wenn ich dieses leicht verwischte Gesicht sehe, frage ich mich zunächst: Warum er?

Die Vertrautheit zwischen uns stellt sich aber schnell wieder ein, sobald er mir den ersten Dry Martini mixt.

19. August

Wie lange diese Leidenschaft wohl vorgehalten hätte, wenn ein Zusammenleben möglich gewesen wäre? Lange, glaube ich, denn sie ist umhüllt von großer Zärtlichkeit. Entspannt mich Kurts simpler Blick auf die Dinge? Wie wohltuend manchmal die Gesellschaft eines Nicht-Intellektuellen ist!

Dieses erstaunliche körperliche Einvernehmen. Ich mag den Geschmack seiner Haut – die mich schon vor rund vierzig Jahren an die Radiergummis der Marke Eléphant erinnerte! –, seinen Atem, wenn er schläft. Er hat nicht diesen penetranten Geruch nach Mann oder nach Schweiß, obwohl er so sportlich ist. Seine Hüften sind schmal und seine Schultern sehr breit. Kein Bauch … Das Alter macht sich dennoch bemerkbar, zu viele Leberflecken auf Brust und Rücken. Das Kinn verliert seine Kontur. Erste Anzeichen einer Glatze. Aber noch ist sein Haar dicht, weiß und schwarz, leicht gelockt. Es macht mich krank, ihn so alt zu wissen. Natürlich gilt das auch für mich, aber immerhin bin ich zehn Jahre jünger, und es ist vermutlich leichter, sich weich zu öffnen, als hart zu werden.

Was ich an Kurt liebe, ist der Kontrast zwischen seinem durch und durch bodenständigen Charakter, seiner pragmatischen Art, seinen begrenzten Ausdrucksmöglichkeiten einerseits und andererseits seinem Feingefühl, seiner Achtsamkeit, seiner Intuition, wenn es ums Körperliche geht. Nie unterläuft ihm eine unangenehme oder grobe Geste. Das ist mindestens so viel wert wie Intelligenz; vielleicht trägt es nicht für ein ganzes Leben, aber wenn man wie ich reichlich, ja zu viel Intelligenz genossen hat und zum Mithalten gezwungen war, tut es gut, der glücklichen Idiotin freien Lauf zu lassen, die man schließlich auch in sich trägt. Ich jedenfalls! Was für ein Genuss, Einfaches, Offensichtliches von sich zu geben, anstatt sich den Kopf zu zerbrechen, um möglichst geistreich oder tiefgründig zu erscheinen. Außerdem rührt mich die romantische Ader dieses Kraftkerls.

Ich will noch nicht in den Liebesruhestand treten. Kurt vollbringt das Wunder, so jung zu sein wie in meiner Erinnerung, zu meiner Verblüffung auch in körperlicher Hinsicht.

20. August

Für mich muss auf Zärtlichkeiten wie den Cunnilingus – schauderhaftes Wort – unbedingt die Penetration folgen, das gemeinsame Erleben, so wie bei einem Essen auf die Vorspeise das Hauptgericht folgt. Alles andere ist für mich nur Aperitif, und sei es noch so köstlich und anregend. Kulturelle Prägung? Vielleicht. Mir ist durchaus klar, dass das Vorspiel wahre Lust bescheren kann, wenngleich eine egoistische. Die andere Art von Lust spielt sich nicht zuletzt im Kopf ab. Na und? Warum nicht die Kerze von beiden Enden abbrennen, geistig und körperlich? Beides zusammen führt zur Vollendung.

Die Fotos von Kurt und mir, die vor drei Monaten in Miami entstanden sind, bersten vor Glück. Wir sind beide so entrückt, im Einklang miteinander, berauscht, hirnlos, dass der Film das buchstäblich aufgenommen hat. Ich bin so hübsch und strahlend wie nie … Er sieht aus, als könne er das eigene Glück nicht fassen. Ich habe Paul die Fotos lieber nicht gezeigt. Es ist allzu offensichtlich. Von Paul und mir gibt es keine Fotos mehr. Zum einen, weil seine Kamera zwar hervorragend, aber auch sperrig ist – so hat man sie nie zur Hand, wenn man sie braucht. Zum anderen habe ich keine Lust, ihn mit der scheußlichen Schiebermütze abzulichten, die er nie mehr absetzt, obwohl sie ausgeblichen, speckig und voller Flecken ist. Von seiner Wampe ganz zu schweigen. Dabei haben wir in Kercanic, auf der *Kenavo*, pausenlos fotografiert. Jetzt fotografieren wir nur noch den Garten, der ewig schön bleibt.

21. August

Zum Leidwesen der stolzen Besitzerin eines nagelneuen Bootes, dessen Motor noch kaum eingefahren ist, ist das Wetter seit Pauls Abreise wieder irisch geworden: *drizzle* und Ostwind, zeitweise recht stark. Und mein alter Schiffsjunge kann weder rudern noch eine Angel halten oder einholen, und er hat noch nie einen Außenbordmotor gestartet. Ich muss mich um alles kümmern – die Ruder, den Motor, die Reusen. Und auf tausendundeine Gefahren achten, die mir erst jetzt so richtig bewusst werden, da Paul nicht mehr an der Pinne … und das Meer grau und stürmisch ist.

Wenn wir nicht auf dem Meer sind, liegen wir im Bett! Oder ich mache mir eine seiner anderen Spezialbegabungen zunutze: die für Haushaltsreparaturen aller Art. Heute Nachmittag haben wir den Riss unter dem Fenster in meinem Zimmer verspachtelt und mit Lack gegen die Feuchtigkeit versiegelt, bevor wir die Stelle morgen neu streichen werden. Er ist immer noch ein Könner. Zumindest an Land …

Dass er so wenig Verstand hat, macht mir manchmal zu schaffen – wie kann man in einer Welt leben, über die man so wenig weiß? Als ich ihn frage, wie viele Menschen wohl in Irland leben, sagt er: »Keine Ahnung, fünfzig Millionen vielleicht?«

»Aber nein, so viele Einwohner hat doch Frankreich!«

»Ach so.«

Hätte ich ihm gesagt, dass Irland zweihundert Millionen Einwohner hat, hätte er es geglaubt, obwohl er den fast menschenleeren Westen des Landes ziemlich gut kennt.

22. August

Valentia besucht. Warum führt sogar eine Brücke zu dieser eher langweiligen Insel? Die Küste ist flach und steinig, die Dörfer verlassen. Wie überall im Land sind die Ruinen auch dort von einer unfassbaren Trostlosigkeit …

Keine Menschenseele im Dünenhotel, das hinter struppigen Hortensien verschwindet. Wir machen Halt in Lavelle, im »besten Restaurant der Insel«. Auf der Tafel wird das klassische *seafood* angezeigt: *mussels*, *lobster* etc. Tatsächlich servieren sie mittags nur Schinken-Käse-Sandwiches. Meeresfrüchte soll es abends geben. Aber ich bin mir sicher, dass sie nicht mehr zu bieten haben als *plaice* (Scholle), hier als *black sole* bezeichnet …

Reise im Nebel. Balinskelligs, Flachland und Torfmoor. Danach der große Hafen von Portmagee, wo die zwei, drei Fischkutter bereits wie Wracks aussehen. Verfallene Häuser. Und diese Brücke nach Nirgendwo.

Ein Gewitter liegt in der Luft, es ist heiß: 20°! Die Federbetten sind dafür zu warm, ganz ohne geht es aber auch nicht.

23. August

Um halb elf kamen wir gerade vom Fischen zurück, als wir Sean O'Shea trafen. Er bot uns an, um elf zu den Skelligs zu fahren. Flaute. Der Himmel düster, aber ein schönes Licht. Wir haben sofort zugesagt, es hat sich gelohnt. Noch mal mache ich das aber nicht, zu viel Höhenangst. Flache Steinstufen, in dreihundert Meter Felsen gehauen, steil aufsteigend. Mit seinen zweiundsiebzig Jahren ist Kurt vor mir die sechshundert Stufen hinaufgegangen und kam als Erster beim Kloster an.

Die kleine Skellig ist aber noch faszinierender: weiß vor lauter Vögeln, neben den Hebriden die größte Kolonie Europas. Dreißigtausend Basstölpel, Sturmvögel, riesige Kormorane, sie hocken auf jedem Vorsprung eines furchterregenden Steilhangs, schreien und fliegen um diesen gezackten Felsen herum. Ich bin hinter Kurt wieder runtergegangen, um niemanden im Rücken zu haben, sonst werde ich panisch. Kein einziger Sonnenstrahl, leider, aber auch kein Regen.

Für die Rückfahrt brauchen wir zweieinhalb Stunden. Ich merke, dass es zu sehr Richtung Westen geht, weil O'Shea sich aber nicht auf seinen Kompass verlassen kann, will er sich wahrscheinlich an der Nordspitze von Waterville orientieren. Fast eine Stunde fahren wir an der Küste entlang, ohne sie zu sehen. So navigieren eigentlich nur Anfänger. Um sechs kommen wir an, die Feuchtigkeit ist uns in Mark und Bein gedrungen, aber wir sind froh.

Um neun brechen wir wieder auf, zum Waterville Sake Hotel, wo wir eine Gruppe blutjunger Mädchen a cappella singen hören. Dazu schwingen sie virtuos die Beine.

»You liked it?«

»It was different«, antwortet Kurt.

»That's all?«

»Well, it's nice to see different things.«

Mehr fällt ihm dazu nicht ein. Mit Paul wäre es aber undenkbar gewesen, die Skelligs zu besichtigen und dann auch noch bis Mitternacht auszugehen.

23. August, vorletzter Tag

Nach drei Tagen *drizzle*, diesem richtig schönen irischen Sauwetter, herrschen wieder Hitze und strahlend blauer Himmel.

Meinen Endorphinspender halte ich ganz schön auf Trab, dafür füttere ich ihn mit Krabben und Garnelen, zweimal wöchentlich sogar mit Hummer! Gestern Morgen haben wir eine Reuse hochgeholt und die anderen fünf mit unseren Köderresten bestückt. Heute Morgen dann das große Gefecht, nachdem er über Nacht Zeit hatte, sich von unserem letzten Schäferstündchen zu erholen.

Wir haben rund 300 Gramm Garnelen aus dem Wasser geholt, dazu noch ein paar Krabben, und den Fang mit unserem teuren *Drennec* an Land gebracht. Dann alles ausgeladen, auch den Außenbordmotor. Der Anhänger stand schon parat, doch leider war die Halterung der Kupplungskugel locker, auch wenn

Paul das Gegenteil behauptet hatte, um mich zu beruhigen. Wir mussten vor der Garage wie verrückt werkeln, um sie wieder richtig anzubringen.

Danach haben wir die Reusen, Körbe und das Ölzeug gereinigt und alles zum Dachboden hinaufgetragen. Zu guter Letzt das Boot abgespritzt und das Salz wieder in Plastikbeutel verpackt, nachdem wir es in der Sonne hatten trocknen lassen. Inzwischen war es Viertel nach elf, Niedrigwasserzeit. Ich erlaubte meinem Endorphinspender, auch das Auto abzuspritzen und im Innenraum Staub zu saugen, während ich mit dem Tabur ans Ende von Lambs Head flitzte, um 1,2 Kilo herrliche Felsengarnelen zu fischen, die eine köstliche Suppe ergeben sollten.

Bei meiner Rückkehr war der Tisch gedeckt, zwar falsch, aber gedeckt! Schnell gegessen, um noch etwas an unserem Lieblingsplätzchen zu verweilen – der sonnenbeschienenen Heidelichtung. Kurt ächzt jedes Mal, wenn er aufsteht oder sich hinsetzt. Sämtliche Muskeln brennen, und sein Penis auch.

Abends ist die Stimmung heikel: Es droht eine raue Passage, und die Aussicht jenseits des Meers ist denkbar trüb. Er weigert sich, das Thema anzusprechen, um uns die Zeit hier nicht zu verderben, aber irgendwann holt es uns doch ein. Kurt war schon am Vorabend übellaunig – das kann er durchaus sein. Da keine Hoffnung auf eine gemeinsame Zukunft besteht – er begreift, dass ich mich niemals scheiden lassen werde –, wirkt er diesmal eher verbittert als traurig. Wir saßen bei Nolan auf der Terrasse, hatten gerade etwas getrunken, mit Blick auf die wundersam stille Bucht voller Meeresvögel, und der schöne Paddy Nolan stand mit nackter Brust und hellblauer Baumwollhose da und trug mir Hugo vor:

Maintenant, ô mon Dieu! que j'ai ce calme sombre
De pouvoir désormais
Voir de mes yeux la pierre où je sais que dans l'ombre
Elle dort pour jamais ... *

Kurt und ich tragen einander höchstens Sprichwörter vor. Er kennt weder Poe noch Shakespeare. Wir haben uns deswegen schon gestritten, als er einmal den *Reader's Digest* für Floras Mann Bernard hier lassen wollte. Als ich ihm erklärte, dass Bernard – genau wie ich – den *Digest* nie lesen würde, sagte Kurt: »What makes you so sure?« Wie sollte ich ihm vermitteln, dass wir »Intellokraten« den *Digest* verschmähen, dass er in unseren Augen nichts mit Literatur zu tun hat? Kurt hält ihn für eine Quelle von Wissen und Bildung und vergisst doch gleich wieder, was er ihm entnommen hat. Könnte er doch nur Paddy Nolan sein und zugleich der Kurt meiner Nächte bleiben!

Er sagte, das würde nicht reichen, ich sei genau so *trapped* wie er selbst und wage keinen Neuanfang mehr. Seine Falle allerdings ist grausam, sie hält nur einen langsamen Tod für ihn bereit, an der Seite einer kranken Ehefrau, die sich abends um halb sieben ins

---

* *Poème à Villequier* – Jetzt, mein Gott! Da die dunkle Muße mir geschenkt, mit eigenen Augen den Stein zu sehen, in dessen Schatten, wie ich weiß, sie für immer in den Schlaf versenkt ... (A. d. Ü.)

Bett legt. Er geht nie aus, empfängt keinen Besuch und interessiert sich für nichts. Mein Leben erscheint ihm dagegen wie ein Füllhorn, vielseitig und abwechslungsreich. Außerdem kann ich es (fast) ganz frei gestalten.

25. August

Er ist immer noch entflammt, im Geist wie im Herzen. Immer noch diese Leidenschaft. Er sieht mich an und sagt »Wie schön du bist«, während ich ihm Grobheiten an den Kopf werfe. Und momentan ganz besonders unansehnlich bin. Sollte ich mich mit diesem seltenen Vergnügen zufriedengeben, das mir mit keinem anderen mehr vergönnt sein wird? Während er keine Wahl mehr hat, mich nicht gegenüber anderem bevorzugen kann, denn er hat ja nichts, nichts, woran er Freude hat, nichts, was er gern macht. Schlimmer und trauriger als bei einem Hund. ABER … sein schöner, leuchtend blauer Blick, wenn er zärtlich »Benoîte!« sagt. Die Komplimente, bei denen mir plötzlich bewusst wird, dass ich fast nie welche bekomme. Von meinen Töchtern schon. Doch aus verliebtem Mund … Dabei sind sie so ungerechtfertigt, diese Komplimente, dass sie mir das Herz wärmen. Oder eher meine Eitelkeit?

26. August

An Bord der *Quiberon*. Das Meer so glatt wie Öl. Kabine Nr. 105, traumhaft: unteres Deck, ein großes

Bullauge, WC, Dusche. Mein Endorphinspender gähnt unablässig. Ja, wir hatten kein Mittagessen, und trotzdem … Er bewegt den Hals hin und her wie eine Schildkröte. Dabei haben wir heute Nacht nur zweimal miteinander geschlafen – als wir zu Bett gegangen und bevor wir aufgestanden sind. Das sollte ein Mann von zweiundsiebzig Jahren doch locker bewältigen. Bald dreiundsiebzig, wenn der erste Schnee fällt …

Ein schöner irischer Himmel, als wir in Cork ablegen. Kurt hat aber nur Augen für die Kondensstreifen eines Jets und verpasst die bunten Häuser.

Unter dem kurzärmligen Hemd blitzt der runde Halsausschnitt seines Unterhemds hervor, dazu trägt er die braune Hose, die ihm zu kurz ist, und seine dicken, stets auf Hochglanz polierten Schuhe. Fehlt es ihm an Geld, an Geschmack? Legt er altersbedingt keinen Wert mehr auf sein Äußeres? Seine Augen, auch früher nie besonders schön, werden kleiner und sind ganz rot. Genau wie meine! Mörderisches Alter …

Liege im Bett mit meinem großen Kurt, der im Schlaf immer wieder zuckt. Er gibt sich alle Mühe und würde so gern bei der Liebe sterben. Wir versuchen es ja, aber er stirbt ganz und gar nicht. »Leider!«, sagt er. Und ich lebe und verleibe mir seinen Leib ein. Manchmal kann er nicht mehr. Er darf sich aber noch nicht ausruhen, uns bleiben noch fünf Tage in Paris. Der Stunde des Abschieds sehe ich mit erstaunlicher Gelassenheit entgegen. Wahrscheinlich, weil ich ein Miststück bin. Ich bin schuld an seinem schaurigen Verhältnis zu Peggy. Zwar habe ich ihm nie irgendwelche Versprechungen gemacht, Hoffnungen aber schon, und so munter eine Existenz zerstört, die allerdings nach nichts anderem verlangte. Und jetzt sehe ich ihn wieder zu seiner klimatisierten Privathölle aufbrechen, während er mich heißgeliebt, reich und berühmt zurücklässt … und gar nicht mal so unglücklich über seine Abreise. Wobei: Gestern konnte ich praktisch nicht reden, so sehr drohte ich angesichts seines Kummers in Tränen auszubrechen, der sich in seinem nervösen Gehabe und dummen Floskeln äußerte.

So gesehen, weiß ich, was zwischen Kurt und mir läuft. Er ist besessen. Ich wähle meine Worte mit Bedacht. Wenn er mich auf diese Weise anblickt, wenn er mir so viel Leidenschaft und Aufmerksamkeit bekundet, wenn er noch den kleinsten Zipfel von mir anbetet, die er in- und auswendig kennt, wenn – und auch hier wähle ich meine Worte mit Bedacht – seine Flamme so beständig ist, dass er bei der Liebe sterben will, kann er nur besessen sein. Und wie soll ich diese einzigartige Liebe zurückweisen, die mich stets umgibt, selbst wenn er weg ist …

1983

1. August

Wieder eine reibungslose Überfahrt. Herrliches Wetter bis Sneem, dann hat der Westwind die Oberhand gewonnen, und wir sind bei Nebel und wolkenverhangenem Himmel angekommen.

Peter Grehan hatte nicht übertrieben: Vom »Rasen« abgesehen, ist alles eingegangen, was er gepflanzt hat. Überlebt haben nur die Hortensien, mit denen ich die Terrasse bepflanzt hatte, eine der Jungfernreben und eine wunderschöne Stockrose. Das kleine Beet ist voller senfgelber Blumen. Die Fuchsien in der Sonnenecke sind verschwunden, vermutlich vom Feuer verbrannt, als unsere Nachbarn ihr Gestrüpp angezündet haben.

In Cork gewesen, um den Motor bei Charlie abzuholen – kostenlose Aufbewahrung! Dort Öl gekauft, weil die Kasse aber fürs Wochenende abgeschlossen war, durften wir auch das nicht bezahlen. Wir suchten außerdem ein Reifenflickspray für den Bootsanhänger, Charlies Mitarbeiter hatte zufällig eine Dose im Auto, die er noch nie benutzt hatte: Er hat sie uns geschenkt.

In Kenmare wollte ich den *Cork Examiner* kaufen,

wegen der Gezeiten. Die Verkäuferin hatte nur die gestrige Ausgabe da und sagte: »Ich verkaufe Ihnen doch keine alte Zeitung, ich schenk sie Ihnen!«

Das Haus hat nicht unter dem Winter gelitten und ist sauber, weil es in Irland keinen Staub gibt. Es wurde zwar nicht ordentlich geputzt, trotzdem ist alles einigermaßen reinlich.

3. August

Wir lieben dieses Haus sehr, denn je unwirtlicher es draußen ist, desto behaglicher kommt es uns drinnen vor. Je rauer das Meer, desto gemütlicher die Zuflucht. Diese Kontraste beglücken mich.

Beachtlicher Fang heute Morgen: die Reusen voller Taschenkrebse, Samtkrabben und Felsengarnelen.

Ich wollte Knöpfe kaufen, hier offenbar ein unmögliches Unterfangen, selbst wenn man nur ganz einfache sucht. In Waterville: »People don't sew anymore, you know. And they have zippers.« In Caherciveen: »Buttons? No, we don't sell that. You won't find much of them in this town.« In der Tat … Eine Kaffeemaschine habe ich auch nicht gefunden.

In einem dreckigen Pub trinken drei Typen, die einer malerischen Postkarte entstiegen scheinen, ihr Bier. Der jüngste trägt einen ausgebeulten Dreiteiler, die Jacke voller Löcher. Die beiden hochgewachsenen Alten palavern am schwärzlichen Tresen. In der Ecke ein winziger Kamin voller Altpapier und zwei undefinierbare Gegenstände, die früher mal Ledersessel waren und daran erinnern, dass es vor langer Zeit jemanden gab, der hier einen richtig schönen Pub einrichten wollte.

Caherciveen verfällt zusehends: Die Läden sind entweder geschlossen oder völlig heruntergekommen. Weit und breit keine Petersilie zu finden.

Auch Häuser haben ihr Mikroklima. Hier wird es im Bad niemals trocken, genau wie in der Bretagne. Wenn man morgens ein Höschen zum Trocknen aufhängt, ist es abends immer noch nass. Dabei verfügt das Bad, wie in Doëlan, über ein Fenster und über Sonnenlicht. Die Feuchtigkeit dringt aber aus den Wänden.

Haben lange über unseren lieben René Fallet geredet, der vor kurzem mit sechsundfünfzig gestorben ist. Viel zu jung, wie alle sagen, die älter sind … Hinter seinem recht bäuerlichen Äußeren verbarg sich ein wild romantisches Wesen. Vor allem in Liebesdingen. Vor langer Zeit hatte er Blandine den Hof gemacht, aber ich hatte sie vor ihm gewarnt, weil er selbst aus persönlichsten und schlüpfrigsten Details keinen Hehl machte, wie man in seinen hervorragenden Romanen nachlesen kann. Unter anderem in *Was macht die Liebe, ma chérie?* Ihm hat man allerdings nie vorgeworfen, sich beim Schreiben seines eigenen Lebens zu bedienen …

4. August

Heftiger Wind aus Nordost und heftige Regenschauer. Ganztägiges Torffeuer. Paul fühlt sich nicht wohl, Herzklopfen, Appetitlosigkeit. Ob er unter den Tiefs

(= Depression) leidet? Wahrscheinlich. Bei niedrigem Luftdruck stirbt es sich leichter.

Ich lese eine Biographie von George Sand und erfahre, dass sie extrem freizügig gelebt, dabei stets gearbeitet (71 Romane, um nur diese zu nennen) und ihre Kinder und Enkel mit Hingabe aufgezogen hat. So wie sie hatte zuvor noch keine Frau über die Liebe geschrieben. Dafür erntete sie prompt Hass und Verleumdung. Lamennais etwa schrieb: »Sie verströmt Bordellgeruch«, wobei Baudelaire der schlimmste von allen war. Ich finde es amüsant, dass sie auch Männer geliebt hat, die jünger und vor allem längst nicht so brillant waren wie sie, insbesondere Manceau, der ihr vierzehn Jahre lang treu zur Seite stand, als Liebhaber, Gesellschafter, Leibdiener, und ihr die Arbeit erleichterte, die sie stets bei Nacht verrichtete. Als er – wie mein erster Mann – an Tuberkulose starb, nachdem sie ihn ein Jahr lang hingebungsvoll gepflegt hatte, war sie Anfang sechzig. Mein Manceau könnte Kurt sein! Das hat George Sand nicht davon abgehalten, sich mit Flaubert, Delacroix, Sainte-Beuve und Co. auszutauschen. Ich erkenne mich auch in ihrer Lebenslust wieder und in ihrer Ablehnung des Unglücks.

5. August

Endlich legt sich der Wind ein bisschen, eine Art Mistral aus Nordosten mit jähen, starken Böen. Es ist nicht möglich, die Boote, die im Winter hier liegen, zu versichern, obwohl der Hafen ausreichend Schutz zu bieten scheint. Wirbelwinde kommen vom Berg herab und heben die Schiffe buchstäblich aus dem Wasser. Dieser Nordostwind ist tückisch.

Heute Morgen haben wir die beiden Garnelenreusen und drei Hummerkörbe ausgelegt. Und das Oberflächennetz. Paul bringt sich richtig ein. Kocht auch viel für uns beide: Stews, verschiedene Desserts. Er folgt mir überallhin, geradezu reflexhaft. Als wollte er mir nicht mal eine Viertelstunde allein gönnen, damit ich Kurt schreiben kann! »Zufällig« bekommt er es mit, als der Briefträger den einzigen Brief in unseren Kasten steckt, den wir erhalten: Er stammt von Kurt. In ein paar Tagen werden die französischen Zeitungen eintreffen und die Post, die wir uns aus Doëlan nachsenden lassen.

Paul folgt mir quasi automatisch, wie ein kleines Kind oder ein Hund, drückt sich im Schlafzimmer herum, während ich mich umziehe, oder im Wohnzimmer, wo ich den Gartentisch streiche. Wenn er selbst nichts zu tun hat, läuft er hin und her, sodass ich bei meiner ganzen Lauferei immer wieder über ihn stolpere. Er verzichtet sogar auf seine Siesta, die mir normalerweise einen gewissen Freiraum gibt. Sonst ist alles bestens. Hübsch sehe ich nicht aus, meine Haare sind zu lang und zerzaust. Dabei habe ich mir sehr viel Mühe gegeben, um nicht hässlich zu werden: Hormonkuren, Liftings, Anti-Aging-Spritzen. Außerdem Massagen, manchmal sogar Gymnastik. Gute Friseure, gute Kosmetikprodukte. Also das volle Programm, nur dass ich mich weder schone, noch auf Sonne verzichte.

6. August

Ein fantastischer Tag: um sieben aufgestanden, um nach unserem Oberflächennetz zu sehen. Der Himmel vollkommen klar, absolute Windstille. In unseren Reusen und Körben 300 Gramm Prachtgarnelen, Samtkrabben und Taschenkrebse. Im Netz zwei dicke Meeräschen, 1,3 Kilo und 900 Gramm. Wir haben etwas getrödelt und aus Versehen noch einen Pollack gefangen!

Um halb elf auf dem Heimweg Foxall getroffen, der uns anbot, mit ihm nach Deenish zu segeln. Seit dort dieses kleine weiße Haus wieder instand gesetzt wurde, Sinnbild der Einsamkeit, vom Tisch in unserem Esszimmer aus gesehen, hatte ich Lust, diese Insel zu besichtigen.

Schnell nach Hause, um die Garnelen zu kochen und die Krabben in das Frischwasserbecken zu stecken für Bernard und Flora, die wir morgen erwarten.

Wir ziehen uns um und brechen um elf nach Deenish auf, mit Motorantrieb, weil es kaum Wind gibt. Ich bekomme meine erste Robbe zu sehen – Kopf wie ein Hund oder Schaf –, die unserem Boot folgt. Endlich mal eine Robbe, die keinen Ball auf der Schnauze balanciert! Um 14 Uhr zurückgefahren, bei angenehmer Querbrise.

Der Himmel zieht sich endgültig zu. Paul legt sich zur Siesta hin. Der *drizzle* setzt ein, der Wind kommt aus Südwesten, während das Barometer und die Wettervorhersagen *fair* verkündet hatten. Dieses Land überrascht einen immer wieder aufs Neue, auf nichts ist hier Verlass.

Paul glücklich, auf kindliche Weise. Ob es daran liegt, dass es hier überall Gegenstände gibt, die seinen Eltern gehört haben? Er singt sämtliche Strophen von *Au clair de la lune*, ohne ein Wort auszulassen. Welche Freude, wieder Kind sein zu dürfen.

7. August

Heute Morgen sind Flora und Bernard angekommen. Just, als Paul auf Garnelen keine Lust mehr hat.

Im Grunde ist alles bestens organisiert: zunächst eine sehr schöne Woche allein mit Paul. Irland ist so intensiv, und wir erfahren das Land beide auf so intensive Weise, dass es die Leidenschaft wieder reinbringt, an der es unserer Beziehung mangelt. Dann Besuch von Flora und Bernard und anschließend meiner Töchter, die mit ihren Männern kommen, aber ohne Kinder. Zu sechst, das wird hart, mit nur einem winzigen Bad und meinen eher chaotischen Schwiegersöhnen. Es wird aber auch wunderbar sein, Irland mit ihren Augen neu zu entdecken. Danach werde ich endlich ein paar Tage für mich haben, wenn sie und später Paul abgereist sind. Soll mir recht sein. Ich behalte den Tabur und meine Reusen hier und kann schreiben, wann immer ich Lust habe: meinen Töchtern, Michèle, mir selbst. Ich kann gärtnern, die Beara-Halbinsel besuchen und Dichterin werden, falls das meine Bestimmung sein sollte.

9. August

Gestern habe ich Paul wieder so erlebt wie zur Zeit unserer schlimmsten Spannungen: niedergeschlagen, schweigsam, sogar feindselig. Als ich von einem Spaziergang mit Flo nach Hause kam, schrieb er am Tisch in unserem Schlafzimmer, weil Flora und Sir Bernard das obere Zimmer bewohnen. Die Briefe von Kurt lagen in einer Mappe. Ich bin mir ganz sicher, dass er mindestens einen davon gelesen und in meinem Tagebuch geblättert hat, bei dem ich mich selbst allerdings automatisch zensiere, wenn Paul da ist. Heute Morgen schien er das einigermaßen verdaut zu haben. Ein Glück, dass wir uns über unsere Lieblingsbeschäftigungen annähern, die manchen Grund zur Klage in den Hintergrund rücken. Zu unserer Annäherung trägt auch bei, dass wir uns untereinander meistens besser verstehen als mit unseren Gästen!

Heute Morgen habe ich die Reusen voller Krabben hochgeholt, die sich wie üblich rauften. Bernard war entzückt über diese reale Verkörperung der Redewendung *un panier de crabes**. Danach habe ich das Treibnetz ausgelegt und gegen 17 Uhr mit Flora hochgeholt. Sie und ihr Mann sind an Bord zu nichts zu gebrauchen. Flora möchte helfen, was erst recht stört. Sie lässt immer das falsche Seil los und ist auf rührende Weise beflissen. Auf dem Boot ist es mir aber lieber, dass man sich nicht rührt, wenn man keine Ahnung

* Wörtlich übersetzt: ein Korb voller Krabben; im übertragenen Sinne auf Deutsch: Haifischbecken (A. d. Ü.)

hat. Bernard befolgt Anweisungen, ohne selbst die Initiative zu ergreifen.

10. August

Heute Abend waren wir in Ted's Bar und haben uns Irish Coffee gegönnt. Zu Hause tranken wir ein paar Gläser Paddy, während die Lammkeule noch garte. Danach viel Wein. Und dann Weinbrand ... Bernard, sturzbetrunken, wiederholte sich ständig. Flora blieb nicht lange hinter ihm zurück. Sie waren allerdings auch besoffen vom Meer!

Das Wetter mag scheußlich sein, trotzdem ist es hier so schön. Noch kein einziges Sonnenbad, seit wir angekommen sind. Was soll's? Vor dem 20. Oktober wird mich kein Mann nackt sehen.

11. August

Wunderbarer Abend gestern in Dominiques Restaurant, wo Flora und Bernard uns eingeladen haben. Bemerkenswert gutes Essen: Coq au vin und köstliches, hausgemachtes Pralineneis.

Wir unterhielten uns über Poesie, rezitierten Victor Hugo, Paul kann viele seiner Verse auswendig: *La cabane est pauvre, mais bien close ...* * Flora kennt sich besser, sogar sehr gut, mit Verlaine, Apollinaire und Co. aus. Sie hatte schon immer ein hervorragendes

---

* Aus *Les pauvres gens* (»Die armen Leute«): *Ärmlich ist die Hütte, aber sie bietet Schutz.* (A.d.Ü.)

Gedächtnis. An diesem herrlichen Abend habe ich sie wieder so natürlich erlebt wie sonst kaum: lustig, spontan, geistreich.

Als wir nach Hause gingen, stellte sie fest, dass Paul viel trinkt. Bei Bernard, der dreimal mehr trinkt, erkennt sie das nicht. Aber findet nicht jede Frau den Mann der anderen unerträglich?

12. August

Als ich vom Fischen zurückkam, war Paul wieder trübsinnig und verschlossen. Ich bin immer mehr davon überzeugt, dass er mein Tagebuch liest, oder die Briefe von Kurt. Flora glaubt das auch.

Er arbeitet wieder an seinem Roman – und wird weniger kochen. Wenn ich sehe, wie Flora sich mit Bernard herumschlägt, der nicht mal einen Liegestuhl aufklappen kann, wird mir klar, welche Fortschritte Paul macht, wie viel er leistet. Heute Morgen brauchte Bernard Hilfe beim Teeaufgießen, und das bei einem ganz gewöhnlichen Wasserkessel, der nicht mal elektrisch ist. Der typische Engländer. Unfassbar!

Foxalls Wohnwagen, das hässliche gelbe Wrack, wurde gestern entsorgt. Das verwandelt die ganze Landschaft, wie ich von meinem Platz am Esstisch erkennen kann.

13. August

Als Flora und Bernard abgereist sind und ich mit Alain, Blandine, Lison und Serge aus Cork zurückkomme, höre ich von Paul, dass aus den Hähnen kein Wasser mehr fließt. Vierundzwanzig Stunden Panik bei den Zivilisierten, die sich den Arsch nicht mehr waschen können! Schließlich packen wir den Stier bei den Hörnern und das Wasser dort, wo es entspringt. Wir steigen über die Felder zum Sammelbecken hinauf – ausgetrocknet, der Bach versiegt. Im Tank auf unserem Dachboden befinden sich nur noch fünfzehn Zentimeter schlammiges Wasser voller Sonnentierchen. Die Schwiegersöhne holen (dreckiges) Wasser vom Bach am Hafen, und wir haushalten damit wie in der Sahelzone, zum Verdruss unserer Fräuleins, die sich die Haare waschen wollten.

14. August

Als wir um 13 Uhr vom Fischen zurückkommen, verkündet Paul feierlich, er habe die Quelle mit einem Schwung seines Zauberstabs wieder zum Sprudeln gebracht – er meinte den großen Spaten! Er verkündet auch, dass sich der Tank auf unserem Dachboden gefüllt hat. Ach! Dieses Gluckern von Wasser, das in eine Zisterne dringt. Eine Stunde später stand ich unter der Dusche. Wir müssen trotzdem sparen, weil die Quelle, die Paul »umgelenkt« hat, in Wahrheit nur ein Rinnsal ist, aber zumindest herrscht jetzt wieder bessere Laune. Ein verhaltener Optimismus, da momentan kein Regen angesagt ist.

Unser Fang bestand aus drei Dutzend prall gefüllten Seeigeln – sogar die kleinen –, Felsengarnelen, einer Jakobsmuschel und Kammmuscheln. Lison ist versessen aufs Gezeitenfischen, genau wie ich, sie kann davon nie genug bekommen.

Irland macht einen verrückt und macht es den Verrückten leicht. Hier lässt sich die Zeit alle Zeit und springt ganz anders mit einem um. Wir sind völlig geschafft, leben mit Wolken, Himmel und Wind. Besinnen uns auf alte Werte, die sonst nur noch literarischen oder emotionalen Charakter haben …

15. August

Um halb sechs von Paul geweckt, dem immer noch leicht übel ist vom Schlammwasser am Grund des Tanks. Um halb sieben losgezogen, um das Treibnetz hochzuholen: 6 Pollacks.

Danach den verdreckten Tank gründlich gereinigt, was ohnehin fällig war. Anschließend hat sich Alain, von Pauls Zeigefinger dirigiert, mit der Machete durch das Farndickicht zu einem Mäuerchen durchgeschlagen, dessen Steine wir selbst für eine eigene Feldmauer verwenden wollen. Serge konnte wegen eines Zipperleins am Fuß leider nicht mithelfen.

Froh, dass meine Enkelinnen nicht dabei sind, liebe sie umso mehr! So werden aus meinen Töchtern junge Frauen, die zehn Tage Ferien mit ihren Verlobten genießen. Sie sind keine Mütter mehr, die ihre elterlichen Pflichten mit einem Ehemann teilen, der sich immer wieder davor drückt. Auf so nette Weise …

16. August

Springfluttage sind besonders anstrengend. Wir essen um 16 Uhr zu Mittag. Alle – außer mir – legen sich völlig erledigt hin, sogar Serge, der gar nicht erst mitgekommen ist, weil er schon so erschöpft war … Gegen zehn essen wir zu Abend. Paul, der den halben Nachmittag verschlafen hat, verschwindet gleich danach wieder ins Bett. Um halb zwölf schlummert er tief und fest, bereits Lichtjahre von mir entfernt …

Ständig hören wir Wasser in den Dachbodentank tröpfeln. Die Nolans hatten die gleiche Idee wie Paul und haben dieses Rinnsal nun selbst zu ihrem Becken umgelenkt. Wir waschen uns nicht mehr. Das Geschirr wird nie richtig sauber … denn wir essen Hummer auf amerikanische Art, Kohl mit Speck, Garnelensuppe.

Lison ist launisch, reagiert schnell gereizt auf ihr Umfeld, zwischendurch ist sie sehr umgänglich. Der stets umtriebige Alain baut die Mauer am Ende des Gartens. Serge verhält sich wie ein verzogenes Kind und wird dafür von allen verspottet, zu Recht. Blandine erholt sich von ihrer Tochter und schläft fast so viel wie Paul. Und ich räume die Pullis weg, die überall herumliegen, und die nassen Schuhe. Ich leere die Aschenbecher und wasche sie. Ich schrubbe das Wachstuch, das die anderen nur halbherzig abwischen. Ich lege die Pollacks, die wir nicht gleich essen können, in Salz ein. Hole sie wieder raus, um die Reusen zu bestücken.

Ja, den Norden gibt es. Und wie! Es ist Hochsommer. Das Wetter ist recht schön: jeden Tag Sonne, wunderbare Abenddämmerung. Sobald die Sonne untergeht oder eine Wolke vorbeizieht, wird es so kalt wie im Oktober in der Bretagne. Mild ist es nie. Die Luft erinnert ständig daran, dass wir im Norden sind.

17. August

Blandine erholt sich nur schleppend von ihrer Magenverstimmung. Eigentlich hatten wir alle beschlossen, uns heute Abend im Silver Strand irische Balladen anzuhören. Um acht macht Blandine ein Nickerchen und dann schlapp. Serge schützt vage Müdigkeit vor, nachdem er tagsüber Golf gespielt hat. Paul ist erschöpft, offenbar wegen akuter Leberbeschwerden: Taubheitsgefühl in den Beinen, Übelkeit, nach zwei Springfluttagen, in denen sich unsere Mahlzeiten nach hinten verschoben und ihm den Vorwand geliefert haben, fünf oder sechs Whiskeys zu trinken, danach Wein und schließlich Irish Coffee. Und so sind wir dann alle ins Bett gegangen, zwar erst um kurz vor Mitternacht, aber wie die letzten Greise! Flora und Bernard wären ganz sicher ausgegangen.

Nach einer gewissen Zeit fällt einem Besuch zur Last, jeder Besuch …

19. August

Jetzt sind alle weg. Sogar Paul. Seitdem ist das Wetter schlecht …

Unglaublich, wie gleichgültig die Iren Wetter jeglicher Art hinnehmen, die Engländer auch, in geringerem Maße. Gegen drei kam Wendy Nolan vorbei, wie immer in Shorts, ungeachtet ihrer dicken Oberschenkel. Rothaarig, schönes Gesicht. Ohne Kopfbedeckung im Gewitterregen unterwegs, die beiden Söhne in Badehose, einer war gerade surfen, der andere hatte seine Reusen ausgelegt. Praktisch nackt, kräftig, entzückt von ihrem *nice day*. Schlimm, dass mir schöne Menschen immer lieber werden; den anderen nehme ich ihre Hässlichkeit krumm.

Im Ort hat die Hälfte der Bewohner offenbar keine Ahnung, dass es so etwas gibt wie Regenmäntel. Die Kinder tragen nichts auf dem Kopf, nichts an den Füßen, nur Kurzärmliges.

Das Barometer ist drastisch gesunken. Ich machte mir eigentlich keine Sorgen, weil die Marine-Wettervorhersage nur von stürmisch gesprochen hatte. Sie lag falsch, es zog ein unglaublich heftiges Gewitter mit sehr starken Böen auf. In diesem Land zieht stets ein Unwetter herauf! Also habe ich genäht, repariert, gefegt, aufgeräumt, kurzum alles getan, was Sheila nicht tun wird.

20. August

Wie zu erwarten war: Der Wassertank ist voll, die Bäche fließen über.

Um 15 Uhr zum Mittagessen meinen Fang verzehrt: Garnelen, Krabben, dazu spanische Melone. Die Fischerei ernährt mich, und ich bekomme sie nicht satt.

21. August

Endlich mal ein interessanter Traum! Ich war tot, mein Körper lag auf dem Kachelboden eines Badezimmers, und ich stand daneben und betrachtete ihn als eine Art Doppelgängerin. Kurt war dabei und riet mir, ihn zu beatmen. Das Ganze war weder tragisch noch eindrucksvoll. Ich schleifte den Körper ins Wohnzimmer und kniete mich hin, um ihn zu beatmen, und zwar durch … das erste Knopfloch an meinem Pyjama! Das führte zu nichts, was aber weder Hektik noch Panik auslöste. Kurt packte den Körper an den Füßen, wie ein Neugeborenes, und hielt ihn mit dem Kopf nach unten. Ich erbrach eine komplette Mahlzeit und Flüssigkeit. Kurt legte den Körper wieder hin, ich setzte die Beatmung fort, und sofort kam wieder Leben in den Körper. Die Bedeutung liegt auf der Hand!

22. August

Ich bin besoffen von dieser Schönheit, teuer bezahlt nach drei Tagen Unwetter, Schauer, Dauergrau. Strahlende Morgendämmerung … damit ließen sich bestimmt sämtliche Nervenleiden kurieren. Leider währt die Morgendämmerung nur kurz. Besonders hier.

In einem tiefen Tümpel prächtige Seeigel gefangen. Dafür musste ich bis zum Nabel ins Wasser steigen und mir den Bottich umhängen, mit den Armen bis über die Schultern eintauchen. Ich habe zwölf Stück mitgenommen (in Paris wären sie pro Stück fünfzehn

Francs wert!), ich hätte dreimal so viel nehmen können.

22°, Sonne blass, aber wunderbar. Ich wüsste nicht, was einen solch perfekten Moment, *out of the world* und zugleich ganz und gar *in this world*, noch schöner machen könnte ...

Gestern Abend Cohen gehört, wieder und wieder. Mein geliebter Belafonte passt nicht hierher, zu süßlich. Wenn ich Cohen lausche, habe ich das Gefühl, etwas Heimliches, leicht Verrufenes zu tun. Eine Art von Onanie. Ich notiere mir die Wörter, die Zeilen, die ich verstehe, immer wieder dieselben, leider – ich mache keine großen Fortschritte. Es sind auch immer wieder dieselben, die mich dahinschmelzen lassen: *gentle this soul, gentle this soul*; *humbled in love, forced to kneel in the mud ... next to me* und *let's be married one more night ...* Das passt so hundertprozentig zu Kurt und mir.

Aus einem Grund sollte ich mich freuen, dass Kurt es dieses Jahr nicht nach Irland geschafft hat: Seine Frau liegt mit einer Lungenentzündung im Krankenhaus. Also hätte er gleich wieder abreisen müssen. Ein verschwendeter, verlorener Flug. Vorhin hatte ich ihn am Telefon: Er bemüht sich um Normalität. Mit dem Alter gewinnt aber sein Fatalismus wieder die Oberhand. Fast würde er alles für vergeblich erklären. Ich mache ihm die Hölle heiß, fernmündlich und in meinen Briefen, damit er reagiert, Risiken eingeht. Mir ist klar, dass ich selbst keine eingehe. Wenn man aber mit einer so bornierten Kuh wie Peggy zusammenlebt, hat das seinen Preis. Und was bliebe ihm dann noch, wenn er mich nicht hätte? Ich will ihn zur Verzweiflung treiben, damit er die Kraft findet zu sagen: Ich fahre jetzt eine Woche weg.

Diese Schwermut, die mir so verhasst ist, liegt einfach daran, dass ich noch keine konkreten Pläne für ein Wiedersehen mit Kurt habe. Jamaika? Venedig? Paris? Offenbar ist er fest entschlossen, im Oktober zu kommen. Und warum nicht September? Diese geheimnisvolle, giftige Alchemie von Liebespaaren. Und was hilft gegen Schwermut? Mit den Händen arbeiten. Also habe ich geputzt, poliert, gegärtnert …

Gestern habe ich mir die Haare gewaschen. Jetzt sehe ich nicht mehr ganz so aus wie »eine Krämerin aus Limerick«, wie Lison – sehr treffend – bemerkt hat, die nie davor zurückscheut, in aller Öffentlichkeit unangenehme Wahrheiten auszusprechen. Aus reiner Gedankenlosigkeit, ohne jede böse Absicht. Hinzu kommt eine Art von Ressentiment gegen ihre Kindheit, das sie nach wie vor auslebt, also gegen mich. Ich weiß nicht, mit wem ich diese Verantwortung teilen könnte, zwischen Georges, der nie präsent war, und Paul, den das nicht im Geringsten interessiert und übrigens auch nicht aufbringt.

Man kann seine Haut noch so sehr pflegen, irgendwann kommt der Moment, in dem Schönheit sich von innen auflöst. Vor allem die Augen, die ihren Glanz verlieren. Auch ist das Haar nicht mehr so dicht. Außerdem ist meine Oberlippe von senkrecht verlaufenden Fältchen gesäumt, was ganz besonders hässlich ist. Und ja, die Konturen. Der Hals. Um das Alter in meinem Gesicht nicht zu spüren, brauche ich den Blick von Kurt. Davon abgesehen, geht es noch einigermaßen. Aber nur, weil wir nicht in den Tropen leben und ich nicht täglich mit meinem Dekolleté und meiner schlaffen Taille konfrontiert bin. Angezogen habe ich noch eine ausgezeichnete Figur.

23. August

Um 19 Uhr ist hier große Badezeit. Der ganze Hügel steigt ins Wasser: die Nolans, die O'Sullivans, die Touristen. Surfer gleiten durch den Hafen, Gerenne am Strand. Der Deich wimmelt von nassen, halbnackten Kindern, die so fröhlich jauchzen wie Kinder unter wärmerer Sonne.

Im Haus sind überall Heideblumen verschiedenster Art verteilt. Ich habe graue Disteln mit leuchtend blauen Blüten in den weißen Nachttopf gesteckt und auf die gelbe Tischdecke von Laura Ashley gestellt. Einen schöneren Strauß kann man sich kaum vorstellen. Viel seltener als Rosen, viel schwerer zu finden und viel schmerzhafter zu pflücken. Einen Strauß aus Disteln werde ich mit nach Doëlan nehmen, weil sie dort von unseren Dünen verschwunden sind, zertrampelt von Massen an Touristen. Viele Arten sind verschwunden, die hier die Landschaft so ergreifend schön machen. Allein die Sumpfpflanzen, Schilf mit seinen feinen, rötlichen Ährchen, brauner, gelber, grauer Rohrkolben mit dicht gedrängten Blüten – das reinste Ikebana.

Paul hat heute zwei Mal angerufen: »Einfach so.« Die Ferien haben ihm Spaß gemacht. Und er freut sich, morgen mit Fabius in einer Sondermaschine nach Brégançon zu fliegen, wo sie den Präsidenten der Republik Irland antreffen werden! Dann weiter nach Bormes, wo Fabius ein Haus besitzt. Wie soll er sich auch nicht freuen? Er hat mich nicht verloren, und ich wache über seine Häuser. Fabius schenkt ihm sein Vertrauen, was Paul berauscht. Glück im Übermaß.

25. August

Unterwegs nach Killarney, um die Fähre zu nehmen. Das Wetter ändert sich ständig, von Mal zu Mal trügerischer und schöner. Der Himmel ist hier weiter als anderswo, so vieles spielt sich dort ab, in der Tiefe wie in der Breite. Und die Berge geben sich mit unvergleichlichem schauspielerischen Talent als Hochgebirge aus, übertreffen als Fantasiegebilde die Wirklichkeit. Was spielen Maße hier überhaupt für eine Rolle, ob Fuß oder Yard? Es geht um Magie, nicht um Zahlen.

An Bord der *Quiberon*. So viele junge Menschen … und so schön, so kraftvoll, dass es einen deprimiert. Man kommt sich vor wie eine Außenseiterin. Schlimmer noch: wie eine alte Schachtel!

Ein flachsblondes irisches Pärchen, die Lippen bei beiden so dünn, dass es zum Küssen kaum reichen dürfte.

Ich lese gerade die Biographie von Vita Sackville-West zu Ende und bekomme Sehnsucht nach solchen Freundschaften unter Frauen. Vita begegnet Männern wie Frauen mit der gleichen sinnlichen Offenheit. Was für eine Fülle sich daraus ergibt! Ich beneide sie, kann es ihr aber nicht nachtun. Auch wenn die Leidenschaft, die Françoise Gange mir entgegenbringt, durchaus der Leidenschaft von Vitas Freundinnen ähnelt: Dottie, Margaret Voigt, Harriet, Virginia Woolf. Ihnen schreibt Vita täglich, und ihrem Mann ebenfalls. Die Treue, die sie all ihren Geliebten oder Freundinnen hält, ihre Mütterlichkeit, ihre Gartenliebe, ihre Vitalität sind Eigenschaften, die uns verbinden. Aber sie kann ihre aristokratische Erziehung nicht ablegen, die sie erst recht einschnürt, weil sie noch dazu Britin ist.

1984

27. Juli

Der Fang ist überwältigend beim Schleppfischen, Makrelen und Pollacks sind riesig, und es kommen immer neue nach. Leider hat Paul kaum mehr Appetit auf Fisch, die Krabben hat er schnell satt, Garnelen im Grunde auch. Dabei müssen wir sie jeden Tag essen. Zum Glück wird Flora bald hier sein. Sicher völlig ausgelaugt, denn noch ist sie in der Biographie versunken, die sie über Marie Laurencin schreibt. Inzwischen ist sie beim Jahr 1951 angelangt. Ein Glück, dass Laurencin 1953 gestorben ist.

Das Wetter war trüb, seien wir ehrlich, aber mit Lichteinschlägen zwischendurch, himmlischen Aufheiterungen, die eine Stunde währten.

31. Juli

Ich bin gerädert und vertrage Wodka leider nicht mehr so gut. Mein Organismus ruft laut und deutlich: bloß nicht! Normalerweise höre ich nicht darauf, aber dann werde ich nach dem Essen schläfrig oder bekomme wie heute Kopfschmerzen … Wobei ich tatsächlich schlecht geschlafen habe.

Paul ist momentan schaurig anzusehen! Seit einer Woche lässt er sich einen Bart wachsen und zieht sich an wie ein Clochard: unsägliche Jeans und dicke Wollsocken in ausgetretenen Espadrilles. Und mangels Sonne ist er so fahl, dass er Peter Dunne ähnelt, diesem irischen Sänger, von dem ich mal ein Poster hatte und der so zottelig-bedrohlich aussah.

1. August

Heute Abend langes Gespräch mit Paul am Torffeuer, bei einer Schale Garnelensuppe. Er sagte: »Eins steht jedenfalls fest: Hier stellt niemand ein Ultimatum: er oder ich. Niemand wird erpresst.«

Ja, das stimmt, dabei ist es tieftraurig, es nicht tun zu können, es verlangt übermenschliche Kräfte. Ich habe es am eigenen Leib erfahren, vor langer Zeit, es hat mich schier zerrissen. Ich hoffe nur, für ihn ist es nicht ganz so schwer.

Paul spielt immer wieder darauf an, dass ich in Kurt verliebt bin und Kurt in mich, und darauf reagiere ich jedes Mal leicht verzögert. Ohne irgendetwas abstreiten zu wollen. Ja, ich bin wohl in Kurt verliebt, und ja ja ja, er ist noch verliebter in mich. Und ich habe es nicht anders gewollt: »Einfach, um mich geliebt zu fühlen«, wie Paul es heute Abend in Bezug auf sich selbst formulierte, als er von den zahlreichen Anwärterinnen auf sein Herz sprach, denen er mit Zärtlichkeit begegnete, ohne in sie verliebt zu sein. »Einfach, um mich geliebt zu fühlen«, wiederholte er. Das wollen wir alle. Aber wir wollen darüber hinaus so geliebt werden, wie es uns gefällt, wie es uns gerade passt. Paul liebt mich. Aber nicht so, wie ich gern geliebt werden möchte. Wie ärgerlich.

Paul hat sich sehr verändert – zu meinen Gunsten! Er hüllt mich mit seiner Liebe und seiner leisen Reue ein ... in etwa so wie eine Spinne das Netz spinnt, um ihre Fliege einzufangen. Denn ich fühle mich zurzeit wie eine Fliege. Ich habe Lust, herumzufliegen, mich umzusehen, vor mich hin zu summen. Paul, der zu Beginn unserer Beziehung ein Vagabund war, möchte jetzt mit mir in einem Kokon eingesponnen sein. Früher habe ich davon geträumt, ihn einzuspinnen ... Zugleich hatte ich Angst, er könnte sich mit mir langweilen.

2. August

Ein erstaunlicher Tag, wie man sie nur hier erlebt: Er fing mit einem kräftigen Südwestwind an, der Himmel hing tief, weil sich dahinter aber immer noch ein Himmel verbirgt, wechselten sich alle möglichen Schattierungen ab.

Das Meer ziemlich aufgewühlt, eindrucksvolles Spiel der Wellen, die sich an den Klippen am Hafeneingang brachen.

Der Abend ... wie die Abende hier eben sind. Um 22 Uhr war der schicke Bar-Pub des Lake Hotel leer. Um 22 Uhr 30 waren zwei Hotelgäste und Iren jeden Alters da, außerdem eine Schwangere. Die Frauen tanzen für sich. Ein, zwei tanzen sehr gut: eine dicke Alte, eine schmale Grauhaarige, mit einem Teint so rosa wie ihre Hose! Ein sehr guter Sänger-Gitarrist, dazu ein Schlagzeug. Warum fühlt man sich in diesen Pubs so wohl? Darauf habe ich eine Antwort: Die Jugend gibt hier nicht den Ton an. Alle sind willkommen und dürfen sich amüsieren. Man kann Swing tanzen oder Rock, sogar eine Bourrée, was einem so einfällt. Alle tummeln sich auf der Tanzfläche, ungeachtet des Alters, des Aussehens, der Kleidung. Man darf auch mit achtzig herkommen, um den anderen zuzusehen und sein Guinness zu trinken oder eine Zigarre zu rauchen, wie diese Frau, die an die hundert Kilo wiegen dürfte und in ein viel zu enges Kleid gezwängt ist.

Und wieder dieses Bedauern, dass ich mich selbst nie getraut habe, so ungezwungen zu tanzen. Ich konnte nur tanzen, wenn ich an meinem Partner klebte, aber ich habe nie gewagt, mich freizutanzen wie diese lustige kleine Irin mit den roten Haaren, keine Schönheit, doch auf einmal bezaubernd: Kaum hatte sie die Schuhe ausgezogen, wuchsen ihr Flügel an den Füßen, den Armen, ihr ganzer Körper verwandelte sich in Anmut und Bewegung. Ihr gegenüber eine eckige Dame mit Blumenkleid und Dauerwelle, steif, linkisch, die aber ihren Spaß hatte … Ich beneidete sie um diese Ausgelassenheit. Wäre ich zwanzig Jahre später geboren, wäre ich dazu bestimmt auch in der Lage gewesen. Mich fasziniert nach wie vor, wie frei sich manche junge Frauen bewegen, über welch unbeschreibliche – geheimnisvolle – Anmut sie verfügen. Das gilt auch für meine drei Töchter. Warum habe ich das nicht mit ihnen gemeinsam gelernt, meine Verspätung eingeholt, meine verlorenen Jahre wettgemacht und meine Scheu überwunden? Als sie zwanzig waren, hätte ich dafür noch Zeit gehabt, damals war ich erst fünfzig.

Ich hatte wohl einfach nicht das Talent dazu, mich gut zu bewegen, dabei hätte ich so viel Freude daran gehabt, die Anmut herbeizutanzen. Möglicherweise …

3. August

Im Grunde habe ich mich bis Mitte sechzig fabelhaft gehalten – ohne das Gefühl, mich von anderen Frauen zu unterscheiden, einer anderen Generation anzugehören. Vermutlich ist diese Ära mehr oder weniger abgeschlossen, aber bis dahin habe ich eine großartige Zeit verlebt.

4. August

Unglaublich! Dabei hatte Déon uns schon vorgewarnt. Um 22 Uhr klopfte es am Fenster unseres Zimmers, wo ich noch las und Paul schon schlief. Fünf Minuten zuvor hatte ich ihm gesagt, dass ich Schritte auf der Terrasse hörte … Auf das Klopfen hin sprang Paul auf und lugte durch den Vorhang … Es war James Galvin, der für seine Mauer bezahlt werden wollte, um diese Zeit!

Ich warf mir etwas über und öffnete ihm die Tür. Er trat ein, mit seinem Geruch, seiner Redseligkeit, seiner freundlichen Art. Ein Glück, dass wir seine Arbeit so zu schätzen wissen. Als erstes ist ihm der Kamin ins Auge gefallen. »Zu viel Zement zwischen den Steinen«, urteilte er. »Das ist Pfusch!« Wir plauderten bis Mitternacht und tranken dabei Whiskey.

5. August

Alarmierende Neuigkeiten: Kurts Frau ist ans Bett gefesselt, ihr Krebs wächst rasend schnell. Ideal wäre, dass sie ins Krankenhaus kommt, während Kurt hier ist … Sie hat schließlich ihre Kinder und ihre Eltern. Und Kurt kann zehn Tage Geschäftsreise in Europa als Alibi geltend machen.

6. August

Das sagt sich so leicht: Nebel, grau. Vom irischen Grau gibt es aber tausend Varianten, so unbeständig wie faszinierend. Es ist praktisch unmöglich, oben am Fenster zu arbeiten. Ich musste das Fernglas einfach holen.

Zwanzig Surfbretter in Derrynane, wo die Menschen baden wie an einem strahlenden Sommertag! Erst sieht es nach Regen aus, dann bricht die Sonne durch. Danach kommt Nebel auf, verzieht sich wieder, alles ist wieder scharf und klar. Zehn Minuten später die reinste Waschküche, silbrig leuchtend. Dann ist alles schaurig trüb. Der Strand ist verwaist, das Wasser steigt. Wer könnte ahnen, dass die Iren bis eben noch an einen *lovely Sunday* geglaubt haben?

7. August

Eine Stunde, um vier Reusen hochzuholen. 500 Gramm prachtvolle Garnelen. Auf den Fang in Lisons Bucht verzichtet, weil Böen und Regen so heftig waren. Völlig gerädert heimgekommen.

Merkwürdig, sich dafür zu entschuldigen, dass man arbeiten möchte. Ich zaudere, traue mich nicht recht ...

»Schon wieder?«, sagt Paul.

»Ja, ich muss meinen Text fertigschreiben.«

»Und was ist mit mir ...«

Aber ich habe nun mal einen Vertrag geschlossen und muss mein Manuskript im September abliefern. Unsere Arbeitszeiten lassen sich nicht wie durch Zauberhand aufeinander abstimmen. Ich selbst habe noch nie drei Wochen lang Ferien pur gemacht. Tatsächlich verbringe ich selten eine Woche, ohne zu schreiben. Nun habe ich Schuldgefühle. Es ist mein Fehler, dass ich arbeiten muss. Dass ich nicht frei verfügbar bin ... für ihn! Dass mir diese Arbeit Spaß macht, ist kein Argument. Wenn Kurt bei mir ist, bin ich geradezu stolz auf meine Arbeit. Seine Fürsorglichkeit hilft mir dabei.

Als wir heute Abend den düsteren Himmel sahen, diesen Regen, der den Wind niederpeitschte, sagten wir: »Hoffentlich bleibt das morgen so, dann könnten wir mit dem Boot rausfahren.« So wird scheußliches Wetter zum Ideal!

Die Abende sind lang ohne Zeitungen – wir haben den Nachsendeauftrag vergessen –, ich würde gern arbeiten, aber ich wage es nicht, Paul nach dem Essen allein zu lassen, mit dem Regen als Schauspiel. Wäre ich allein, hätte ich meine *Olympe de Gouges* schon zu Ende geschrieben, bei dem Wetter.

Wir denken nur noch ans Essen. Überlegen sogar schon, was wir alles für unsere »Dicken« (Flora und Bernard) kochen könnten!

8. August

Wir wollten unsere »Dicken« morgen gern mit einem schönen Pollack begrüßen. Gegen 16 Uhr bei Sonnenschein rausgefahren. O Wunder: Binnen drei Minuten gleich drei Fische gefangen, einen gut zwei Kilo schweren Pollack, dann einen kleineren, dann eine Makrele ... Schließlich haben wir uns dazu durchgerungen, die Angel einzuholen ... und dabei einen Fisch verloren.

Mit seinem Zehntagebart sieht Paul zunehmend aus wie der Bösewicht in einem Western. Und benimmt sich wie ein Feigling. Er wartet Floras Aufschrei ab, bevor er sich rasiert. Ich habe eine ganze Reihe von Horrorfotos gemacht, Paul mit Zigarre im Mundwinkel, die irische Schiebermütze verkehrt herum aufgesetzt.

10. August

Flora und Bernard sind mit Koffern voller Geschenke angereist. Köstliches Abendessen, bei dem wir über Israel sprachen. 1973 war Bernard dort britischer Botschafter. Er erzählte uns, dass große Panik herrschte, als Golda Meir Ministerpräsidentin wurde: Sie war ja ständig krank. Nach ihrer Wahl ist sie unverwüstlich geworden, berief den Ministerrat um Mitternacht ein, nachdem sie an einem Bankett teilgenommen hatte, redete zwei Stunden am Stück, ohne sich mit Notizen zu behelfen, etc. Als man sie fragte, warum sie nie mehr krank wurde, antwortete Golda Meir: »Wahrscheinlich war ich früher nur krank, weil ich diesen Posten nicht hatte!«

1973 haben wir die beiden in der Botschaft besucht, und ich habe daran wunderbare Erinnerungen. In Cäsarea gab es hervorragende Garnelen. Gläubige Juden essen keine Garnelen, auch keine Krabben. Ihre Religion erlaubt nur Schuppenfische. So ein Unsinn. Ich muss an die Iren denken, die während der großen Hungersnot gestorben sind, sie essen ebenfalls keine Schalentiere, weder Krabben noch Hummer …

11. August

Gestern angekommen, haben Bernard und Flora das Gefühl, schon eine Woche hier zu sein: Wir haben alle Arten von Wetter erlebt, und zwar mehrfach, nur keine Hitze. Heute Morgen Sturmstärke 9 oder 10, ein furchteinflößendes Meer, das wir von der Spitze der Landzunge aus betrachtet haben. Wir saßen in einem Fleckchen Sonne, durch einen steil aufragenden Felsen vorm Sturm geschützt. In unserem Dreieck war es fast windstill. Bernard hat sogar einen Sonnenbrand bekommen. Wir beobachteten, wie die smaragdgrünweißen Wassermassen auf die dunklen Klippen zuschossen und Gischtwolken freisetzten, bevor sie sich vor uns zurückzogen, hinter dem Felsen. An Fischen war zunächst nicht zu denken ... Bis der Wind um 16 Uhr, bei Niedrigwasser, plötzlich abflaute. Bernard und ich sind zusammen rausgefahren, um die Reusen hochzuholen – richtig dicke Samtkrabben und 950 Gramm Prachtgarnelen – und dann mit frischen Ködern zu bestücken.

Abends im Scariff Inn, wo ein Sänger mit Gitarre und Mundharmonika auftrat. Das übliche Publikum und sehr viele Jugendliche. Paul strahlte vor Freude, weil er nach zehn Tagen Zweisamkeit mit mir nun wieder unter Menschen war, und griff sich ein paar »Teenies«, die an den Automaten spielten. Ein Säufer, der sich verzweifelt nach Gesellschaft sehnt – selbst der von Kindern! Verblüffend, ihn so liebenswürdig lächelnd im Kreis von Halbwüchsigen zu beobachten! Als wir nach Hause kamen, musste er aber prompt ein Alka-Seltzer nehmen (er verträgt Alkohol nicht mehr so gut), und dann ab ins Bett. Bernard ließ sich im Wohnzimmer in einen Sessel fallen, mit blutunterlaufenen Augen und starrem Blick (auch er verträgt Alkohol nicht mehr so gut), und schlief fast ein. Flora und ich waren in Hochform und tanzten zu kornischen Liedern von Brenda Wootton. Die zwei Gläser Whiskey, die ich getrunken hatte, verliehen mir Flügel, und Flora hüpfte wie ein Zicklein zu Fest-noz-Rhythmen. Wir hätten endlos weitermachen können.

Floras Heiterkeit und Energie lassen nie nach. Sie ist unglaublich, man sieht ihr nicht die geringste Müdigkeit an, obwohl ihr Buch über Marie Laurencin mit einem Berg Arbeit verbunden ist. Seit ihrem furchtbaren Hexenschuss, der sie einen Monat lang lahmgelegt hat, ist die Festung allerdings ins Wanken geraten: Der Feind hat sich Zugang verschafft. Um sie zu beruhigen, verrate ich ihr, dass mir fast jeden Morgen beim Aufstehen alles wehtut. Die zehn Finger tun weh, die Fußknöchel, manchmal auch die Knie. Nachts rostet die Maschine. Voller Wehmut denke ich daran, wie FREI man mit 20, 30, 40, 50, ja sogar mit 60 über seinen Körper verfügen kann. Mit 65 nimmt diese Freiheit ab. Seit einem Jahr ist es vorbei mit der Unbekümmertheit, ich weiß, dass ich die Maschine austricksen muss: Ich steige schnell aus der Metro, aber erst, wenn sie wirklich zum Stehen gekommen ist. Ich traue mich nicht mehr, die Straße rennend zu überqueren, aus Angst, dass mein Knöchel urplötzlich zu schmerzen anfängt, nur drei Sekunden lang – das reicht schon, um unter die Räder eines Busses zu geraten. Bei mir versagen vor allem die Stoßdämpfer, meine Beine sind nicht mehr elastisch, ich werde von hölzernen Gliedern getragen, die zwar beweglich sind, aber jede Geschmeidigkeit eingebüßt haben. Das Gehirn wird auch träger. Ich erlaube mir nicht mehr, »Ding« oder »Dingsbums« zu sagen, ich suche nach dem Wort oder Namen. Ich lasse meinem Gehirn keine Faulheiten durchgehen. Vielleicht, weil ich zu Hause ein abschreckendes Beispiel habe: »Lass uns heute Mittag dieses Zeug kochen, wenn Dings zum Essen kommt …« Wenn man nicht aufpasst, entfallen einem erst die Eigennamen, dann die Wörter und schließlich die Begriffe.

Den Metzger in Sneem noch mal aufgesucht, der mir zugesagt hatte, das Hirn seiner Schlachttiere nicht mehr wegzuwerfen, sondern für mich aufzubewahren. Er hat es vergessen – das Hirn war ihm entfallen!

12. August

Endlich Floras Manuskript über Marie Laurencin gelesen, die meine Patentante war und die große Liebe unserer Mutter. Bei diesem Thema hält sich Flora sehr zurück und schreibt nur von freundschaftlicher Liebe … Dennoch ist ihr ein großartiges Buch gelungen, schillernd, reich an Verweisen, Zitaten, Gedichten – von Marie und von ihren Freunden (Apollinaire, klar) –, das Ganze sehr schlüssig. Vor allem entdeckt man darin eine fesselnde Persönlichkeit, so anziehend wie unberechenbar. Marie Laurencin hatte eine bei bildenden Künstlern seltene Gabe: Sie fasste sich kurz, wenn sie über Malerei sprach, über ihre Malerei. Zeigte wahre Bescheidenheit und nicht die geringste Neigung zu pompösem Geschwafel. Was für eine Gnade.

Im Anschluss die Biographie von Sappho angefangen, die Bernard direkt auf Französisch geschrieben hat. Trotz des manchmal etwas ungelenken Stils eine faszinierende Lektüre, weil der Autor selbst von seinem Gegenstand fasziniert ist. Er räumt dieser fast unbekannten Dichterin endlich einen Platz in der Literaturgeschichte ein. Wunderbare Übersetzung der Gedichte Sapphos, die Sir Bernard himself angefertigt hat, unser bedeutender Hellenist.

13. August

Kurt verkündet mir am Telefon, dass Peggy gerade ins Krankenhaus eingewiesen wurde ... Hoffentlich stirbt sie nicht vor seiner Abreise.

Das Wetter? Wie immer. Meine Gelenke sträuben sich spürbar: Meerwasser und Himmelswasser dringen in jedes einzelne ein. Ich habe stechende Schmerzen in den kleinen Fingern, diverse Schmerzen am Zeigefinger, wobei alle Finger steif und von Krämpfen befallen sind. Was soll's, deswegen werde ich meine Hände noch lange nicht in Watte packen und auf alles verzichten, was ich gern mache. Wenn meine Finger keine Leine mehr halten, meine Beine mich nicht mehr tragen und meine Arme die Ruder nicht mehr betätigen können, wird mir schon etwas einfallen. Was spielt es für eine Rolle, wie meine Hände aussehen, solange sie noch funktionstüchtig sind? Eines Tages werde ich mir meinen Füller an die Hand binden lassen wie Renoir seinen Pinsel, um weiterzuschreiben. Paul rührt das an, weil es mich verletzlicher macht, uns einander wieder ein wenig annähert. Mir geht es aber darum, so leistungs- und handlungsfähig zu bleiben, dass ich alles tun kann, worauf ich Lust habe. Ein Kampf, den ich am Ende verlieren werde, aber so spät wie irgend möglich!

Paul? Nach Tagen liebevoller Eintracht ist er wieder so wie zu unserer schlimmsten Zeit: tonnenweise Feindseligkeit. Flora kann es gar nicht fassen. Heute hat er den ganzen Tag geschwiegen und ist dann um halb zehn ins Bett gegangen, um diese dämliche *Her-*

rin vom Nil zu lesen, die er sich jedes Jahr wieder vornimmt. Kaum habe ich unser Zimmer betreten, ist er eingeschlafen. Dabei hatte er schon eine lange Siesta abgehalten, während ich mit Flora und Bernard einkaufen war. In solchen Phasen setzt er alles daran, nicht mitzuhelfen, lässt sein Ölzeug, den Garneleneimer oder die Ruder einfach im Auto liegen. Ich lasse mir nichts anmerken und tue das, was ich ohnehin getan hätte: Zum Abendessen habe ich eine Krabben-Bisque gekocht und einen Schokoladenkuchen gebacken.

14. August

Paul hat mir eröffnet, dass er erst Montag, nicht Sonntag nach Paris zurückfliegt. Ich wünschte, ich hätte vor einem Monat in seiner Reisetasche nachgesehen, um sein Flugticket zu überprüfen, als er vorgab, sich nicht genau an Tag und Uhrzeit zu erinnern. Um den 18. herum …

Und ich wollte nicht darauf herumreiten, weil es sonst so gewirkt hätte, als könnte ich es kaum erwarten, Kurt wiederzusehen. Würde ich Paul auf den Kopf zusagen, dass er mir absichtlich den falschen Tag genannt hat, dass er mich aus reiner Eifersucht so kleinlich belogen hat, wäre er vor Wut, vor Hass, vor dem Gefühl der Erniedrigung außer sich, weil er ja auf keinen Fall eifersüchtig sein will, und dann würde er mich fertigmachen. Also habe ich nichts gesagt. Aus Feigheit? Aus Angst, seine Eitelkeit zu verletzen? Diese Eitelkeit, die darin besteht, immer im bestmöglichen Licht zu erscheinen?

Ich habe mich hereinlegen lassen, ich habe ihm vertraut – das war ein Fehler. Kurt wird nun zwei Tage im Hotel verbringen müssen, zwei sterbenslangweilige und sehr teure Tage. Ob Paul sich wirklich darüber freut? War ich etwa auch so hinterhältig, als ich vor Eifersucht verging? Sollte ich gerührt sein, weil die Liebe ihn dazu bringt, Dinge zu tun, die ihm sonst völlig widerstreben? Das will mir nicht gelingen. Mich lässt er doch leichten Herzens allein in Hyères oder Doëlan zurück, um seine Festivals oder seine Segelregatten zu besuchen. Wenn er aber weiß, dass ich glücklich sein, lachen und vögeln werde, dass man mich unterstützen und bewundern wird, verliert er die Lust an seinen eigenen Eskapaden. Fast könnte er mir leid tun, mit seiner Grobheit erstickt er jedoch jede Zärtlichkeit, die in mir keimt. Grobheit in jeder Hinsicht: selbst nachts, wenn er steinschwer in der Mitte des Bettes liegt und mir seine Flossen ins Gesicht schlägt oder sonst wohin. Wenn Paul unglücklich ist, drückt sich das auf eine Weise aus, die jedes Mitgefühl unmöglich macht. Er gehört zu den Menschen, denen nur das Glück steht.

»Überwältigend«, würde Marguerite Duras sagen, wenn der Körper derart viel preisgibt. »Preisgeben« in seiner doppelten Bedeutung: verraten oder im Gegenteil die Wahrheit in ihrem ganzen Ausmaß offenbaren. Die Sprache weiß mehr als diejenigen, die sie verwenden.

Mir graut vor der Woche, die mir bevorsteht: der Wind, der Regen und dieser Mann, der pausenlos hin und her geht, von einem Zimmer zum nächsten, und mal hier, mal dort auftaucht. Er wird zu viel trinken und dann im Suff zu zärtlich sein oder aus Groll und Bitterkeit zu hart. Wie soll ich Kurt Bescheid geben? Ob er sein Ticket noch umbuchen kann?

15. August

Nach unserem letzten Abendessen mit Flora und Bernard verdrückt sich Paul mitten im Gespräch, steht einfach auf und verlässt den Raum, ohne sich zu verabschieden oder uns gute Nacht zu wünschen. Und lässt sich dann nicht mehr blicken. Dabei hatte er sich aufs Netteste mit uns unterhalten, erzählte von Saint-Stanislas, seinem Gymnasium, und von seiner Kindheit in armen Verhältnissen, kam dann auf die Schlacht an der Milvischen Brücke zu sprechen. Irgendwann landeten wir bei Shakespeare, bei den Zwängen, die die französische Klassik gelähmt haben, und dann war seine Flamme auf einmal erloschen. Also ging er schlafen.

Mit Flora darüber geredet. Mein Befund lautet, dass er im Sterben liegt: Schon löst er die Bande, zieht sich ganz in sich zurück. Jeden Tag stirbt er ein bisschen: die Macht verliert ihren Reiz, die künstlerische Neugier versiegt, das Bedürfnis zu glänzen und anderen zu gefallen, das ihn ein Leben lang angetrieben hat, fällt weg. Er wird sich nicht gegen das Sterben wehren, er nimmt den Tod bereits hin. Das heißt nicht, dass es schnell gehen wird, im Gegenteil. Er treibt mit der Strömung, fährt fast ungebremst flussabwärts, auf die elementare Leere des Ozeans zu.

Ich hingegen wehre mich mit aller Macht. Der Tod wird schon richtig zuschlagen müssen. Seine fiesen Vorboten ignoriere ich geflissentlich.

16. August

Heute Morgen heftiger Temperatursturz, Windstärke 7, starke Regenschauer. Und sehr kalt: 9°. Nachmittags wurde eine Sturmwarnung ausgegeben, Stärke 10. Wir haben das Boot aus dem Wasser geholt.

Mir fallen die Haare aus, alles löst sich auf. Ich versuche ja, Pauls Depression zu überwinden, indem ich heiter bleibe und noch einigermaßen lebenslustig. Auch wenn er alles tut, um mich herunterzuziehen. Im Lauf der Jahre hat er nichts unversucht gelassen: Er hat zugenommen, sich gehen lassen, getrunken und geraucht. Als er gestern Nacht stumm, mit gesenktem Kopf und hängenden Armen am Bettrand sitzen blieb, sagte ich zu ihm: »Du siehst aus wie ein Bauer, der seine Kühe verloren hat!«

»Wenn wir schon dabei sind: Ja, ich habe depressive Momente. Noch weiß ich nicht, ob sie mit meiner Analyse unserer Beziehung zu tun haben, ob sie daher rühren oder ob sie diese beeinflusst haben. Aber du musst dir über diesen Zusammenhang im Klaren sein.«

Bedeutungsschwere Stille. Will er mir drohen? Soll ich mit Kurt Schluss machen? Der wiederum auf kleiner Flamme stirbt, im Ernst.

Ich weiß doch, dass mir die Haare nur ausfallen, weil Paul negative Strahlen aussendet: Er unterzieht mich einer vernichtenden Chemotherapie. Warum muss in einer Beziehung immer einer den anderen krank machen? Paul hat mich zwanzig Jahre lang krank gemacht. Jetzt ist er dran: Wer hätte das gedacht? Und das ist einfach zu blöd. Wir haben so viel mehr Anlass, glücklich zu sein, als die meisten Menschen in unserem Umfeld.

Ich würde gern über die Liebe schreiben, die Liebe zu meinen Töchtern. Insbesondere zu Blandine, der ersten, der meine Mutterliebe galt, als wäre sie die einzige geblieben: zerbrechlicher, gefährdeter als die anderen. Immer will ich ihr etwas abnehmen, eine Last, eine Mühe. Dabei gefallen mir Lisons Geschmack und Lebensweise besser …

Von Lison habe ich gerade einen entzückenden Brief bekommen, er betrifft mein Lifting. Sie fragt sich, was mir wohl durch den Kopf geht, angesichts dieser »letzten Schlacht« gegen das Unvermeidliche, das mich ohnehin einholen und besiegen wird. »Hexentrank, Krötenspeichel und Jungbrunnen – nichts als Fantastereien im Vergleich zum Skalpell.« Ich habe versucht, ihr meine Beweggründe zu erklären. Eine Frage der Haltung: Ich will mich nicht aufgeben, mich nicht gehen lassen. Ich will die Fernsehzuschauer beeindrucken! Ich will nicht jeden Morgen vor dem Spiegel stehen und vor meinem eigenen Anblick zurückschrecken. Ein junger, straffer Hals ist so schön. Jetzt ist auch mein Hals schön. Die Arme müsste ich mir ebenfalls machen lassen … oder zehn Kilo zunehmen. Außerdem habe ich den Schwung und die Energie, die zu einem frischen Gesicht passen. Meine Seele ist kein bisschen faltig! Und doch ist mir bewusst, dass mit meinem Gesicht etwas nicht stimmt: Es ist nicht eingefallen, nicht runzlig, aber irgendwas ist beim Tricksen schiefgegangen, sodass die Züge nicht mehr so gut harmonieren wie früher. Den meisten fällt das gar nicht auf. Mir schon. Dabei ist die Operation gelungen, beim letzten Mal war der Eingriff aber nicht so offensichtlich. Tatsächlich stellt das erste Lifting nur eine Korrektur dar: Man rückt die Gesichtszüge wieder an ihren angestammten Platz zurück. Beim zweiten Lifting wird dann wirklich gemogelt: Man erschafft ein Gesicht wieder, das es so vorher nicht gab.

18. August

Paul liest voller Begeisterung *Trinity* von Leon Uris, eine eindrucksvolle Chronik der irischen Geschichte von der Großen Hungersnot bis zum blutigen Osteraufstand. Ich bedaure, dass mir die Zeit fehlt, um Historikerin zu werden, oder Ärztin, oder Forscherin am CNRS. Das wären schon drei Leben! Ich bedaure auch, mein Studium an der Sorbonne nicht intensiver betrieben zu haben. Damals interessierte mich nur die Arbeit an sich. Keine Spur von kritischem Geist oder auch nur von Urteilskraft. Ich nahm einfach alles auf, was man mir vorschrieb, ohne irgendetwas zu hinterfragen.

Paul liest mir einen Satz von Uris vor: »Irland hat keine Zukunft. Nur eine Vergangenheit, die immer wieder beginnt.« Das Klima, die Menschen, diese tragische Geschichte … Was hat wen – oder wer hat was – hervorgebracht?

Nach einem heiteren Tag, an dem wir unsere alten Knochen ein wenig trocknen konnten, zieht im Norden das nächste Tiefdruckgebiet auf. Nur zu.

Dabei ist es heute Morgen so schön! Der Hügel von Derrynane strahlt orange, das Wasser ist ganz klar. Überall wimmelt es von Leben. Und kaum beträgt die Sichtweite mehr als drei Meter, tauchen die Kids mit ihren Surfbrettern auf.

In der Baumschule von Kells Bay haben wir vier Hortensien gekauft, zwei riesige Fuchsien, einen Ginster, eine Fackellilie und ein Gold-Fingerkraut. Dann alles vor dem neuen Mäuerchen gepflanzt. Ich habe zwischen den Felsen ein Loch ausgehoben und mit Komposterde gefüllt, die ich eimerweise angeschleppt hatte. Das Ganze dann mit dicken Steinen eingehegt. »Unsere Plantage«, wie Paul sagt, der keinen einzigen Eimer und keinen einzigen Stein herbeigetragen hat!

19. August

Alles, was ich heute Morgen tat oder nicht tat, war schlecht. Gestern auch schon.

Wir sind früh aufgebrochen, weil diese Momente, in denen ich von Paul Abschied nehme, um Kurt wiederzusehen, keine Normalität zulassen. Es war so, als rollten wir zum Schafott, Paul jedenfalls, der mal im Kriechtempo fuhr, als fiele es ihm schwer, sich zu entfernen, mal abrupt und zu stark beschleunigte. Kurz vor Cork sagte er mir, er würde vor seinem Abflug um

14.40 Uhr gern im Jury's essen, und erzwang damit meine Antwort: »Überall, aber nicht im Jury's. Dort bin ich nach dem Mittagessen mit Kurt verabredet.« – »Wenn das so ist«, sagte Paul, als müsste er sich nun das beste Restaurant der Stadt versagen.

Also suchten wir auf der Grand Parade nach der Oyster Bar. Und fuhren an wem vorbei? Kurt! Ich entdeckte seine markante Gestalt, die Nase im Wind, offenbar flanierte er zum Zeitvertreib ziellos herum. Ein Ziehen im Bauch. Von hinten erkannte Paul ihn nicht. Als wir ihn passiert hatten, musste ich meine ganze Überredungskunst aufbieten, damit Paul nicht wendete, immer noch auf der Suche nach der Oyster Bar, die wir verpasst hatten. Ich sah Kurts Spiegelung in den Schaufenstern und stellte mir seine Panik vor … Mit einem unauffälligen Handzeichen signalisierte ich ihm: »Hau ab, nimm eine Nebenstraße.«

Schließlich fanden Paul und ich eine Pizzeria. Ich setzte mich so hin, dass ich die Tür im Auge behalten konnte.

Paul hätte so ein Zusammentreffen vermutlich sogar gefallen. Sein gewandtes Auftreten hätte mein Schuldbewusstsein unterstrichen, genau wie die Verlegenheit von Kurt, den er zum gemeinsamen Mittagessen eingeladen hätte, in der unbewussten Hoffnung, uns das Wiedersehen auf diese Weise zu verderben. Ausnahmsweise kam es mir grausam vor, so schnell von einem Mann zum anderen überzugehen. Kurt und mir waren aber so wenige Tage vergönnt … »Auf Wiedersehen, mein Schatz«, rief ich am Flughafen, der im Nebel versank.

Im Anschluss Kurt abgeholt, er stand vor dem Eingang des Jury's, um ja keine Sekunde zu verlieren …

Er nimmt die Dinge in die Hand, überwindet mit seiner Zärtlichkeit meine Anspannung, kann sie nachvollziehen, nimmt sie sogar wahr, ohne dass ich ihn darauf aufmerksam machen muss. Zu Hause gibt es zunächst Wodka und Garnelen, vor der Liebe. Während wir uns lieben, bin ich ganz ruhig und staune über die Instinkte, die in mir erwachen. Allein das Streicheln meiner Brüste eröffnet wieder alle wundersamen, verborgenen Wege der Liebe.

20. August

Das Schmuddelwetter nimmt kein Ende. Ich werde das große Boot nicht rausholen. Trotzdem ein schöner Fang heute Morgen: zwei Kilo Garnelen und ein Hummer.

Irland macht Hoffnungen auf eine Weise zunichte, die mit nichts zu vergleichen ist. Um 13 Uhr wird es plötzlich seltsam mild, der Himmel ist blau: Man hastet ins Freie, um sich die Knochen zu wärmen. Vielleicht wird es morgen [illegible] schon gerät man ins Träumen.

Wir essen zu Abend. Es ist halb zehn und bereits tiefdunkle Nacht. Wir reden. Eine Viertelstunde später heben wir den Kopf … Das darf doch nicht wahr sein – ein Grollen, ein Tosen. Nein, das kann nicht sein. Und dann spült ein gewaltiger Regen alle unsere idiotischen Hoffnungen weg. Wir schlottern, das war's.

Als wir dann schlafen gehen, öffnen wir die beschlagene Fenstertür einen Spalt breit. Die Zentralheizung läuft, langsam verglüht der Torf. Ein Himmel voller Sterne, der Mond tut so, als ob nichts wäre. Eine unbescholtene Wolke schwebt über den Caha Mountains ... So spricht, so lebt Irland. Muss man da nicht Alkoholiker werden? Oder Dichter? Oder verrückt vor Liebe? Oder alles drei auf einmal!

22. August

Als ich Kurt wiederbegegnet bin, waren wir beide verheiratet, aber dann sprang der Funke rasch ein zweites Mal über. Bei ihm blühte eine alte, beständige Liebe wieder auf. Ich entdeckte aufs Neue, wie sehr unsere Körper im Einklang waren, seine Liebe rührte mich, und so nahm ich seine Unzulänglichkeiten auf philosophische Weise hin.

Vielleicht war das auch eine Leidenschaft, die aus einem Gefühl der Dringlichkeit heraus entstanden ist, des »Bald ist es zu spät«. Warum auch nicht? Wen stört's? Das Wesentliche ist doch, noch einmal – immer wieder zum ersten Mal – Lust und Leid eines wechselseitigen Begehrens zu entdecken. Warum sollte man nicht über die Hand, über den Mund staunen, der die Macht hat, einen in Ekstase zu versetzen? Auf einmal finde ich sogar den Ohrkuss, der mich sonst völlig kalt lässt, nicht ganz so unerotisch. Aber warum muss ausgerechnet ein Hohlkopf Herr über meinen Körper werden?

Mit wem sollte ich denn Liebe machen, wenn nicht

mit Kurt? Einen anderen werde ich schwerlich finden, jetzt, wo meine Jugend sich endgültig verabschiedet.

23. August

Gestern wurde wieder ein Sturm angesagt. Alle holen die Boote aus dem Wasser. Die Nolans gehen raus, um die Basstölpel tauchen zu sehen, die von den Böen bis in den Hafen getragen wurden. Das elektrische Licht flackert.

Ich hatte Blandine gefragt, ob sie Kurt und mir für eine Nacht ihre Wohnung leihen könnte, und habe nun von ihr eine wunderbare Antwort bekommen. Sie schreibt: »Mir gefällt die Vorstellung, meiner Mutter unter meinem Dach Liebesasyl zu gewähren, und ich will es gern tun. So, wie Du es unzählige Male für mich getan hast. Ich hatte ganz vergessen, dass Kurt zweiundsiebzig ist, man sieht es ihm überhaupt nicht an!« Dabei habe ich auch noch geflunkert, er ist nämlich schon vierundsiebzig.

24. August

Heute Nachmittag einen Artikel für die *Marie-Claire* zu Ende geschrieben. Unterdessen fühlte sich Kurt ganz wie zu Hause, im Gegensatz zu Paul … Binnen weniger Stunden hatte er alles repariert, was reparaturbedürftig war.

Wir haben über Peggy gesprochen, die in zwei Tagen aus dem Krankenhaus entlassen wird, und auch ein wenig über unsere Zukunft. Ich lege mich nicht fest, auch wenn ich mich oft dabei ertappe, von einem Zusammenleben mit ihm zu träumen. Dann rufe ich mich selbst zur Ordnung, führe mir vor Augen, dass ich den Alltag bald satt hätte. Aber ich liebe nun mal seine Liebe zu mir so sehr, ich habe solche Lust, genau so geliebt zu werden. Früher stachelte mich der Wunsch an, selbst zu lieben, jetzt ist es umgekehrt.

25. August

Heute fällt irischer Regen. Kurt und ich sind trotzdem spazieren gegangen, Hand in Hand wie ein junges Liebespaar! Wie sehr ich dieses Land liebe: In Irland sind sogar die Ruinen finsterer, tragischer als anderswo. Fast glaubt man, dass die Festung erst vor Kurzem in Brand gesteckt wurde, nachdem man ihre Verteidiger niedergemetzelt hat. Die Überreste ragen wie Mahnmale auf, und das sind sie ja auch. Während die scheußlichen Cottages mit ihrer Aussicht auf diese Ruinen *Castleview* heißen! In der Nähe von Cahercisveen, links vom Hafen, kann man ein paar verrußte Mauerreste sehen, von toten Augen durchlöchert, die keinerlei Aufschluss über die Beschaffenheit des einstigen Bauwerks geben.

Wenn ich nach Irland reise, begebe ich mich nicht nur in den äußersten Westen unseres Kontinents, sondern auch tief in die Vergangenheit, entdecke dort eine andere Art des menschlichen Zusammenlebens, eine andere Form von Naturverbundenheit, einen anderen

Lebensrhythmus, die alle in einem uralten Gedächtnis verankert sind.

Der Abschied fällt mir immer schwer.

1985

26. Juli

Dieses Land wird sich immer wieder etwas einfallen lassen, um uns aus der Fassung zu bringen. Bei unserer Ankunft festgestellt, dass es auf dem Dachboden leckt. Besorgt rief ich Sheila an, abends um zehn. Sie verwies mich an den Klempner, der das betreffende Rohr verschweißt hatte, und riet mir, ihn sofort anzurufen. »Bin gleich da … sagen wir, in einer halben Stunde.« Um Viertel vor elf stand er vor der Tür. Er steckte seinen Arm bis zum Ellbogen in unseren Tank, um den Stopfen in den Warmwasserschlauch zu schieben – er hatte keinen Absperrhahn angebracht! Mitten in der Nacht unterhielten wir uns mit ihm und tranken Whiskey, während wir darauf warteten, dass die Luftblasen sich auflösten.

27. Juli

Die entscheidende Neuigkeit: Seit drei Wochen ist Kurt Witwer … Er war an ihrer Seite, so muss er sich wenigstens nichts vorwerfen. Jedenfalls nicht das. Dennoch verstärke ich durch meine bloße Existenz seinen Kummer darüber, dass er seiner Frau beim Sterben keine größere Hilfe war, wie er sagt. In Wahrheit meint er: dass er sie nicht vom Sterben abhalten konnte. Aber er ist nun mal alles andere als ein Zyniker, und so muss ihm seine Liebe zu mir am Anfang wie ein Verbrechen erschienen sein. Ich werde ihn zu gegebener Zeit daran erinnern, dass sie ihm schon seit langem den Zutritt zu ihrem Schlafzimmer verwehrt hatte. Und dass sie ihn vor die Tür setzen und zugleich die Hälfte seines Vermögens behalten wollte.

Paul habe ich es noch nicht gesagt. Es eilt ja nicht. Tatsächlich fürchte ich mich ein bisschen vor seiner Reaktion … Er wird von mir eine Entscheidung verlangen, jetzt, da die Karten neu gemischt sind. Dazu bin ich momentan aber ganz und gar nicht imstande.

Um 7 aufgestanden, die Flut rief, Koeffizient 76: 650 Gramm herrliche Garnelen und 14 Seeigel in einem neuen Gezeitentümpel. Außerdem noch Samtkrabben. Der Himmel war grau und blau, und als ich den Kopf hob, hatte der Nebel alles verschluckt. Am Strand lagen Familien unter dem *drizzle* ausgetreckt, die Kinder in Badehose. Den ganzen Tag spielten Sonne und Wolken verrückt

Danach intensiv an *Salz auf unserer Haut* gearbeitet, zum zehnten Mal am selben Kapitel. Jedes Mal glaube ich, es wäre mir geglückt, aber nein. Ich brauche dringend Einfälle und Worte, um das zu veranschaulichen, was ich durchsetzen will: dass meine beiden Helden sich weiterhin lieben, allen Widrigkeiten zum Trotz.

28. Juli

Den ganzen Vormittag gearbeitet, während Frank Caroll die Terrasse mit Schotter beschichtete, die Pflastersteine neu verlegte und das Blumenbeet gleich mit … Hier wäre ich allerdings nicht gern Blume, nirgendwo in Westirland! Den ganzen Tag wehte ein gemeiner Wind. Von meinem Schreibtisch aus beobachte ich große und kleine Strudel.

Die Abende sind lang. Am liebsten würde ich Briefe schreiben, an Kurt, Lison und Blandine, Michèle etc. Paul sitzt aber untätig im Sessel, und nachdem ich den ganzen Tag am Schreibtisch verbracht habe, wage ich es nicht, mich abends zu »entfernen«.

30. Juli

Seit zwei Tagen sind die Scariffs nicht mehr zu sehen.

Paul hat Schmerzen im Oberschenkel. Als wir gestern vom Meer heimkamen, musste er sich hinlegen, weil er krampfhaft Luft schluckte. Heute Morgen ist er mit einer Schwellung über dem Knöchel aufgewacht, unter einem varikösen Wulst. Prellung? Venenentzündung? Insektenstich? Also legte er sich mit einer Syntholkompresse wieder hin. Dass ich zur Mäßigung neige und einen eher gesunden Lebenswandel pflege, zahlt sich allmählich aus. Paul hat das Stadium erreicht, an dem man für alles büßen muss. Seine ungepflegten, nikotinverseuchten Zähne lassen ihn im Stich. Sein Magen wird sauer. Seine Leber anfällig. Bald werde ich ihn pfeilschnell überflügeln. Anders gesagt: mein Leben einfach weiterführen wie bisher. Was ich nicht voreilig verschwendet habe, kann ich jetzt genießen. Dabei habe ich mir nie etwas versagt, weil ich zum Glück nie Lust hatte auf solche Exzesse.

2. August

Selbst das Schreiben fällt mir schwer. Das Wetter ist trüb, windig und Paul nicht einsatzfähig. Außerdem macht mich mein eigener Roman melancholisch ... Hinzu kommen die Briefe von Kurt, der Tod seiner Frau hat ihn traumatisiert. Er glaubt, das läge daran, dass er sie hat sterben sehen. Dabei ginge es ihm bestimmt schlechter, wenn sie gestorben wäre, als er bei mir war, oder sogar, wenn er nur im Flugzeug gesessen hätte. Er macht sich Vorwürfe, weil er sie nicht in den Arm nehmen konnte, um sie zu trösten. Wir haben schon oft darüber gesprochen: Seit Jahren konnte er sich nicht die kleinste zärtliche Geste abringen. Er schreckte davor zurück. Und jetzt diese verzweifelte Reue. Und seine Panik vor meinem »Verdikt«, wie er es nennt, auch wenn er im Grunde genau weiß, dass dieses »Verdikt« sich nicht ändert: Paul wird mich nicht verlassen und ich ihn wohl auch nicht. Wie soll es also weitergehen?

4. August

Um zehn fährt Paul zum Müllplatz – mittlerweile muss man dafür einen Termin ausmachen! Ein exklusiver Treffpunkt ... Dann zum Einkaufen nach Waterville. Ich bleibe hier, um die letzten Seiten von *Salz auf unserer Haut* zu korrigieren. Das Ende hat mir eine Träne ins Auge getrieben!

Jedes Jahr lesen wir wieder den großartigen Synge: Schon nach den ersten Zeilen wird klar, dass es sich weder um einen Reisebericht noch um eine Anekdotensammlung handelt. Synges Begabung, seine Freude und sein Leid am Leben machen diesen Text so eindringlich, man erahnt genauso viel von seinem eigenen Wesen, wie man über die Inselbewohner von Aran und Irland erfährt. »Auf der mittleren Insel haben die Leute einen wunderlichen und manchmal ausgelassenen Humor, aber nie diese fast sinnliche Begeisterung ob ihres eigenen Gelächters. Vielleicht muss der Mensch mit tiefstem Elend vertraut sein (das man drüben nicht kennt), ehe er die Welt verhöhnen und über sich selbst lachen kann. Diese seltsamen Männer mit der fliehenden Stirn, den hohen Backenknochen und den wilden Blicken scheinen einen alten Typus zu repräsentieren, der sich hier am äußersten Rande Europas findet, wo er sein Elend und seine Vereinsamung nur in wüsten Späßen und Lachsalven ausdrücken kann.«*

Das Meer, die grausame Meerenge zwischen Inishowen und Inishmaan, beschreibt er mit einer ungeheuren Wucht. Hinter jeder Welle lauert der Tod.

---

* Zitiert nach: John M. Synge, *Die Aran-Inseln*, aus dem Englischen übersetzt von Elisabeth Schnack, Manesse Verlag Zürich 1981/2. Aufl. 1994, S. 161–162 (A. d. Ü.)

7. August

Mein Roman ist fertig, es ist so weit, alles getippt. Ich traue meinen Augen nicht, meinen Händen, meinem Kopf! Das soll aber auf keinen Fall dazu führen, dass ich wieder mehr Pflichten im Haushalt übernehme. Welche Versuchung für Paul, wieder einer Frau habhaft zu werden, die immer und überall einsatzbereit ist ... Vorsicht!

10. August

Paul hat *Salz auf unserer Haut* gelesen, und es hat ihm sehr gut gefallen. Es sei der »romanhafteste« meiner Romane, darin sei nichts von meinen Tagebüchern zu entdecken. Tatsächlich stammt alles aus anderen, noch viel intimeren Tagebüchern, die ich verbrennen werde. Sie taugten übrigens nicht viel, umso heikler war das Vorhaben, umso größer die Herausforderung, eine Liebe zu beschreiben, die allein auf körperlicher Anziehung beruht.

Paul sagte: »Jetzt könnte ich mir sogar vorstellen, dass dein nächster Roman von einem Körperbehinderten im 18. Jahrhundert handelt!« Sonst wirft er meinen Büchern immer vor, dass sie zu viel aus meinem Leben schöpften ... und aus seinem! Ich hingegen bin der Meinung, dass ich nichts Belangvolleres, Aufrichtigeres schreiben konnte als diese Bücher. Was macht es da schon, dass sie aus wesentlichen Elementen meines Lebens bestehen? Wer weiß das überhaupt, über den Kreis der Vertrauten hinaus? Wer wird das in zehn Jahren noch wissen?

Natürlich ist Gauvain nicht Kurt, er hat sich nach und nach von ihm entfernt. Dafür ist George sehr wohl jene Benoîte, die Kurt geliebt hat ... Aber niemand weiß, wie sehr sie ihn geliebt hat, auf welche Weise ... Also glaubt man, dass ich dieses Mal alles erfunden habe. Noch ein Geschenk von Kurt. Dieses Buch, das in meinen Augen ein von Frauen selten positiv behandeltes Thema ganz neu beleuchtet, wird sich vom Rest meines »Werks« abheben ... Dennoch finde ich, dass ich die sexuelle Lust so dargestellt habe, wie es sich für eine lupenreine Feministin gehört. Es ist nämlich kein Zeichen von Feminismus, der Penetration mit Angst oder Abscheu zu begegnen. Für mich ist das meistens ein Beleg dafür, dass männerfeindliche Wahnvorstellungen die Oberhand über natürliche Begebenheiten gewonnen haben. Oder für weibliche Homosexualität. Die Frauenbewegung und die feministischen Verlage werden sich voller Ekel von mir abwenden!

Bin im Sonnenhain, vor sämtlichen Winden geschützt. Ich kann immer noch nicht fassen, dass ich gerade das Wort ENDE getippt habe. Jetzt kann ich die Fliesen mit Leinöl einreiben, neue Vorhänge für das Gästezimmer nähen, mein Blumenbeet vor dem Haus vergrößern. Ich glaube der Wirklichkeit nicht.

12. August

Im Bett, bei offenem Fenster, weil die irische Luft heute Abend weniger beißt. Ich gehe so gern ins Bett, dort lese ich, lege das Buch aus der Hand und stoße einen Seufzer des Wohlbehagens aus, für diesen Körper, der sich endlich ausruhen darf, nachdem er pausenlos rudern, putzen, Reusen instand setzen und das Boot aus dem Wasser ziehen musste.

13. August

Heute Morgen habe ich Kurt angerufen. Er klang munter, wieder voller Tatendrang. Und das nicht nur, weil er jetzt anfängt, für Irland zu packen. Er richtet sich auch wieder ein Leben ein.

15. August

Und wieder ein kleiner Sturm, heute Nacht. Wir schlafen schlecht. Und die Nacht nagt bereits am Tag, was ich hasse. Der Frühling bringt mich meinem Grab nicht näher, der Herbst schon.

Paul ist in seiner schlimmstmöglichen Verfassung: Er liest die Zeitungen, ohne sie zu lesen, hört Musik, ohne sie zu hören. Er macht mir keine Vorschläge, weder will er fischen gehen noch nach Dingle fahren. Er schleicht stumm durch die Räume. Warum reist er denn nicht ab, wenn er meine Gesellschaft nicht erträgt?

Da fällt es mir schwer, heiter zu bleiben, zumal das Wetter sich auf Pauls Seite schlägt: grau und trüb. Manchmal singe ich doch: Marie-Paule Belle, Fats Domino. Aber dann glaubt er vielleicht, das wäre ein Ausdruck meiner Vorfreude auf Kurt? Was nicht stimmt, auch wenn die Freude echt ist: Ich liebe dieses Land und singe hier gern meine Lieder. Und das Leben, mein Leben, gefällt mir, selbst wenn Kurt nicht käme …

Oder mache ich mir da etwas vor? Dass es irgendwo einen Kurt gibt, weit weg, aber treu ergeben – ist das der Grund für meine Freude?

17. August

Eine aufregende Vorstellung, dass ich die Garnelen, die ich heute Morgen gefangen habe, morgen als Suppe mit Kurt verspeisen werde! 600 Gramm in der Reuse, 300 Gramm mit dem Kescher, außerdem ein Pfund Strandschnecken, ein Taschenkrebs und zwei Samtkrabben.

Und jetzt habe ich also zwei Männer! Keiner von beiden ist mit einer anderen verheiratet ... aber das löst unsere Probleme nicht. Auch wenn ich mich wohl nie von Paul scheiden lassen werde, allen Kurtträumereien zum Trotz. Was das Meer angeht und den intellektuellen Austausch, sind Paul und ich aufeinander eingeschworen.

Vor ein paar Tagen erzählte er mir, seine Fantasien würden gewissermaßen darin gipfeln, mit aller Leidenschaft eine Frau zu lieben, die nuttig, hohl und vulgär wäre. Möglicherweise auch gemein. »Es ist ja viel zu leicht, eine Frau zu lieben, wenn sie jung, schön, reich und intelligent ist. Während nur die Macht der Leidenschaft dazu führen kann, dass man sich von einer hässlichen Idiotin betören lässt.« Auch wenn ich selbst nicht ganz so weit gehe, habe ich doch das Gefühl, dass meine Freiheit darin gipfelt, einen Mann zu lieben, der intellektuell gesehen eine Null ist!

Nach einem Monat Sauwetter frage ich mich beim

Aufwachen manchmal, ob es wirklich so schlau ist, mir für ein bisschen Lustakrobatik das Leben schwer zu machen und Paul das Leben zu verderben. Wir werden ja sehen ...

19. August

Nach den ersten paar Tagen, in denen es mir so vorkommt, als würden die Organe altern und gern in Ruhe gelassen werden, finde ich zu einer anhaltenden und immer wieder neuen Leidenschaft zurück. So vergisst man alles, vor allem sein Alter – und das Alter seines Partners –, so wie man auch im Traum kein Alter mehr hat.

Kurt am Rande der Tränen, wenn wir über die Zukunft reden. Wir lavieren uns an den Klippen vorbei, an denen er ständig zu kentern droht. Der Tod von Peggy hat seine Liebe zu mir noch verstärkt. Und ich gewöhne mich selbstsüchtig daran. Zugleich ist er mir jetzt eine liebe Bürde, einer mehr, den ich tragen, lieben, stützen muss. Aber ich hänge zu sehr an ihm, um ihn bei jedem Hoffnungsschimmer mit der Wahrheit zu konfrontieren, die er hartnäckig verdrängt: Dass ich mich weder scheiden lassen kann noch scheiden lassen will.

Und heute Morgen noch ein Kilo Garnelen ...

20. August

Als ich im milden grünen Licht dieses herrlichen irischen Zimmers aufwachte, durch den Vorhang hindurch von Sonne überflutet, sah ich sein sanftes

Gesicht, seine Liebe, die so offen zutage tritt, seine Hoffnungslosigkeit im Hinblick auf die Zukunft ... Er brachte mich zum Weinen. Und reagierte so heftig auf meine Tränen, dass ich noch mehr weinen musste. Und da lebte er offenbar wieder auf, der Gedanke, dass ich es vielleicht doch ehrlich meinte, dass es mich nicht nur für ein paar Tage Sex hier und da nach ihm verlangte; die Vorstellung, dass es mir leidtat, ihm nicht sagen zu können: »Komm zu mir, jetzt, da du allein bist«, verwandelte ihn. Sein Lächeln kehrte zurück, seine Heiterkeit auch. Er beteuert, nun sei es für ihn nicht mehr ganz so schlimm, in dieses Haus zurückzukehren, in dem alles an Peggy erinnert und seine Schuldgefühle wachruft.

Aber ist das wirklich fair? Er wird Französisch lernen, seine Angelegenheiten regeln und mich wie geplant Ende September wieder besuchen. Weiter denke ich nicht. Bis dahin behalte ich ihn, nachdem ich geglaubt hatte, ihn zu verlieren. Eine egoistische Lösung. Was bleibt mir denn übrig?

26. August

Schon wieder ein Sturm – ich kann es gar nicht erwarten, nach Hause zu fahren. Morgen werden wir alles erledigen, was vor der Schließung des Hauses anfällt.

27. August

Gestern Trübsal geblasen: Der Anblick eines alt gewordenen Kurts – Arschbacken wie Plisseesterne –, die allzu neue Jeans und seine riesigen schwarzen Gerichtsvollzieherschuhe … und dieser schwarze Blazer aus lächerlich dünnem Stoff, der so schlecht geschnitten ist und den er sich angeblich nach Peggys Tod gekauft hat. Vielleicht erlebe ich Irland das letzte Mal mit ihm zusammen. Ich wurde das Gefühl nicht los, dass er künftig weder das Geld noch die Zuversicht aufbringen wird, mir Stippvisiten abzustatten. Solche Stippvisiten sind kostspielig! Das Gefühl, dass Paul es gar nicht mehr ertragen und mir das Leben also unerträglich machen wird. Dieses Gefühl eines Endes, so befreiend wie trostlos. Mit der Gewissheit, dass ich dann nicht mehr wissen werde, was eine Amour fou bedeutet. Und wie schön das ist.

Heute hingegen kann ich mir gar nicht vorstellen, dass es zu Ende geht und ich dann auf alles verzichten muss, was ich gerade eine Woche lang genießen durfte. Was nun?

»Don't break the spell«, flüsterte er mir zu, als wir uns jenseits der Lust, ja sogar der Zärtlichkeit befanden, in einer anderen Dimension von Verbundenheit …

27. August

Auf dem Schiff, das uns zurückbringt. Liebesnacht, irische Nacht, Schmusenacht …

1986

26. Juli

Dieses Jahr war ich mit der Buchung zu spät dran, die Fähre war schon komplett belegt, bis auf eine Viererkabine, die wir zu zweit genommen haben. Da wusste ich allerdings nicht, dass es dort weder Dusche, WC noch Nachttisch gab, gar nichts, nur eine fensterlose Nische mit vier Kojen. Immerhin sauber. Was hätte Paul gemacht, wenn er es gewusst hätte? Außerdem schlafen wir inmitten von Lärm, dicht am Maschinenraum. Mir dient es als Wiegenlied.

28. Juli

Paul war sehr beeindruckt vom Zustand der Garage, die Kurt auf Vordermann gebracht hat: sämtliche Federgelenke geölt, am Tor wie am Anhänger. Der Boden gefegt. Der Torf im Trockenen. Das Boot in Plastik gehüllt …

Das Haus? Wie neu, wieder einmal. Man muss es nur zu zähmen wissen, dann ist es perfekt. Geräumig. Behaglich.

29. Juli

Heute kommt der Regen schräg von Ost nach West statt umgekehrt. Den ganzen Tag grau, gegen 16 Uhr zieht dichter Nebel auf. Danach strahlt der Himmel, wir wollen ein paar Pollacks angeln, um unsere Fangkörbe zu beködern. Wir haben das Boot noch gar nicht bestiegen, als wieder Wolken aufziehen und Wasser vom Himmel fällt. Ich hole schnell unser Ölzeug. Binnen einer Viertelstunde drei Pollacks! Die Garnelenreuse haben wir einfach versenkt, unter heftigen Westböen. Abends den dicksten Pollack verspeist.

Die Stockrosen vor der Fassade sind verschwunden, dafür sind im kleinen Beet drei herrliche Exemplare gewachsen. Die Hortensien sind mickrig, haben aber wenigstens Wurzeln geschlagen. Die Jungfernrebe entwickelt sich spärlich, aber sicher. Die Keulenlilie wächst. Der Rasen ist grün, ohne allzu viel Unkraut.

Wir liegen unter der Daunendecke. Seit unserer Ankunft haben wir bereits alle Wetterlagen erlebt: strahlende Sonne, Saphirmeer, rasch eingetrübt, sobald Südwestwind aufkommt, *drizzle*. Und dann ein Windstoß, dazwischen Lichteffekte, die wir von unserem Fenster aus lange bestaunt haben.

30. Juli

Paul schuftet und schwitzt, um zu ergründen, warum aus dem Hahn in der Küche und außen am Haus kein Wasser mehr kommt. Hier werkelt er ständig. Aber er ist wie sein Vater, nie kommt er allein zurecht, immer macht er viel Aufhebens, fragt: »Haben wir einen Eimer? Haben wir Leim?«

Um 10 Uhr 30 kam Sean O'Shea, um den verstopften Schlauch zu reparieren, durch den kein Wasser mehr fließen konnte. Zum Glück haben wir unseren Tank und die Pumpe. Ich habe genug Wasser gepumpt, um heute Abend ein schönes Bad zu nehmen. Geradezu manisch: Ich werde es besonders genießen, weil ich mich dafür ins Zeug legen musste! Mir gefällt, was hart erarbeitet und wohlverdient ist. Ist das nicht hirnverbrannt? Aber es steigert meine Freude ins Unermessliche, und das ist ein weiterer Grund, warum ich meinen Monat in Irland so liebe.

4. August

Der schleichende Verfall, der einem hier droht, ist mir nicht geheuer. Schon fünf Tage ohne Nagellack. Aber sind meine Nägel überhaupt noch der Rede wert? Ohne Brille fällt mir gar nicht auf, dass sie so schmutzig sind. Kein Lidschatten mehr, keine Wimperntusche – so erholen sich die Augen, rede ich mir ein.

Noch schlimmer ist es auf dem Meer: Da habe ich mir auch schon mal in die Finger geschnäuzt ... Die Frisur brauche ich mir gar nicht zu richten, die nächste Böe kommt bestimmt.

Paul und mir gelingt es nicht, einen wirklich schönen Tag zusammen zu verbringen. Nur Momente, die erahnen lassen, wie unsere Beziehung sein könnte, stünde kein anderer Mann zwischen uns.

5. August

Wie schafft es ein Paar, mehrere gastliche Häuser zu haben, in denen das Essen nicht aus der Tiefkühltruhe stammt, wenn beide in Vollzeit berufstätig sind?

»Ein Glück, dass du Zeit hast, dich um alles zu kümmern«, sagt Paul.

»Die Zeit habe ich nicht, ich nehme sie mir.«

»Du bist doch keine Märtyrerin ...«

Sagt der typische Ehemann! Ich muss doch keine Märtyrerin sein, um mich eines Teils meines Lebens beraubt zu fühlen. Denn wenn ich mich endlich hinsetzen kann, nachdem ich alles erledigt habe, was so ansteht, fällt mir nichts mehr ein. Man braucht Muße, um den Einfällen nachzugehen, sobald man sie hat.

Der erste richtig schöne Tag, bei strahlendem Sonnenschein. Wir trauten unseren Augen nicht: das Meer endlich still und unberührt. Um sechs schon aufgestanden, weil für morgen schon wieder Sturm angesagt ist. Das Barometer sank noch nicht merklich, aber der Wind wehte bereits von Osten.

Rausgefahren, um unsere drei Fangkörbe in Sicherheit zu bringen: 2 Hummer! Natürlich auch Krabben und Garnelen. Es fing an zu regnen, der Wind wurde stärker. Wir mussten das Boot aus dem Wasser ziehen.

Danach haben wir Nicole, unsere Freundin aus Hyères, in Killarney abgeholt. Um 21 Uhr saßen wir zu dritt bei Wodka und Garnelen. Danach am Torffeuer mit seiner blauen Flamme, während draußen die Böen auf unser Haus einschlugen, als wollten sie es abreißen, und die letzten Stockrosen hinwegfegten.

Ich habe drei Lieben: Kurt, Paul, die Einsamkeit. In beliebiger Reihenfolge, je nach Situation. Sie ergänzen einander. Ich habe noch eine vierte Liebe: das Schreiben, das auch quälend ist; Kurt quält mich nie, Paul manchmal, die Einsamkeit noch nicht. Die Sonne liebe ich auch.

6. August

Die Körbe eingeholt, die wir gestern ausgelegt hatten: wieder 2 Hummer, Krabben und 4 Pollacks, von denen wir heute Abend die zwei schönsten mit Nicole gegessen haben.

Verzweifelter Brief von Kurt, was sehr selten vorkommt. Plötzlich ahnt er, dass er den Anschluss verpasst hat und sein Wunsch, mit mir zusammenzuleben, utopisch ist: »Ich stecke in einer Welt aus entsetzlicher Einsamkeit. Ich will hier raus, will schreien: Mir reicht's, stopp. Ich will die Welt anhalten. Ob das geht? Wenn ich bei Dir bin und wir uns unterhalten, ist alles gut. Aber ich muss jetzt mit jemandem reden, der mich versteht und mir meine Schwäche verzeiht. Ich brauche Dich so sehr, mein Schatz. Ich kann Dir nie genug danken dafür, dass es Dich gibt. Und wenn es ein Leben im Jenseits gibt, dann bitte mit Dir zusammen.«

Ob er merkt, wie schlecht es um die Zukunft steht? Sein Alter, seine Unzulänglichkeiten, Paul, der immer präsenter wird … Ich spüre, wie groß Kurts Verzweiflung ist, so groß, dass er für ein paar Tage mit mir sein ganzes Geld ausgibt. Und ich nehme einfach, was er mir gibt, ich kritisiere, vergleiche, profitiere, ich mäste mich mit seiner Liebe und schenke ihm selbst nur hier und da ein paar Glücksmomente. Die es allerdings in sich haben. Ich denke an die anderthalb Wochen, die wir hier verbringen werden. Mit einem anderen Mann lebt es sich, lacht es sich anders. Ich werde das mit der Energie der Verzweiflung genießen. Seiner Verzweiflung … Für den Herbst haben wir diesmal nichts geplant, kein Datum festgehalten. Dabei wird er im Dezember sechsundsiebzig.

7. August

Paul beim Mittagessen in seltsamer Verfassung: Er hatte viel getrunken und gab nur Widersinniges und Unwahres von sich. Am Ende bat er Nicole und mich, da wir in Waterville einkaufen gehen wollten, ihm »lustiges Gemüse« mitzubringen. »Du weißt doch, dass es dort nur Kohl und Möhren gibt!« – »Gebt euch einfach ein bisschen Mühe.« Und dann ging er sich hinlegen. Wenn er nicht gerade schläft, folgt er mir wie ein Kleinkind überallhin. Rührend, aber lästig. Warum braucht er, brauchen beide mich so dringend, während ich so wenig oder so selten – andere brauche? Ich fühle mich so stark, und sie machen sich so abhängig, machen ihr Glück an mir fest. Ich komme mir vor wie eine Schwimmerin, an der zwei dicke, schwere, müde Körper hängen, die sie hinter sich herzieht.

Dabei ist das Leben doch schön. Noch! Hier werde ich zwar hässlicher, das stimmt, aber mein Körper verjüngt sich: Ich werde geschmeidiger und muskulöser.

Dafür habe ich keine Zeit und keine Lust mehr, mir Lockenwickler, Ringe oder erlesene Kleidung anzulegen. Es macht mir so viel Spaß, aktiv zu sein!

8. August

Dieses tragische, zerrissene Irland kann man nicht lieben: Man muss es vergöttern oder verlassen. Oder beides.

Seit heute Mittag tobt wieder ein Sturm. Der zweite binnen vier Tagen. Ich habe mich nicht getraut, Paul mit mehr Nachdruck darum zu bitten, das Boot aus dem Wasser zu ziehen. Nicht nur, dass ihm jede Anstrengung offensichtlich zuwider ist, inzwischen verursacht sie ihm Schmerzen. Er schnauft, bläht die Wangen, und sein Blick wird einen Moment lang ganz starr, ein bisschen verängstigt. Man spürt, dass er am Limit ist.

Nach dem Mittagessen sind Nicole und ich nach Caherciveen gegangen. Unterwegs fiel der Regen nicht mehr, sondern stürzte auf uns nieder, und der Wind blies immer heftiger. Geköpfte Fuchsien am Wegesrand, überflutete Wiesen, Ströme von Wasser und Schlamm. Wie zwei groteske irische Kühe haben wir unsere Einläufe erledigt, nass bis auf die Knochen. Als wir nach Hause kamen, fiel mir mein Boot voller Regen ein. Tatsächlich hing das Heck schon halb im Wasser und schwankte kläglich auf der Boje hin und her. Ich zog mich schnell um und rannte zur Rampe hinunter, um mein Boot zu retten. Gerald O'Shea war auch da, auf seinem *Jeanneau*, in dem das Wasser schon bis zur Mitte stand. Der Motor sah zwar schrottreif aus, aber er funktionierte. Ich bat ihn, mein Boot leer zu schöpfen. Zum Glück hatte ich meinen Eimer dabei, denn sie haben immer nur löchrige Konservendosen oder Plastikteller. Ja, ich hätte es selbst tun sollen. Aber ich war zaghaft und feige. Und so habe ich ihn allein ziehen lassen. Er hat sich an unserem Boot festgetäut und es mit dem Eimer ausgeschöpft. Schon tanzte es wieder munter auf den Wellen. Mit ein bisschen Glück – die Chancen stehen fünfzig zu fünfzig – wird es die Nacht überstehen. Aber es schüttet immer noch, und der Wind wird stärker und stärker und heult. Entlang der ganzen Westhälfte der Bucht ist das Meer ockergelb. Die Fluten haben die Straße dermaßen zerfurcht, dass kein Auto mehr durchkommen kann.

Wie sehr ich mich nach der Zeit zurücksehne, als ich einfach vom Kai aus an Bord springen konnte, als ich mich noch auf mein Gleichgewichtsempfinden verlassen durfte, auf meine Gelenkigkeit und Belastbarkeit. Was für einen schönen Anblick diese vier Jugendlichen boten, mit ihrer Kraft und Körperbeherrschung, als sie, alle barhäuptig und bis zum Bauch im Wasser stehend, drei, vier Boote die Rampe hinaufschoben. Flink, fähig, jede Anstrengung zu meistern, waren sie mit der furchtbaren Gewalt des Meeres vertraut und trotzten ihr mit schöner Kühnheit. Ich fühlte mich alt, von den Elementen überfordert, ohne die geringste Lust, ins Wasser zu waten und meine Stiefel volllaufen zu lassen! Genauer gesagt: Lust hatte ich schon, aber kein Vertrauen in meine Kräfte. Kein Vertrauen mehr in meine Kräfte. Das Schlimmste, was mir widerfahren kann.

10. August

Mit Nicole Teppichmuscheln, Seeigel und Strandschnecken gefischt, bevor wir einkaufen gingen. Um eins waren wir aufgebrochen, um drei wieder zu Hause. »Na, hast du deinen Spaß gehabt?«, fragte mich Paul mit eisiger Stimme und ging zum Gatter, um es zu schließen. »Wart ihr die ganze Zeit fischen?«, fuhr er im selben Ton fort. Und so wurde ich wie ein Backfisch empfangen, der zu spät von der Party heimkommt. Paul wird für mich zu einer immer größeren Belastung. Seine Eifersucht auf alles, was ich tue, wenn es nicht ihn betrifft, sogar, wenn ich Briefe schreibe. Dieses Gefühl, dass ich ihm meine Zeit, meine Aufmerksamkeit, meine Zuwendung schulde. Ich weiß, dass er einen steifen Nacken, eine schlimme Migräne hatte. Aber er nimmt alles zum Vorwand, um mich ins Unrecht zu setzen. Und ich bin zu feige, um ihm zu entgegnen: »Ja, verdammt, ich hatte meinen Spaß. Und zwar ohne dich.« Dabei stimmt das gar nicht! Das Wetter war scheußlich, unser Fang dürftig. Und ich fahre sehr gern mit ihm raus. Auf dem Meer verstehen wir uns beide am besten. Und ich kann im Grunde auch nicht auf ihn verzichten.

12. August

Fast unvorstellbar, dass ich in zehn Tagen in mein anderes Kostüm schlüpfe und wieder zum leicht dämlichen, grundlos kichernden Teenager werde. Verliebt in die Liebe, die Kurt mir entgegenbringt, und in den Körper, den er mir schenkt. Ich werde wieder zur Frau, die tanzt und Schnulzensängern lauscht, Hand in Hand mit ihrem Liebsten. Zur Schläferin, die sich eng an ihren Mann schmiegt. Zur Diva, der man alle Launen durchgehen lässt. Zu der »Anderen«, die ich nach meiner Vorstellung einzig und allein mit Kurt sein kann.

Manchmal wünschte ich mir, nur Paul zu lieben. Manchmal überwiegt die Lust, mich diesen Liebeswellen zu überlassen, die mich tragen werden. Diesen friedvollen, erstaunlichen Tagen, in denen die Liebe immer wieder von Neuem beginnt.

15. August

Paul, der im Herbst keine Festanstellung mehr hat, schmiedet für uns lauter Zukunftspläne: Weihnachten und Neujahr mit Philippe Margolis auf Mustique, später Venedig, eine Reise in die Cevennen: »Genauso schön wie Irland«, verkündet er mir. Ich weiß nicht, wo ich da noch ein paar Tage mit Kurt unterbringen soll, geschweige denn sechs Monate kontinuierlicher, konzentrierter Arbeit. Und wenn ich mich fürs Schreiben entscheide, ist die Versuchung groß, Kurt auf den Frühling zu vertrösten. Lauter gute Gründe, die Sache aufzugeben. Das weiß Paul natürlich, und er setzt darauf. Ich kann es ihm kaum verübeln. Und es wäre so viel leichter, mich mit ihm zu begnügen: Er würde so zärtlich werden und so viel umgänglicher. Aber was ist mit der Liebe? Der spürbaren, hörbaren? Kann ich darauf verzichten? Warum stelle ich mir diese Frage überhaupt? Ich weiß doch, dass ich nicht auf diese Tage, diese Wochen voll Zauber und ohne Verstand, voll egoistischer Verliebtheit und Streicheleinheiten verzichten werde. Ich weiß aber auch, was ich dafür aufs Spiel setze, und darum tut es mir leid.

»Ich werde mich zu Tode langweilen«, sagt Paul, als er seinen Koffer packt. Selbst schuld!

17. August

In Liebesdingen bin ich lange – sehr lange – eine Anfängerin geblieben. Manches habe ich zu spät erkannt, als der Schaden bereits angerichtet war, und glaubte dennoch, ich könnte das Wesentliche retten. Ich wollte mich großherzig zeigen, verständnisvoll, wenn auch nicht nachsichtig. Ich erhob keine dramatischen Forderungen, drohte nicht, bettelte nicht. Vertraute eher auf die Vernunft als auf das Gefühl. Und das war ein verhängnisvoller Fehler, mein Fehler als junge Liebende. Pauls Beziehung zu Marie-Claire bin ich von Anfang an bewusst vernünftig begegnet und habe meine Gefühle verdrängt.

Als ich Paul schließlich sagte – es war wohl zu Beginn des Jahr 1955 –, dass ich es nicht mehr ertrage, dass ich sicher nicht sterben würde, wenn er sich für Marie-Claire entschiede, diesen Schmerz aber nicht mehr ertrage, es auch nicht ertrage, an zweiter Stelle zu stehen – beim Sex jedenfalls –, war es zu spät. Ich hätte viel früher reagieren sollen.

Und wann hat meine Verliebtheit aufgehört, mein Verlangen nach seiner Liebe? Paul meint, zwei Jahre nach seinem Bruch mit Marie-Claire; ich meine, fünf Jahre danach. Einen Anhaltspunkt habe ich: Als ich mit Flora *Juliette und Marianne. Zwei Tagebücher einer Liebe* schrieb, wollte ich mich von dieser Ehebruchsgeschichte heilen, indem ich sie erzählte, und natürlich übernahm ich die Rolle der betrogenen Ehefrau und Flora die der Geliebten. Das muss 1964 gewesen sein. Die Wirklichkeit setzt sich immer durch: Es war damals viel härter, als ich heute so gern glauben möchte. Dazu trägt mein schlechtes Gedächtnis bei, aber auch mein Wunsch, ein schönes Bild zu entwerfen.

20. August

Kurt bei irischem Wetter angekommen: Es ist uns völlig egal! Auch wenn Flora mir am Telefon erzählt, in London sei es schön. Irland ist nicht Teil Europas. Diese Insel steht für sich, sie hat ihr eigenes Klima und ihr Eigenleben, gönnt sich ihre Turbulenzen, kostet sie bis zur Neige aus und schickt ihrer Nachbarin leere Wolken.

Gegen 16 Uhr habe ich in Kurts Armen geschlummert, was ich nachts nie vermag. Ich kann nur einschlafen, wenn ich mich von ihm löse. Ein bisschen geschämt habe ich mich, als würde er mich in einer Flut von Zärtlichkeit mit Lust anfüllen, wie man mit dem Schlauch ein Auto volltankt.

Als ich aufstehe, ist es schon 18 Uhr. Ich werfe meine irische Kassette ein, tanze und singe. Er schläft noch zehn Minuten. Danach rasiert er sich und fragt mich, was er anziehen soll: 80 Prozent seiner Klamotten sind schauderhaft, aber wir kommen zu einem annehmbaren Ergebnis. Dann machen wir die Vorhänge auf, und es regnet. Und es ist uns immer noch scheißegal! Wir haben das ganze Haus für uns allein, fürs Fischen und für die Liebe und sonst nichts, was könnte schöner sein?

Trotzdem haben wir alle möglichen Reparaturarbeiten in Angriff genommen: das Gatter verstärkt, die beiden Küchentüren neu gestrichen, das Auto gewaschen und gesaugt ...

Musikabend im Waterville Beach Hotel. Es sind überwiegend Kinder da, vor allem kleine Mädchen, auf einen Erwachsenen kommen fünf oder sechs. Mir vergeht für einen Moment die Lust. Bis eine Sechs- oder Siebenjährige mit langem, fließendem Haar auf irische Weise zu tanzen beginnt, die Arme an den Körper gepresst. Hinreißende kleine Schritte. Allein auf der Tanzfläche verleiht sie dem Abend seine eigene Magie. Unermüdlich tanzt sie weiter, voller Anmut und Schwung. Ein paar andere kommen hinzu und vermitteln einen Eindruck davon, wie ungleich die Gabe der Anmut verteilt ist.

Im schummrigen Licht ist Kurts Gesicht wieder so anziehend wie früher. Und es strahlt so viel Liebe aus ... Seine Schönheit allerdings ist mir abhandengekommen, alles, was an ihm so schön war, ist es inzwischen nicht mehr so richtig. Kaum angekommen, hat er mir seine Brust vorgeführt: »Sieh mal, wie braun ich bin!«, und ich erkannte nur noch ein Wrack. Alles ist irgendwie verrutscht. Auch meine Haut gibt überall nach, aber das scheint ihn nicht abzuschrecken!

Heute Morgen beim Fischen hat Kurt nicht geglänzt – er konnte die Angel weder richtig halten noch einholen. Ich hörte den Paravan gegen die Schraube klirren, ärgerte mich und schrie ihn an. Wir gaben es auf. Mein gewohnter Kapitän fehlt mir. Mit den Reusen kommen wir bei diesem eher ruhigen Seegang ganz gut zurecht. Aber ist es wirklich ratsam, diesen noch jungen Greis ins klippendurchsetzte Meer hinauszuschleppen, ihn alle möglichen Lasten tragen zu lassen – Steine, Butangasflaschen –, ihm zu jeder Mahlzeit Wein, Wodka und Irish Coffee zu kredenzen und mit ihm morgens, mittags und abends ins Bett zu steigen?

Ratsam für wen? Er will sterben, ich hingegen will leben.

21. August

Es regnete den ganzen Tag. »Und was hast du dann gemacht?«, fragt Paul am Telefon.

»Meinen Artikel geschrieben …«

Was für eine Frage: Was macht man wohl, wenn es regnet und man sich liebt?

22. August

Wie gern würde ich Salto springen können … Unser Freund Haroun Tazieff setzt sich schließlich mit 72 ans Klavier! Seien wir kompromissbereit: Ich würde gern rennen, wieder Ski fahren ... Das ist wohl immer noch zu viel verlangt. Ich würde gern ... Eines brauche ich wenigstens nicht zu sagen: »Ich würde gern Liebe machen!«

25. August

Das verdient schon Anerkennung: Da überquert ein Mann mit sechsundsiebzig Jahren den Atlantik, um eine Frau zu besuchen, die vor fünfundvierzig Jahren seinen Heiratsantrag abgelehnt hat!

Und wenn ein Mann mir abends sagt: »Den ganzen Tag habe ich darauf gewartet, dich in die Arme schließen zu können«, müsste ich doch sämtlichen Blödsinn vergessen, den er tagsüber von sich gegeben hat. Wenn er mir nicht gerade seine herausragenden Qualitäten als Liebhaber in Erinnerung ruft, geht mir Kurt auf die Nerven. Doch kaum habe ich einen oder zwei Irish Coffee intus, kaum vergesse ich sein Alter, seine Ticks, seine übertriebene Sorgfalt – sogar, wenn er nur ein Gatter schließt oder eine Kekspackung öffnet –, kaum habe ich den Abend in einem dieser Pubs verbracht, die ich so mag, ist die Liebe mit ihm herrlich, immer noch.

Trotzdem bin ich stets diejenige, die das Gespräch am Laufen hält, ihn auf das aufmerksam macht, was ihm von allein nie auffällt. Dann gewinnt das Leben für ihn, der sonst keinerlei Interessen mehr hat, wieder Farbe. Das löst bei ihm so viel Verblüffung, Dankbarkeit und närrische Liebe aus, dass ich mich nur noch treiben lassen muss.

26. August

Manchmal reißt mir doch der Geduldsfaden! In seinem Alter ist manches einfach nicht hinnehmbar, wenn die Schönheit sich verflüchtigt hat. Er reist weiterhin mit einer vollkommen abgewetzten Tasche, die ich schon seit zwanzig Jahren kenne. Seine Zahnbürste ruht in einer rostigen, schwarz angelaufenen, sargartigen Blechdose, die seine Mutter ihm vor dreißig Jahren vererbt hat. Er zieht sich uralte Sachen an und begreift nicht, dass eine Liebeseskapade nach einem Hauch Magie verlangt, wenn man sich nicht viel zu sagen, im Grunde nichts gemeinsam hat. Für einen Liebhaber ist dieses Verhalten selbstmörderisch! Ein weiterer Nachteil für ihn: Zwei Greise sind mir einer zu viel. Und Paul bleibt meine Nummer eins.

Warum mag ich diese irischen Pubs so sehr? Weil hier niemand so poltert wie in Frankreich, weil es keine Besäufnisse und Sprechchöre gibt wie in deutschen Bierstuben. Hier stürzen sie ihr Guinness mit atemberaubender Geschwindigkeit herunter, ohne andere anzusehen. Viele einsame Männer: Witwer, die ihre Frauen durch die Zeugung unzähliger Kinder zu Tode erschöpft haben. Manche haben ihre Einkaufstasche dabei, weil der *foodstore* bis Mitternacht geöffnet hat. Lauter Charakterköpfe ... Und dann diese alten Frauen, die zu zweit oder zu dritt kommen, um ein paar Weisen zu trällern, so gekleidet wie bei uns vor dreißig Jahren.

Was mir an diesen Pubs besonders gefällt? Dass junge Leute hier nicht die Mehrheit bilden. Die Pubs sind voller greiser Einzelgänger, Krämerinnen, manchmal auch Kinder. Was für eine Erleichterung, wenn der Blick nicht immer auf siegesgewisse junge Gesichter fällt!

27. August

Heute hat Paul mich mit einem Brief überrascht, er schreibt so selten. Ein schöner, trauriger Brief, mit dem ich nichts anzufangen weiß, so, wie ich mit Kurt nichts anzufangen weiß.

Meine Liebe,

als ich abgereist bin, hatten wir wieder einen dieser angenehmen, freundschaftlichen Tage hinter uns, die so unerträglich sind, wenn man auf die Antwort wartet, die Du mir vorenthältst, obwohl ich sie seit Monaten flehentlich erbitte. Diese Feigheit ist Deinem Wesen so fremd, dass sie mich auf einen Rest Liebe schließen lässt und auf Deine Ratlosigkeit angesichts zweier Alternativen, die Dich offenbar beide nicht überzeugen, wie ich Deinen vagen Bekenntnissen entnehme … Eine Zeitlang habe ich gehofft, dass Dir unser Zusammenleben, so unvollkommen es sein mag, lieber wäre als eine Trennung. Ich bat Dich nur um ein Wort der Bestätigung. Wer schweigt, stimmt zu, wie die Matrosen sagen. Was mich umtreibt, hat nichts mit Eitelkeit zu tun, sondern mit Kummer, so schwer, dass er mich schier zu Boden drückt. Dafür kannst Du nichts, und Du hättest ihn mir sicher gern erspart, wenn es in Deiner Macht stünde … Dieser Brief soll nicht Euren Himmel trüben, sondern Dir die Ent-

scheidung für oder gegen Kurt erleichtern, weil Du Dich so nicht ständig fragen musst, wie es um mich steht. Ich bin unglücklich, das ist nicht Deine Schuld, vermutlich wäre ich noch unglücklicher, wenn Du bei mir bliebest, mit Kurt als Leiche im Schrank.

Nimm Dir so viel Zeit, wie Du möchtest, um eine Lösung zu finden, wenn es denn eine gibt. Bis dahin werde ich nie weit weg sein, aber nicht mehr ganz so nah.

Spekuliere aber nicht darauf, dass ich Dich nicht mehr liebe. Weder heute noch morgen. Das bringt gar nichts.

Wie gern hätte ich vor zwanzig Jahren einen so liebevollen Brief von ihm erhalten. Jetzt betrübt er mich und tut mir um seinetwillen weh.

28. August

Eisiges Wetter. Der Wind heult, dringt durch die Scheiben, wir schlottern am Torffeuer.

Selbst das Federkleid der Elstern ist zerlumpt. Noch nie habe ich so zerrupfte Krähen gesehen!

Wir haben den Anhänger zum Stand geschleift und das Boot mit dem VW hinaufgezogen. Nun steht alles an seinem Platz in der Garage. Kurt muckt nicht auf, er ist froh, wenn man ihn auf Trab hält. Ein Zeichen dafür, dass er am Leben ist, und das fehlt ihm schmerzlich in seinem einsamen Alltag.

Ihm lasse ich nichts durchgehen, weise ihn ständig zurecht – eine richtige Xanthippe. Er lässt sich die Kränkung nicht anmerken, nimmt alles auf sich – um mich nicht zu verlieren. Und ich schäme mich. Aber ich bin nun mal sein einziges Glück, umgekehrt gilt das nicht.

29. August

Letzter Tag ... Kurt im selben Ausnahmezustand wie vor seiner Rückkehr in die Staaten.

Wenn der Ehemann sich am Rande einer Depression befindet und immer schlecht gelaunt ist, mag das noch angehen. Warum eigentlich? Vielleicht, weil die Frau sich ihm zugehörig und deswegen schuldig fühlt. Bei einem Liebhaber ist das nicht zu ertragen. Kurt bleiben doch noch zehn Tage mit mir in Europa, da soll er mich bitte mit seiner Panik verschonen.

»Was für eine Qual, dich zu sehen und zu wissen, dass ich in zehn Tagen wieder vor dem Nichts stehe.«

»Aber diese Tage sind doch ein Geschenk, genieße sie, genieße die Gegenwart ...«

»Jeder Tag bedeutet einen Tag weniger.«

Dann muss man eben jeden einzelnen Tag auskosten, verdammt! Für mich ist es schon kompliziert genug, dass er so lange bleibt. Seine ewigen »whatever« und »oh well« bringen mich zur Weißglut. Wir hatten uns vorgenommen, nach Deutschland zu fahren (seine Heimat, bis er zwölf war), um seine Freunde zu besuchen. Natürlich ist das weit weg, natürlich muss ich dann auf Doëlan verzichten, aber ich würde ihm so gern diese Freude machen. Jetzt fragt er sich, ob das nicht doch zu viele Umstände macht. Soll er seine Pilgerreise organisieren, ich bin bereit, ihn zu begleiten.

Ihm ist also schwer ums Herz. Ahnt er, dass er mir allmählich ein wenig gleichgültig wird? Sogar sein Körper? Vielleicht. Was aber diese hyperempfindlichen, nervösen Wesen angeht, die ihr Leben nicht allein meistern können, bin ich schon bedient, vielen Dank.

Seien wir ehrlich: So berauschend ist die Aussicht nicht, einen Ehemann mit knotigen Krampfadern und Hängebacken gegen einen Liebhaber auszutauschen, der das auch hat und außerdem neun Jahre älter ist.

30. August

Auf der Fähre. Kaum an Bord, höre ich den unvermeidlichen Aufruf: »Monsieur Guimard wird ins Informationsbüro gebeten.« Ich ging hin: Eine Einladung, sich die Ausfahrt aus der Mündung von der Brücke aus anzusehen. Natürlich lehnte ich ab. Jetzt fragen sie sich bestimmt, wer dieser falsche Monsieur Guimard in meiner Kabine ist.

Sehr angenehmes Abendessen. Kurt trank viel. Danach stellte er rasch fest, dass er nur einen Bruchteil seiner üblichen Leistung erbringen konnte, was nicht weiter schlimm ist. Trotzdem wollte er sofort wissen: »Have I lost you?« Das kann eigentlich nicht sein. Etwas hat sich aber verändert. Altsein ist schändlich, wenn es nicht durch Gewandtheit, Intelligenz, Geist kaschiert wird.

1987

23. Mai

Paris-Dublin-Shannon. Mit Lison und Serge bei strahlend blauem Himmel in Paris gestartet. Im Nebel angekommen.

Wir streifen einen dicken Toyota. Nehmen die Route Shannon-Ennis-Lahinch, die Steilklippen von Moher und Galway. Im *drizzle.*

Den Burren mit seinen malvenfarbenen Kalksteinflächen durchquert, immer noch im *drizzle.* Paul konnte vor Müdigkeit nicht mehr geradeaus gucken. Sehr gut geschlafen im Great Corrile Southern, einem scheußlichen Neubau, bereits im Verfall begriffen.

Abends suchen wir in Galway ein Restaurant. Die erste junge Frau, an die ich mich wende, legt die Finger an ihren Mund, dann an ihren Ohren, um mir begreiflich zu machen, dass sie taubstumm ist.

25. Mai

Ruhige Überfahrt auf der *Queen of Aran.* Zwei Pferdewagen gemietet, um das Dun Aengus zu besichtigen: ein Fort aus der Bronzezeit (2000 vor Christus) mit vier riesigen Wällen und Barrieren aus spitzen Steinen, die als friesische Reiter dienen.

Wir sehen junge Leute mit Kartons voller Teller und Gläser hinabsteigen. Dreißig Deutsche, die auf die Idee gekommen sind, ihr Mittagessen auf dem Rasen im Kern der Anlage einzunehmen. Kein Picknick, sondern Hummer! Und nicht etwa auf Plastiktellern, sondern auf Porzellan.

26. Mai

Heute Morgen wehte der Wind noch heftiger als gestern, dazu *drizzle*.

Bummel am Strand. Die Fahrradvermieter öffnen erst um elf, wenn die Schiffe ankommen.

Eine schöne Kammmuschel aufgelesen, Herzmuscheln und dicke Miesmuscheln. Noch eine Insel mit unausgebeuteten Schätzen. Aber schon zu viele Touristen. Sogar außerhalb der Saison.

Abends im Cashel House ... Pflichtbesuch in diesem Hotel, in dem die de Gaulles 1969 abgestiegen sind. Leider sind inzwischen auch Chirac und Pandraud hier gewesen, die beide die Frechheit haben, sich als Gaullisten zu bezeichnen, obwohl sie vom großen Mann nur die Sturheit haben, aber weder das Genie noch die bahnbrechenden Geistesblitze. De Gaulle hat schließlich einen Malraux zum Kulturminister berufen.

Man verzeiht den Briten alles wegen ihrer Gärten: Der Park von Cashel House, voll blühender Rhododendren und Azaleen, ist ... göttlich, wie Serge sagen würde.

Ein gepflegter Garten, mit seltenen Blumen bepflanzt, die liebevoll gehegt werden, das Unterholz wartet überraschend mit einer Art Akanthusgewächs auf, das riesige Blüten und stachlige Stängel hat. Verschiedenste Farne.

Elegante »englische« Zimmer. Die Wirtin überlässt uns eine Suite zum Standardzimmerpreis, weil wir Franzosen sind. Der Empfang ist herzlich. Das Abendessen köstlich. Ein Hinweisschild in den Zimmern: *For a beautiful garden, it is necessary to have midges. They like bright lights, so when your lights are on, keep your windows closed ... They tend to like good company ...* Wahrscheinlich für amerikanische Touristen bestimmt, die sich vor Mücken und Gnitzen fürchten!

Heute Abend ist es schön, auch wenn der Wind wütet. Aber selbst der Wind macht vor den Toren der Reichen Halt! Nach der kahlen Wüste Connemaras hegen die riesigen Bäume dieses ehemaligen englischen Landsitzes einen windgeschützten Bereich ein, in dem alles gedeiht. Eine Oase mitten in der Steinwüste.

27. Mai

Paul hatte uns vorgestern beherzt zum Dun Aengus begleitet: eine Stunde Spaziergang auf steinigem Weg. Am Morgen danach spürte er keinerlei Beschwerden, im Lauf des Tages bekam er aber einen schmerzhaften Krampf, vom Oberschenkel bis zur Hüfte. Er kann das linke Bein nicht mehr über das rechte legen, um seine Socken anzuziehen. Mittlerweile hinkt er ganz fürchterlich, und das steht ihm gut, als hätte er schon immer gehinkt! Er sieht aus wie ein alter englischer Lord, der vom Pferd gefallen ist. Wenn man alt ist, wird der Gang so oder so zum Problem, er gehorcht einfach nicht mehr den Naturgesetzen. Ich hatte lange Zeit Angst, meinen gewohnten Gang zu verlieren … Und ich habe ihn verloren, aber das merkt man mir von außen nicht an. Nur ich weiß, welche Anstrengung es mich kostet, ihn beizubehalten.

29. Mai

In Oughterard, ziemlich mieses B&B. Die sogenannten Luxushotels sind aber triste viktorianische Bunker und kosten pro Person 360 Pfund! Dabei haben sie nicht einmal Gardinen an den Fenstern, und die Gärten mit Blick auf den schönen, traurigen Corribsee sind trostlos.

Ich hatte mit einem schmucken, wohlhabenden Marktflecken gerechnet. Ob es früher so war? Heute ist es öde und hässlich.

Clifden hingegen, das ich noch nicht kannte, ist eine reizende Stadt mit bildhübschen bunten Häusern. Nur das Hotel ist scheußlich, ein unsäglicher Betonklotz, der die Sicht auf die Berge verstellt und eine der wenigen Kirchen mit halbwegs schönem Glockenturm verdeckt. Unverzeihlich!

Roundstone, charmantes Fischerdorf. Wir haben dort eine Stunde am Strand verbracht, an dem unser großer Charles einst spazieren ging. Drei Frauen badeten im eiskalten Meer. »Die Irren des Mai«, sagte Serge.

Pauls Bein tut immer noch weh, heute Abend geht es ihm aber schon besser. Er hat sich eine Muskelzerrung zugezogen, als er die Stufen hinaufging. Und wir – er vor allem – dachten schon, wir müssten Doëlan verkaufen. Und Hyères am besten gleich mit! Also habe ich Lison lieber nicht erzählt, dass ich noch Rückenschmerzen habe. Wenn beide alten Elternteile sich nicht mehr rühren können, ist das definitiv zu viel! Und ich lasse auch kein Wort über diese leichten Blutungen verlauten, die eher stärker werden. Ich gehe erst dann zum Arzt, wenn mein Buch fertig ist. Es sei denn, ich bin ernsthaft beeinträchtigt, weil die Blutungen zu stark werden. Ich kann mich jetzt auf keinen Fall einem Hysterogramm oder sonst einem Diagnoseverfahren unterziehen, ob mit oder ohne Narkose: Das nimmt zu viel Zeit in Anspruch. Mal angenommen, ich hätte ein Fibrom, werde ich mir den Sommer doch nicht dadurch verderben, dass ich es entfernen lasse. Dafür liebe ich diese Jahreszeit zu sehr, und ich muss mit meinen Kräften haushalten.

30. Mai

Lese gerade *Das tägliche Leben* von Duras, das geniale Passagen enthält: was sie über die müde Bärin schreibt, über die Frauen, ihre häusliche Buchhaltung, ihre Männer etc. Sobald sie von ihren Figuren redet, Lol V. Stein und andere, wird sie fast unerträglich. Erstaunlich, welche Hochachtung sie für ihr eigenes Werk hat. Trotzdem lohnt die Lektüre, wegen dieser Passagen, die so tief gehen, mit einer ungeheuren Einfachheit. Ihr Blick auf den Alkoholismus ist von einer Klarsicht …

Ground Hotel, vier Sterne, im Zentrum von Ennis: keine Handtücher. Der Stöpsel dichtet die Badewanne nicht ab. Beim Frühstück fehlen die kleinen Löffel. Statt Ei mit Bacon bekommen wir gekochte Eier, sie sind hart und schmecken muffig. Die Lüftungsanlage im Bad pfeift penetrant.

1. Juni

Wieder zu Hause. Gestern war es bedeckt, dennoch mit Lison einen schönen Fang gemacht. 400 Gramm Garnelen. Und ich habe in meinem Gezeitentümpel auf Lamb's Island zweieinhalb Dutzend prachtvolle Seeigel gepflückt, buchstäblich gepflückt. Außerdem zwei Dutzend Teppich- und Herzmuscheln, ein Kilo Strandschnecken.

2. Juni

Heute lief das Wasser in Reen nicht ausreichend ab: drei Tage hintereinander bei 75 cm, das ist zu knapp. Trotzdem eine Schale Garnelen gesammelt, Teppich- und Miesmuscheln. Lison ist vom familiären Fischereivirus befallen: Sie wollte gar nicht mehr aufhören. Serge, der für die Seeigel zuständig war, hat nur einen gefunden!

Paul geht immer seltener aus dem Haus, wie Lison festgestellt hat. Er denkt nur noch ans Kochen, wollte weder mit uns fischen gehen noch heute Abend *Irish music* hören. Zum Glück sind Serge und Lison mitgekommen.

Meine Rhododendren in Killarney ausgegraben, sind alle tot. Nur die Hortensien und die großen weißen Margeriten gedeihen. Die gelben sind seltsamerweise verschwunden. Meine beiden kleinen Hainbuchen wachsen auch. 1,50 Meter: Bis sie zu richtigen Bäumen werden, bin ich längst ein toter Ast!

3. Juni

Am Vorabend meines Todes, wenn kein Exzess mehr Folgen haben wird, wenn ich über das Schreckgespenst Cholesterol nur noch lachen – oder aus Bedauern weinen – kann, möchte ich endlich mit einem Holzlöffel 250 Gramm gesalzene Butter direkt vom Fass essen. Und sie genießen. Ich weiß nicht, was mich überhaupt noch davon abhält.

4. Juni

Alarmierende Neuigkeiten von Kurt: »Sie sind ein wandelnder Infarkt«, hat sein Arzt zu ihm gesagt und wollte ihn gleich operieren. Kurt hat sich hartnäckig geweigert, weil wir uns in zehn Tagen in Paris treffen. »Es geht um Leben und Tod.« – »Na, dann falle ich eben tot um, das passt mir gut als Todesart.« Mir war ja schon aufgefallen, dass er ungewöhnlich viele Pillen schluckte, da er aber nie klagte … Und wie soll man auf die Idee kommen, dass dieser vor Kraft und Gesundheit strotzende Kerl Beschwerden hat? Nein, davon hatte ich nichts gespürt. Nur diese Zärtlichkeit, die mit der Zeit zunimmt. Und dieses Verlangen, das mit der Zeit nicht abnimmt.

Untröstlich? Natürlich wäre ich das. Ich habe mich an diese Gewissheit in meinem Leben gewöhnt: dass Kurt mich immer lieben wird. Welche Leere er wohl hinterlassen würde? Mit dem Alter wird man dafür anfällig, in Erwartung des letzten großen Nichts. Es erscheint mir aber genauso hart, ihn nicht zur Koronarangiografie zu begleiten, in die er eingewilligt hat. Zum ersten Mal in meinem Leben hatte ich das Gefühl, gespalten zu sein: Ich war dort, war dabei, ich begleitete Kurt ins Krankenhaus …

6. Juni

Heute mehrmals versucht, ihn zu erreichen, um 21 Uhr hat es endlich geklappt. Da war er gerade vom Krankenhaus zurück. Die Ärzte haben festgestellt, dass ein Herzkranzgefäß vollkommen verstopft ist, ein anderes zu 70 Prozent. Ihrem Befund nach lebt er wohl schon seit Jahren mit verengten Herzkranzgefäßen, und da er keine besorgniserregenden Symptome zeigt, kann er weiterhin so leben, als ob nichts wäre, kann Sport treiben, Sex haben (er hat eigens nachgefragt!) und sogar ein Flugzeug steuern. Wenn er seine Pillen einnimmt, ist die Wahrscheinlichkeit eines plötzlichen Todes für ihn nicht größer als für unsereins. Er muss sich nur an eine Beschränkung halten: Er darf keine schweren Lasten tragen.

Meine Erleichterung kann ich gar nicht in Worte

fassen. Ich sah mich schon allein, gezwungen, mich ganz neu einzustellen auf ein Leben ohne ihn. Mit meinem wahren Alter konfrontiert, mit der Aussicht, nie wieder mit einem Mann zu schlafen, jedenfalls nie wieder mit diesem Vertrauen, dieser Leidenschaft, dieser Beglückung. Ich denke also an mich? Ja, selbstverständlich. Wäre Kurt gestorben, wäre er nicht unglücklich. Ich müsste mich nicht mal mehr wegen seiner Einsamkeit, seiner wachsenden Gebrechlichkeit sorgen. Ich müsste aber weiterleben: anders leben.

7. August

Ich kann mich an dieser Landschaft nicht sattsehen, dieser Heide aus Zwergsträuchern, Stechginster und Torf, dieser grün-gelb-lila Erde, zwischen die Felsen geworfen wie eine Decke aus irischem Mohair …

Ich putze das ganze Haus für Bernard und Flora, die ich voller Ungeduld erwarte. Dieses Jahr sind sie unsere einzigen Gäste. Und das Leben zu zweit ist nicht lustig: Gezeitenfischen allein, Garten allein, einkaufen allein. Und wir gehen auch nicht mehr in die Pubs, weil Paul die laute Musik nicht mehr verträgt. Uns bleibt für gemeinsame Unternehmungen nur noch das Boot.

12. August

Die Abende grau, vernebelt, regnerisch oder windig – oder alles auf einmal!

Flora und Bernard inzwischen angekommen. Mieses Wetter, von zwei Stunden am Dienstag abgesehen, während der Springflut. Anderthalb Kilo Felsengarnelen gefangen, eine Jakobsmuschel, ein paar Teppichmuscheln.

Abends ist Pauls Knöchel geschwollen und blau angelaufen. Er spürt die Zerrung am Oberschenkel. Diese Schmerzen trüben seine Freude, hier zu sein. Mit dem Boot tut er sich schwer – zu niedrig –, genau wie mit jeder Anstrengung. Und das führt dazu, dass er entsetzlich viel trinkt. Vor jeder Mahlzeit schenkt er sich zehnmal Whiskey nach. Und wenn ich mir um zehn Uhr nach dem Fischen einen Wodka genehmige, trinkt er einen mit. Wenn wir mit den Garnelen fertig sind, nimmt er aber noch einen oder zwei. Auf praktisch leeren Magen.

Er ist sowohl geistig als auch körperlich träger geworden. Und zunehmend traurig und niedergeschlagen. Ich nehme an, dass der Alkohol ihn belebt. Und dann wird das Nachschenken zum Reflex, bis er abends in ein tiefes seelisches Loch fällt und niemandem mehr zuhört. Oft ist er übertrieben sentimental oder bleibt einfach stumm. Sobald ich das Zimmer verlasse, ruft er nach mir. Und wenn ich aufs Klo gehe, kommt er nach und redet hinter der Tür mit mir!

Bernard war heute Abend auch besoffen. Nach dem Abendessen hing er schlaff in seinem Sessel, mit komisch verzogenem Mund und starrem Blick, und trug mit feierlichem Ernst immer wieder die gleichen Sätze vor. Dabei aber gleichbleibend charmant.

Über eine kränkelnde Pflanze in meinem Garten

sagte Flora: »Sieht aus wie eine einäugige Spinne!« So purzeln ihr die Wörter ständig aus dem Mund, manchmal wie Kröten, manchmal wie Perlen, je nachdem.

15. August

Schöner Tag, den die Iren *glorious* fanden, der aber grau anfing und ebenso grau endete … Nachmittags um drei leuchtete der Himmel allerdings wie in Amalfi über den Fluss von Kenmare, und der Strand war schwarz von Menschen. Bernard, beherzt wie immer, hat im Meer gebadet, fand es aber kälter denn je.

Danach haben Flora und ich »geschäftelt«: Wir haben herrliche Kaschmirsachen gekauft und sind gegen 20 Uhr zu den Sirs zurückgekehrt, die ihren Paddy schlürften.

17. August

Im watteartigen Nebel aufgebrochen, der uns in den letzten Tagen eingehüllt hatte, doch als wir Cork erreichten, schien die Sonne. Wir haben Flo und B am Flughafen abgesetzt.

Danach haben wir, wie es sich gehört, unterwegs über die beiden hergezogen, bis wir in Kinsale ankamen, wo wir im Trident übernachteten, gläsern und modern, direkt am Hafen.

Ich weiß nicht, warum mir dieses Jahr ausgerechnet der tragische Verfall Irlands ins Auge sticht. Wenn man hinter das Tor des stattlichen Jachtclubs von Kinsale blickt, entdeckt man eine Müllhalde: aufgerissene

Kisten, kaputte Flaschen, Kartons. Vor drei Tagen waren wir dort bei der Preisverleihung des Fishing Contest, im schlimmsten *drizzle*. Sichtweite: zwanzig Meter. Schwarze Müllsäcke voller klebriger Pollacks, die man nicht ausgenommen hatte, damit sie mehr Gewicht auf die Waage brachten. Gewogen wurden sie vor sechs Kahlköpfen und zwei Rothaarigen in Shorts, die stoisch im Regen ausharrten.

Alles geht den Bach runter.

19. August

Dieses Jahr ist es wenigstens recht mild; entsetzlich feucht, wenn die Regenwolken vorbeiziehen, warm, wenn die Sonne zum Vorschein kommt, was immer so wirkt, als würde man gerade die Jalousie hochziehen.

Ich habe das Garagentor gestrichen, erst mit Rostschutzfarbe, dann in Grün. Danach eine halbe Wagenladung schwarze Erde für meine Bäume in Empfang genommen. Drei habe ich zwischen die Felsen gepflanzt. Leider wollte der Traktor mit Kippanhänger, mit dem Galvins Sohn diese Tonnen von Erde ausschütten sollte, nicht funktionieren, obwohl besagter Sohn mit einem Zipfel seiner Jacke mehrfach über die Hydraulikkupplung rieb. Er musste die ganze Erde mit der Schaufel verteilen. Ein Viertel habe ich auf meine Sträucher umverteilt. Jetzt weiß ich wieder, wie schwer Erde ist!

Den ganzen Tag hartnäckiger Nebel, von Schauern durchsetzt.

20. August

Heute Nacht heftiger Südwestwind und starke Regenfälle auf den Haufen Erde, der gestern angeliefert wurde, die Erde hat sich in noch schwereren Lehm verwandelt, den ich nur eimerweise transportieren konnte, bei halber Füllung.

Als Regen und Wind gegen 14 Uhr nachließen, haben wir das Boot geholt. Frank Caroll hat uns dabei geholfen. Den 6-PS-Motor trägt er, als ob der eine Feder wäre. Es ist furchtbar mitanzusehen, wie Paul leidet. Im Boot verzieht er pausenlos das Gesicht und stöhnt mit aufgeplusterten Backen. Auf der Rampe bleibt er alle zehn Meter stehen, um nach Luft zu schnappen wie ein Fisch, wenn er kurz vorher einen Fangkorb tragen musste. Jede Verrichtung geht über seine Kräfte. Jetzt hinkt er auch noch, weil er den Motor hochgehoben hat. Frank hat das Ding dann ins Auto gepackt. Und hat mir geholfen, die Reusen und die Salzsäcke zum Dachboden zu tragen.

Ich nehme es Paul übel, dass er sich nicht wehrt. Natürlich gelten die Naturgesetze. Zu leben heißt aber auch, Hürden zu meistern, Gesetze auszuhebeln, Auswege zu suchen – oft findet man welche –, zu schummeln, sämtliche Waffen zu nutzen, die einem zu Gebote stehen, anstatt seine Blätter einfach fallen zu lassen wie ein hilfloses Gewächs.

21. August

Endlich mal bei Sonnenschein und Windstille aufgewacht. Gestern trieben dicke Wolken auf dem Meer, stießen gegen die Scariffs, die sie mit grauen Schleiern überzogen. Ich hatte das Gefühl, der Entstehung zweier Vulkaninseln beizuwohnen.

22. August

An Bord der Fähre. Ölglattes Meer und Gewitterhimmel. Frankreichs Haar ist kastanienbraun, ziemlich trist im Vergleich zu Irlands rußschwarzer Pracht.

Ich sehne mich nach Kinos, Straßenleben, Leuten. Das ist einer der Vorzüge Irlands – mir wieder Lust zu machen auf Dinge und Menschen. Sogar aufs Fernsehen!

1988

28. Juli

Überfahrt auf der *Celtic Pride*, die im Sommer einmal wöchentlich von den Brittany Ferries gechartert wird. Schönes, sehr geräumiges Schiff. Hier schläft niemand in den Gängen und Treppennischen. Dafür gibt es in unserer Kabine kein Bullauge. Constance schläft auf dem Boden, mit ein paar Decken als Unterlage.

Ankunft bei Nieselregen und starkem Westwind. Wir streiten uns darüber, ob es nun eher Niesel oder eher Regen ist!

Im Haus ist es warm – die Wiederaufbereitungsanlage läuft.

30. Juli

Binnen 48 Stunden ist unser Tank leer, die Quelle also verstopft. Unsere Notpumpe hat dem eisigen Winter nicht standgehalten. Also kein Wasser mehr. Frank hilft uns bei der Reparatur. Bisher hatte ich nicht mal Zeit, die fünf Briefe von Kurt zu lesen, die mich hier erwarteten.

Das Zusammenleben mit anderen belastet mich mehr und mehr. Ich bräuchte jeden Tag ein paar

Stunden für mich. Mir sind keine fünf Minuten vergönnt.

Flutkoeffizient 85 heute. 1 Kilo Felsengarnelen, 20 Seeigel, Strandschnecken. Wir begegneten mit unseren Keschern drei Iren. »You want to eat them?«, fragten sie mich mit kaum verhohlenem Ekel.

31. Juli

In Reen einen herrlichen Morgen beim Fischen verbracht (Koeffizient 97). Zwar weht ein gemeiner Wind, aber wir hatten Sonne und Garnelen satt: 700 Gramm Prachtexemplare und 1 Kilo mittelgroße für eine Riesensuppe.

Mein Hexenschuss lässt nach. Trotz oder gerade wegen der Schockbehandlung: Ich hole Fangkörbe und Salzsäcke vom Dachboden, schleppe Netze, gärtnere, räume die Garage auf, in der Schwalben nisten!

Constance fischt und gärtnert leidenschaftlich gern. Aber sie geht lange vor mir schlafen und steht nach mir auf. Braucht ewig, um den Tisch abzuräumen, weil sie so erschöpft ist … Paul verlässt das Haus nicht. Um 11 Uhr kommen wir völlig erledigt vom Fischen zurück, mit unseren fast zwei Kilo Garnelen, die wir noch verlesen, und den Seeigeln, die wir öffnen müssen. Und der Tisch ist noch nicht gedeckt.

1. August

Ich lese Silvio Fanti: Was er über die Mutter-Kind-Beziehung schreibt, zu der Paare nach der Andro-, beziehungsweise Menopause übergehen, ist sehr klug … Dieses ewigwährende Paar – ich erlebe, wie die tausendundeinen Bande mit der Zeit entstehen, wie sie sich immer mehr verfestigen und durch Gewohnheit zu ehernen Fesseln werden. Wir sind wieder bei unseren Anfängen angelangt, als ich Paul massierte, ihm die Füße und die Haare pflegte, nur dass mir inzwischen der Glaube fehlt. Dabei ist hier Selbsterhaltung gefragt. Paul fällt es schwer: Wegen seiner Wampe kommt er kaum an seine Zehennägel heran, seine Füße mumifizieren in den Socken, die er nicht mehr auszieht, die Haare hängen ihm über den Kragen, sein Morgenmantel ist so fleckig wie der eines Paul Léautaud. »Du meinst Balzac!«, korrigiert Paul. All das stört mich allmählich. Obwohl sich bei mir auch Verfallserscheinungen zeigen.

Selbst Kurt zwingt mich in diese Mutterrolle, gegen die ich mich mit aller Macht wehre. Und dann wiederholt er auch ständig – als wollte er mir damit eine Freude machen –, dass ich für ihn inzwischen das Einzige bin, wofür es sich zu leben lohnt. Dabei wünschte ich, er hätte mehr als nur mich.

Das mutet fast schon an wie ein Witz: bisher keine ruhige Minute, um Kurt oder anderen zu schreiben. Diese starken Gezeiten nehmen mich voll und ganz in Beschlag. Ihretwegen bin ich ja hier! Aber wie soll ich mit dem Fischen, mit den Irlandbesuchen weitermachen, wenn es mir hier zu anstrengend wird, wenn ich an meine körperlichen Grenzen stoße, von Paul ganz zu schweigen, der von Tag zu Tag mehr abbaut? Wie soll ich mich weiterhin um meine vielen Häuser kümmern? Eins davon verkaufen? Aber welches? Hyères gehört bereits meinen Töchtern, Paris bleibt unverzichtbar, an Doëlan hängt mein Herz, und Irland ist mein Traum.

2. August

Heute Morgen das Treibnetz eingeholt: 3 dicke Pollacks, Lippfische, 2 Schollen. Den ganzen Tag Niesel unterschiedlicher Ausprägung, aber recht windstill.

Meine Blumen sind wie Taschentücher, die sich selbst erkältet haben. An jedem Grashalm hängt ein Tropfen. Nass, die Bänke. Morsch, das Holz. Kennst du das Land, wo die Orangen faulen?

Kaum habe ich das aufgeschrieben, ist alles wie verwandelt: Die Sonne stößt durch den Nebel, die dicken Wolken bleiben an den Inseln hängen, an den Sträuchern. Man braucht nur den Kopf zu wenden, schon ist der Himmel anders – und ein riesiger grauer Stoffbehang breitet sich über uns.

4. August

Drei Tage Nebel und fahles Licht. Sprühregen auf dem ganzen Weg nach Killarney, wo wir Constance abgesetzt haben. Mit Bedauern, weil sie immer so gern fischen geht.

Inzwischen sind die Salzmanns eingetroffen. Er ist charmant, sanft, rührend und so wunderbar verrückt nach Meeresfrüchten. Außerdem liebt er seine Frau über alles, eine unglaubliche Person, sie gehört zu diesen Intellektuellen, die sich jeder Tätigkeit im Haushalt verweigern. Da ist sie gnadenlos! Hilft nie mit, mischt sich dafür in alle Gespräche ein. Eine Art monströs verzogenes Kind. Und er spurt nur zu gern!

Mir geht es allmählich besser. Die vielen Anstrengungen tragen zu meiner Erholung bei. Heute Abend hat Paul wieder Schmerzen im Knie. Ich massiere ihn mit Salbe.

Charles Salzmann hegt für Paul die gleiche leidenschaftliche Bewunderung wie für Mitterrand, wenn auch in deutlich schwächerer Form. An ihn richtet er zuerst das Wort, ihn betrachtet er als Erbauer und Seele dieses Hauses. Ist von jedem Bonmot aus seinem Mund hingerissen. Zeichnet ihn. Hält ihn für einen Tabarly: »Was war Ihre letzte große Segeltour? Und wo soll's als nächstes hingehen?« Durch ein paar wohlgesetzte Worte, Pausen oder bewusst vage gehaltene Aussagen hält Paul die Illusion aufrecht, dass er ein großer Segler vor dem Herrn war, ist und immer sein wird.

Keinen einzigen Fang gemacht: Fische mögen keinen Ostwind. Für heute Nacht ist Windstärke 8 angesagt.

8. August

Morgen kommt Mitterrand. Er wird bei uns übernachten. Wir werden sein Bett nicht abziehen, wir werden in seinen Laken schlafen! Ein schöner Titel für die Memoiren, die Paul niemals schreiben wird: *Die Laken des Präsidenten.*

Ausnahmsweise bietet Paul an, in Waterville einzukaufen. Aber dann ruft die Spezialeinheit an: Sie wollen um 14 Uhr vorbeikommen und nach einem geeigneten Landeplatz für den Hubschrauber des Präsidenten suchen: frei von Hindernissen, höchstens 5 Prozent Gefälle, 50 Meter ohne Bäume. Zunächst besichtigen wir ein Feld, dann lassen wir uns vom dortigen Hausmeister den Sportplatz von Derrynane zeigen, der für tauglich befunden wird. Dafür ist jedoch der ganze Nachmittag draufgegangen.

Immer noch kein Hummer. Auch keine dicken Pollacks, nur mittelgroße. Das Meer ist aber so schwer zu zähmen … für zwei Alte auf einem dürftigen Boot!

9. August

Mit dem Netz von Eugène, unserem bretonischen Nachbarn, einen schönen Hummer gefangen. Und 450 Gramm Felsengarnelen. Unser Ansehen ist gerettet!

Jetzt kommt Schwung in die Sache: Die Protokollabteilung ruft zweimal täglich an. Autos ohne Kennzeichen fahren kreuz und quer durch diese abgeschiedene Gegend. Paul behauptet, dass ständig Polizisten vorbeikommen, mal als Steinmarder verkleidet, mal als altes Mütterchen oder große Möwe!

Ich fülle zwei Säcke mit Blumenerde, die einfach so herumlag, kann sie dann aber nicht vom Fleck bewegen. Ich rufe Frank zur Hilfe, der die Säcke in den hinteren Teil der Garage schleift, damit sie das Auge des Präsidenten nicht beleidigen. Ich schrubbe die

Schwellen sauber und ein paar Fliesen, bringe den Klopapierhalter wieder an.

Dann räume ich mein Zimmer, um es unserem Mimi zu überlassen, auch das Badezimmer und zwei Regale. Ich wasche das Auto, das an den Seiten mit Kuhdung vollgespritzt ist. Natürlich stößt sich in Irland niemand daran, aber wenn man den französischen Präsidenten kutschiert … Die Sicherheitskräfte sind ohnehin schon verärgert, weil wir die Dienste eines Chauffeurs ablehnen, »der genau weiß, wie man in Irland zu fahren hat.«

Lange starre ich in den irischen Himmel – grau, bedeckt, aber mit einem Hauch von Licht –, um den Präsidentenhubschrauber auf dem Sportplatz von Derrynane landen zu sehen. Die Personenschützer streifen umher … Und plötzlich ist er da. Mein Präsident! Das finde ich ergreifend, dass er, der schon alles gesehen hat, noch begeisterungsfähig genug ist, um sich in diesen verlorenen Winkel zu begeben. Als er kommt, lichtet sich der Himmel ein wenig.

Schnell verspeisen wir mit ihm Strandschnecken, Garnelen und Hummer (den, den wir heute Morgen gefischt hatten, und drei gekaufte) und gehen dann spazieren. Die bedrohlich aufragenden Personenschützer haben bereits in allen vier Himmelsrichtungen Position bezogen, mal hinter einem Felsen, mal hinter einem Strauch, immer dort, wo man die beste Übersicht hat. Beim ersten Regentropfen kommen sie mit der Öljacke und dem Südwester des Präsidenten angerannt, der geglaubt hatte, er könnte sich den Wolken zum Trotz mit einem Blouson begnügen.

Den ganzen Tag Wind, Nebelschwaden und Nieselregen. Wir gehen bis zur Fischbrüterei, ständig von zwei, drei Männern bewacht. Dann schnell nach Hause, weil der Weg am Felsen endet. Wir sind so durchnässt, dass wir uns nicht mehr rühren können.

Abends hat Mimi lange von seiner Familie erzählt, von seinen sieben Brüdern und Schwestern, die noch leben. Und von Casanova, den er gerade mit Begeisterung liest. Vermutlich erkennt er sich in ihm wieder, genau wie Paul. Alle drei ähneln sich darin, dass sie Frauen jeglichen Alters, jeglichen Aussehens lieben und sie auch hinterher noch lieben …

Danach haben wir über unsere Lebenserwartung gesprochen, über die Zeit, die uns noch bleibt, »um richtig zu leben«, wie Mitterrand entschieden sagte. »Sie sind doch längst noch keine siebzig, Benoîte? Bis dahin bleiben Ihnen wie viel … fünfzehn Jahre, zehn? Weniger?« Er konnte es tatsächlich nicht glauben, als ich ihn enttäuschen musste: »Zwei Jahre, Chef!« Und so habe ich eine schöne Gelegenheit verpatzt, wenigstens von einem für fünfzig gehalten zu werden.

Er äußerte seine Zufriedenheit, nicht unbedingt darüber, Präsident mit einer linken Mehrheit zu sein, sondern weil er Chirac daran gehindert hatte, den Staat wieder an sich zu reißen und sich das zu nehmen, was ihm seiner Auffassung nach ohnehin zukommt. Ein entspannter, charmanter Mimi.

Früh ins Bett gegangen, um 22 Uhr, für ihn 23 Uhr. Er hat seit Weihnachten keinen Urlaub mehr genommen.

10. August

Mitterrand hat uns ein paar Seiten aus dem *Kommunistischen Manifest* vorgelesen, das er unserem Bücherregal entnommen hatte. Eine verblüffend hellsichtige Passage, geradezu visionär für 1848. Zur bürgerlichen Gesellschaft merken Marx und Engels an: Ein Zuviel an Zivilisation und Konsum. Danach leitete Mimi zur Demografie über, zum Geburtenrückgang und zu möglichen Gegenmaßnahmen. Wenn ich solche Aussagen höre, habe ich den Eindruck, dass die Frauen versklavt werden, dass man ihre Freiheit in Frage stellt, weil man sie wie Zuchtsauen behandelt. Man müsste dagegenhalten und das Problem benennen, das diese Sichtweise für Frauen darstellt. Mit seinem angeborenen Optimismus, seiner latenten Frömmigkeit reagiert Mitterrand voller Entrüstung auf den Umstand, dass die Frauen nicht mehr ganz so auf Kinder erpicht sind: »Bedeutet das wirklich eine solche Last?«

Nach dem Mittagessen hat Paul sich wie üblich zur Siesta zurückgezogen und mich mit Mitterrand allein gelassen!

12. August

Heute ist das Wetter so schlecht, dass es mich rückwirkend schaudert: Mitterrand hätte nicht landen können. Und wir hätten die Blasket Islands nicht besichtigt, hätten die Skelligs nicht überflogen und dabei unzählige Vögel auf Little Skellig aufgescheucht. Ein himmlischer Rundflug.

Mimi wird den Neid unter seinen Vertrauten schüren können, was er nur zu gern tut, und zu Salzmann sagen: »Was? Sie haben die Blaskets nicht gesehen? Da haben Sie ja das Beste verpasst!«

Denn wir durften Charles Haughey, den irischen Premierminister, hier »empfangen«, bevor wir mit ihm zu seiner Sommerresidenz geflogen sind, die sich auf einer der Blasketinseln befindet. Im Flugzeug brachte Mitterrand das Gespräch auf meinen »Amerikaner aus *Tagebuch vierhändig*«, wohl das einzige meiner Bücher, das er wirklich gelesen hat. Es überraschte ihn zu hören, dass wir uns immer noch treffen. »Und seine Anziehungskraft hat nicht nachgelassen?« Im dröhnenden Lärm der Super Puma traute ich mich nicht, ihm zu erzählen, dass die Geschichte, die ich im *Tagebuch* nur angerissen hatte, Gegenstand von *Salz auf unserer Haut* ist, das er garantiert nicht gelesen hat. Vermutlich hat ihn Danielle davor gewarnt, wegen des »pornografischen« Aspekts.

Dabei bin ich sicher, dass Mitterrand, dem Casanovas Memoiren solchen Genuss bereiten, meinen Roman mit Vergnügen lesen würde. Paul, der uns gegenübersaß, glaubte, dass Mimi tatsächlich über *Salz auf unserer Haut* und dessen autobiografischen Anteil redete, während er mir ins Ohr sprach. »Jetzt weiß er, wer Gauvain ist«, sagte Paul zu mir. Und war heilfroh, als er hörte, dass wir über das andere Buch gesprochen hatten, obwohl es doch in beiden um denselben Mann geht!

Sehr bewegend waren die »intimen« Gespräche über internationale Themen. Der irische Premier erklärte, welche Bedeutung der Beitritt zum Gemeinsamen Markt für das Land hätte: »Im Gegensatz zu allen anderen Ländern haben wir durch diesen Beitritt zur europäischen Gemeinschaft Souveränität erlangt. Unsere Stimme gilt jetzt genauso viel wie die von England: Wir sind keine englische Kolonie mehr.« Er kam auch auf die IRA zu sprechen, denn um der EWG anzugehören, musste Irland ein Abkommen zur Auslieferung von Terroristen unterschreiben. Und man weiß hier, dass ihnen in England kein fairer Prozess bevorsteht. Das ist ein großes Dilemma für die irischen Richter, die sich bemühen, sie gar nicht erst dingfest zu machen. Vor kurzem kamen auch noch die Bischöfe der anglikanischen Kirche zusammen und erklärten Gewalt als letztes Mittel für legitim, wenn man in einer Diktatur lebe, was in England zu einem Aufschrei führte: Wie könne man nur die Gewalt in Irland rechtfertigen! Woraufhin die englischen Bischöfe diese Erklärung mit einem Postskriptum versahen: Widerstand und Terror seien überall auf der Welt zu verzeihen, insbesondere in Südafrika – nur in Irland nicht …

13. August

Wie hart das Leben hier ist! Gestern ganztägig bewölkt. Trotzdem haben wir unsere fünf Reusen ausgelegt und genug gefangen, um diese zu beködern. Im Treibnetz hingegen nichts. Ob es an den beiden Robben liegt, die sich in unmittelbarer Nähe aufhalten? Wir waren allein auf dem Meer, zwei Greise, gerüstet mit Ölzeug, Südwester und Matrosenjacke – und trotzdem triefnass.

Nachts kommen mir die Dinge so trostlos vor. Man könnte auch sagen: so, wie sie ab einem bestimmten Alter nun mal sind. Morgens empfinde ich dann wieder diese kopflose, köstliche Lust zu leben. Und bin so verrückt, Pläne zu schmieden. Als gäbe es keinen Tod.

19. August

Zahnarzttermin ausgemacht, zur Zahnsteinentfernung: Mein unterer Schneidezahn ist grau-bräunlich. Ob ich ihn ersetzen lassen sollte? Die beiden seitlichen Schneidezähne werden grünlich. Besser überkronen? Jetzt oder nie. Letzte Renovierung vor dem Abriss. Mal sehen.

20. August

Draußen ist es kalt: Das gefällt mir nicht, auch wenn ich es drinnen warm habe. Um 19 Uhr ist es bereits dunkel: Das gefällt mir nicht. Meine kleinen Finger sind verkrümmt: Das gefällt mir nicht. Kurt ist weit weg. Das gefällt mir nicht. Ich möchte lachen, schön sein und Kaviar essen: Nichts von alldem wird eintreten. Zu allem Überfluss sehen wir dem Sommer nicht entgegen, sondern haben ihn schon hinter uns.

21. August

2 Hummer, heute Morgen, und 2 jeweils knapp 2 Kilo schwere Pollacks. Und 4 mittelgroße zum Pökeln.

Der Wettervorhersage gelauscht: Morgen soll eine weitere Schlechtwetterfront über Irland aufziehen. Südwestwind Stärke 5 bis 6. Nicht zu fassen.

Heute Abend durchziehen ein paar trügerisch blaue Streifen die unbeweglichen weißen Schwaden am Himmel hoch über uns. Jenes Blau, das man in normalen Ländern wie England und Frankreich zu sehen bekommt.

Mich ermüdet vor allem, dass ich immer mehr Dinge bedenken muss, während Paul seinen Wirkungskreis immer enger zieht. Morgen reisen wir ab, und wenn man in diesem so rauen Klima ein Haus für längere Zeit verlässt, gibt es eine Menge zu tun.

Und noch eine Sache: Mit zwanzig glaubte ich, ich wäre hässlich und müsste mich sehr anstrengen, um hübsch zu erscheinen, verführerisch. Das war ein Irrtum, aus einem Mangel an Urteilskraft, Selbstvertrauen und Geschmackssicherheit, die es mir erlaubt hätte, das Beste aus meinen Vorzügen zu machen. Jetzt BIN ich hässlich. Manchmal sogar sehr hässlich. Objektiv gesehen. Hin und wieder tue ich aber so, als wäre ich fast schön und verhalte mich wie eine Frau, die noch verführen kann. Beides trifft nicht zu!

22. August

Wir holen die Reusen aus dem Wasser, spülen und schrubben sie. Das Salz wird wieder in Säcke gepackt, die Netze auch, alles auf den Dachboden getragen. Es strengt mich an, immerzu auf den Beinen zu sein, weil ich alles allein machen muss. Paul lässt sich lieber von meinem weißen Haaransatz rühren. Der gefällt ihm sehr, weil er glaubt, dass ich mich ihm wieder annähern werde, im Alter, dass es mir endlich die Flügel stutzen, die Lust auf Eskapaden nehmen wird …

23. August

Auf der Fähre entdecken wir die einfachen Freuden wieder: knuspriges Brot, Radieschen. Eine Kellnerin, die ein Fan von Paul ist, spendiert uns den Wein!

Vom Fischen habe ich nicht die Nase voll, aber ein bisschen vom miesen Klima, das Irland uns in diesem Sommer zugemutet hat. Wie soll man sich, wenn man dort festsitzt, nicht in den Wahnsinn, den Traum oder den Alkohol als Genieersatz flüchten?

1989

5. August

Man sollte besser nicht mit bestimmten Ansichten, Kriterien, Erwartungen nach Irland reisen, denn hier ist alles anders. Das Wetter ist nicht schlechter oder kälter als in der Bretagne oder in England: Es steht für sich. Was sich am Himmel abspielt, hat mit dem Wetter nichts zu tun, »das« Wetter gibt es ohnehin nicht, sondern »die« Wetter. Wolken sind gewaltig, eine Ballung von Nebel, Regen in der Schwebe, aber niemals der brave, sauber konturierte Kumulus, den man sonst in Europa sieht.

8. August

Heute Morgen etwas Sonne, für heute Nacht sind Sturmböen angesagt. Wir trauen uns nicht, das Treibnetz auszulegen, entscheiden uns fürs Schleppfischen, aber der Motor gerät jedes Mal ins Stocken, wenn wir das Tempo drosseln ... Mir gehen zwei Pollacks durch die Lappen. Wir fangen nur 2 winzige und 1 Makrele. Damit kann man höchstens eine Reuse beködern. Später finden wir in dieser einzigen Reuse 150 Gramm herrliche Felsengarnelen. Und zwei Taschenkrebse.

Wieder an Land, fällt uns auf, dass dort ungewöhnlich viel Trubel herrscht: Für heute Nachmittag ist ein schwerer bis orkanartiger Sturm angesagt. Alle holen ihre Boote aus dem Wasser, Gerald holt unseres. Und dann geht es wieder los – Anhänger, das Boot raufhieven etc. Die anderen helfen aber mit.

Heute Abend werden wir den Badinters keinen Pollack auftischen können; sie wollten den Tag in Killarney verbringen. Wenn es allerdings tatsächlich stürmt ... Ein Tag bleibt uns dann noch zur Ehrenrettung.

Elisabeth liest ohne Unterlass. Geht nicht mit Robert baden. Verweigert sich jedem Spaziergang, ja sogar jedem Schritt! Verharrt mit Cocteaus *Tagebuch* in ihrem Liegestuhl. Vor kurzem habe ich sie im Fernsehen erlebt. Sie begeistert mich: Um meine Nachfolge muss ich mir nicht die geringsten Sorgen machen, im Gegenteil! Mit ihren strahlend hellen Augen und ihrem unschuldigen Gesichtsausdruck gibt sie entwaffnende Ungeheuerlichkeiten von sich. Sie hat ja nichts von einer Hexe, und so nimmt sich das Publikum vor ihr nicht in Acht. Dabei ist sie gefährlicher als jede Hexe. Und wenn sie lächelt, ist sie bezaubernd. Sie verkündet, dass die Frauen inzwischen gelernt hätten, ohne Männer auszukommen, auch wenn sie Kinder zeugen und aufziehen wollten – und das sei doch viel angenehmer, als die Gesellschaft ungeliebter Männer zu ertragen.

10. August

Die beiden sind faszinierende Gesprächspartner. Robert hat uns von Benazir Bhutto erzählt, Liebling ihres Papas, genau wie Indira Gandhi und Margaret Thatcher. Ihm zufolge ist Bhutto eine wahre Raubkatze, eine bemerkenswerte Intellektuelle und Politikerin. Und sie sitzt auf dem Thron des Mörders ihres Vaters! Robert glaubt, dass die Wahl einer Frau, die zudem in den Augen ihres Volkes die Demokratie verkörpert, für die Islamisten ein Affront ist, und sagt ihre baldige Ermordung voraus.

13. August

Noch nie ist das Barometer so tief gesunken. Seit fünf Tagen sinkt es täglich weiter. Der Sturm, der gestern Abend angesagt wurde, fügt sich nahtlos an den von vorgestern, und so geht es immer weiter. »Nachlassend« ist ein Attribut, das wir überhaupt nicht mehr zu hören bekommen! Heute Morgen Ostwind und dunkler Himmel. Das Meer wild, feindselig, undurchdringlich. Flora behauptet am Telefon, in London sei das Wetter herrlich. Aber das sagt sie nur, weil sie sich stets mit Bernard solidarisiert: bloß nie ein böses Wort über England!

Jetzt sind Charles und Florence Salzmann bei uns. Sie hat mir *Anaïs Anaïs* von Cacharel mitgebracht: »Das richtige Parfüm für Blondinen«, sagte sie. Dabei fühle ich mich keineswegs als Blondine. Und wieder stehe ich einer Frau gegenüber, die fünfundzwanzig Jahre jünger ist als ich. Die Männer gehören mehr oder weniger Pauls Generation an: Robert dürfte Mitte fünfzig sein, Charles Anfang oder Mitte sechzig. Elisabeth ist zweiundvierzig.

Nach Elisabeth ist es für Florence natürlich schwer, einen intelligenten Eindruck zu machen. Aber sie ist hübsch und nett. Auch wenn sie mich tatsächlich gefragt hat, ob ich »Madame Kristeva« kenne … Wie kann eine Schriftstellerin und Feministin Kristeva nicht kennen?

14. August

Florence ist ein Anhängsel von Charles! *»I want you to be seen and not heard«*, sagt er und lacht, damit wir es für einen Scherz halten. Dabei kommt hier zum Ausdruck, was er wirklich denkt, was ihm das Liebste ist. Das ahnt Florence zwar, aber sie hat nun mal eine Schwäche für »intelligente Männer«, wie sie immerzu beteuert. Und sie kitzelt ihn gern am Kinn, eine der Gesten zwischen Mann und Frau, die ich am meisten verabscheue, ob nun ein Mann sein Püppchen kitzelt oder eine Frau ihr Jüngelchen.

Im Restaurant verlangt sie Irish Coffee ohne Sahne, Salat ohne Dressing, weiß nicht, was Dill ist …

Und so komme ich zu dem Schluss: Florence ist von A bis Z eine Nervensäge!

15. August

Das Barometer ist noch tiefer gesunken, es steht auf Sturm. Das Meer ist aufgewühlt, es tobt und schäumt zwischen den Riffen. Der Wind springt von Ost nach West um. Der Regen kracht förmlich vom Himmel. Bin triefnass aus Caherciveen zurückgekommen und musste sogar den BH wechseln. Dagegen muten alte Bauernregeln vom Festland wie Witze an: »Wenn im November die Wasser steigen, dies nassen Sommer will anzeigen.« Hier steigen die Wasser das ganze Jahr!

Die Verelendung des Landes betrübt mich zutiefst. Jetzt wandern wieder mehr Iren aus, als hier geboren werden, nachdem man eine Zeitlang gehofft hatte, sich in der Heimat etwas aufbauen zu können. Der Fortschritt schlägt einfach nicht an. Die Geschäfte, die vor kurzem ein größeres Angebot hatten, sind wieder armselig. In Caherciveen musste ich zwei *Hardware*-Läden abklappern, um drei Schraubhaken aufzutreiben. Als wären die Iren gezwungen, dieser irischen Tradition treu zu bleiben.

Paul bringt den Müll weg, mit einem Strickmützchen auf dem Kopf wie die beninischen Müllmänner in Paris!

16. August

Den Gipfel irischen Einfallsreichtums offenbaren die Häusernamen: »South View Terrace« – dort wohnt Josephine Chaplin mit ihrem Mann Jean-Claude Gardin. Ein weißes Haus mit Ost-West-Ausrichtung in einer Reihe mit fünf anderen, nach vorn geht der Blick in ein Gässchen, mit einem typisch irischen Reihenhaus als Gegenüber, nach hinten auf eine Brache. Köstliches Abendessen: Räucherlachs und Hummer, Salat mit Knoblauch, den sie aus Bonnieux mitgebracht haben, wo sie im Winter wohnen.

Josephine ist sehr schön und sehr charmant, seltsamerweise aber auch ein richtiges Heimchen am Herd. Das *soda bread*, das man hier überall findet, backt sie selbst. Sie hat keine Zeit mehr, Lachs zu angeln, weil »Haus und Kinder« sie zu sehr beschäftigen. Sie hat drei Kinder: Charlie, achtzehn Jahre, Sohn von Maurice Ronet; einen Achtjährigen, keine Ahnung, wer sein Vater ist, und den zweijährigen Arthur, den sie mit Gardin bekommen hat.

Sie haben dieses Haus ohne jeden Reiz und ohne Aussicht, unweit des Sees von Waterville, tatsächlich gekauft. Fertig eingerichtet, sie haben alles so gelassen, wie es war, nur ein paar Möbel aus Frankreich mitgebracht. Im Wohnzimmer überlagern sich diverse Teppiche irischer Machart, einer scheußlicher als der andere. Zwei Sofas mit dicken Kissen, die überhaupt nicht zueinander passen: eins mit verschossenen Blumen, eins mit geometrischem Muster, ein indisches, ein kariertes, ein zerrissenes. Um den Esstisch stehen acht Stühle, zwei identische mit braunem Lederpolster, die anderen sind lauter hässliche Einzelstücke.

20. August

Heute Morgen habe ich die Austernfischer wiedergesehen, die mit ihren langen roten Schnäbeln unter den Algen stocherten. Unbestimmbare Zeit: War es sieben Uhr morgens oder abends, stand die Sonne im Zenit oder würde sie gleich untergehen? Überall dasselbe graue Licht.

Seit zwei Tagen hat sich Paul weder rasiert noch angezogen, weil er sein Buch beenden will, das nur mit Ameisenschrittchen vorwärtskommt, während das Alter mit Riesenschritten voraneilt! Es ist ihm bisher nicht gelungen, das Ganze zusammenzubinden, und er hat mich gebeten, das Manuskript zu lesen, damit ich ihn beraten kann. Leider habe ich die erste Hälfte vor sechs Monaten gelesen, und der Roman wimmelt von Figuren, die ich nicht in jedem Fall »einordnen« kann. Und leider lässt mich auch der Inhalt ziemlich kalt: eine Reihe von Kapiteln, die in einem glasklaren Stil verfasst sind, so hart wie Diamant, und interessante Figuren einführen, die einem jedoch nicht ans Herz wachsen, weil ständig neue hinzukommen – das beherrscht Paul meisterhaft. Drei, vier Figuren tauchen dann doch regelmäßig wieder auf, aber da hat man sie zwischendurch schon zu oft aus den Augen verloren. Außerdem hat der Autor selbst keinen zärtlichen Blick auf seine Figuren, er behandelt sie ein wenig herablassend, wie Spielsteine, sie sind blutleer. Wir sind uns darin einig, dass er wieder von vorn anfangen muss. Robert Kanters von Denoël hatte recht, als er Paul einmal sagte: »Passen Sie auf, dass Sie sich nicht auf die Beschreibung, so wunderbar sie sein mag, unsympathischer Figuren beschränken.«

Furchtbar, wenn man glaubt, bald ENDE tippen zu können, und dieses Ende wieder in weite Ferne rückt. Es ist aber nützlich für ihn und gut für uns beide, uns über ein Metier und sein Handwerkszeug auszutauschen, das wir beide kennen, das uns verbindet.

21. August

Mir droht wieder Kummer: Die Rampe ist voll, alle Boote wurden hochgeholt, nur unseres nicht, das weit draußen allein gegen die Elemente kämpft. Ich kann es nicht – oder nur mit großer Mühe – mit dem Tabur holen: Es weht ein starker Südwestwind, vor allem wird an der Rampe niemand stehen, um mich in Empfang zu nehmen, an diesem Sonntag ist sie völlig verwaist. Und Paul opfert lieber sein Boot und seinen Motor, als sich anzuziehen. Dieses Jahr ist der Punkt erreicht: Ihm fehlt die Energie, in diesem instabilen Land, in dem alles körperliche Anstrengung verlangt, ein Boot zu halten. Und ich bin nicht mehr stark genug, um es allein zu schaffen, was mich ärgert. Kurzum: Wir drücken uns vor der Verantwortung, sind nicht mehr so wachsam, was in Irland umgehend bestraft wird. Dieses Boot wird uns noch abhandenkommen und sein verfluchter Motor gleich mit.

Ab einem bestimmten Alter taugt man vielleicht nur noch zum Schreiben. Alles andere strengt den weniger rüstigen Körper zu sehr an. Der Geist hingegen ist wacher denn je, weil man ja nicht mehr fischen und nicht mehr baden geht, einem das Wasser kälter erscheint als früher. Weil man auch nicht mehr so erpicht darauf ist, sich nahtlos bräunen zu lassen. Zum Leben ist man nicht jeden Tag fähig, wie Sagan einmal geschrieben hat.

25. August

Ein Hummer täglich, seit drei Tagen, und viele prächtige Felsengarnelen.

Heute Morgen regnete es heftig, als ich die Reusen einholte. Außerdem klatschten mir Westböen die triefnasse Kapuze ins Gesicht, als ich mich umblicken wollte. Was haben wir nur auf diesem derart feindseligen Meer verloren, das uns so viele Scherereien macht?

Der ganze Tag in Nebelwatte gepackt, gelegentlich von Schauern durchbrochen. Im Grunde liebe ich an diesem Land genau das, was mich verzweifeln lässt …

27. August

Flora, die gestern mit Bernard angekommen ist, verrät mich: Sie weigert sich, in den Vergrößerungsspiegel zu blicken, wenn sie sich schminkt. Ihr Saum hängt herab, weil sie angeblich nicht nähen kann. Sie trägt ein verblasstes rosa Trägerhemd mit Borte und sagt stolz: »Das trage ich schon seit fünfzehn Jahren.« – »Das sieht man«, entgegne ich.

Ihre Fürsorglichkeit ist oft übertrieben, wie bei Mama. Sie ist großzügig, sehr sogar, aber das betont sie auch, man sollte besser nicht vergessen, dass sie einem dies oder jenes geschenkt hat, sonst ist sie gekränkt. Sie ist sehr dünnhäutig und verspürt Schläge, die eigentlich keine sind.

In Bezug auf Bernard sehe ich allmählich klarer: ein netter Reaktionär, der jede Form von Romantik, jede politische Leidenschaft ablehnt. Für die Iren bringt er kein Mitgefühl auf – diese seien vor allem faul –, und er weigert sich, die englische Politik zu verurteilen. Davon abgesehen ist er sehr liebenswürdig und würde sich ein Bein ausreißen, um jemandem behilflich zu sein, vorausgesetzt, es geht nicht um Praktisches. So glaubte er, sein Rasierapparat wäre kaputt, weil er den Einschaltknopf nicht gefunden hatte. Flora meint allen Ernstes, er habe enorme Fortschritte gemacht, seit er auf Dienstpersonal und Chauffeur verzichten muss (er war mal englischer Botschafter). Paul und ich lachen darüber. Sie nicht. Ihre Geduld und ihre Nachsicht sind rührend, beides übt sie aber eher aus Prinzip denn aus Liebe. Sie liebt ihn nicht so wie Michael, ihren ersten Mann. Jedenfalls kommt es mir so vor … Aber was gibt es Geheimnisvolleres als eine Paarbeziehung, als die Gefühle, die zwei Menschen verbinden? Trotzdem, sie wirft ihm allmählich die materielle Unsicherheit vor, mit der sie zurechtkommen muss, seit die Königin nicht mehr für seine Geschicke, seinen Haushalt, seine Dienstboten, seine Reisen sorgt. Sie ist allein und verängstigt. Er hingegen strahlt beglückt, solange man ihm seinen Whiskey serviert, die Eiswürfel für ihn aus der Schale löst und hinterher sein Glas spült.

28. August

Heute Abend sind Jean-Claude Gardin und Josephine Chaplin auf ein Glas vorbeigekommen. Sie immer noch das Heimchen, sanft und ergeben. Unglaublich lieb und nett. Als Paul sie nach ihren Plänen fragte – er meinte ihre Arbeit –, antwortete sie: »Dafür habe ich wirklich keine Zeit.« Neben ihren drei Söhnen hütet sie auch andere Kinder. Flora meinte, Jean-Claude habe eine gewisse Ähnlichkeit mit Charlie Chaplin!

Ein ganz normaler Tag: Auf allen vieren und mit der Nase in der Schüssel habe ich die Klobrille repariert, die seit zwei Wochen lose war und unter dem Gewicht von Floras Hintern endgültig den Geist aufgegeben hat. Mit seiner üblichen Beobachtungsgabe sagte Bernard zu mir: »Ich glaube, sie ist kaputt. In drei Teile zersprungen.« Selbstverständlich hat er noch nie in seinem Leben eine Klobrille ausgetauscht. Also habe ich alles ab- und wieder anmontiert. Das neue Teil ist allerdings von so mieser Qualität, dass es bestimmt nicht lange halten wird.

Danach war kein Wasser mehr im Spülkasten. Demontage … Ein winziges Blättchen blockierte den Wasserzulauf.

Anschließend Einkaufsbummel in Caherciveen mit Flora und Bernard, die man ja bei Laune halten muss. Um Viertel vor zwei wieder zu Hause, ich hatte gehofft, den Tisch gedeckt vorzufinden. Wir wollten ohnehin kalt essen: Avocado, Garnelen, Räucherlachs. Pustekuchen: Paul trödelte mit einem Paddy im Wohnzimmer. Ich gebe zu, dass es mir hinterher schwerfällt, seine – zahlreichen – Zärtlichkeitsbekundungen anzunehmen.

29. August

Heute Abend langes Gespräch mit Flora, bei dem ich wie immer auf Eiern ging. Sie LEIDET, weil die Familie ihrer Tochter Colombe, seit diese sich von ihrem Mann getrennt hat, auseinandergebrochen ist. Flora war kurz davor, in Tränen auszubrechen. Colombes Scheidung hat ihre Liebe zu Michael, ihrem ersten Mann, wiederaufleben lassen. Und dann die großen Worte: »Colombe vergöttert Philippe.« Flora vergoss drei Tränen. »Und du warst immer so streng mit Colombe (was nicht stimmt), und jetzt hat sie das Gefühl, dass ihr sie im Stich lasst, ihr nicht beisteht. Und ich frage mich, ob Philippe (Colombes Mann) sich nicht mit Lison trifft, um ihr böse Dinge über mich zu sagen, die du mir dann weitersagen sollst. Und ich habe den Eindruck, dass du auf Philippes Seite stehst ...« Wieder vergoss sie drei Tränen. »Und ich weiß doch, dass du mein letztes Buch grauenhaft fandest, du hast mir praktisch nichts darüber gesagt. Du warst feige.« Ihr Engländer verkniff sich als gebranntes Kind jedes Wort. Hätte er Flora widersprochen, vor allem in meinem Beisein, wäre sie erst recht in Tränen ausgebrochen.

Bevor sie schlafen ging, drückte sie mir die Schulter. Drei Tränen.

30. August

Am nächsten Morgen ein Moment der Rührung. »Wir haben viel Unsinn geredet«, sagte ich zu ihr. »Ich weiß gar nicht mehr, was«, antwortete sie. Dafür zeigte sie sich den ganzen Tag sehr liebevoll. Ich mache mir nie richtig klar, wie betrunken sie abends sein kann. Dann gerät sie ins Schwafeln und wiederholt ständig das

Gleiche, vertraut mir aber auch allerlei Dinge an, die sie sonst für sich behält.

Der Alkohol hat auch Paul nicht verschont. Er säuft wie ein Loch. Eine Stunde vor dem Mittagessen schenkt er sich zwei-, dreimal Paddy nach und versteckt sein Glas im Schrank – damit es nicht so auffällt –, während er kocht. Abends, ab 18 Uhr, geht es weiter. Ihm war jetzt zwei Mal hintereinander morgens so schlecht, dass er sein Frühstück erbrochen hat, was ihm bisher noch nie passiert ist. Seit zwei Tagen kann er weder einen Schluck Wein noch Whiskey, ja nicht einmal Bier trinken.

1. September

Heute die Fangkörbe hochgeholt, am ersten schönen Morgen. Das Wasser so aquamarinblau wie in einer Lagune. Ich war nicht nur gespannt, den Inhalt der fünf Körbe zu entdecken, sondern freute mich auch über das helle Wasser, die Flamingos und die Austernfischer. Einer dieser perfekten Momente, die mich auf den Rest der Welt und sogar auf mein Alter pfeifen lassen! 1,3 Kilo Prachtgarnelen und 2 Hummer. Irland ist ein Quälgeist, den man immer wieder liebgewinnt: Er braucht nur einmal zu lächeln.

Froh, dass Flora und Bernard noch hier sind. Nicht nur, weil sie heute endlich einen Sonnentag erleben durften, sondern auch, weil ich den Fang nicht allein genießen musste.

2. September

Heute Morgen ist Paul mit mir rausgefahren, um die Körbe hochzuholen: 300 Gramm dicke Felsengarnelen. Danach beim Schleppfischen 14 Makrelen und 3 mittelgroße Pollacks gefangen.

Schockstarre, als plötzlich aus südwestlicher Richtung mehrere gewaltige Wogen im sonst nur leicht bewegten Meer heranrollen. Ein Wellenberg, von Gischt gekrönt, die der Wind verweht, bewegt sich drei-, viermal von West nach Ost, ohne dass der Wind oder ein Riff das hätten auslösen können. Danach kehrt wieder Ruhe ein. Wären wir in diesen Wasserwall hineingeraten, wären wir garantiert gekentert.

Bei unserer Rückkehr drücke ich Paul den Eimer mit Meerwasser in die Hand, in dem die Garnelen schwimmen, und die leeren Fischkörbe, bevor ich vor Anker gehe. Er rutscht auf einem Stück Fisch aus und fällt die Rampentreppe hinunter, als er »meine« Garnelen retten will. Heftige Prellung am Schienbein und vor allem eine dicke Schwellung. Zu Hause bekommt er Synthol, Kompressen und natürlich Bettruhe verordnet.

Es nieselt. Die Hydrometrie spielt verrückt. Wir erreichen die Talsohle irischer Verzweiflung. Bereits Mitte August kam der triste *drizzle* auf, Vorbote aller *drizzles* des kommenden Winters. Die Einheimischen gehen auf Abstand, entfremden sich jetzt schon.

3. September

Heute Morgen hockte ich allein, in aller Frühe, im roten Schlauchboot und schöpfte es aus, als ich auf meiner Schulter eine HAND spürte. Angst stieg in mir auf. Wer vermag einem auf offenem Meer die Hand auf die Schulter zu legen, wenn nicht Gott? Ich drehte ganz sachte den Kopf und erblickte, ein paar Zentimeter von meinem Gesicht entfernt, eine prächtige Silbermöwe. Ihr Schnabel befand sich dicht vor meinem Auge, und einen Moment lang dachte ich, sie wollte es, wie die Vögel bei Hitchcock, fressen. Sie sah mich mit ihrem Goldauge an, der Blick undurchdringlich, aber ohne die bei Meeresvögeln übliche Grausamkeit. An Bord gab es keinen Fisch, nichts, was den Vogel hätte anlocken können ... Er war meinetwegen hier! Ich ergriff die Ruder, ganz behutsam, um meinen Besucher nicht zu verscheuchen, und ruderte zur Rampe zurück. Auf halbem Wege flatterte der Vogel zum Heck und ließ mich auch dort nicht aus dem Auge. Paul erwartete mich an der Rampe. Der Vogel musterte ihn ... Offenbar gefiel Paul ihm nicht, denn er flog weg, ohne sich von mir zu verabschieden. Ich bin überzeugt, dass es sich um die Seele von Gauvain handelte (Kurts Alter Ego in *Salz auf unserer Haut*, den ich oft als meinen Kormoran bezeichne). Weil Kormorane sich aber stets von den Menschen fernhalten, hat er wohl einen Kollegen entsandt.

Meinen Kormoran treffe ich Ende September in Doëlan wieder. Bis es so weit ist, bekomme ich täglich einen Brief. Immer den gleichen! Er beteuert mir, ich sei sein Leben, »his breath, his link to life«. Ich antworte ihm, er sei mein Treibstoff, mein Sauerstoff, meine Freude.

5. September

Die Foxalls haben uns gestern von Neligans Schiffbruch erzählt. Optimistisch und leichtsinnig wie immer, hatte er sein Treibnetz in der Steinbuttbucht im Westen der Landzunge ausgelegt. Als er es gegen 20 Uhr einholen wollte, fand er – wie so oft in dieser Vertiefung – eine hohe Dünung vor. Plötzlich fiel sein Motor aus, er und sein Begleiter stürzten sich auf die Ruder, dabei ging eins über Bord. Danach wurden sie auf ein Riff mitten in der Bucht geschleudert, dort, wo die Strömung besonders stark ist. Der Kahn fiel auseinander, die beiden konnten sich aber an die spitzen Felsen klammern. Zum Glück war die alleinstehende Dame, die das einzige Haus auf dem Steilfelsen bewohnte, gestorben und just an diesem Tag beerdigt worden. Ihre Angehörigen, die sich im Haus versammelt hatten, hörten die Schreie …

Hier zeigt das Meer sein böses Gesicht – gewaltige, kreisrunde Schaumteppiche, die nicht weichen, Schaumbänder, die in jede Enge dringen, Schaumketten, die sich an sämtlichen Klippen brechen, scheinbar ohne Grund, aber in den Tiefen des Atlantiks ist immer etwas los …

Letzter Fischzug, letzte Ruderstrecke mit dem Tabur: 500 Gramm Felsengarnelen, 20 Seeigel, 6 Venusmuscheln.

Vor gar nicht so langer Zeit war ich ein schüchternes junges Mädchen, das allen gefallen wollte, immerzu lächelte, sich ständig entschuldigte und niemals etwas verlangte. Jetzt scheine ich endlich erwachsen zu werden: Ich traue mich, mit der Faust auf den Tisch zu hauen, wenn es sein muss. Leider bleibt mir nicht mehr viel Zeit, um das auszukosten.

In diesem Sommer haben wir alles erlebt, nur kein schönes Wetter. Gestern hatten wir Herbst und Winter zusammen, Nebel, Regen, Wind und fast schon Frost.

1990

20. Juli

Unsere irische Reise fing schlecht an: Nach gerade überstandener Bindehautentzündung wurde Paul von einem eitrigen Gerstenkorn heimgesucht. Er war völlig erschöpft. Kurz vor Abfahrt der Fähre in Roscoff fiel uns auf, dass sein Reisepass abgelaufen war, genau wie der von Constance. Es war Mitternacht. Paul hatte so gut wie keine Stimme mehr, trotzdem versuchte er, mit dem Hafenoffizier zu verhandeln, zeigte ihm seinen – ebenfalls ungültigen – Beraterausweis vom Elysée und sicherte dem Mann zu, die Verantwortung zu übernehmen, falls es Ärger mit den Vorgesetzten gäbe. Constance zitterte derweil im Auto. Wo sollte sie hin, wenn man sie nicht an Bord ließ? Roscoff war von Touristen überrannt, aussichtlos, hier noch ein freies Zimmer zu finden. »Ich muss mal telefonieren«, sagte der Offizier. »Wenn man mir grünes Licht gibt, dürfen Sie an Bord gehen.« Tatsächlich ließ man uns irgendwann als Letzte aufs Schiff. Aber was würden die irischen Zollbeamten sagen, wenn sie sich den Ausweis von Constance etwas genauer anschauten? Sie schlief sehr schlecht, auf dem Boden unserer Kabine, mit ihrem bretthartem Futon als Unterlage.

Ein irisches Wunder: Paul zeigt meinen auf den Familiennamen Guimard ausgestellten Reisepass vor, seinen (noch gültigen) Personalausweis und darunter den abgelaufenen von Constance. Als Kleinfamilie erregen wir keinen Verdacht. Wir bekommen die Ausweise zurück, nachdem sie nur meinen Pass unter die Lupe genommen haben. Hinter uns halten sie eine alleinreisende Dame an und durchsuchen ihr Auto, während man uns mit blinder Passagierin und vierzig Litern Wein an Bord durchgewinkt hat.

Paul ist gefahren wie ein richtiger Greis, bremste vor jeder Kurve ab, wusste nicht mehr genau, wie breit das Auto ist, blieb stehen, sobald wir einem Lastwagen begegneten. Wie soll das erst im Boot werden? Zumal er weiterhin raucht, täglich vier bis sechs Whiskey trinkt, dazu noch Wein. Das Gespenst des Alters hat an meinem Tisch Platz genommen, das Schreckgespenst des schwachen, hilflosen Alters. Was wollen wir in Irland, wenn wir dort nicht mehr fischen können? Auf diesem tückischen Meer kann ich die Fangkörbe schlecht allein auslegen. Ich brauche Paul am Motor, er kennt die Riffe und kann gut manövrieren, während ich mich über die Meeresbrut, die Köder und die Leinen beuge. Ist das jetzt das Ende meines Lebens? Des Lebens, das ich liebe, das ich unbedingt fortsetzen möchte? Paul hat nichts unternommen, um die Maschine instand zu halten, den steifen Gelenken vorzubeugen. Der Alkohol bringt ihn um. Ich könnte vor Wut schreien, wenn ich sehe, mit welcher Sorglosigkeit er sämtliche schönen Momente verdirbt, die uns theoretisch noch bleiben.

Die Anwesenheit seiner Tochter scheint eine beruhigende Wirkung auf ihn zu haben, während der ersten anstrengenden Tage, in denen wir das Boot zu Wasser lassen und die Reusen auslegen. Sie geht überdies sehr zärtlich mit ihm um: »Alles in Ordnung, liebster Papa?« Es macht ihr Angst, ihn auf einmal so gebrechlich zu erleben, so abwesend, so hilflos bei jeder noch so kleinen Anstrengung.

Und dann noch Lison, die mir sagt, meinetwegen werde er eines Tages ertrinken, meinetwegen zwinge er sich zu Dingen, die ihn inzwischen überfordern. Ich solle ihm erlauben, dieses Leben aufzugeben. Heißt das etwa, ich muss auch auf meines verzichten?

22. Juli

Gestern hat Paul nicht wie üblich nach dem Mittagessen seine Siesta gemacht, sondern sich in seinen Sessel am Kamin gesetzt und wie ein Tattergreis im Flur eines Krankenhauses vor sich hin gestiert.

Ich glaube, ich kann mich – bis zu einem gewissen Grad – mit dem körperlichen Verfall abfinden, solange meine Intelligenz halbwegs intakt bleibt. Mein Beruf, meine Würde besteht daraus, dass ich spreche und schreibe. Was bringt es, noch lange vor mich hin zu vegetieren, wenn ich nichts Sinnvolles mehr von mir gebe? Vor allem, da ich mich jetzt schon auf einen ordentlichen Abgang freue … Wenn er mir denn gelingt. Aus freiem Entschluss und nicht, weil ich mich nach und nach selbst aufgebe. Wenn man allzu sehr resigniert und immer faulere Kompromisse eingeht, verliert man das Gesicht. Und was bleibt einem dann, im hohen Alter? Nur noch fressen und pissen – bloß nicht! Lieber bringe ich mich um, als dass ich einen solchen Verfall hinnehme. Und das Mitleid meiner Kinder. Tatsächlich wünsche ich mir den Mut, zu sterben, wenn der Augenblick gekommen ist.

23. Juli

Gestern sind Josephine Chaplin und Jean-Claude zum Abendessen gekommen und haben fünf prächtige Hummer mitgebracht! Sie ist nach wie vor lieb, bezaubernd, schön. Hat sich ein »Penty« in Valencia gekauft, das sie nicht mal Jean-Claude gezeigt hat. Dorthin möchte sie sich zurückziehen und allein sein, wenn sie von ihren Kindern und ihrem Leben als Hausfrau genug hat. Das kommt bei ihr manchmal vor, bei ihrer Mutter Oona übrigens auch, die ihre »nervigen« Enkel nicht mehr sehen möchte und sich in den Alkohol flüchtet.

24. Juli

Die triste Routine am trüben Morgen. Erstens: den schwarzen Vorhang beiseite ziehen und abrupt zurückfallen lassen, nachdem ein durchgehend grauer Horizont enthüllt wurde. Zweitens: sich aus dem Fenster lehnen, um zu prüfen, ob der Schieferboden der Terrasse vom Regen glänzt. Drittens: gegen das alte Zinnbarometer klopfen, um zu sehen, ob es wieder gefallen ist. Viertens: einen Blick auf das Außenthermometer werfen.

Heute ergibt sich aus diesen Untersuchungen, dass es noch kälter ist als sonst – 12°C –, dass es nachts geregnet hat, die Böen nicht nachgelassen haben (mit einer Spitzenstärke von 8 oder 9) und das Barometer, das gar nicht tiefer sinken kann, um den Bruchteil eines Millimeters gestiegen ist!

Nach einer Stunde hat man sich wieder an das Grau gewöhnt und entdeckt darin ganz unterschiedliche Schattierungen.

Pauls Siestas nehmen inzwischen gar kein Ende mehr. Der Alkohol versetzt ihn in einen Dauerdämmerzustand. Und wenn er sich bewegt, erinnert er an eine Seegurke ...

30. Juli

Gestern auf Lamb's Island HUNDERT Teppichmuscheln erbeutet, zusammen mit Constance, die jetzt weiß, wie man sie fängt.

Ein Treibnetz und eine Reuse ausgelegt, danach Schleppfischen. Bei fast herrlichem Wetter.

Mit schönen Fischen heimgekehrt. Paul hatte darauf keine Lust. Was wir aus dem Meer holen, interessiert ihn nicht mehr. Er räumt ein, dass es was Psychologisches sein muss. Meine These dazu lautet: Er weiß, dass er bald nicht mehr ins Boot steigen und jeder Sommer der letzte sein kann. Und weil er sich nicht gern kalt erwischen lässt, möchte er dem zuvorkommen ... Aber wozu überhaupt ein Boot halten, wenn man sich von *baked beans* ernährt? Wozu in aller Frühe aufstehen und aufs Meer rausfahren? Seltsam, dass ein so kluger Mann diese einfache Wahrheit nicht erkennt. Vielleicht will er sie nicht erkennen.

Constance heute Abend scharlachrot, während ich von den Sonnenstrahlen verschont wurde, die sich zwischendurch zeigten. Sie beklagt sich, dass ich weder Sunblocker noch After-Sun-Lotion da habe. Hier ist doch der Regen unsere verlässlichste After-Sun-Pflege!

5. August

Heute Morgen Probleme mit dem neuen Motor – O'Shea hat uns ausgeholfen. Trotzdem war uns die Anstrengung zu groß, körperlich wie geistig. Zu Hause zwei Drinks, schon setzte Paul seine Leguanmiene auf: halbgeschlossene Lider über ausdruckslosen Augen. Nachmittags um halb zwei legte er sich hin, selbst angewidert von seiner Hinfälligkeit. Um sich nicht mit ihr auseinandersetzen zu müssen, stellt er jede Bewegung und jeden Gedanken ein. Lieber ist er tot als unglücklich. Entscheidet sich immer für die Kapitulation. Zum Glück ist auch das Sterben nicht so leicht. Es verlangt ebenfalls Anstrengung und Reflexion. Dabei bieten sich ihm noch so viele Freuden. Vor allem hier, wo die Natur sich ständig Neues einfallen lässt, um uns zu überraschen, zu berühren, den Atem zu rauben.

Ach ja: Das fließende Wasser hatte zwischendurch wieder aufgehört zu fließen. Donelly musste den Wasserzulauf am Hügelbecken abschrauben, weil ein dreißig Zentimeter langer Aal im Schlauch steckengeblieben war! Was sonst natürlich nie vorkommt.

Gestern zwei Reiher gesehen, und heute Morgen auf Lisons Felsen zwei Brachvögel mit den langen gebogenen Schnäbeln. Es ist so schön, dass man hier von Brachvögeln oder Austernfischern reden kann, die eben nicht bloß in einem Buch abgebildet sind. Von meinem kleinen Schreibtisch aus habe ich in wenigen Metern Entfernung vier verschiedene Vogelarten gesichtet, unter anderem eine Misteldrossel, ein Rotkehlchen und einen weißgefleckten schwarzen Vogel, der beim Laufen mit dem Kopf wackelt.

6. August

Wenn man vor Freude schier ausflippt, beim Anblick zweier Kapuzinerkressen, die im Schutz eines Hortensienstrauchs an fast normal ausgebildeten Stängeln blühen, wird einem klar, wo man hier hingeraten ist! Das Klima ist so rau und unfreundlich, dass alles verkümmert. Sogar die Studentenblume, die im Mai gepflanzt wurde, ist winzig. Am Ende freut man sich unbändig über die Kleinigkeiten, die Irland einem gewährt: »Guck mal, Paul, es regnet nicht mehr, man kann die Scariffs erkennen.«

10. August

An manchen Tagen lebt man von außen wie von innen im Nebel.

Nebel hüllte den Berg ein, bedeckte die Kühe auf der Weide. Lamb's Island, Lamb's Head und alle anderen Lambs des County versanken darin. Um drei

Uhr morgens war mir der Nebel ins Gehirn gekrochen, bis in die kleinste Windung hinein. Er herrschte bereits über Pauls Reich, der nicht einmal sein Abendessen hatte beenden können und ohne Dessert ins Bett gegangen war. »In den Nebel, der mir gerade als Heimat dient«, sagte er, als er vom Tisch aufstand.

Meine Seele ist gekettet an ein sterbendes Tier – das schrieb Yeats am Ende seines Lebens.

11. August

Paul macht mir auf subtile Weise das Leben schwer. Eigentlich wollte er seinen Whiskeykonsum vor den Mahlzeiten drastisch einschränken. Jetzt ist davon keine Rede mehr. Und als ich ihn darauf ansprach, entgegnete er: »Was kümmert es dich?«

»Ich möchte nicht, dass du dich zugrunde richtest, deinen Magen, deine Leber; du bist erschöpft von diesem vielen Alkohol.«

»Dir ist mein Körper doch vollkommen egal … Und vielleicht will ich mich nur trösten.«

Da haben wir's: Dass er trinkt, ist meine Schuld. Und wenn ich seinen Körper nicht mehr liebe, kann er ihn auch nicht mehr lieben, nicht allein. Und wenn er später krank wird – Raucherkrebs plus Trinkergeschwür –, habe ich einen gehörigen Anteil daran. Warum muss man sich das Unglück der anderen aufbürden? Den Kummer, den man anderen verursacht? Schon wieder ein Grund, nicht auf Kurt zu verzichten: Ihn kann ich glücklich machen, allein dadurch, dass ich atme.

Paul hat im Regal die scheußliche Marquise aus irischem Porzellan entdeckt, die sich in ihrem Reifrock dreht, während dazu eine Melodie erklingt … Ich habe ihm gebeichtet, von wem sie stammt.

»Im Ernst? Hat er immer noch nicht begriffen, dass du mit solchem Kitsch nichts anfangen kannst?«, sagte Paul mit einer solch offenkundigen Befriedigung, dass ich ihm nicht widersprochen habe. Er hat ja so recht!

12. August

Lison, Serge und Clémentine sind da. Endlich wieder Besuch, der Fisch und Krustentiere mag!

13. August

Die Kälte dringt einem in die Knochen: 14, 15° bei Tag und bei Nacht, und wenn es milder wird, dann nur bei Nebel und 100 % Luftfeuchtigkeit.

Paul hat einen Hexenschuss. Will er mir damit signalisieren, dass er selbst die Mühe scheut, in unser Boot zu steigen? Dabei muss er nichts schleppen, darauf achte ich, denn ich brauche ihn an Bord. Jetzt kann ich das große Boot drei Tage lang nicht nehmen. Den neuen Motor habe ich noch kein einziges Mal selbst gestartet. Ich habe mit den Fangkörben schon genug zu tun, und so begnüge ich mich mit dem Tabur.

Die großen Margeriten verlieren allmählich ihre Strahlkraft, wie wir Frauen. Als wir am 20. Juli angekommen sind, ragten sie stolz auf und leuchteten weiß. Den Winden, den Schauern zum Trotz bleiben sie königlich, keine ist umgeknickt oder verwelkt, aber alle tragen den Keim des Verfalls schon in sich. Sie werden sich so lange halten, wie wir hier bleiben: fünf Wochen.

Erstaunlich, wie lesefaul Serge ist. Paul hat ihm vor drei Tagen sein Manuskript gegeben, aber er schläft lieber oder spielt Karten mit Lison. Zum Glück hat er diesen Makel nicht an Clémentine vererbt. Sie liest so viel wie wir früher und schreibt jeden Tag mehrere lange Briefe, was mir das Herz erwärmt.

»Dieser himmelblaue Kaschmirpulli (ein Geschenk von Flora) ist nicht so toll«, sagt Lison zu mir. »Das Blau ist fade.« Ja, das stimmt. Lison ist aber nicht klar, dass mir nichts mehr richtig gut steht und ich nur ab und zu für einen flüchtigen Moment den Eindruck erwecken kann, ich sähe so gut aus wie eh und je. Mein Teint strahlt nicht mehr, meine Augen haben ihren Glanz eingebüßt. Außerdem sinkt der Körper in sich zusammen, wird der Hals kürzer. Man denke an Marguerite Duras mit ihren Rollkragenpullis, die ihr bis ans Kinn reichen. Wenn ich ein Dekolletée trage, und sei es noch so züchtig, ragen meine Höcker hervor und schiebt sich mein Kopf nach vorn.

Man muss tatsächlich doppelt so heiter, doppelt so witzig, doppelt so reich und doppelt so großzügig sein, um nicht in das Lager der Greise zu fallen. Eines Tages, wenn meine Haare weiß und meine Finger alle verkrümmt sind, werde ich vermutlich wieder auf eine gewisse Art schön sein. Noch hänge ich an der richtigen Schönheit, die Begehren weckt. Das ist grausam, wenn man weiß, was man täglich dafür tun muss.

Alte Menschen sind hässlich, das ist so sicher wie das Amen in der Kirche.

14. August

Paul schläft nachts neun Stunden, dann macht er neuerdings morgens eine Siesta und nachmittags wieder eine, die mindestens zwei Stunden dauert. Da bleiben nicht viele Arbeitsstunden.

In den letzten zwei Tagen hatte er keine Rückenschmerzen mehr, und wir konnten mit dem großen Boot zum Fischen hinausfahren. Heute Morgen hat er dann den Zehn-Liter-Kanister Benzin vom Auto zum Kai hinuntergetragen, während ich mit dem Tabur losgefahren bin, um das Boot zu holen. Serge war wie immer nicht bei der Sache. Er macht, was man von ihm verlangt, bietet aber nie von sich aus Hilfe an.

Natürlich hat Paul wieder Rückenschmerzen bekommen, die im Lauf des Tages schlimmer wurden. Kaum waren wir vom Fischen zurück, hat er sich ins Bett gelegt. Mein Mitleid ist inzwischen erschöpft. Und ich muss morgen wieder ohne meinen Mechaniker auskommen! Serge traue ich nicht, er glaubt weder an Riffe noch an Gefahren. Insgeheim findet er, dass Paul auf offenem Meer zu zaghaft agiert. Vor allem, weil sich das Meer jedes Mal ganz unschuldig gibt, wenn wir Serge einen dieser Wellenberge zeigen wollen, die plötzlich *out of nowhere* auftauchen.

Heute gab es drei Stunden richtigen Sonnenschein, am Nachmittag waren es 18°. Lison, Clémentine und ich sind zum großen Strand von Derrynane gegangen.

Clémentine hat im Meer gebadet und etwas Farbe bekommen. Abends dann das übliche Grau. Wir haben ein Torffeuer gemacht.

15. August

Gestern bei Josephine zu Abend gegessen, ohne ihre Schwester Annie, die aus heiterem Himmel zu ihrer Mutter in die Schweiz zurückkehren musste. Ein Bottich voller Hummer, köstliche beurre blanc, aber wie immer weder Brot noch Butter.

Schottische Witze, die wir auf Irland übertragen: »Wer behauptet denn, dass es hier immer regnet? Im August hat es nur zweimal geregnet: einmal vier Tage und einmal drei Wochen!« Oder: »Whiskey macht aus mir einen anderen Menschen. Und ein anderer Mensch braucht einen anderen Whiskey!« Den habe ich aus einem hervorragenden Ratgeber, der bei Laffont erschienen ist. Dort habe ich gelesen, dass je rauer, kälter und feuchter das Klima ist, desto besser der Whisky, kräftiger und geschmacksintensiver. Zum Beispiel die Whiskys aus Islay oder von den windumtosten Orkney-Inseln. Für die Herausgeber zählt der Lagavulin zu den besten, der Macallan auch. Und der stärkere Laphroaig, wenn man Torf mag.

18. August

Von Kurt einen Brief erhalten, in dem er mir zwei unglaubliche Dinge gesteht, die ihm widerfahren sind – dabei hielt ich sein Leben für gleichförmig, erstarrt.

1) Er wollte sich zwischendurch von mir trennen.
2) Man hat ihm einen Posten als Verwalter angeboten, auf dem Landsitz der Söhne seines *big boss* beim *Philadelphia Bulletin*, dessen Leibpilot Kurt gewesen war.

Er wollte sich also von mir trennen, nach meinem sechsseitigen Brief, den ich im Nachhinein lieber nicht verschickt hätte und in dem ich einiges klarstellte, vor allem, damit er sich keine Hoffnungen mehr auf eine mögliche Scheidung machte. In diesem langen Brief erklärte ich Kurt, was ich an Paul habe, an unseren gemeinsamen Häusern und überhaupt diesem Leben, auf das ich keinesfalls verzichten will. Nachdem er das gelesen hatte, fühlte sich Kurt so einsam wie noch nie. Er sah sich nach anderen um: Betty war sehr vermögend in den Fünfzigern, sie besaß eine schöne Villa in Nähe eines Sees. Kurt lud sie zum Essen ein, im gesunden Bewusstsein, seiner Isolation auf diese Weise zu entkommen. Nach dem Restaurantbesuch gingen sie zu ihr und tanzten. Er war wild entschlossen, mit ihr zu schlafen. Sie gingen miteinander ins Bett. Obwohl Betty schöne Brüste und hübsche Manieren hatte, konnte Kurt das, was er sich mit dem Kopf vorgenommen hatte, körperlich einfach nicht umsetzen. Nichts zu machen. Nicht die kleinste Regung. Und so erklärte er ihr: »Ich glaube, die Trauer um meine Frau ist noch zu frisch und meine Erinnerungen zu stark.« Die Lady war hingerissen von so viel ehelicher Liebe, das verhieß ihr für später umso größere Freuden. Nach drei Wochen rief sie an, um ihn zu einem gemeinsamen Abend mit Freunden einzuladen. Kurt trank viel, um die Vergangenheit im Alkohol zu ertränken und ein neuer Mann zu werden. Neu wurde er vielleicht, vom Mann weiterhin keine Spur! Ihm wollte keine Erektion gelingen, nicht mal ansatzweise. *Bye bye,* Betty! Und so kam Kurt zu dem Schluss, dass er und sein Leben mir gehören, auch wenn er das mit hundert Jahren Einsamkeit bezahlen muss.

Und was diesen Posten als Verwalter angeht, mit freier Unterkunft, gutem Gehalt und einem Dienstwagen … Er würde ihm materielle Sicherheit und vor allem ein aktives Leben gewähren, Verantwortung fürs Personal, für den Betrieb und die Zusammenarbeit mit anderen – also alles, was ihn beglückt: Er hat ihn abgelehnt, um weiterhin frei über seine Zeit verfügen zu können. Und wir sind ja für September in Doëlan verabredet, wenn Paul sich gerade nicht dort aufhält.

24. August

An Bord der Brittany-Fähre. Auf der Hinfahrt war Paul blind, auf der Rückfahrt ist er lahm.

Auf der Hinfahrt war sein Blick von der Augensalbe getrübt, die er falsch aufgetragen hatte, sodass meistens ich fahren musste. Heute kann er sich wegen seines Rückens nicht rühren, und so trage ich alles allein, sogar die Kamera.

Ich habe schon viele Presse- und Lesungsanfragen für mein Buch *Wie die Freiheit zu den Frauen kam: Das Leben der Pauline Roland*, das im Herbst bei Laffont erscheinen wird. Da muss ich meine Intelligenz unter Beweis stellen. Es war so schön, den ganzen Sommer über dumm zu sein! Damit ist es jetzt vorbei.

1991

11. Mai

Unter französischer Sonne losgefahren, im irischen Nebel angekommen. Die ganze Zeit mit Scheinwerfer unterwegs.

Am nächsten Morgen ist das Fenster beschlagen, ich wische darüber, trotzdem nichts zu erkennen. Und was meinen Garten angeht … Nur meine großen Margeriten wachsen üppig. Die Primeln sind von Feuchtigkeit zerfressen. Die Hortensien hüten sich, über das Mäuerchen hinauszuwachsen. Unsere beiden Hainbuchen sind ein Stückchen größer geworden, sie werden nicht mehr eingehen. Die Ölweiden sind zäh. Aber was herrscht hier sonst für eine Ödnis! Foxalls Pinien, die letztes Jahr angesengt wurden und die Susan so liebevoll gehegt hatte, als sie noch Bäumchen waren, sind inzwischen vier Meter hoch, aber sie haben sich vom Meereswind peitschen und krümmen lassen: alte Besen, die an einer Seite alle Nadeln eingebüßt haben. Selbst die wilden Rhododendren werden von ihnen in Schach gehalten, die Knospen bleiben geschlossen, warten vergebens auf eine Liebkosung. Die Fuchsien am Wegesrand: entblößt und gemartert. Aber sie geben alle nicht auf.

Spaziergang entlang der Bucht, auf der Suche nach blühenden Rhododendren. Dazu fällt mir nur ein Wort ein: Leid. Die Sträucher leiden, Bäume gibt es nämlich nicht, nichts kann hier zum echten Baum werden. Selbst der Stechginster leidet, der sich unter einem Gewirr toter Zweige, weiß wie Gebeine, hervorkämpft. Die Rhododendren leiden, auch der riesige Strauch im Tal, der sich mangrovenartig nach allen Seiten ausbreitet und sich an eine Gruppe von Felsen schmiegt, auf die seine schönsten Äste gefallen sind, wobei die toten Äste die lebenden bedecken. Die Frühlingsblumen sprießen gerade erst. Das Heidekraut ist schwarz. Ich habe ein paar Hasenglöckchen gepflückt und ein paar Rhododendrenstängel mit bläulich-rosa Blüten, die halbwegs aufgehen.

Der Hafen … wie zu seinen besten Zeiten! Eine riesige Tiefkühltruhe mit zwei Gefrierkörben ist dort gestrandet, offenbar hat man auch eine Pinasse zerhackt, angesichts der vielen Bretter, Paneele, Bullaugen, Türen, Matratzen etc. Und überall kaputte Fangkörbe, lose Leinen, außerdem ein Dieselmotor, ein Lattenrost …

Auch dafür liebe ich Irland! Wir können uns darauf verlassen, das Land jedes Jahr so wiederzufinden, wie wir es in Erinnerung haben, nur ein bisschen hinfälliger als beim letzten Mal, genau wie wir.

14. Mai

Das Fischen so beglückend wie eh und je. Strahlendes Himmelsblau, eisig durch einen starken Nordwind.

Gestern sind Jean-Claude und Nicky Fasquelle angekommen. Sie geht nicht fischen, weil sie Tiere zu sehr liebt und sich von sämtlichen Hunden, Katzen und anderen Viechern rühren lässt.

Sobald Jazz- oder Sambarhythmen erklingen, fängt sie an zu zucken. Gestern Abend hat sie zu meiner Kassette mit Musik aus den Zwanzigerjahren wunderbar getanzt. Jean-Claude sah sie verliebt an – wie ein Kolonialbeamter, der mit einer Exotin heimgekehrt ist.

16. Mai

Caherciveen so dürftig wie immer. Nichts habe ich gefunden, weder Petersilie noch Knoblauch oder Schalotten. Nur eine Flasche italienisches Olivenöl, nach langer Suche. So wird sich wenigstens Nicky freuen.

Um 13 Uhr heimgekehrt. Paul, völlig erloschen, fährt im Kriechtempo. Bei ihm glimmt nur noch der Intellekt. Jetzt redet und tauscht er sich aber viel mehr aus als früher.

Beim Abendessen mit den Fasquelles plaudert Paul aus dem Nähkästchen: Jetzt wird Geschichte gemacht. Ihr zufolge suchte Mitterrand die Freundschaft von Paul, weil ihn dessen Roman *L'ironie du sort* faszinierte, der 1961 erschienen war. Immerhin fügt Paul noch hinzu: »Benoîte lernte er auch kennen, 1974, während des Präsidentschaftswahlkampfs.« Anschließend schildert er seinen Beitrag zur Kulturpolitik in den leuchtendsten Farben. Wenn ich anderen von mir erzähle, rede ich alles klein. Das ist vermutlich ungeschickt und genauso verlogen.

Meine kleinen Wehwehchen können mir nichts anhaben, selbst wenn sie mich entstellen. Sie betrüben mich zwar, weil sie mich zurzeit aber noch nicht wirklich stören, verdränge ich sie einfach. Ich bin auch nicht besessen von meiner äußeren Erscheinung, obwohl ich mir selbst sehr wichtig bin! Ich finde mich unterhaltsam und langweile mich fast nie. Außerdem interessiere ich mich für so viele andere Dinge, die nichts mit mir zu tun haben …

18. Mai

Gestern Abend ist ein Wunder passiert. Wir waren ausgegangen, um Irish Coffee zu trinken und das Konzert einer kleinen Band zu hören. Nicky fing an zu tanzen, so wunderbar wie immer, und streckte mir auf einmal die Hand entgegen. Ohne nachzudenken, ließ ich mich darauf ein, und schon wuchsen mir Flügel an den Füßen, an den Händen, ich tanzte aus purer Lust am Tanz, zum ersten Mal in meinem Leben fühlte ich mich frei … Ich lachte vor Freude und hätte am liebsten gerufen: »Sieh mal, Mama, ich kann's, ich kann mich bewegen! Es ist passiert, Mama, sieh doch! Das Wunder von Lourdes, ich bin nicht mehr gelähmt …«

Als wäre ich von einem bösen Fluch erlöst worden. Vermutlich hatte auch der Irish Coffee seine Finger im Spiel, was soll's – ich habe diesen Augenblick der Gnade erlebt.

19. Mai

Der erste windstille Tag. Jean-Claude und ich konnten in der Bucht angeln und sind dafür durch den Teufelskorridor gefahren. Ständig bissen Fische an, aber die beste Angel war kaputt. Paul, der sich nur allzu gern »gezwungen« sieht, Nicky Gesellschaft zu leisten, war mit ihr im Haus geblieben. Ein Glück, dass sie im Gegensatz zu ihm gern Fisch und Krustentiere isst, auch wenn sie nicht selbst fischt.

Wenn ein altes Paar keine Lust mehr hat, sich auf den Mund zu küssen oder sich gegenseitig zu streicheln, bleiben immer noch die Füße mit ihrem Eigenleben. Wenn man liest, haben die Füße nichts zu tun, sie können machen, was sie wollen. Einander streifen, berühren, Zärtlichkeit bekunden, während ihre Besitzer weiter oben Abstand wahren.

20. Mai

Unsere lieben Fasquelles sind gestern abgereist. Paul hat die Gelegenheit genutzt, um mich sanft zur Rede zu stellen: »Warum darf ich dich seit so vielen Jahren nicht mehr anfassen, deine Brust berühren, dich streicheln? Was ist passiert? Liegt es an mir? Warum wahrst du diese schreckliche Distanz … inzwischen geht es schon zwanzig Jahre so.« Mir graust vor diesen sentimentalen Wortgefechten. Ich bin zwar traurig darüber, aber das Thema lässt mich kalt. All das ist viel zu sehr verschüttet und erkaltet, um jemals wieder aufzuleben. Ich habe wieder vor Augen, wie Paul mir

1954 verkündete, er werde sich von Marie-Claire trennen: »Ich kann euch doch nicht beide leiden lassen.« Damals verspürte ich keine Freude, erst recht keinen Triumph. Ich hatte nur das Gefühl einer Niederlage für Marie-Claire und eines großen Unbehagens und Selbstekels bei Paul. Ich hegte aber noch die Hoffnung, dass wir unsere Liebe, jedenfalls das, was davon übrig war, retten könnten. Bei mir war es noch sehr viel. Bei ihm auch, davon bin ich überzeugt. Doch dann ist etwas eingetreten, mit dem ich nicht gerechnet hatte: ein Groll, der sich rückwirkend gegen Paul richtete, weil ich seinetwegen durch so viele Täler gehen musste und das – anders als gedacht – nicht ertragen konnte. Nach und nach habe ich eine Aversion gegen bestimmte Charaktereigenschaften von Paul entwickelt, die diese Situation überhaupt ermöglicht hatten, und das über einen so ungeheuer langen Zeitraum. Zumindest mir kam er vor wie eine Ewigkeit. Wir haben zwar an die alten Bande angeknüpft, aber ich bin wohl nicht mehr mit dem Herzen dabei gewesen. Nachdem er für einige Jahre Entfremdung gesorgt hatte, erschien nichts mehr selbstverständlich: Die Liebe war verdorben, geriet zur Parodie. Da wollte ich lieber gar nicht mehr. Und so drifteten unsere beiden Boote auseinander, von gegensätzlichen Strömungen getrieben.

28. Juli

Schon am ersten Morgen nach unserer Ankunft in Bunavalla habe ich Lust zu schreiben – in dem Moment, in dem ich mit aller Inbrunst denke: »Wir hatten recht, uns auf diesen Wahnsinn einzulassen und ein Haus in Irland zu kaufen.« Ja, denn gerade sitzt ein Hase in aller Seelenruhe auf den großen Felsen hinten im Garten und legt die Löffel an. Ja, weil es so herrlich ist zu erleben, dass die Hortensien, die wir vor sechs Jahren an der kleinen Außenmauer gepflanzt haben, endlich dichte und üppige Blüten tragen, immer vorausgesetzt, dass sie höchstens zehn Zentimeter über das Mäuerchen ragen, denn sonst werden sie gnadenlos abgehobelt. Ja, weil Irland uns immer Abwechslung bietet: Gestern Abend wurden wir von einem Sturm begrüßt, nachts gab es einen dramatischen Gewitterhimmel und durchgehend Südwind, heute Morgen dann bleiernes Grau. Ja, weil hier auf jedem Felsen eine Kuh steht und die Meeresvögel wilder sind als anderswo. Ja, weil ich die Räume dieses sehr hellen Hauses liebe, das von drei Seiten belichtet wird und sich nach Südwesten hin öffnet, mit freiem Blick auf diese faszinierenden Gemälde, die Wind und Wolken von einer Minute zur nächsten neu gestalten. *Bonjour Monsieur Courbet!* Und schließlich ja, weil ich diese Einöde liebe, dieses europäische Ende der Welt.

Und was ich eben noch vergessen habe: Die Blumen, die hier in jedem Straßengraben wachsen, von einer Vielfalt, die jedem Botaniker das Herz höher schlagen ließe – gelblich-weiße Prachtspiere, Taubengrindkraut, wilde Wicken in Lavendelblau, leuchtende Monbretien, Schierling, Blutklee und die Margeriten, die im Kies hinter den Stränden wachsen … Wie gern wäre ich Botanikerin geworden! *Ein Leben ist nicht genug*, frei nach Tschechow und schöner Titel eines Romans von Flora: *Une vie n'est pas assez.*

30. Juli

Wir haben ein neues Boot, einen hypermodernen Jeanneau! Doppelrumpf, sehr kippsicher und auch zum Rudern geeignet. Ich bin hin und weg!

2. August

Wie in den letzten acht Jahren hat Paul sich wieder *Die Herrin vom Nil* vorgenommen, diesen mittelmäßigen historischen Roman über Königin Hatschepsut. Wiederlesen ist leichter als Lesen. Und er dämmert ohnehin immer weg. Es ist so traurig, mitanzusehen, wie ein weißer Pottwal langsam versinkt …

Die Freude über mein neues Boot ist groß, weil ich es auch allein steuern kann. Und so sieht meine Zukunft aus. Paul liebt die See nicht mehr, sie wird ihm fremd, feindlich. Wie in *Der König stirbt*: Sein Reich zerfällt um ihn herum.

8. August

Nicole und ihr junger Liebhaber – vierundzwanzig Jahre jünger! – sind vorgestern angekommen. Er ist ein überaus angenehmer Gast, aufmerksam, hilfsbereit. Nicole sagt, er sei sehr feinsinnig: gut möglich! Jedenfalls umsorgt sie ihn wie eine Glucke: »Wir sollten Kekse mitnehmen, wenn wir fischen gehen, Bernard verausgabt sich immer so, da bekommt er Hunger.« Er ist zärtlich und verliebt: Sie verschwinden bald in ihr Zimmer, wo sie am ersten Abend gleich die Betten zusammengerückt haben. Man sieht ihr an, dass sie glücklich ist.

Paul fühlt sich nicht so gut. Er hat uns nach Reen begleitet, doch natürlich ohne zu fischen. Angeblich kann er den Kopf nicht senken, um die Löcher der Venusmuscheln zu entdecken. Vor allem kann er sich nicht bücken, um sie aufzusammeln.

Er war so müde, dass er sich ins Bett gelegt hat, ohne sein Mittagessen zu beenden. Grässliche Hustenanfälle. Aber er raucht weiterhin Zigarren und trinkt mittags und abends seinen Whiskey.

9. August

Josephine Chaplin und ihr Jean-Claude sind vorbeigekommen, um uns beim Verzehr der 800 Gramm Felsengarnelen zu helfen. Danach gab es Garnelensuppe und gefüllte Venusmuscheln.

Heute Morgen 35 Kilo Fisch in den Reusen und Netzen! Bernard und Nicole haben mir geholfen, die schönsten auszunehmen. Die anderen kommen ins Salz oder in die Reusen, außerdem haben wir eine Menge dicker Pollacks verschenkt.

Schon wieder Probleme mit dem Wasser, das nicht fließen will. Donelly kam vorbei, um die Klos zu entstopfen. Wir dürfen nicht spülen! Zum Trost steht eine grau-grün-blaue Distel auf meinem Fensterbrett, mit

Blättern so scharfkantig wie Dolche, dazu Butterblumen und Heidekraut. Ein Strauß, dessen Schönheit mich bezaubert.

10. August

Unsere Gäste sind weg, und wir sind froh. Froh, dass sie hier waren, froh, dass wir sie wieder los sind.

Als wir vom Bahnhof zurückkamen, war Paul nicht mehr in der Lage, die Fangkörbe einzuholen. Ich habe alle acht allein eingeholt: 700 Gramm Felsengarnelen und Krabben, die wir Annie Chaplin mitgebracht haben, in ihrem neuen Haus, das sie am Ortseingang von Waterville gekauft hat, in der Nähe ihrer Schwester Josephine. Ein reizendes Haus in Schwarz und Weiß, aber man sieht schon erste Anzeichen jener Nachlässigkeit, die sich bei Josephine längst ausgebreitet hat. Drei schottische Decken mit den gängigsten Mustern sind über drei alte Sessel gebreitet, deren löchriger Bezug trotzdem zu sehen ist. Auf dem Tisch, der für zwölf Personen bestimmt ist, passt kein Glas zum anderen, die geschmolzene Butter wird in der Pfanne gereicht. Natürlich gibt es kein Brot! Um den Tisch stehen wacklige Stühle. In der Küche ein rostiger alter Herd, zerbeulte Töpfe. Die zwanzig Hummer, die man uns auftischt, wurden wahrscheinlich bei Nachbarn gekocht.

Annie (beim neunten Kind ließen sich Oona und Charlie nicht mehr viel einfallen) sieht auf den ersten Blick nicht schön aus, nach und nach entdeckt man aber, wie hübsch sie ist. Der gleiche Mund wie Oona, schöne, wenn auch leicht vorstehende Zähne, ein seelenvoller Blick, herrliches Haar.

13. August

Heute Morgen habe ich den Tabur aufs Autodach geschnallt, um ein bisschen in Reen zu fischen. Das Wetter sehr grau und frisch, dazu ein Westwind, der mir das Rudern madig gemacht hat. Außerdem gab es keine Felsengarnelen, das Meer war zu aufgewühlt. Immerhin ein paar Venusmuscheln.

Bin triefnass und schlotternd nach Hause gekommen und habe mich gleich auf den Drink gestürzt, den Paul mir gemacht hat, aber erst, nachdem ich das Torffeuer angezündet hatte. Danach mussten wir die Flasche Wodka leeren, um die letzte kalt zu stellen. Und weil das Smithwick alle war, haben wir dann einen Muscadet aufgemacht und ihn zu zweit ausgetrunken, während wir Garnelen, warme Venusmuscheln, Auberginenmus aßen … Auf diese Weise wiederbelebt, habe ich mich aufs Sofa gelegt, mit Blick auf die kleine blaue Flamme, und *Irish Song Birds* gelesen.

15. August

Paul verlangt es nach Fleisch wie einen Dürstenden in der Wüste nach Wasser. Tatsächlich haben wir zum Mittagessen 1 Kilo Garnelen, Taschenkrebse und Samtkrabben verspeist, dazu ein schön knoblauchhaltiges Auberginenmus als ländlich-erdiges Gegengewicht. Die Aussicht, abends eine Venusmuschelsuppe und wieder ein Pfund Garnelen zu essen, stürzte Paul in abgrundtiefe Verzweiflung.

Und so haben wir beim Huntsman rotes Fleisch gekauft und uns das köstliche Filet munden lassen, mit Fritten, natürlich!

17. August

Wir haben acht Fangkörbe im Wasser. Morgen holen wir sie heim, wie man Schafe in den Stall zurückholt.

Anschließend alles putzen, aufräumen und die Koffer packen.

18. August

Ich war rudern, ein letztes Mal im Austausch mit dem Meer, diesmal bei Niedrigwasser. Zwei Stunden, still, beschwingt, auf silberner See unter einem perlgrauen Himmel.

Lamb's Island umrundet: Die Südseite ist furchterregend, sogar bei Windstille. Dort atmet der Ozean und künden die Felsen von Jahrtausende alten Zerklüftungen. Ich kenne jetzt die Lieblingshabitate der Seeigel, also habe ich den Tabur inmitten von Blatttang vertäut und diese Nadelfelsen erklommen. Ziemlich weit oben drei Gezeitentümpel hintereinander, voll riesiger Seeigel. Ich habe zwei Dutzend mitgenommen.

Auf dem Rückweg in Lisons Bucht Halt gemacht, wo wir das erste Mal gezeitenfischen waren und schöne Felsengarnelen gefangen haben.

Wir haben im Freien zu Mittag gegessen, um halb

drei. Danach habe ich beobachtet, wie sich die Landschaft mit den Wolken immer wieder neu formt und auflöst. Sie trieben unter einem leuchtend blauen Himmel auf dem Wasser oder kamen plötzlich aus dem Berg hervor und ließen Inseln und Küste versinken, wie im Kino, wenn es um Zauberei geht und Nebelschwaden über den Boden wabern. Das hier ist wirklich Feenland.

Als das Nebelballett losging, hatte ich keinen Film mehr in meiner Olympus. Ich fuhr nach Caher Daniel, um im Supermarkt Nachschub zu kaufen. Der Weg dorthin war ergreifend schön: Oberhalb der Nebeldecke ragte ein riesiger Steilhang auf. Es kam mir vor wie eine Fata Morgana.

Als ich Paul gefragt hatte, ob er mitkommen möchte, wollte er lieber weiterschlafen. Die Vorhänge vor der Schönheit der Welt verschlossen. Ich fasse es nicht: Wie kann man auf einen solch einzigartigen Anblick verzichten, wenn man noch oft genug Gelegenheit haben wird, Siesta zu machen und die große finale Siesta ohnehin schon in Sichtweite rückt? In fünfunddreißig Jahren ist es mir nicht gelungen, mich an seinen Biorhythmus zu gewöhnen. Müßiggang ist inzwischen sein Metier.

Ich habe mich mit Irland versöhnt. Zum Glück kann man nicht gleich beim ersten Anflug von Trübsinn oder Entmutigung wieder abreisen. Man würde die – flüchtigen und fragilen – Geschenke verpassen, die diese Insel für jeden bereithält, der sich gedulden kann. Und nicht schläft … Hier ist jederzeit alles möglich.

20. August

Pauline, meine dritte Enkelin, ist vor bald einem Jahr zur Welt gekommen. Ich darf auf keinen Fall ihren ersten Geburtstag vergessen! Dazu neige ich, auch bei meinen Töchtern ... Jedenfalls habe ich nicht das geringste Bedürfnis mehr, mich um ein Baby zu kümmern. Meine Töchter sind mir lieber als meine Enkelinnen, und ihr Wohlergehen – oder Schlechtergehen – bedeutet mir mehr als das der Kleinen.

1992

16. Mai

Nach einem, laut Josephine, schaurigen Monat heute ein wolkenloser, fast warmer Tag. Ich bin mit Paul angekommen und mit Françoise Gange, meiner »Geliebten«. Betörend, wenn man sie reden hört, aber schwierig im Alltag. Was sie anfängt, führt sie nicht zu Ende, und räumt die Dinge nicht an ihren Platz. Sie lässt halb aufgerauchte Zigaretten zurück, die Gartentüren geöffnet, ihre Fischereikluft auf der Terrasse liegen. Sie ist eine dieser Frauen, die nie ein Feuerzeug, nie Kleingeld und auch nie einen Tampon dabei haben, wenn sie gerade einen brauchen.

Außerdem ist mir ihre Liebe lästig, vor allem ihr Begehren. Ich schaffe es einfach nicht mit einer Frau, ein Körper, der meinem allzu sehr ähnelt, zieht mich nicht an. Um nicht dumm zu sterben, habe ich es allerdings probiert: ein einziges Mal, und dann nie wieder! Bevor wir es im Bett versuchten, haben wir uns so gut verstanden. Die Poesie liebt sie genauso sehr wie ich – Michaux, Laforgue, Charles Cros –, und mit ihren schönen blauen Augen blickte sie mich so verliebt an, dass ich jedes Mal glaubte, ich könnte sie auch lieben. Sie hinter mir zu spüren war gar nicht so unangenehm, aber ich vermisste die Wölbung, die Berührung des männlichen Geschlechts, die die Körpergrenze durchbricht.

17. Mai

Wir waren in Reen, um zu fischen: ein Kilo gigantische Felsengarnelen! Und viele Venusmuscheln.

Unmöglich zu sagen, wie das Wetter ist: ein herrlicher Sonnenaufgang, um 9 Uhr Wolken und *drizzle*. Um 11 breche ich mit nackten Armen auf. Eine halbe Stunde später regnet es. Danach überirdisch schönes Licht. Um 14 Uhr zieht Nebel auf, zwischendurch von *drizzles* begleitet. Um 19 Uhr sind wir in Watte gepackt.

Elisabeth Badinter war völlig verstört von Pauls Roman *Versteinerung* (*L'âge de Pierre*). Danielle Mitterrand rief ihn an, um ihm mitzuteilen, das Buch habe »sie und auch François in den Bann gezogen.«

Der Held, ein alternder Mann namens Pierre, beschließt plötzlich, aus seinem Pariser Leben auszubrechen und Frau und Sohn, die er beide liebt, zu verlassen, um allein in Irland zu sterben. Dort versteinert er nach und nach, bis er zu einem Granitblock wird, einer Statue, die schließlich umfällt und im Ozean verschwindet.

»Mir ist dein Buch vollkommen egal«, sagte ich zu Paul, und er antwortete: »Mir auch!«

Mir ist es egal, weil ich weder Angst noch Lust habe, so zu altern wie sein Held. Und auch nicht wie Paul! Ich interessiere mich im Gegenteil mehr und mehr für das, was die Welt ausmacht, was in ihr vorgeht, mit der Absicht, mich selbst zu vergessen und allmählich aus mir herauszutreten. Paul sagt, dass er, wie Pierre, nicht jäh aus dem Leben gerissen werden will. Lieber stirbt er auf kleiner Flamme, stückchenweise, sodass es kaum wehtut. Bei mir ist es genau umgekehrt. Als wäre ich nicht aus demselben Stoff gemacht!

21. Mai

Julien Green schrieb einmal, seine Bücher habe jemand geschrieben, den er nicht kennt und gern kennenlernen würde. Leider werden meine Bücher von jemandem geschrieben, den ich nur allzu gut kenne und manchmal gern vergessen würde! Wahrscheinlich bin ich deswegen kein Green oder Kafka.

Heute Morgen reisen wir nach Paris zurück. Endlich ist es windstill, aber zu spät für uns. Gestern waren wir mit den Nerven am Ende und hätten den Himmel am liebsten beschimpft. Hier befindet man sich ständig im Kampf gegen die Elemente.

5. Juli

Vielleicht ist dieser Sommer der letzte, in dem für mich alles nach Wunsch verläuft … Bis zum letzten Augenblick wusste ich nicht, ob Paul reisefähig sein würde. Fieber, Emphysem, Nasenbluten und zu allem Überfluss noch eine Art Verstauchung, sodass er zwei Wochen lang an Krücken gehen musste. Nicht zu vergessen seine Prostata, die im September operiert werden muss. Aber dann sind wir doch gefahren …

Jetzt, da er offiziell krankgeschrieben ist, kann er liegen bleiben, ohne sich meinetwegen schuldig oder verpflichtet zu fühlen, etwas zu tun.

Ich bin wirklich auf meine ganze Unbeschwertheit und Lebensfreude angewiesen, auf meine Weigerung, mich mit dem Schlimmsten abzufinden, um es an der Seite eines Mannes auszuhalten, der tot sein möchte.

9. Juli

»Du kaufst ja gar keine Bootszeitschriften mehr«, sagte ich zu Paul.

»Weil ich nicht mehr Boot fahre«, antwortete er.

»Na und? Schließlich kaufe ich immer noch Liebesromane!«

15. Juli

Flora, Bernard, Blandine und Violette sind angekommen. Doch leider hatten wir gestern Abend kein Wasser: Der Schlauch war von einer Kuh zertrampelt worden. Wir reparierten ihn. Um Mitternacht hörte ich aber das unangenehme Geräusch, das ein leerer Spülkasten macht, wenn man ihn betätigt. Im Morgengrauen versuchten wir, die elektrische Pumpe anzuschließen und vergaßen, vorher die Luft rauszulassen. Gegen Mittag kam Frank vorbei und setzte sie in Gang …

17. Juli

Windstiller, sonniger Vormittag. Gezeitenkoeffizient 76, dafür will niemand um 8 Uhr aufstehen. Zum Glück begleitet mich Violette nach Lamb's Island. Binnen fünf Minuten hat sie gelernt, wie man Venusmuscheln fischt, und fängt gleich 36. Außerdem 200 Gramm Felsengarnelen, was bei so schwachen Gezeiten bemerkenswert ist. Sie hat offenbar Talent!

Flora, Bernard und Blandine sind unterdessen am Strand von Derrynane.

18. Juli

Zu viele Gäste für ein kleines Haus mit nur einem Bad, wir mögen sie nicht mehr! Vor allem, weil das Wasser schon dreimal ausgefallen ist. Gestern war es der Tank auf dem Dachboden. Zu viele Gäste und zu viele Greise! Paul mit seinen Krücken, seinem Husten, Paul, der jede Nacht zwei- bis dreimal aufs Klo rennt, seine allgemeine Erschöpfung, sein Nasenbluten. Gestern hat er mit einem Gummiröhrchen in der Nase zu Abend gegessen. Bernard, inzwischen 71 Jahre alt, döst im bequemsten Wohnzimmersessel mit seiner Jane Austen und seinen Paddys vor sich hin. Flora geht es viel besser, sie hat einen Teil ihrer früheren Vitalität wiedergefunden. Außerdem ist sie heiter, und das ist eine Eigenschaft, die ich allmählich sehr zu schätzen weiß, im Alter wird sie lebensnotwendig. Flora gibt sich große Mühe, in Bewegung zu bleiben. Aber sie ist genauso wenig in der Lage wie ihr Mann, den Côte du

Rhône aus dem Weinschlauch zu ziehen, ohne ihn nach allen Seiten zu verspritzen. Dieser Schlauch leert sich übrigens noch schneller als unser Wassertank!

Fischen will keiner so recht. Flora hat damit aufgehört, Bernard erst recht. Blandine interessiert sich nicht mehr für die Gezeiten und ist erschöpft. Ich weiß ja, dass sie sich auf ihrer neuen Stelle bewähren muss, aber sie sollte sich nicht unnötig aufreiben. Violette ist die Einzige, die mich begleitet.

20. Juli

Was für eine bewegende Erkenntnis, dass die eigenen Kinder ihr wahres Gesicht annehmen, wenn sie auf die vierzig zugehen. Sie werfen alles über Bord, was ihnen an unserer Erziehung nicht passte, und tun sich keinen Zwang mehr an, um uns zu gefallen. So ist Blandine härter geworden, ihre Persönlichkeit ist ausgereift. Manchmal überrascht mich das, manchmal enttäuscht es mich, aber jetzt weiß ich, wer sie ist. Sie ebenfalls. Sie spielt anderen nichts mehr vor. Und sie erinnert mich an meine Mutter Nicole. Irland findet sie schön, aber sie hasst das Land, weil sie Kälte und Feuchtigkeit hasst. Und das ländliche Leben. Genau wie Mama, die nur den Süden liebte. Und Großstädte. Blandine will auch nicht mehr Boot fahren oder mit dem Kescher losziehen. Ich glaubte, dass sie das Gezeitenfischen noch mag, aber weit gefehlt. Außerdem hat sie hier ihr Jungmädchenzimmer nachgestellt: Überall liegen Kleenex herum, der Boden ist mit aufgeschlagenen Zeitungen und Zeitschriften bedeckt, sämtliche Flächen sind mit Tuben und Flakons vollgestellt. Das Bett ist zerwühlt – sie macht lange Siestas –, ihre Kleider sind achtlos, mit umgestülpten Ärmeln hingeworfen. Was für eine Erleichterung, all das gestern wieder in ihren Koffern verschwinden zu sehen! Und was für eine Erleichterung, meine nette kleine Gästeschar zum Flughafen von Killarney zu kutschieren, während ein typisch irischer Wind wütete, zwischendurch aber auch die Sonne strahlte und kräftige Schauer herabkamen.

Heute Abend ist Blandine in Hyères angekommen. Endlich in ihrem Element: 25° am Abend, laues Meer, heiße Sonne.

Mit Flora hatte es zu knirschen begonnen, aus nichtigen Gründen, die sie sich viel zu sehr zu Herzen nimmt. Als sich herausstellte, dass ihr keiner meiner Stiefel passte, obwohl wir dieselbe Schuhgröße haben, erklärte ich, ihr Fußrücken sei zu fleischig. Ich hätte lieber sagen sollen, sie habe einen hohen Spann.

»Ich erzähle doch auch niemandem, dass du Plattfüße hast«, antwortete sie zutiefst gekränkt.

»Das würde mir doch nichts ausmachen. Warum sollte man so was leugnen?«

Wobei das in meinen Augen gar nicht zutrifft. Aber sie ist nun mal verletzt, und das hat unserem wunderbaren Verhältnis nicht gutgetan, was mich sehr betrübt.

Paul und ich sind froh, wieder allein zu sein, in unserem nunmehr stillen, geräumigen Haus. Auch wenn uns draußen der Nebel einkesselt und es den ganzen

Tag unaufhörlich regnet. Für morgen ist ein Sturm angesagt.

Und leider hat Paul 37,7° Fieber.

27. Juli

Heute endet Pauls Antibiotikakur. Er hat zwar stark unter Durchfall und Übelkeit gelitten, begleitet mich aber seit zwei Tagen wieder im Boot. Wir haben sechs Fangkörbe ausgelegt und das Treibnetz ausgeworfen, danach beim Schleppfischen einen zwei Pfund schweren Pollack und ein paar kleinere gefangen. Nach zwei Stunden haben wir das Netz eingeholt: ein dicker Pollack und rund fünfzehn Lippfische. Ideal für das Pökelfass. Und dann noch eine hübsche Rotbarbe, die erste, die wir hier fangen!

Wenn ein Paar lange Zeit zusammengelebt hat, entsteht zwischen beiden noch etwas anderes als Zärtlichkeit. Ich glaube, es handelt sich um eine gemeinsame Angst vor dem Tod, mehr vor dem Tod des anderen als vor dem eigenen. Viele alltägliche Kleinigkeiten erscheinen dann kostbar. Beide halten einander am Rande des Abgrunds fest, gehen über den schmalen Grat. Dieses Gefühl – noch ist es keine Angst – lässt uns nicht mehr los, vor allem, wenn man, wie ich, spürt, wie verletzlich, wie wenig kämpferisch der andere ist.

29. Juli

Vorgestern sind Nelly Kaplan und Claude Makowski angekommen. Eigentlich hatten wir uns vom Besuch dieser Quasi-Unbekannten nichts Gutes erhofft. Tja, sie haben uns gerettet! Die Jugend und Energie von Claude, die gebieterischen Anwandlungen von Nelly … Wir haben unseren Tabur zu Wasser gelassen, sämtliche Fangkörbe ausgelegt und dann auch gleich das Treibnetz ausgeworfen. Claude hat für mich 30 Fische ausgenommen, während ich das Boot zum Ankerplatz zurückbrachte. Davor hatte er blitzschnell gelernt, wie man ein Treibnetz handhabt, und für mich die Körbe eingeholt. Paul betätigte den Motor mit Meisterhand, und ich leitete die Manöver an. Das Meer war glatt, der Wind frisch, aber schwach. Auf einmal war das Wetter so, wie man es sonst überall kennt. Das war uns letztes Jahr kein einziges Mal vergönnt gewesen. Wir haben es ausgiebig genossen.

Wir nehmen aber auch voller Trauer wahr, wie ein kleiner Hafen stirbt. Infolge des verhängnisvollen Zusammenspiels von Fortschritt, Arbeitsplätzen für ein paar Einheimische und einer explosionsartig angestiegenen Nachfrage bringt die Lachsfarm von Scariff gerade das wunderbare Gleichgewicht dieser Bucht ins Wanken, zwischen Kais voller Abfall, friedlicher Morgenstimmung, glasklarem Wasser und Stille … Inzwischen transportieren an allen fünf Werktagen riesige Laster – für die man eigens die Kurven begradigt und uralte Fuchsiensträucher vom Straßenrand weggerissen hat – tonnenweise Futter für Zuchtfische, Desinfektionsmittel und anderes Material zum Kai, das anschließend mit Kränen auf die Jollen verladen wird. Diese bringen ihre Ladung dann wie dicke Schleppkähne nach Scariff.

Für Neligan, der am Hafen wohnt, bedeutet das, dass sich von einem Tag auf den anderen die Hölle vor seiner Haustür breitgemacht hat. Die Laster, die ständig hin und her fahren, die Kräne, die unaufhörlich arbeiten, die Anhänger, die alle Zugänge zur Mole verstellen – all das erzeugt einen Heidenlärm. Von unserer Anhöhe aus können wir das Ganze verfolgen, ohne dass es uns stört.

15. August

Man hat es nicht leicht, wenn man wohlauf ist. Was ich hier den ganzen Tag treibe, grenzt an Wahnsinn. Paul startet den Motor und bedient die Pinne – er kann ja hervorragend um die Riffe herum steuern –, alles andere mache ich. Wie schaffe ich es nur, der ungeheuren Gleichgültigkeit und überwältigenden Müdigkeit standzuhalten, die er ausstrahlt? Sicher, er ist seit einem Monat krank. *O Wut*! *Verzweiflung! O du feindlich Alter …* Aber die Wut fehlt ihm ja, er hat nur die Verzweiflung, die manchmal in seinen Äußerungen durchklingt. Und wie soll man sich ohne Wut zur Wehr setzen? Den vielen Leiden, die ihm zusetzen, begegnet er mit einer Passivität, die an Ergebenheit grenzt. Lison interpretiert das wie jedes Jahr als Zeichen, die mir sagen sollen, dass er nicht mehr aufs Meer hinausfahren möchte. Kann sein. Aber er ist auch stolz auf seine Fischzüge. Sie sind seine letzte Verbindung zum normalen Leben, seinem früheren Leben. Es ist nicht an mir, diese Verbindung zu kappen, und ich glaube, dass ihm seine

Krankheiten lieber sind als ein klarer, eindeutiger Verzicht.

19. August

Reizende Antwort von Ségolène Royal auf den Brief, den ich ihr nach ihrem großartigen Auftritt in der Sendung »7 sur 7« geschrieben habe, um sie zu beglückwünschen und mich über die Journalisten auszulassen, die vom MinistER reden, DER ein Kind gebären wird …

Im Briefkopf steht »Die Umweltministerin« in geschwungenen, verschörkelten Lettern, sehr ungewöhnlich für ein amtliches oder behördliches Schreiben. Sie befürwortet also genau wie ich eine Feminisierung der Sprache, wenn (auch) Frauen gemeint sind. Sie werde oft mit der Formel »Guten Tag, Herr Minister« begrüßt, und dann sei es den Grüßenden peinlich, dass sie eine Frau, die überdies schwanger ist, mit »Herr« anreden.

22. August

Heute Nacht Meteoritenregen am Sternenhimmel. Heute Morgen starker Wind, Sonne und SCHWARZE Wolken.

Auf der Mole 3 verfaulte Makrelen gefunden: große Freude … damit kann ich meine Fangkörbe beködern.

Offen gesagt, habe auch ich meine Probleme und Symptome, selbst wenn ich mich für unkompliziert halte. Während dieses Aufenthalts sah ich durchgehend grauenhaft aus: eingefallen, unausgeschlafen, angespannt. Natürlich habe ich mich zu sehr angestrengt, weil Paul keinen Handschlag mehr tut. Es lag aber nicht nur daran. Als er zwischendurch wieder auflebte, sah ich wieder frisch und ausgeschlafen aus, waren meine unberechenbaren Rückenschmerzen weg. Die Sorge um Paul, der vielleicht eine Blutvergiftung riskierte, der Abscheu, ihn in diesem Zustand zu erleben, der Krankheit wehrlos ausgeliefert, äußerten sich bei mir zunächst durch ein: »Aber was habe ich denn da?« Wenn man alt ist, hat man alles Mögliche »da«: grüne Flecken auf der Hornhaut, Flechte auf dem Wangenknochen, eine harte Kugel im Oberschenkelfleisch …

Mit Verachtung strafen. Das ist die einzig mögliche Antwort, die einzig mögliche Haltung.

26. August

Doch kein Sturm. Das Barometer sinkt weiter. Irland ist verrückt. »*Nice day*!«, sagt Gerald, als wir uns auf der Mole begegnen, nachdem alle Boote aus dem Wasser geholt wurden. Das sagen sie ständig, die Iren, »Nice day!« Jeden Tag, egal, wie furchtbar das Wetter ist, gibt es diese ein, zwei Minuten, in denen Hoffnung keimt, in denen zwischen zwei Wolken ein Sonnenstrahl durchkommt. Und dann sagt man schnell: »Nice day!«

Und jetzt der schreckliche Augenblick des Sonnenuntergangs, der den Galliern solche Angst machte. Es ist 18 Uhr, der Himmel ist grau und unbewegt. Das ist der Moment, in dem ich in Trübsinn verfalle, weil der

Tag entschwindet. Ein schlimmer Moment, seit ein paar Jahren schon. Früher hatte ich nie einen Gedanken daran verschwendet.

29. August

Last day, but not nice!

Sämtliche Aufräumarbeiten wurden im Nu durch die Heinzelmännchen erledigt, in diesem Fall Frank.

Ich nutzte gerade eine Aufheiterung für ein Sonnenbad, am Fuß des Ostgiebels, um dem Westwind zu entgehen. Nach zwanzig Minuten drehte sich der Wind und wehte mir in den Rücken. Und dann ballten sich die Wolken wieder bedrohlich. Ich bin mit meiner Barbara Pym gleich ins Haus gerannt, und als ich noch mein Kissen und meinen Liegestuhl holen wollte, regnete es bereits. Dieses Land bringt einen auf die Palme.

Das ist vielleicht das erste Mal, dass ich mich auf die Heimkehr freue. Ich brauche Paris, Doëlan, Hyères … Brauche meine Töchter, meine Freunde, liebliche Landschaften. Irland ist ganz und gar nicht lieblich.

Gestern hat mir Paul den beglückendsten aller Sätze gesagt: »Ich kann dir nie genug dafür danken, dass du mir deine beiden Töchter geschenkt hast.«

1993

4. August

Michèle Rossignol und Paul haben mich in Cork abgeholt. Ich war in London, ein unendlich trauriger Besuch – Bernard auf der Intensivstation und Flora in noch schlechterem Zustand, falls überhaupt möglich … Bernards Leben hängt nur noch an einem Faden, und dieser Faden ist Flora. Ein sehr dünner Faden von 49 Kilo, dabei wog sie früher 80. Ein Faden aus Stahl, wie könnte sie dem Ganzen sonst standhalten?

6. August

Ich entdecke mein Irland wieder und auch eine Art von Glück. Aber wie hart das Leben hier ist! Gestern den ganzen Tag nur Nebel. Wir haben trotzdem die Fangkörbe ausgelegt und genug gefischt, um sie zu beködern. Im Treibnetz allerdings NICHTS!

Als wir die Körbe einholten, wehte ein starker Westwind, und der Himmel über uns war schwarz. Wie leicht ist es dagegen in Doëlan, wie sanft sind die Elemente. Hier tragen wir zum Fischen die ganze Montur, samt Stiefeln und Wollmütze. Dort brauchen wir nur einen Seemannspulli und lassen die Schnur einfach im Wasser hängen ... und fangen am Ende nichts, das stimmt. Wenigstens müssen wir nicht die ganze Zeit gegen eine wilde, feindselige Natur ankämpfen, die uns offensichtlich für immer abschütteln will. Diese Natur möchte ihre Ruhe.

8. August

Seit ungefähr einem Jahr spielt sich in meinem Kopf etwas Seltsames ab ... Wenn ich die Gedanken treiben lasse, wenn ich vor mich hin träume, verliere ich gelegentlich die Kontrolle. Und wenn ich dann wieder zu vollem Bewusstsein komme, meine Träumereien also gewissermaßen selbst steuere, wird mir klar, wie zusammenhanglos sie zuvor waren, wie wenig die Bilder in meinem Geist mit mir, mit meinen Interessen zu tun hatten, sie waren fremd und überdies kaum zu fassen. Als wäre ich gerade in die Ursuppe eingetaucht und hätte dabei »mich« aus den Augen verloren.

Vielleicht eine Vorschau auf das, was bei Eintritt des Gehirntods passiert ... Man wird zu einem Durchgangsort, in dem sich alles Mögliche sammelt, fremde Bruchstücke, die einen allmählich zersetzen.

10. August

Michèle Rossignol reist heute Morgen ab, Michèle Manceaux kommt mit ihrem Marcus heute an. Kurt dann am 25.

Das Barometer steht immer noch so tief, seit drei Tagen schon, immer zwischen Wind oder Wind plus

Regen. Vorgestern Nacht hatten wir Starkwind aus Südwest, danach den ganzen Tag starken Westwind. Heute Morgen um 8 schon zwei heftige Schauer. Meine Margeriten sind ganz zerzaust von den Böen …

Gerade *Girls in Their Married Bliss* (*Mädchen im Eheglück*) von Edna O'Brien zu Ende gelesen. Was für ein Titel, geht es in diesem Roman doch um die Enttäuschung, Frustration und Verzweiflung ein paar Jungverheirateter. Genauso düstere Schilderungen ungelebten Lebens wie im großartigen Roman *Turgenjews Schatten* von William Trevor.

15. August

Paul und ich verstehen uns prächtig mit Michèle M. und Marcus, genießen ihre Gesellschaft und sind in wesentlichen Fragen oft einer Meinung. Außerdem fischen die beiden nicht nur gern, sie essen auch gern den Fang!

Wer noch nie mit jedem Kescherzug 300 Gramm Garnelen aus dem Wasser geholt, wer noch nie ein paar Kilo Felsengarnelen ins Meer zurückgeworfen hat, weil sie ihm zu klein waren (während sie in der Bretagne noch den anspruchsvollsten Fischer beglückt hätten), der weiß nicht, was Fischen ist!

18. August

Michèle und Marcus gestern abgereist. Wir hatten Glück! Konnten im Meer baden und am Strand liegen, haben zuhauf Felsengarnelen gefangen und genossen.

Dabei ging es mir gar nicht so gut, ich hatte mich bei den Chaplin-Schwestern mit einer Grippe angesteckt, die in eine Nebenhöhlen- und Halsentzündung ausartete. Trotz entsetzlicher Müdigkeit war es mir aber gelungen, unseren Tagesablauf wie geplant zu wahren. Paul schien der Ansteckung zunächst entgangen zu sein, aber das wäre natürlich zu schön gewesen. Seit heute Morgen ist die Grippe auch bei ihm ausgebrochen, wobei er dann gleich nicht mehr atmen kann. »Ich habe immerhin 38,2° Fieber«, verkündet er triumphierend, als ich vom Fischen zurückkomme. Er weigert sich, mit mir nach Waterville zu fahren, um Doktor O'Shea aufzusuchen. Ich soll ihm die Antibiotika lieber so besorgen. Eine lästige Pflicht mehr.

20. August

Irland sträubt sich dermaßen gegen schönes Wetter, dass es sogar einen Weg findet, dieses Wetter zu sabotieren, wenn es mal eintritt! In ganz Europa strahlt die Sonne, werden Rekordtemperaturen erreicht, hält das Hoch an. Hier steht das Barometer zwar seit drei Tagen auch hoch, aber wir stecken seit gestern in dichtestem Nebel. Der gelegentlich zu penetrantem *drizzle* mutiert.

21. August

Das Wetter ist usselig, wie mein Vater früher sagte, also scheußlich! Das tut den ohnehin schon angegriffenen Bronchien von Paul nicht gut. Und auch meinen Fingern nicht, sie sind alle rot, geschwollen und tun mir weh. Eines Tages werde ich anstelle von Fingern Sprossranken haben. Wenn ich meinen Zeigefinger nach Süden richte, weist er jetzt schon nach Westen! Außerdem tun mir alle Knochen weh, im Kreuz, in den Schultern und Oberschenkeln. Wie ewiger Muskelkater, nur dass ich nicht weiß, ob es an der Feuchtigkeit liegt oder daran, dass ich täglich zwei Stunden rudere.

Gestern Gezeiten-Koeffizient 111. Da wollte ich meine Seeigeltümpel im Süden von Lamb's Island wiederfinden. Zunächst musste ich im Tabur lange rudern, auf den Wellen eines gemeinen Seegangs, der von weither gekommen sein musste, denn es gab nicht den leisesten Windhauch. An der Südseite der Insel wurde dieser Seegang durch die geringen Untiefen aber noch verstärkt und näherte sich immer wieder dem Rand der Bucht wie eine dicke Lippe, die sich nur widerstrebend zurückzieht, mit einem vom riesigen, an den Felsen haftenden Fingertang erzeugten Sauggeräusch. Unmöglich, sich der Insel zu nähern. Ich hatte Angst, mein Boot an einer dieser glitschigen Krallen zu vertäuen, über die Haufen klebriger, unheimlich zuckender Algen zu gehen und dann die abweisenden, spitzen Felsen zu erklimmen, um an meine Tümpel zu gelangen. Inzwischen habe ich mein Gespür für dieses Felsenklettern verloren, um das Gleichgewicht zu wahren, muss ich mir jeden Schritt genau überlegen und komme nur langsam voran. Also habe ich kehrtgemacht und die freundliche Bucht von Derrynane angesteuert. Dort reichen sanfte Ruderschläge, und ich muss mich nicht ständig nach dem Seegang umsehen, um der höchsten Welle zu entgehen, die meinen Tabur zum Kentern bringen könnte.

24. August

Paul geht es jetzt besser, er hat kein Fieber mehr, und sein Husten lässt nach. Aber er kann seit zwei Tagen nicht mehr schlafen. Dass ich keine Angst vor dem Tod habe, liegt vielleicht daran, dass er sein Einfallstor noch nicht gefunden hat. Welches Organ wird mein Ende sein? Bisher habe ich jede Schlacht gewonnen, den Krieg werde ich aber verlieren. Ich hoffe, dass es eines Tages das Herz sein wird. Dabei habe ich keine erhöhten Cholesterolwerte, also auch keine verstopften Herzkranzgefäße, manchmal aber das Gefühl, dass mein Herz fehlt, das Gefühl von kurzen Aussetzern, eine Art Lebensfinsternis. Eine Kostprobe des Todes.

Schließlich bin ich im Januar dreiundsiebzig geworden. »Du weißt genau, dass man sie dir überhaupt nicht ansieht«, sagt Paul. Aber was bedeutet das schon, wenn man mir *dieses* Alter nicht ansieht? Da fällt mir ein Witz von Tristan Bernard ein: »Mit 650 hatte Methusalem sich so gut gehalten, dass er keinen Tag älter aussah als 375!«

26. August

Paul ist gestern Morgen abgereist, wieder halbwegs gesund. Und Kurt ist gestern Abend angekommen. Ich erwartete ihn ohne Eile und ohne Herzklopfen, befürchtete schon, dass er abgebaut haben könnte.

Aber nein, keineswegs! Er bleibt sich treu. Und zieht sich immer noch so unmöglich an: die Jeans zu weit, ausgebeult und verschlissen, aus seinem Hemdkragen lugt die sich wellende Kante des Unterhemds. Was soll's, er geht jetzt auf die dreiundachtzig zu, und alle Welt hält ihn für zehn Jahre jünger.

27. August

Leider schmälern sein krankes Herz und vor allem die Medikamente seine Leistung im Bett. »Doppelschichten« sind natürlich undenkbar, aber allein die Leidenschaft in seinen Augen, seinen Berührungen, seinen Worten ... Wenn er mich nicht gerade küsst, massiert er mir die Füße, wenn er mich nicht streichelt, salbt er mich mit seinem liebevollen Blick. Das Versagen seines so kühnen, unermüdlichen, einzigartigen Organs belastet allerdings unsere Beziehung und treibt ihn zur Verzweiflung. Was nicht sein müsste, denn ich beschwere mich nicht und hänge nach wie vor an ihm. Und das, obwohl er auch nicht mehr in der Lage ist, die Decke zu streichen oder schwere Dinge zu tragen.

Außerdem darf ich nicht vergessen, dass ich ihm einen Großteil meiner Tantiemen für *Salz auf unserer Haut* verdanke!

29. August

Keine einzige Bemerkung über die Landschaft, über ein Schloss oder einen See. Er interessiert sich nur für die Lastwagen. »Mercedes-Benz«, verkündet er, als wäre das eine Offenbarung, wenn ich einen Laster dieser Marke überhole. Oder er stellt mit seiner sonoren Stimme fest: »A new Esso Station.«

Als er jünger war, ließ sich das noch ertragen und hatte sogar einen gewissen Charme. »Was für ein Glück, dass er so schön und zugleich so dumm ist«, wie es bei Giraudoux heißt. Jetzt interessiert er sich für gar nichts mehr, lebt nur bei mir und durch mich wieder auf. Er trinkt, wenn ich trinke, isst, wenn ich hungrig bin, möchte schlafen, wenn ich weg bin, um die Leere zu überwinden. Eigentlich sollte ich mich freuen, dass ich das Einzige bin, das seine innere Landschaft noch bevölkert. Tatsächlich bin ich deswegen traurig und genervt. Mir graut vor einer derartig leeren Seele.

Ich male ihm unsere nächsten Treffen in den leuchtendsten Farben aus: New York im Januar, im März vielleicht Doëlan. Wobei ich zutiefst davon überzeugt bin, dass er mich nicht einmal zu sehen braucht, das Feuer schürt sich von allein. Außerdem sind Abschiede für ihn so schmerzlich. Lieber sitzt er da und träumt.

Was bleibt, ist immer noch die Lust. Ich renne ihr nicht mehr nach, oder nur selten, aber wenn sie mir geschenkt wird, was oft der Fall ist, ist sie stets eine Kostbarkeit.

30. August

Wenn Kurt mich im Haus mit einer Gartenschere vorbeigehen sieht, fragt er: »Are you going to cut your nails, darling?«

1. September

Alles, was mich sonst an ihm ärgert, rührt mich heute Abend. Bis auf seine dämlichen Eifersuchtsanfälle, dämlicher geht's nicht! In seinen Augen ist und bleibt die Ehe ein käuflich erworbenes Nutzungsrecht für Genitalien. Das ist ihm nicht auszutreiben. Und er ist am Boden zerstört, wenn er an die vielen Männer denkt, die seiner verzerrten Vorstellung nach hinter mir her sind, inklusive François Mitterrand. Wenn du wüsstest, mein armer Schatz …

Heute Morgen bin ich allein Garnelen fischen gegangen: 500 Gramm, Prachtexemplare. Ein wahres Festessen für uns beide.

2. September

Seine Unfähigkeit, Französisch zu lernen, erstaunt mich jedes Mal wieder. Macht aber nichts, wir machen ja Liebe auf Englisch.

Er hat mich am ganzen Körper massiert, der mir wehtat, weil ich drei Stunden lang gegärtnert hatte, während er am Kamin las (aber ja). 10 Minuten lang hat er mich vom Nacken bis zu den Waden mit Dolal eingerieben, sodass ich hinterher ganz weich und entspannt in seinen Armen lag. Besser als Schlaf.

Eine Art von unentwegter Anbetung, die sich sehr beruhigend auswirkt, gerade, wenn man allmählich zerfällt.

Und mit wem sollte ich noch schlafen, wenn ich Kurt nicht hätte? Lieber das, was ich kenne, selbst wenn es vom Alter in Mitleidenschaft gezogen wird und durch den Gebrauch abgenutzt ist.

3. September

Zum Glück kommt einem diese hingebungsvolle Zuneigung, die es nicht allzu genau nimmt, zu Hilfe, wenn man sie ruft. Es dauert seine Zeit, aber sie kommt. Vor allem, da sie den Weg kennt. Mit Paul ist das schwieriger: Er gibt sich selbst keine Mühe. Und er ist auf eine Art und Weise unglücklich, die kein Mitgefühl aufkommen lässt. Er gehört zu diesen Menschen, denen nur das Glück steht.

4. September

Der schlimmste letzte Tag, den ich je erlebt habe. So groß ist der Schmerz, der diesen stattlichen Körper ergreift und dieses Hirn, das besessen ist von der Angst, dass wir uns niemals wiedersehen werden. Er legt eine Kassette ein. Ich frage ihn: »Was ist das?« Er antwortet: »Keine Ahnung, es ist bloß gegen die Stille.« Ich biete an, ihm die *International Herald Tribune* mitzubringen. »Lass mal, interessiert mich gerade nicht so.«

Ich hatte keine Lust auf ein letztes Mal Sex. Das letzte Mal? Ich vergoss die eine oder andere Träne, während er mir erklärte, wie unermesslich viel er für mich empfindet. Das fiel ihm auf, als er mich küsste. »Oh no, not you, my love. Not you.« Nachdem er so oft in meinem Beisein geweint hatte, freute er sich aber über meine Tränen, die ich ihm nicht erklären konnte, weder durch einen neuen noch durch einen konkreten Anlass. »Can you tell me why tonight? ... Well, I'm sure the reason is beautiful.« Wir lagen dann engumschlungen beisammen. Das war intensiver und zärtlicher als jede Art von Liebesspiel.

5. September

Er ist nach New York abgereist und ich nach Paris. Gestern hatte ich mich noch voller Ungeduld darauf gefreut, nach Frankreich zurückzufahren. Und jetzt habe ich den Blues.

1994

29. Juli

Unverbesserliches, deprimierendes, anrührendes Irland! Um Mitternacht unter Sternen in Roscoff aufgebrochen, nach einer Woche mit durchgehend blauem Himmel, kamen wir in dichtem *drizzle* an. Eine halbe Stunde vor dem Anlegen war immer noch keine Küste zu erkennen. Und heute Morgen: Regen!

Paul ist müde, aber seine Grundstimmung ist besser geworden, er ist viel lebhafter. Freut sich, hier zu sein, vor allem, weil er mir damit eine Freude macht.

1. August

Gestern hat es den ganzen Tag geregnet, und die Heizungspumpe klemmt. Die Feuchtigkeit ist so hoch (der Hygrometer zeigt 82 an), dass ich mir um Paul Sorgen mache.

Als ich heute Morgen aus dem komplett eingenebelten Waterville heimkam, fand ich ihn eingenebelt im Rauch seiner Zigarre vor. Und als ich ihn dann husten hörte, dachte ich: Wenn er das einatmet, wird er niemals durchhalten. Paul meinte aber, wenn er schon Nebel einatmen muss, sollte der wenigstens aromatisch sein!

Um der wattigen Stille zu entkommen, die uns einhüllt, bringe ich den Tabur zur Rampe, ich will nämlich zwei Fangkörbe in Iskaroon auslegen, bevor wir abends zu Josephine und Jean-Claude fahren. Und weil ich noch keinen Fisch zum Beködern habe, kaufe ich dafür Würstchen. Michel Courtauld, dem wir im Juni unser Haus zur Verfügung gestellt haben, behauptet, mit Fleisch gehe es auch …

Seit unserer Ankunft hat Paul sich nicht angezogen, kaum etwas gegessen und war kein einziges Mal draußen. Er lässt sich vom Nebel ersticken.

2. August

Abendessen bei Josephine, die noch nachlässiger gekleidet war als sonst! Für jeden gab es zwei köstliche Hummer. Um Viertel vor elf sagte Paul: »Entschuldigen Sie bitte, dass ich Ihnen Benoîte raube, aber ich muss jetzt nach Hause.«

Heute Morgen die Körbe eingeholt: das klappt, mit den Würstchen! Felsengarnelen und Krabben. Triefnass nach Hause gekommen, trotz meiner weißen Öljacke mit Kapuze.

Wenn ich Irland verliere, werde ich nie wieder bei Regen rausgehen und nie wieder in nasser Stille durch die Algenpracht rudern.

3. August

Wenn man sich Irland einfach überlässt, geht alles besser. Nach vier Tagen verzichte ich darauf, mir abends das Haar einzudrehen: Es bleibt kraus wie Eisenwolle. Wenn ich gerade keine Dauerwelle habe, ist es umgekehrt, dann hängt es schlaff herunter. Ich verzichte auch auf elegante Kleidung und ziehe einfach irgendetwas an. Was ich noch an Nägeln habe, geht ohnehin beim Hantieren mit den Reusen und Krustentieren kaputt. Ich übe mich in Gleichgültigkeit. Und alles wird leicht.

Hätte ich einen Liebhaber hier, würde ich täglich zwei Stunden mit Haarwicklern verbringen, sogar für Kurt, dem gar nichts auffällt, weil ich für ihn Madonna bin und bleibe. Ich würde sofort meine unförmige wattierte Hose ausziehen, die mich beim Fischen mollig warmhält, aber die Figur entstellt. Was für eine Befreiung, was für eine Wohltat, hässlich sein zu dürfen!

Unser Boot – die *Ptite Poule* – mit Frank zum Ankerplatz gebracht. Um acht hatte sich Paul angesichts eines Zipfels blauen Himmels aufgerafft, um zehn schüttet es aber wie aus Kannen. Um 11 wundersame Aufheiterung, die wie so oft dafür sorgt, dass uns das Land doch nicht verleidet wird.

Die Wiener Würstchen erweisen sich als wirksame Köder – liegt es an der Farbe, am Geruch? Jedenfalls habe ich in den Reusen ein knappes Pfund Felsengarnelen gefunden, nach fast zwei Stunden Rudern. Armer alter Körper, der sich so wacker abrackert! Mit zwei Hexenschüssen heimgekommen.

Nach einer Dusche, einem Wodka und 200 Gramm Garnelen ist alles wieder gut. Wen oder was soll man da preisen?

Heute Abend sintflutartige Regenfälle. Dabei habe

ich das Boot schon zum Ankerplatz gebracht. Werde es morgen eben ausschöpfen müssen.

4. August

Diese mütterliche Liebe, die im Alter wieder aufkommt, für einen Partner, der niemals mehr flügge werden, niemals mehr ausziehen und andere Welten entdecken wird ... Diese Liebe ist erzwungen, weil niemand eine Wahl hat, weil die Frau für ihren Säuglingsmann das Fläschchen ist, die Rettung vor seinem Untergang. Liebe im Schatten des Todes.

La marche lente des glaciers (»Das langsame Schreiten der Gletscher«) von Marie Rouanet gelesen. In diesem Buch geht es weniger ums Alter als um das Altern, hier der eigenen Eltern, ohne dass die Autorin, wie es sonst immer geschieht, von sich ausgeht, von ihren Gefühlen, ihrem Verlust. Ihre Eltern stehen im Zentrum, es sind ihre Eltern, die sich dem Tod nähern. Sie reflektiert über das Glück, das sie sich auf zunehmend schrumpfendem Terrain ermöglichen. Über die Natur, mit der sie im Einklang leben, mit der sie zutiefst vertraut sind. Der Vater liebt Tiere, kennt sie alle. Kennt auch die Pflanzen. Alle sollten dieses Buch lesen – in zwanzig Jahren wird in Frankreich niemand mehr verstehen, wie man so leben kann, ohne Fernsehen, ohne Politik, ohne Ansprüche oder Forderungen.

6. August

Ankunft von Charles Salzmann und Florence.

7. August

Ich habe die beiden nach Lamb's Island mitgenommen. Um halb eins sind wir wieder da. Sie gehen sich umziehen, während ich die (mickrigen) Garnelen und die 25 Strandschnecken von Florence sortiere: eine wahre Leistung, so wenige zu finden! Ich hacke Petersilie, wasche die Teppichmuscheln, lasse sie sich öffnen. Koche die Garnelen, danach decke ich mit Florence den Tisch. Wie jedes Mal, wenn ich zum Gezeitenfischen gehe, rührt Paul keinen Finger. Streift nur untätig umher …

Endlich können wir essen. Unsere Gäste sind sauber und frisch. Ich hatte nicht mal genug Zeit, die Hose zu wechseln. Mein Fischerhemd ist nass bis zur Taille. Mein Haar struppig nach zwei Stunden im starken Wind. Und da sagt Charles beim Dessert doch glatt: »Danke, Paul, für dieses wunderbare Essen.«

»Ich habe ja nicht viel gemacht«, murmelt Paul immerhin.

»Aber du bist doch der Chef«, antwortet Charles so ehrfürchtig wie eh und je, wenn er sich Paul gegenübersieht.

Männer – was soll man dazu noch sagen?

9. August

Zu hart. Das ist mein letzter irischer Sommer. Nichts von dem, was ich fische, darf auf Pauls Teller landen. Er isst seine Kohlsuppe, während ich Krabben und Garnelen genieße. Das ist allmählich so trostlos wie lachhaft. Mit Charles und Florence macht das Fischen wieder Spaß. Charles muss jetzt allerdings auf seine Kost achten: kein Salz, kein Zucker, kein Alkohol, kein Essig. Wenigstens lebt er leidenschaftlich gern. Paul nicht mehr.

Außerdem lässt uns hier alles im Stich: Grehan, der alte arthritische Gärtner, lässt sich an beiden Hüften operieren. Die Backofentür ist explodiert. Eins der Gaskochfelder ist ausgefallen. Ein Haus muss ständig erneuert werden. Das raubt mir die ganze Kraft. Und wer soll mir dabei helfen? Paul trinkt immer mehr, lässt die Zügel schleifen. Und er hat wieder diesen Husten. Um Viertel vor neun schläft er schon ein. Und ich sehe, wie die Tage kürzer und die Abende länger werden … ohne Freunde, ohne Kino, ohne Fernseher … Nein. Ich komme nur wieder, um das Haus zu verkaufen. Und denke voller Wehmut an unsere Nachbarn, O'Shea und Carroll, für die wir Manna vom Himmel waren, ein nettes Zubrot, ein *pint* Freunschaft, und die nun in dieser verwaisten Gegend zurückbleiben, die vor unseren Augen dahinsiecht. Die Lachszucht, die rund siebzig junge Leute ernährt, verschmutzt allmählich die Bucht. Seit zwei Jahren gibt es so gut wie keinen Hummer mehr. Die Seegraswiesen verschlammen. Das Wasser ist trüb. Und am Strand von Derrynane wird nicht nur gesurft, sondern auch Wasserski gefahren, hinzu kommen die Außenborder im Geschwindigkeitsrausch. Dieses Jahr habe ich noch keinen einzigen Flamingo gesichtet. Mit Fortschritt dieser Art ist etwas faul.

11. August

Fischen kann man nur in dreckigen Klamotten oder in Klamotten, die ruhig dreckig werden können. Ab einem gewissen Alter bringt man ohnehin nicht mehr genug Energie auf, um gut auszusehen. Eine Zeitlang – lange Zeit – stand mir dieser wilde Look gut. Damit ist es jetzt vorbei. Meine Hornhaut hat nicht mehr dieses strahlende Weiß, das die blaue Iris so schön zur Geltung bringt. Ich habe weniger Haare als früher, das macht sich nicht so gut bei der Windfrisur. Ich sehe wohl aus wie eine alte Arbeiterin des Meeres, wenn ich die Rampe hochgehe, beladen mit Kescher, Garnelenbeutel und Teppichmuschelkorb (60 Stück heute Morgen in Derrynane!), dazu mein mit allerlei Meereszeug beschmierter roter K-Way …

Gäbe es keine Spiegel, wäre ich an manchen Tagen von meiner hinreißenden Schönheit überzeugt!

13. August

Binnen eines Vormittags macht Irland alles wieder gut. Gestern im Regen zu Annie Chaplin gefahren, um Mitternacht bei sternklarem Himmel heimgekehrt, und heute Morgen um acht das Wunder: blauer Himmel, fast windstill, herrliches Meer!

Mit Charles zum Fischen rausgefahren: ein dicker Pollack (2 Kilo), ein mittlerer (1,3 Kilo), eine Makrele und kleine Pollacks fürs Pökelfass. 200 Gramm Felsengarnelen und … ein Hummer (350 Gramm) im

Norden von Lisons Felsen! Außerdem noch eine schöne Seespinne, direkt gegenüber.

Wir hatten Annie Chaplin, ihren Lebensgefährten Jacques und zwei ihrer Freunde zu einem mittäglichen Drink eingeladen, der sich nun in ein ozeanisches Gelage verwandelte!

Wunderbares Beisammensein – und heute Nachmittag Sonne.

14. August

Charles und Florence sind abgereist. Und ich sehe wieder einmal bestätigt, dass die meisten Männer von allen Frauen die willfährigen bevorzugen. Die können ruhig dumm sein, Hauptsache, sie sind ihnen zu Diensten. Schlampig geht auch, solange sie die Magd geben (siehe Rodin und seine Rose). Sie dürfen Furien sein, blöd, ungebildet, solange sie ihnen jeden Wunsch von den Augen ablesen. Und wenn sie dann auch noch sehr viel jünger sind, können sich diese Männer darauf verlassen, dass sie ihnen bis zuletzt beistehen werden: Jemand wird ihnen die Harnflasche reichen und ihnen die Augen schließen.

15. August

»Jetzt habe ich aber meinen Part erfüllt, was?«, sagte Paul nach einem sehr langen Vormittag auf dem Meer. Er hatte auf seine Siesta nach dem Frühstück verzichtet und schien halbwegs in Form zu sein. Und er wollte mir unbedingt eine Ausfahrt mit dem Boot ermöglichen, damit ich mich nicht mit dem Tabur und dem Rudern in der Bucht begnügen musste.

18. August

Da haben wir den Salat: Paul hat sich auf dieser dämlichen Gardenparty erkältet, die Annie unbedingt geben musste, nachdem sie auf einen trügerischen Sonnenstrahl hereingefallen war. Er schlotterte, als wir nach Hause kamen. Seit drei Tagen die Erkältung, und jetzt auch noch Bronchitis, seit heute Morgen nimmt er Antibiotika. »Ich fühle mich wie an diesem 15. Dezember …« An diesem Tag wäre er fast gestorben. Und jetzt hat er nachts wieder kein Auge zugetan. Sein Puls ist normal, aber dieser dichte Nebel gestern den ganzen Tag und der heutige Sturm, der nur von Schauern unterbrochen wird, tragen nicht zu seiner Besserung bei. So atmet er pure Feuchtigkeit ein, was das Hygrometer bestätigt.

Paul überlebt jetzt nur noch, um mir eine Freude zu machen. Er ist quasi zur Untätigkeit verdammt, gerät schon außer Puste, wenn er seine Zeitung vom Boden aufhebt. Das Ganze vor dem Hintergrund allgemeiner, tiefgreifender Erschöpfung. Sein Geist kann die Organe nicht mehr steuern, die mal hü, mal hott sagen. Alles verflacht, nur sein Enzephalogramm nicht. Und es widert ihn offenkundig an, mit diesem Körper zu leben.

Ich bringe meine Abende damit zu, die kürzer werdenden Tage zu betrachten, und höre dabei melancholische irische Weisen oder die raue Stimme von Léotard, der Lieder von Léo Ferré singt, Lieder über Tod, Einsamkeit und menschlichen Wahn. Härter geht es nicht.

Sogar meine Nachbarinnen verschwinden. Die eine (die Holländerin) ist an Leberzirrhose gestorben, die andere ertrunken (Susan). Und tagsüber kann ich mich nicht mal mit dem Garten unterhalten. Die Heide setzt sich allein zur Wehr. Sogar gegen mich. Und das Meer ist zu aufgewühlt, um die Reusen einzuholen.

19. August

Heute Morgen war das Meer wieder ruhig genug, um nach den Reusen zu sehen: 500 Gramm Felsengarnelen. Aber auch ein Meeraal in dem kaputten Korb ohne Klappe. Gemeiner Eindringling!

Das herrliche Buch von Sue Hubbel gelesen, *Leben auf dem Land*, das Florence hiergelassen hat. Ein Jahr im Leben einer alleinstehenden Frau, die auf einer abgelegenen Farm in Missouri Bienen züchtet. Kurze Kapitel über das Wetter und das Tierleben, manche herausragend. Ihre naturwissenschaftlichen Kenntnisse verbinden sich mit einer mütterlichen Liebe für alles Lebendige: Schlangen, Opossums, Luchse, Bienen, Vögel.

22. August

Nach einem Tag, den man hier als vergleichsweise *glorious* bezeichnen kann, auch wenn in Frankreich kein Hahn danach gekräht hätte, ist es wieder wie immer. Schauer, gefolgt von *drizzle*.

Ich ziehe allein los, um die Reusen einzuholen. Die Beute ist mager, nur ein paar kleine Samtkrabben, die ich ins Wasser zurückwerfe. Gestern habe ich zwei schöne gefangen. Wenn überhaupt, isst Paul aber nur fünf Garnelen und eine Krebsschere.

Ich werde nie wieder ohne Freunde hierher kommen, Freunde, mit denen ich die Krustentiere gemeinsam genießen, mit denen ich ausgehen und spazieren gehen kann. Das Wetter ist zu schlecht, um es hier allein auszuhalten, was mir in Doëlan gefallen würde. Inzwischen geht mir Irland auf die Nerven: allzu schlechtes Essen, zunehmende Vermüllung, hässliche Städte.

Paul und ich sind zu kommunizierenden Röhren geworden, wobei ich das Gefühl habe, dass ich mich leere, ohne dass er sich dadurch füllt. In unserem System gibt es ein Leck. Ein Loch am Boden von Pauls Röhre.

23. August

Nur noch drei Tage bis zur Abreise! Ich schreibe nachts mit meiner Taschenlampe auf der Schulter, wenn ich gegen zwei aufwache. Und ich lese auch, verbiege mich dabei, um Paul vom Lampenschein abzuschirmen. Bis meine Schlaftablette Wirkung zeigt. Was können wir beide eigentlich noch gemeinsam erleben, wenn ich alles allein machen muss, sogar abends auf dem Sofa sitzen? Nur eine gemeinsam verbrachte Nacht ist eine Oase der Zärtlichkeit.

24. August

Sintflutartiger Regen gestern auf dem Weg nach Waterville. Paul wollte gern Obstsalat, eine »Zézette«, wie Robert Badinter sagt, weil seine Frau Elisabeth verrückt danach ist. Beim Einkaufen habe ich außer Äpfeln und Bananen aber nur Schalen mit harten Nektarinen und mit noch härteren Pflaumen gefunden.

Mo und Irving Teitelbaum, die *Versteinerung* für die Leinwand produzieren, sind hier auf Locationsuche. Die Sache nimmt langsam Gestalt an: Nach Paul Newman, der wie eine Wolke vorbeizog, ist jetzt George C. Scott im Gespräch. Im April sind wir wieder hier, wegen der Dreharbeiten. Mo hat für das dreißigköpfige Filmteam bereits das Butler's Arms reserviert.

Paul hat Mo eine Postkarte mit einem Eselskopf vor einer Bruchsteinmauer geschickt: »Sehr geehrte Frau Produzentin, mir ist zu Ohren gekommen, dass Sie einen Film in meiner Heimat drehen und noch Statisten suchen, unter anderem einen Esel. Da ich selbst einer bin, möchte ich mich hiermit um diesen Posten bewerben und versichere Ihnen, dass ich in sämtlichen Sprachen iahen kann. Mit freundlichen Grüßen, Buridans Esel.«

25. August

Ich schreibe im Gästezimmer, am Fenster, das bei schlechtem Wetter eine tolle Aussicht bietet. Dorthin ziehe ich mich zurück, wenn Paul schläft oder auf dem Bett liest. Von den Stunden abgesehen, in denen er seine Ruhe braucht, kann ich ihn nicht allein im Wohnzimmer lassen. Sein Alltag hier ist so trist, seit er nicht mal mehr zum Hafen hinuntergeht. Seit einer Woche ist er nicht mehr Boot gefahren.

Meine liebe Michèle hat mir geschrieben: Im Gegensatz zur Einsamkeit, von der meine Briefe künden, freut sie sich über die Zeit, die sie in Chausey verlebt hat, mit ihren Kindern und Enkeln, ihrem Notar und dessen Frau, ihren Freunden. Eine Riesentruppe, und alle können ein Treibnetz auslegen, rudern, Fische ausnehmen, den Tisch decken und abräumen … Aber ich bin im Grunde lieber allein als mit so einer lustigen Truppe. Lieber bin ich traurig, als die schönen Dinge dieser Welt mit zu vielen Leuten zu teilen. Das ist aber nicht so nett, Madame … Mag sein, aber es ist zunehmend wahr.

1995

18. Mai

Gestern bei sonnigem Wetter mit Kurt angekommen. Was soll ich über ihn sagen? Was früher schlecht war, wird schlimmer, was gut war, verblasst. Er hat sich vom Leben losgesagt und versinkt in einer Art Vortod. An ihm liebe ich nur noch, dass er mich liebt. Er liebt mich, weil er das schon immer getan hat und weil er sonst verschwinden würde. Es geht ihm gar nicht gut. Er kann keine zehn Minuten gehen, ohne heftig zu schwitzen und Herzstechen zu bekommen.

Wenn er den Tisch deckt, passt kein Glas zum anderen, liegt das Besteck kreuz und quer. »Don't fuss«, brummt er, wenn ich ihn darauf aufmerksam mache und eine hübsche Tischdecke nehme, hübsche Teller. Bei einem Liebhaber ist eine solche Einstellung tödlich, selbstmörderisch. Vor allem, weil er sich nicht von diesem ausgeblichenen und fadenscheinigen Pyjama trennen kann, mit dem er seit zwanzig Jahren verreist. »Who cares? I don't even look at it.« Wo bleibt da die Anziehungskraft? Tja, sie ist dahin. Erst recht, da sein Verlangen vielleicht noch nicht erloschen ist, sein Körper ihm aber den Dienst endgültig versagt. Umso wilder seine Entschlossenheit, mir Lust zu verschaffen. Im

Dunkeln lasse ich mich darauf ein. Wie soll ich ihm nur sagen, dass es mir lieber ist, wenn er aufsteht (um mich im Alltag zu unterstützen), als wenn er sich ins Bett legt? Nicht, dass ich prinzipiell etwas dagegen habe, aber ich mag seinen Körper nicht mehr, den er immer noch mit kindlicher Unbefangenheit zur Schau stellt, wie andere Männer, die einst sehr schön waren und gern am Glauben festhalten, dass die Liebe sich nicht um das Alter schert und an einem geliebten Menschen alles liebenswert ist. Er glaubt auch, mich zu beruhigen, wenn er sagt, dass er mich immer lieben wird, egal, wie mein Zustand ist. Lieber würde ich hören, ich sei noch so attraktiv, dass er darüber mein Alter vergisst!

22. Mai

Morgens fällt es Kurt sehr schwer, aus dem Bett und in die Gänge zu kommen. Er macht keinen Hehl daraus, mit welchen Schmerzen das für ihn verbunden ist. Entsetzlich, ihn so greisenhaft zu erleben, von seinem Alter eingeholt, nachdem er sich so lange so großartig gehalten hat.

23. Mai

In Frankreich herrschen 18° und Sonnenschein. Hier muss man sich jedes Mal wieder an dieses raue Klima gewöhnen. Na und? So ist Irland nun mal. Immer möchte man dieses Land unseren gemäßigten und zivilisierten Breiten annähern. Es eignet sich aber nicht dafür. Lassen wir es also sein.

Beim Abendessen haben wir über den Kommunismus gesprochen.

»Was denn nun? Sind die Kommunisten Linke oder Rechte?«, fragte Kurt. Ich habe es ihm schon so oft erklärt, im Lauf unserer Treffen, aber er bringt alles durcheinander: »Wie kann ein Jude Kommunist sein? Das ist doch undenkbar.«

»Marx war Jude, wusstest du das nicht?« Das Wort »Marxismus« hat er schon mal gehört. Aber den Namen Marx … eine Stadt? Eine Person?

Ihn bewegt nur noch die Liebe. Aber wenn die Liebe verfällt?

24. Mai

»Sobald ich dich nur ansehe, und sei es von hinten, wenn du gehst, spüre ich dieses Verlangen …« Kurz danach schließt er plötzlich die Augen, als hätte er Schmerzen. »Was ist?«, frage ich ihn. »Ich habe dich gerade lächeln sehen und würde dich am liebsten aufs Bett werfen …« – »Schon wieder?«

Auf keinen Fall darf ich vergessen, wie einzigartig diese närrische, ewig junge Liebe ist, die unermüdlich wieder aus der Asche aufsteigt – einer immer noch schwelenden Asche.

25. Mai

Gemein, wie ich reagiere, aber wenn Kurt sich abends auf mich stürzt, um mich zu küssen, um mich förmlich einzusaugen, kommt er mir vor wie ein alter Säugling, der seinen Schnuller will. Kein leidenschaftlicher Liebhaber mehr, sondern ein frustriertes Baby. Er erstickt mich, und seine Schwarzmalerei trübt auch für mich alles ein. Ich möchte bei der Liebe aber Spaß haben und heiter sein, sie soll nicht als letzter Anker der Barmherzigkeit herhalten. Das Letzte, was mich mit ihm verbindet, ist seine Liebe zu mir. Und auch wenn er mich mit aller Macht liebt, die ihm bleibt, ist das wenig, aller Intensität zum Trotz.

Aber da ist zugleich diese unermessliche Zärtlichkeit, die ich für ihn empfinde. Ich weiß, wie sehr er darunter leidet, keinen mehr hochzukriegen, nicht mehr richtig ... Und dass sein »Ding«, *as we call it*, den Dienst verweigert, führt zu Kurts allgemeiner Auflösung. Er überlegt, ob er sich wieder einer Koronarangiographie unterziehen soll, falls nötig, sogar einer Bypassoperation. Ich bestärke ihn darin, denn so würde er wieder zu dem, was er vor gar nicht so langer Zeit noch war: einem jungen Mann! Er würde sein Selbstwertgefühl zurückerlangen. Fliegen kann er ja auch nicht mehr: Wenn ein Pilot die achtzig überschritten hat, wird er nicht mehr eingesetzt. Außerdem strengen Kurt schon die Vorbereitungen zu einem Flug zu sehr an, er hat Angst vor einem körperlichen Versagen. Fliegen, einen hochkriegen – an beiden Fronten die gleiche Niederlage.

Wir haben bis ein Uhr morgens über unsere nächsten Treffen gesprochen. Ende Oktober soll ich eine Reihe von Vorträgen am Wellesley College halten. Aber ja, danach werden wir ganz Maine mit seinem Auto erkunden. Und so liegen wir, zwei groteske Gestalten, zwischen rosenknospenverzierten Laken und vermeiden jede verfängliche Geste, denn er brennt zwar darauf, mit mir zu schlafen, weiß aber auch, dass es für ihn in Scham und Bitterkeit münden wird. Ein Jammer, denn er bereitet mir mit seinen Streicheleinheiten durchaus große Lust.

Dieses Tagebuch endet, wie auch unsere Liebe vermutlich enden wird, nach fünfundvierzig Jahren voller Besessenheit und Wunder. In unseren Träumen und Gedanken ist sie noch längst nicht zu Ende. Aber wie soll sie das trübe Wasser des Alters überstehen? Kurt hat weder den Wunsch noch die Kraft, glücklich zu sein. Und wenn sich das, was im Leben verloren geht, nicht durch die Vorstellungskraft ausgleichen lässt, wenn man selbst keinerlei Sinn für Poesie hat, für die Magie der Worte, wenn man keinen Humor hat, bleibt anstelle des entschwundenen Begehrens nur eine große Lücke.

27. Juli

An Bord der Brittany-Fähre. Wir sind bei strahlend schönem Wetter losgefahren und wachen unter grauem Himmel auf … Wunderbare Kabine (615), in der ich geschlafen habe wie ein Baby. Ich sollte mein Schlafzimmer mit einem Motor ausrüsten!

Je näher wir Irland kommen, desto grauer wird der Himmel und desto aufgewühlter das Meer. Wenn es ein Land gibt, wo an Gesichtsspray kein Bedarf besteht, dann dieses: Hier wird man pausenlos mit Feuchtigkeit besprüht.

5. August

Behauptung widerlegt, dieses Jahr herrscht eine unerträgliche HITZE. Nicht der leiseste Hauch kräuselt das Meer. Und natürlich habe ich diesmal keine leichten Sachen dabei, weil ich sie in den letzten beiden Jahren kein einziges Mal tragen konnte. Bis auf eine Shorts, die ich jeden Tag trage. Ich vermisse meine Sandalen, die Hose aus grauer Seide, auch die weiße. Paul geht es ähnlich. Wir duschen kalt!

Unangenehm, für das irische Haus nichts mehr anzuschaffen. Seit einem Jahr denke ich, dass es vielleicht unser letztes Mal ist, und so behalte ich einfach den Stuhl aus Edelstahl, den Klapptisch im Gästezimmer und noch anderen hässlichen Trödel.

Allmählich finde ich zur alten Form zurück, bekomme aber Rückenschmerzen, wenn ich die schweren Hummerkörbe an Bord hieve. Mir wird auf einmal bewusst, dass ich so etwas habe wie einen Rücken oder Gelenke. Es fällt mir schwer, das Bein zu heben, wenn ich vom Tabur in die *Ptite Poule* steige, also schummle ich und stütze mich mit dem Knie am Rand ab. Dabei ist das Meer spiegelglatt, keine Welle, kaum ein Kräuseln seit unserer Ankunft.

6. August

Ein Tag im Leben der Benedicta Groultova: Aufstehen um 7 Uhr 20, um 8 Uhr 30 abfahrbereit, um mit Paul fischen zu gehen. Es ist schon sehr heiß, wir verzichten auf Ärmel. Als wir ins Auto steigen wollen, fällt uns auf, dass ein Vorderreifen platt ist. Wir beschließen, trotzdem zur Rampe zu fahren, im Kriechtempo, der Reifen ist so oder so hin. Und wir wollen uns das Fischen nicht verderben lassen.

Unterwegs auf dem Meer treffen wir Bernard, den Schweizer, der gestern bei uns zu Mittag gegessen hat. Ein Glücksfall! Wir erzählen ihm von unserem Reifen ... Er bietet an, ihn für uns zu wechseln. Uff!

Nach dem Fischen flitze ich nach Waterville, um einen Reifen zu besorgen und ein bisschen einzukaufen.

Ich hatte mir vorgenommen, mit dem Beiboot zum Strand von Derrynane zu rudern und dort zu baden. Das Wasser ist aber so kalt, dass ich mich dazu zwingen muss. Zuvor hatte ich laut verkündet, wer an einem solchen Tag – bei 26° Außentemperatur – nicht im Meer bade, sei ein Weichei.

Da ich mir abends ohnehin die Haare waschen wollte, tauche ich meinen struppigen Schopf ins Meer. Danach zwanzig Minuten rudern, um nach Hause zu kommen. Dort höre ich die übliche Hiobsbotschaft: kein Wasser. Der Tank ist zwar voll, aber das Wasser fließt nicht heraus. Mal was Neues!

Und was ist mit meinen Haaren? Meiner Dusche nach dem Baden im Meer?

Ein Segen, dass Lison und ihre Töchter erst morgen kommen. Bis dahin wird sich das Wasser aber bestimmt etwas Neues einfallen lassen, um auszufallen.

7. August

Nächster Tag im Leben der Groultova: Wieder brechen wir gegen 8 Uhr 30 zum Fischen auf. Der Bootsmotor lässt sich nur mühsam starten, Paul zieht bis zur Erschöpfung am Seil, zehn-, zwölfmal, würgt den Motor zweimal ab.

Eine Wespe ist uns an Bord gefolgt, dieses Jahr wimmelt es davon, diese lässt uns keine Sekunde in Ruhe.

In den zwei hinteren Reihen entdecke ich eine übelriechende, schwärzliche Lache: Der Benzinschlauch hat sich gelöst, fast ein Liter des öligen Gemischs ist ausgelaufen. Beim Versuch, es aufzuwischen, versaue ich mir den Schwamm. Das Zeug klebt an unseren Sohlen, Paul rutscht beinahe darauf aus.

Im Fangkorb: ein paar Makrelen und Krustentiere. Schöne Felsengarnelen und ein Hummer.

Die Rampe ist voller Touristenboote. Wir landen bei auflaufendem Wasser am Strand an. So lande ich sehr gern mit einem großen Boot an, denn es gibt mir ein Gefühl der Verbundenheit mit allen Seefahrern der Vergangenheit, die ihren Vordersteven in den Sand gerammt und Neuland betreten haben.

Als wir nach Hause kommen, ist Frank da. Kein Wasser in der Küche und aus dem Außenhahn. Wir rennen zum Dachboden, füllen den Tank mit Hilfe der elektrischen Pumpe, die wundersamerweise ihren Dienst tut. Frank ist dennoch unzufrieden. Schließlich entdeckt er eine Luftblase und muss den Wasserschlauch an der Quelle abnehmen, entlüften und wieder anschließen. Da liegt Paul bereits im Bett.

Großeinkauf, um für Lison und Co. gerüstet zu sein, vor allem Cola, Limo, Mineralwasser. Diese Hitze macht durstig. Eine Katastrophe für mich – in der Garage sind es mittlerweile 25°, ich kann sie nicht mehr als kühles Zwischenlager nutzen, und der Kühlschrank ist zu klein.

Vor dem Einkaufen pflücke ich Sträuße für jedes Zimmer und koche die Krustentiere. Danach rühre ich mich nicht mehr vom Fleck, lese im Liegestuhl *Die Kunst des Glücklichseins* von John Cowper Powys zu Ende und versuche, mir dabei die Unterarme zu bräunen, die noch halbwegs vorzeigbar sind. Paul wollte eigentlich schlafen. Nach einer halben Stunde taucht er mit einem blutenden großen Zeh und einem Pflaster in der Hand auf. Er wollte sich die Zehennägel schneiden – obwohl es ihm schon schwerfällt, einen Strumpf anzuziehen! Notgedrungen verlasse ich meinen Liegestuhl, hole Wundreiniger und verarzte ihn. Paul lebt momentan über seine Verhältnisse, aber da er auch schon so oft darunter gelebt hat …

Ich streiche mir über die Knochen, die noch keine Gebeine sind.

10. August

Gewöhnen wir uns je an den Gedanken, dass unsere Kinder nicht wir selbst sind? Manchmal ertappe ich mich noch bei der Vorstellung, dass meine Töchter haargenau so sind wie ich und natürlich auch nur so reagieren können. Eine unkorrigierbare Fehlvorstellung. Meine Töchter sind sie selbst und mir in gewisser Hinsicht sogar fremder als andere Menschen, die mir gleichgültig sind.

14. August

Mir wird klar, dass ich inzwischen lieber von meinem Leben erzähle, als es tatsächlich zu leben, dass ich es mir lieber vorstelle, als mich ihm zu stellen.

Seit langem schon kann ich nicht mehr ohne Tablette einschlafen. Die Ärzte sagen, dass die Schlaffähigkeit bei alten Menschen abnimmt. Bin ich also ein alter Mensch?

15. August

Clémentine liest voller Begeisterung *Die Herrin vom Nil*. Aber sie ist schließlich erst zwölf. Und diskutiert auf Augenhöhe mit Paul über Dynastien, Epochen, Eigennamen. Sie hat ein fantastisches Gedächtnis und vor nichts Angst, nicht einmal davor, Paul zu widersprechen!

17. August

Dieses Jahr möchte Paul keine einzige unserer morgendlichen Ausfahrten missen. Er hat Spaß daran, keine Frage, zugleich muss er sich dann endlich wieder körperlich betätigen. Es geht ihm aber vor allem um das solidarische Paar, das wir beide beim Bootsfahren immer schon gebildet haben. Sonst haben wir kaum Gelegenheit, die Vergangenheit so getreu wieder aufleben zu lassen, mit ihm an der Ruderpinne, der alle gefährlichen Stellen in- und auswendig kennt – was hier lebensnotwendig ist – und Boot wie Motor perfekt im Griff hat. Und so kann er wieder seinen Mann stehen, platt ausgedrückt, genau wie früher.

Und so wechseln wir auch die gleichen Worte wie eh und je: »Hier ist eine Seegraswiese, lass uns die Reuse auslegen« – »Ich habe die Boje verpasst, fahr nochmal ran ...« – »Sieh mal, ein Hummer!« – »Nichts, nur ein einziger Taschenkrebs ...« – »Weg von den Felsen, Paul, wir haben Ostwind, wenn die Schraube in den Algen steckenbleibt, bin ich nicht schnell genug an den Rudern ...« Die Melodie unserer Ausfahrten, nur dass vom Treibnetz keine Rede mehr ist. Das Treibnetz hängt am Giebel, dieses Jahr ist das erste, in dem wir es nicht mehr auslegen. Das heißt: in dem ich es nicht mehr auslege. Auf Paul kann ich mich dabei schon lange nicht mehr stützen. Obwohl das Wetter in diesem Sommer so schön ist, wie wir es uns siebzehn Jahre lang erträumt haben, fehlt mir die Energie, es weiterhin allein auszulegen, geschweige denn, es mit seiner schweren Ladung einzuholen, meist riesige Lippfische, die man erst mühsam loslösen und dann ausnehmen muss. Und wenn sich lauter Tang darin verfangen hat, muss ich das Netz auch allein saubermachen, weil Paul vom nahen Hinsehen schwindlig wird. Das Schlimmste allerdings ist das Zerlegen der Lippfische mit ihren großen Schuppen und dicken Rückengräten, eine richtige Metzgersarbeit! Danach muss man sie mit Gummihandschuhen ins Pökelfass legen, damit das grobe Salz nicht die Wunden und Schrammen angreift, die man sich zugezogen hat.

Kurzum: Das, was ich über so viele Jahre gemacht habe, geht dieses Jahr anscheinend über meine Kräfte. Es ist auch niemand da, der mir helfen würde: Lison macht das keinen Spaß mehr, und Serge hat es noch nie versucht. Clémentine ist noch zu klein, sie interessiert sich auch nicht brennend dafür. Und so muss ich das Treibnetz aufgeben, mit dem ich immer besonders gern gefischt habe.

Bleibt das Schleppfischen, wir brauchen ja Köder für die Fangkörbe. Das klappt sehr gut. Trotzdem ist nichts mehr so schön wie früher. Paul muss unterwegs in den Fischeimer pissen, wegen der fünf Tabletten, die er morgens einwirft und deren harntreibende Wirkung bemerkenswert ist. Ich sehe uns schon jedes Mal kentern, wenn er bei stärkerem Seegang aufsteht, um seinen Schniedel aus Hose und Öljacke zu schälen und auf den Plastikeimer zu zielen. Ich zittere davor, dass er mit seinem großen, schweren Körper umkippt und über Bord geht. Ich überlege, was ich dann tun soll: Wenn ich ihm die Hand hinstrecke, kippe ich ebenfalls über Bord, und dann …

19. August

Hatten unsere Nachbarin Wendy Nolan und eine Freundin von ihr zu Gast, die noch junge Gattin eines greisen Alzheimerkranken. Der blanke Horror.

Wie jedes Jahr zum Sommerende hin das Gefühl,

dass Irland sich wieder seinem Fluch überlässt. In den Geschäften hat man die im Frühling herbeigesehnten Touristen satt, die Regale sind leer. Die Kühlschränke und Tiefkühltruhen haben es satt, bei 25° Außentemperatur Kälte zu produzieren, sie qualmen und knurren, und die Wände dieser monströsen Kästen sind glühend heiß.

Gestern ein typisch irisches Essen anlässlich unseres alljährlichen Restaurantabends mit Josephine und Jean-Claude. Das einzige gute Lokal war voll, und so landeten wir in einem schäbigen Café für mittellose junge Leute, das zu allem Überfluss weder Wein noch Bier im Angebot hatte! Diese Getränke hätten wir uns im Pub nebenan holen und an unseren Tisch bringen dürfen. Das Essen war ungenießbar: Gemüsesuppe – wobei das Gemüse sich auf Möhren beschränkte –, fades, trockenes Brathühnchen und breiige Pommes Frites.

Leider entwickle ich allmählich eine Allergie gegen Krustentiere, die ich seit drei Wochen in rauen Mengen esse. Nicht, dass mir übel wäre oder ich Krämpfe hätte, nur ein diffuses Unwohlsein, das ich letztes Jahr auch schon erlebt habe ... aus denselben Gründen. Auf den Organismus ist kein Verlass mehr. Er spielt verrückt, muckt, schikaniert einen, nachdem man siebzig Jahre störungsfrei leben durfte. Irgendwann kommt die Zeit – in meinem Fall sogar lange nach dem siebzigsten Geburtstag –, da der Körper nicht mehr dieser vernachlässigte Partner ist, dem man den Mund verbietet und der einem blind überallhin folgt. Auf einmal hat er seine Launen und Empfindlichkeiten und zwingt sie einem auf. Er führt ein Eigenleben! Das hat Paul in seinem Roman *Le mauvais temps* (»Schlechtes Wetter«) sehr gut eingefangen.

20. August

Heute Morgen nicht rausgefahren. Ich war froh, ganz entspannt zu Hause zu bleiben, keinen Fisch ausnehmen und einlegen zu müssen.

Zwei unglaubliche Begegnungen mit Tieren erlebt: einer Garnele und einer Biene. Wissenschaftlich durchaus erklärbar, dennoch äußerst bemerkenswert.

Die erste Begegnung erfolgte, nachdem ich mit Lison ein Pfund Garnelen gefischt hatte, die zu klein waren, um sie einzeln zu genießen. Ich fror sie ein. Fünf Tage später holte ich die beiden frostigen Päckchen aus der Tiefkühltruhe und ließ sie in der Spüle auftauen. Als ich nach einer Stunde das erste Päckchen aufmachte, wäre ich fast in Ohnmacht gefallen: eine der Garnelen sprang mir ins Gesicht! Ich legte sie auf die Arbeitsplatte, und sie lief ganz normal los ... Am liebsten hätte ich sie mit allen Ehren in ihr Element zurückgeleitet, zum Zeichen meiner Bewunderung.

Natürlich werden auch Organspenden, Finger oder andere Glieder, die man wieder annähen möchte, kühl konserviert, um ihre Lebensfähigkeit zu erhalten. Aber das Gefühl, einem Wunder beizuwohnen, hat mich schier überwältigt. Ob ein Fisch wohl seine Flossen bewegt hätte? Die Garnele ist offenbar gar nicht so simpel, als Organismus ...

Die zweite Begegnung: Ich wollte eine Rose abschneiden und schloss dabei die Hand um eine Biene, die mich stach. Ich rannte ins Bad und trug ein paar Tropfen Urin auf den Stich auf, die ihre Wirkung nicht verfehlten: keine Spur mehr von Schmerz. Am nächsten Morgen hatte ich zwar einen roten Fleck am Daumen, aber das Gelenk tat mir nicht mehr weh, im Gegensatz zu allen anderen Fingern, die ich kaum bewegen konnte. Nur mein Daumen funktionierte einwandfrei. Als ich Paul davon erzählte, fiel ihm ein, dass er mal eine Reportage über den Einsatz von Bienengift in der Rheumatologie gelesen hatte … Drei Tage später war das Gelenk immer noch schmerzfrei. Da brauche ich mir also nur einen Bienenkorb zuzulegen!

22. August

Hält der Tod wieder mit Pauken und Trompeten Einzug in die Literatur? Oder habe ich inzwischen eine selektive Wahrnehmung? Sämtliche Romane, die ich in diesem Sommer gelesen habe, handeln von Tod, Todeskampf, Krankheit im Endstadium. Und da ich vor allem nachts lese …

Die Frau, die die Männer nicht kannte, der großartige Roman von Jacqueline Harpman, spielt auf einem toten Planeten, wo vierzig Frauen, Überlebende einer Naturkatastrophe, nacheinander sterben – und reißt die Leserin in einen tiefen Abgrund.

Eine Kette schöner Frauen von Alice Ferney hat einen unbestreitbaren Reiz. Doch das Schicksal dieser vielen Witwen, diese reduzierten Leben, den ewigen

Schwangerschaften zum Trotz, enden ja doch alle mit dem Tod einer Generation nach der anderen und hinterlassen nach der Lektüre ein schales Gefühl.

Die Suhle, von Franz-Olivier Giesbert: Im ersten, herausragend geschriebenen Kapitel wird der Tod eines alten Bauern geschildert …

Sodass ich, die früher nie daran gedacht hat … plötzlich das Gefühl habe, neben einem lebenden Toten zu liegen und selbst bald hinfällig zu sein.

Seitdem ich mein Alter ausspreche, fünfundsiebzig, kann ich es kaum mit mir in Verbindung bringen. Sollte ich in fünf Jahren etwa wirklich achtzig werden? Und was wird dann aus meinen Booten?

23. August

Ich will leben, nicht überdauern, wie Violet Trefusis einmal so ungeheuer treffend schrieb.

1996

30. Juli

Dieses Jahr streike ich … Hätte ich einen gesunden Mann an meiner Seite, würde ich meinen Part erfüllen, beim Fischen, beim Bootfahren und was sonst so anfällt. Doch so habe ich nicht mal Lust, meine acht Fangkörbe auszulegen. Erst recht nicht in diesem strömenden Regen. Wie soll ich bei diesem Wetter mit Paul hinausfahren? Kaum hatten wir die Fähre verlassen, machte sich sein Emphysem wieder bemerkbar. Bei strahlender Sonne in Roscoff losgefahren, bei Regen und Nebel angekommen, der immer dichter wurde, während wir Bunavalla ansteuerten.

Das Torffeuer lodert, ohnehin war es sehr warm im Haus, das vor wenigen Tagen noch von Denise Bombardier und ihrem Mann Joli-Cœur bewohnt wurde. Sie sei hier so gut vorangekommen wie noch nie, sagte sie, und habe hundertfünfzig Seiten geschafft, »die besten, die ich jemals verfasst habe«. Das weckt eine gewisse Wehmut: Sie lebt für ihr Werk, ich lebe von meinem Werk. Sie ist nicht rausgefahren, war nur zweimal gezeitenfischen. Alles hat sie dem Schreiben untergeordnet. Ich hingegen erledige nach wie vor auch die Einkäufe, schrubbe den schwarzen Schimmel vom Rand der Dusche, gärtnere ein bisschen und gehe so oft wie möglich gezeitenfischen.

Außerdem schlafe ich schlecht, vor allem, weil Paul jede Nacht dreimal aufsteht und das Schloss quietscht. Dieses Jahr strengt mich der Sommer an, abends bringe ich nichts mehr zustande. Was ich nicht schreibe, ermüdet mich noch mehr als das, was ich hier und da zu notieren vermag … Nachts auch noch Alpträume wegen Paul, er hat eine Halsentzündung und 39° Fieber.

Und ich fürchte mich jetzt schon vor dem Hin und Her zur *Ptite Poule*, die weit entfernt vor Anker liegt; ich fürchte mich auch vor dem Übergang vom Tabur zu unserem großen Boot, weil ich das Bein vom schaukelnden Beiboot aus nicht mehr hoch genug über Bord schwingen kann. Bei stärkerem Seegang habe ich ein bisschen mehr Angst als früher. Wenn ich aber nicht rausfahre, gibt es keinen Hummer. Zum Glück kommen morgen die Vivets.

1. August

Heute Morgen wurde mir das Fischen von dem einzigen Konkurrenten in unserer Zone verdorben, einem Franzosen, der mir schon letztes Jahr aufgefallen war, Typ Berserker. Er steuerte sämtliche vielversprechenden Stellen mit kräftigen Wasserwirbeln an und scheuchte die Garnelen auf. Ich konnte nur 600 Gramm von den mittelgroßen fangen.

Mir fällt auf, dass ich in diesem Zeitlupenleben mit Paul langsam, aber sicher Schiffbruch erleide. Um ihn von seiner Einsamkeit abzulenken, verbringe ich vor den Mahlzeiten mittlerweile eine oder zwei Stunden in der Küche, obwohl ich mir doch immer vorgenommen hatte, so wenig Zeit wie nur möglich am Herd zu verbringen. In diesem System kommunizierender Röhren werden die Ressourcen der volleren auf die leerere umverteilt. Die eine Röhre saugt an, die andere wird unerbittlich ausgesaugt.

4. August

Paul geht es besser. Aber wir warten auf den nächsten Prankenhieb des Todes, der wie eine Hyäne um ihn herumstreift.

Niedrigwasser heute besonders niedrig, 107, sodass die Garnelen im freigelegten Kanal zu Lamb's Island steckengeblieben sind: 1,2 Kilo! Leider im Regen, und so hatte ich meine Rüstung angelegt, Wattstiefel, Wollmütze, Mohairpulli und Öljacke. »Ist doch nicht kalt«, sagte ich mir zur Beruhigung, bei 12° Anfang August.

Welcher Mensch – welche Menschin – tut sich eigentlich diesen Kraftakt an, wenn er oder sie Mitte siebzig bereits überschritten hat?

8. August

Ich weiß, ich spüre, dass meine Intelligenz nachlässt. Das heißt nicht, dass ich weniger genial oder bemerkenswert bin, das war ich ja nie, und so wird auch niemandem auffallen, dass ich früher auf diesem Gebiet mehr zu bieten hatte. Aber ich büße langsam meinen Scharfsinn ein, werde die Dinge bald nicht mehr so gut analysieren und auf den Punkt bringen. Das ist genau so schlimm wie ein lahmes Bein, ohne dass man dieses Leid benennen oder lokalisieren könnte. Die eigene Persönlichkeit verblasst.

11. August

Jedes Jahr wieder das gleiche Phänomen: Ich habe solche Angst vor der vergehenden Zeit, dass ich ständig 5. oder 11. Juli schreibe anstatt 5. oder 11. August.

Dabei kann dieser August von mir aus gern schnell verstreichen. Seit die Vivets abgereist sind, ist das Wetter einfach zu grauenhaft. Seit gestern außerdem noch Sturm, sintflutartiger Regen und Nebel. Im Schlafzimmer, in dem Paul – der noch Kortison einnimmt – wie ein Fisch im Sand atmet, zeigt das Hygrometer 85 % Feuchtigkeit an.

Warum denkt man beim Anblick von greisen Mündern unwillkürlich an den Tod? *Boca do Inferno*, *Bocche di Bonifacio* – immer dieses Bild eines gefräßigen Schlunds. Den Mund also immer schön zumachen!

Die durchdringende Feuchtigkeit macht selbst vor den Uhren nicht halt … beide sind stehengeblieben, die Hermès-Uhr von Paul und meine Fred. Schlimmer noch, die Batterien für mein Hörgerät sind untauglich, dabei hatte ich sie noch nicht mal eingesetzt! Die Verpackung war doch wasserdicht. Mein kleiner Audika ist bereits am zweiten Tag ausgefallen. Das große Gerät würde funktionieren, aber auch dessen Batterien – und ich habe zwölf dabei – sind tot.

13. August

Endlich ein richtig schöner Tag – ein paar harmlose weiße Wolken am azurblauen Himmel.

In meinem nächsten Buch – *Leben heißt frei sein* –, das autobiografisch angelegt ist, möchte ich ein böses und lustiges Kapitel zum Thema »Plitsch und Platsch, beide weit über siebzig, fahren Boot« schreiben! Dabei wird mir dieses Tagebuch sehr nützlich sein. Ich habe das Kapitel bereits begonnen, aber mir fehlt die Zeit, es ernsthaft anzugehen. Eine Frau kann ihre Arbeit immer nur gegen die Wünsche und Erwartungen ihres Ehemanns verrichten. Was ich mir an Zeit nehme, entziehe ich Paul. Schlimmer noch, ich raube sie ihm. Und ich will ihn ja auch nicht allein lassen, in den seltenen Momenten, die er überhaupt im Wohnzimmer verbringt. Dieses Jahr lege ich mehr Wert aufs Schreiben als aufs Fischen, vor allem, wenn niemand mit mir den Fang genießt. Für Paul ist es aber Ehrensache, jeden Morgen rauszufahren, und weil er momentan nicht schreiben kann – den interessanten Anregungen von Jean-Pierre Vivet zum Trotz –, irrt er den Rest des Tages wie eine verlorene Seele im Haus herum und spornt mich gar nicht zum Schreiben an. Tatsächlich fährt er auch deswegen so gern Boot, weil er mich dann zwangsläufig um sich hat: Ich kann weder weglaufen noch einkaufen gehen oder mich in die hinterste Ecke des Gartens verziehen. Ich mache nur das Notwendigste – Reusen einholen oder das Boot ausschöpfen – und bin sonst ganz bei ihm.

Ein riesiger schwarzer Schoner mit Marssegeln ist gerade in die Bucht eingelaufen. Ein ungewöhnliches, erhebendes Schauspiel.

14. August

Ja, seit zwei Tagen haben wir schönes Wetter. Irgendetwas ist aber immer faul im Staate Irland, das unschuldige Äußere birgt Trügerisches, hinter dem Sonnenschein lauert Regen.

Heute Abend sollten wir im Smuggler's Inn essen gehen, doch als wir losfahren wollten, war die Batterie leer. Unser Honda stand am Hafen, es gelang Paul nicht, ihn bergab zu starten. Er war erschöpft, nachdem wir das Auto beide ein wenig geschoben hatten und zu Fuß wieder hinaufgegangen waren. Außerdem war er deprimiert, weil er zu keiner körperlichen Anstrengung mehr imstande ist. »In unserem Alter ist man entweder invalide oder tot«, sagte ich zu ihm.

16. August

Nach zwei fast normalen Tagen zeigt das Hygrometer wieder 85 % an.

Heute kein Wind, aber Nebelschwaden, die überall wabern. Irland bringt Nebel aus dem Nichts hervor, er dringt dem Land aus jeder Pore und breitet sich nach allen Seiten aus. Ohne mein Buchprojekt wollte ich nicht länger bleiben. Für wen sollte ich denn fischen?

Für mich jedenfalls nicht, denn nachdem ich an so vielen Tagen hintereinander 300 bis 500 Gramm Garnelen zu mir genommen habe, scheint sich wieder eine allergische Reaktion abzuzeichnen. Da hilft nur Verzicht, wenigstens ein paar Tage lang. Aber ich brauche Paris, um endlich mit Josyane Savigneau zu arbeiten. Und mein liebes Doëlan. Paul geht es genauso, er gesteht es zwar nicht ein, aber er mag sich überhaupt nicht mehr an seinen Roman setzen und die geplanten Korrekturen ausführen. Wir müssen es hier noch acht Tage aushalten.

18. August

Das Fischen wird wirklich sinnlos. Paul isst nicht mal mehr eine Makrele, was einer Ablehnung Irlands an sich gleichkommt. Und ich verzichte auf Garnelen ... Wie man hört, ist es sonst überall schön, sogar in England. Das ist doch geradezu pervers, sich an diesen Ort zu klammern, der es einem inzwischen so schwermacht, rein körperlich gesehen. Ich habe überall Arthrose, muss allein spazieren gehen und pflücke Blumen für ein Haus, in dem Paul zwei Drittel des Tages die Augen geschlossen hält. Wozu das Ganze?

Das Alter ist wie eine Jugend unter umgekehrten Vorzeichen: Vieles erlebt man zum letzten Mal ... Zum Glück ist einem das nicht in jedem Fall bewusst. Trotzdem steht jedes Ereignis unter Verdacht, das letzte seiner Art zu sein. Manches, was man aus seiner Kindheit kennt, kommt wieder, so habe ich wieder recht häufig Schluckauf, vor allem nach dem dritten Schluck Single

Malt. Und dann wirke ich aber nicht wie ein Baby, sondern wie eine alte Säuferin!

In Irland als Rose zur Welt zu kommen, welch ein Los! Ich habe die einzige Rose meines einzigen Rosenstrauchs gepflückt, eine Schönheit, rosig weiß, duftend, vom Regen bereits zu Boden gedrückt.

23. August

Was für ein mühsames Land. Um hier zu überleben, muss man jung oder verrückt oder besoffen oder bekloppt sein – oder alles auf einmal!

Ich habe gerade meine Begonie mit der roten Äderung umgetopft, die ich vor vielen Jahren aus Doëlan mitgebracht hatte. Sie hält sich tapfer, blüht, wächst aber keinen Zentimeter. Man könnte es auch so sagen: Sie stirbt nicht. »Genau wie ich«, sagte Paul, der eben aufgestanden ist – es ist 15 Uhr – und sich an den Tisch gesetzt hat, die Ellbogen auf die Wachstuchdecke gestützt, den Kopf in den Händen, die Lider halb geschlossen. Er ist völlig vernebelt. Dabei ist es heute gar nicht so neblig, dafür beträgt die Feuchtigkeit nach zwei normalen Tagen wieder 85 %. Sobald wir die 80 überschreiten, habe ich Schmerzen in den Fingern und tut mir beim Aufstehen das Kreuz weh. Wenn die Feuchtigkeit einem bis in die Gelenke dringt, kann man sich doch vorstellen, dass sie auch das Herz befällt, die Lungen, die Psyche, den Lebenswillen.

Ich bin im oberen Zimmer und betrachte wahre Lichtfestspiele: Aus dem Südwesten rollen Schaumflächen heran, obwohl das Meer kaum bewegt ist, und versickern am Strand, fern jedes Getöses.

24. August

Das Telefon klingelt, fünf- oder sechsmal. Da Paul nicht rangeht, renne ich nach unten. Er SCHLÄFT, im Sitzen, den Kopf in den Händen vergraben. Vor dem Mittagessen hat er zwei große Ricard getrunken. Wenn ich von der Wirkung ausgehe, die ein oder zwei Wodka auf mich haben – statt zu arbeiten, muss ich nachmittags schlafen, ob ich will oder nicht –, liegt es auf der Hand, dass er sich langsam, aber sicher umbringt. Vor jeder Mahlzeit trinkt er zwei, drei Gläser Alkohol, meistens Whiskey, und dann natürlich Wein. Das wäre vielen jungen Männern schon deutlich zu viel. Möchte man leben oder vor Stumpfsinn sterben? Das muss jeder selbst entscheiden.

Mein Alter springt mich förmlich an, als ich in einem Pflanzenkatalog lese: »Kalmia latifolia, Olympic Fire, rote Lorbeerrose, langsamer Wuchs« und denke: »Zu spät, dafür habe ich keine Zeit mehr.«

25. August

Der Überdruss, den man nach drei Wochen in Irland empfindet, die Erleichterung, dieses bettelarme Land zu verlassen, dieses miese Essen, dieses gemeine Meer, diesen schrecklich schönen Himmel, schlägt sehr rasch in Sehnsucht um, sobald man sich entfernt. Das ist eben der Zauber Irlands.

1997

26. Juli

Wir sind inzwischen so gehässig, beide, doch vor allem Paul. »Guck dir mal diese Karnickel an«, ätzt er am Pier von Roscoff beim Anblick der irischen Familienväter, die jeweils vier, fünf Kinder im Auto dabeihaben. Fangen wir etwa an, alles zu hassen, was uns überleben wird?

Im Nieselregen losgefahren, die Sichtweite beträgt keine fünfzig Meter. Nachts kommt Wind auf, grobe See. Aber dann bricht die Sonne durch, und wir kommen bei herrlichstem Wetter in Bunavalla an.

Das Haus lichtdurchflutet, von Sheila auf Hochglanz gebracht. Wir sind entzückt, ein solches Juwel zu besitzen!

Die *Ptite Poule* steht schon bereit, frisch geputzt für das fließende Element. Die Fangkörbe hat Frank bereits vom Dachboden geholt.

27. Juli

50 Prozent weniger Touristen: schlimmer noch als in der Bretagne. Irland findet zu seinen Dämonen und zu seiner Einsiedelei zurück.

Heute Nacht Regen und Wind, dann *drizzle* bis 14 Uhr. Das Boot haben wir bereits zu Wasser gelassen – und werden es morgen schon ausschöpfen müssen. Schleppfischen müssen wir auch, um die Körbe zu beködern.

Das Barometer habe ich auf den Kaminsims gestellt, um der masochistischen Freude willen, es sinken zu sehen, und das Hygrometer wieder an der Treppe angebracht, um es steigen zu sehen!

28. Juli

Plitsch und Platsch, beide inzwischen fast achtzig, gehen fischen! Ich stecke zwei Fangkörbe in den Kofferraum, um 9 Uhr fahren wir los. Wir brauchen zwei Pollacks – und fangen zwei, binnen zehn Minuten.

Zum Beködern nehmen wir beide Köpfe. Den dicken Pollack essen wir heute Abend, den kleinen lege ich zerteilt ins Pökelfass.

Wir knüpfen aufs Neue an unser irisches Leben an, nehmen die alten Gewohnheiten auf, unser Kokon ist wiederhergestellt.

Gnädigerweise hindert mich die Arthrose, die meine Fingergelenke anschwellen lässt, nicht daran zu rudern. Mir fällt Slocum ein, der seine Hände am Ruder hatte anfrieren lassen, um irgendwann Festland zu erreichen, als er in der eisigen See Schiffbruch erlitten hatte.

Ich kann einfach nicht glauben, dass ich siebenundsiebzig Jahre alt bin! Der Statistik zufolge würde mich höchstens ein Perversling noch vergewaltigen.

2. August

Starker Seegang, keine Lust, rauszufahren. Außerdem muss ich das Editorial für *Côté Ouest* schreiben. Wenn man älter wird, lässt die Begeisterung nach …

Gestern haben wir beide unseren Hummer gegessen, mittags gegrillt, abends hat Paul ihn dann nach seinem himmlischen Rezept zubereitet, das ich für meine Töchter festhalte, eines Tages werden sie dieses Tagebuch lesen.

Man nehme einen männlichen Hummer (mit gewölbtem Carapax) oder einen weiblichen, dunkelgrün, weder gekörnt noch gesprenkelt und schneide ihn in mehrere Stücke, während man sich selbst jedes Mitgefühl versagt. Die Stücke in einen Topf mit Olivenöl werfen und anbraten, danach großzügig mit Apfelbranntwein flambieren.

Für den Samtkrabbenfond: 5 bis 10 lebende Samtkrabben in der Mitte durchschneiden, den oberen Carapax abnehmen. In Olivenöl andünsten und flambieren. Die Krabben im Mörser zerstoßen, mit einer Flasche trockenem Cidre begießen. Mit Salz, Chilischoten, schwarzem Pfeffer, Cayennepfeffer und Curry würzen, 2 Tomaten, Thymian und Lorbeerblätter hinzufügen. 20 Minuten auf kleiner Flamme köcheln lassen.

Den Fond durchseihen. Den Hummerrogen hinzugeben und 20 Minuten im Fond kochen. Vor dem Servieren mit 2 Löffeln Sahne verfeinern.

Dieses aufwendige Gericht ist ausschließlich jenen Gästen vorbehalten, die es zu würdigen wissen!

7. August

Ich lese noch einmal meine Fischereilogbücher ... Seit 1977 kommen wir nach Irland: zwanzig Jahre! Paul und ich fahnden nach unseren Besuchern: Mitterrand im Jahr 1988, Michèle Manceaux und Marcus, Nelly Kaplan, Régis Debray, die Badinters, Maurice Werther, die Salzmanns und natürlich Flora und Bernard. Und die drei Mädchen mit ihren Ehemännern und Kindern.

Mir fällt auf, dass Kurt ein paar Mal in der zweiten Augusthälfte hier war. »Und da hast du mich immer nach Paris zurückgeschickt«, sagt Paul und glaubt auch noch, dass es so war. Aber er ist stets wegen seiner Arbeit Mitte August zurückgefahren – als Berater im Kulturministerium oder Mitglied der Medienaufsicht usw. Ich habe ihn kein einziges Mal »davongejagt«!

Nach seiner Abreise war ich dann Chefin an Bord und zuständig für den Motor. Das hat er ganz vergessen. Lieber macht er sich vor, dass ich ohne ihn nichts zustande bringe.

Da wird mir klar, dass ich mein Leben ab einem bestimmten Zeitpunkt hervorragend gestaltet habe.

8. August

Heute Morgen hatte ich beschlossen, ein paar Tage lang keinen Alkohol zu trinken. Paul und ich leeren binnen drei Tagen ganze Flaschen Ricard und Whiskey, dazu selbstverständlich noch Wein. Weil ich aber triefnass vom Fischen zurückgekommen bin, und völlig gerädert vom Rudern gegen den Wind, habe ich mir dann doch einen Wodka gegönnt, um mich aufzuwärmen und mein inneres Feuer wieder anzuzünden.

10. August

Wahrscheinlich braucht jeder Mensch ab und zu einen richtigen Kick und schreckt dann vor keiner Verrücktheit zurück. Wie Paul, der heute Morgen unbedingt rausfahren musste, obwohl ein stürmischer Landwind wehte, der gefährlich werden kann, wenn der Motor ausfällt. Zu allem Übel verfing sich auch noch eine Plastiktüte in der Schraube und blockierte sie plötzlich. Es hat uns einige Mühe gekostet, aus diesem Schlamassel herauszukommen. Jetzt räumt er ein, dass es vielleicht keine gute Idee war …

Gestern ist Jean-Claude mit Arthur zum Abendessen gekommen, damit der Junge hier schläft und der Hölle entkommt, die er zu Hause gerade durchlebt. Josephine ist für drei Tage nach Dublin gereist, sodass Jean-Claude allein mit Julien zurechtkommen muss, dem fünfzehnjährigen Sohn von Josephine und Maurice Ronet, der jetzt schon säuft und von allen Gymnasien in Dublin verwiesen wurde. Zurzeit wiederholt er in Waterville zum zweiten Mal die neunte Klasse … sein letztes obligatorisches Schuljahr. Danach kann er sich dank des Geldes von Opa Chaplin auf die faule Haut legen.

Irres Land: Als ich heute Morgen um 7 – nach einer Gewitternacht voller Donner, Blitze und Regen – die Vorhänge aufziehe, prallt mein Blick gegen eine dichte

Nebelwand. Das Barometer steht sehr tief. Die Vorhersage könnte düsterer nicht sein. Wir legen uns wieder hin. Um 8 packt uns das schlechte Gewissen, wir stehen auf: nasse Sonne, aber Hauptsache Sonne! Wir fahren mit Jean-Claude und Arthur raus. Die See ist nur leicht bewegt, und es ist warm! 250 Gramm Felsengarnelen, 8 Pollacks, 6 Makrelen. Ein heiterer Vormittag. Um 14 Uhr: Badeanzug. Doch kaum sitze ich im Liegestuhl, zieht sich der Himmel wieder komplett zu.

11. August

Die Fahnen von *Leben heißt frei sein* erhalten: viele Korrekturen, die ich auf drei Seiten aufgelistet habe. Der Einzige, der einen Blick für das Wesentliche hat, ist Jean-Claude Fasquelle. Seine Vorschläge waren alle klug und treffend. Auch wenn ich zunächst seine Einwände gegen meine feministischen Aussagen im Vorwort entkräften musste! Der Text auf der U4 stammt von Josyane Savigneau. Nicht schlecht. Aber sie hat sich nicht bei mir gemeldet. Was für eine schroffe Person! Von ihr darf man sich keinerlei Unterstützung erhoffen. Zum Glück hatte ich auch keine nötig.

16. August

Verblüffung am Morgen: Als ich um 7 die Vorhänge aufziehe, sind die Scheiben vor Kälte beschlagen. Dahinter verbirgt sich jedoch ein durchgehend blauer Himmel, der erste in diesem Sommer.

Wir fahren ganz schnell raus, weil ich um 9 Uhr 30

meine sakrosankte Verabredung mit der ersten Springflut habe. Ich rechne mit einem guten Kilo Felsengarnelen. Auch wenn Paul die Schwelle zur Unverträglichkeit erreicht hat und ich kurz vor einer Überdosis stehe. Zwar kein Ödem, aber ein Unbehagen, ein leichtes Unwohlsein ... Zum Glück habe ich keine Hummerunverträglichkeit. Heute Morgen haben wir wieder einen gefangen!

19. August

Regen, *drizzle*, grauer Himmel. Allein der Gedanke, mich wieder in eine Neufundlandfischerin zu verwandeln, während meine Kluft nach der Springflut noch feucht und steif vor Salz ist, deprimierte mich. Ja, Irland tut meinem Gemüt nicht gut. Außerdem lese ich das großartige und schaurige Buch von Frank McCourt, *Die Asche meiner Mutter*, das zu meiner Abscheu beiträgt. Alle großen irischen Schriftsteller haben ihre Heimat verlassen, um sie von fern zu vergöttern: Joyce, Beckett, Shaw, Wilde ...

Irland würde mich fertigmachen, wenn ich hier bliebe ... Die Entzündung meiner Gelenke würde mir irgendwann bestimmt das Blut vergiften. Außerdem bekommt die Seele ja auch Rheuma, bei diesem Dauertief. Ich habe nicht den geringsten Appetit – ich esse mit dem Kopf – und vor allem keinerlei Kraft. Heute Abend bin ich sogar deprimiert. Kurz gesagt: Ich schnappe langsam über. Währenddessen prasselt der Regen gegen die Dachfenster.

Neuigkeiten von Blandine, die mit ihrem Patrick in

Hyères ist, unter unveränderlich blauem Himmel, wie sie es mag. Nicole erzählt mir, dass sie blendend aussieht, in einem Fähnchen von Alaïa und durch diese ganz neue Liebe euphorisiert! Ich weiß noch nicht so recht, was ich von diesem Patrick Butor halten soll: gutaussehend, gepflegt, Absolvent der ENA. Blandine raubt ihm bestimmt den Atem, sie verkündet ja gern, dass sie lieber einer Nutte gleicht als einer Dame: »Alles, bloß keine Dame!«

20. August

Seltsam, wie beständig die Verhaltensmuster bei einem Paar sind. Hört man denn nie auf, den anderen für seine »Schuld« büßen zu lassen? Paul ist auf die Springfluten eifersüchtig. Dabei war ich um 13 Uhr schon wieder zu Hause, durchnässt und gerädert, und das Mittagessen war noch nicht fertig, der Tisch nicht gedeckt.

In zwei Tagen reisen wir ab. Und wie jedes Jahr verlassen wir Irland nicht, wir fliehen!

1998

25. Juli

Im *drizzle* angekommen, wie üblich.

Heute Morgen gleich zum Gezeitenfischen, Koeffizient nur 86, für eine erste Kontaktaufnahme reichte es aber. 800 Gramm Felsengarnelen. Für dieses Jahr sage ich viele Garnelen voraus!

Abendessen bei Josephine: zehn Hummer aufgetischt, aber weder Brot noch Butter, wie üblich.

Als wir nach Hause kamen, entdeckten wir auf unserer Wiese eine Kuhherde – wir hatten das Törchen offengelassen. Mit Hilfe eines Besens und eines Keschers haben wir sie schließlich vertrieben.

27. Juli

Das Thermometer an der Südseite zeigt 14° an, das an der Garage 10°. Die Schwalben sind noch in ihrem Nest, über dem Besenschrank in der Ecke, ein paar Meter von ihrem früheren Nistplatz entfernt. Wir scheuchen sie auf, aber sie lassen ihre Kleinen, die noch nicht flügge sind, nicht zurück.

Starker Westwind, ich fahre zum Fischen nach Reen, warte aber voller Ungeduld auf die herrliche

Woche vom 10. August, die besonders hohe Fluten verheißt.

Die *Ptite Poule* lassen wir morgen zu Wasser, wenn das Wetter gut genug ist. Wieder fürchte ich mich davor, vom Tabur aus in das große Boot zu steigen. Allen anderen Aufgaben fühle ich mich gewachsen.

Heute Abend zwei Stunden mit Lockenwicklern verbracht, um die zwei Stunden mit Wollmütze wettzumachen, die alles geplättet hatten. Das Ergebnis ist mehr als zufriedenstellend, weil es draußen aber nieselt, werde ich mich hüten, die bretonische Fahne zu holen, die gestern Abend von den Kühen zertrampelt wurde.

28. Juli

Gestern ging es mir nicht so gut, ich befürchtete schon eine allergische Reaktion auf die Garnelen und Hummer, die ich bei Josephine gegessen hatte. Aber dann wurde Paul, der so gut wie keine Garnelen zu sich genommen hatte, die ganze Nacht von einem merkwürdigen Symptom geplagt: Er hatte solche Blähungen, dass er praktisch schwebte. Die ganze Nacht ist er bloß wegen seiner Darmgase aufs Klo gerannt.

Und so haben wir gestern nur mittags die schöne Forelle gegessen, die Arthur im See geangelt hatte. Abends konnte Paul gar nichts mehr essen. Es muss an der Forelle gelegen haben. Ich bin sicher, dass heutzutage so manches Tier an Umweltvergiftung leidet, egal, ob im Wasser oder an Land, und die Vergiftung weitergibt, wenn es verzehrt wird.

Um 18 Uhr war das Licht unbeschreiblich, es gehörte weder dem Tag noch dem Abend an. So muss das Licht auf diesen in Wasserdampf gehüllten Planeten gewesen sein, bevor die Sonne erschaffen wurde.

Heute Morgen um sieben wieder dieses fahle Licht. Heftiger Nordwestwind und *drizzle*. Sogar unsere Schwalben bleiben im Nest. Ihre Köpfchen werden täglich größer und ihre Federn sprießen nach allen Seiten.

Ich koche für die Tiefkühltruhe: eine Garnelensuppe und drei Dutzend gefüllte Teppichmuscheln.

Gestern hat Paul vorgeschlagen, dass wir die *Ptite Poule* zu ihrem Ankerplatz bringen … Konkret würde das bedeuten, dass ich das Boot an seinem Ankerklotz vertäue, um dann aus der Ferne mit anzusehen, wie es vollgeregnet wird. »Aber ich bin doch nur in Irland, um mit dir zum Fischen rauszufahren.« Stimmt, sonst hat Paul hier nichts mehr, was ihm Freude macht, weder Gezeitenfischen noch Spaziergänge oder den Genuss von Meeresfrüchten. Nicht mal einer Strandschnecke.

29. Juli

Den ganzen Tag nicht das kleinste bisschen Licht. Die *Ptite Poule* befindet sich immer noch im Garten und ist voller Wasser. Die Schwälbchen sind nach vierundzwanzig Stunden Erkundung der grausamen Außenwelt in ihr Nest zurückgekehrt. Nachts sind es 12°!

30. Juli

Starker, eisiger Wind aus West-Nordwesten. Morgens 11°.

Alles ist triefnass, aber es regnet immerhin nicht. Ich kleide mich winterlich: Wollhose und dicke graugrüne Strickjacke mit Zopfmuster. Dazu ein Unterhemd aus Wolle und Seide, das müsste reichen.

Die *Ptite Poule* ist immer noch auf der Wiese, sie hat sich in eine Badewanne voller Wasser verwandelt.

Allein der Gedanke rauszufahren lässt mich erschauern: Ich müsste mich als Fischerin von den Faröern verkleiden, die schweren Fangkörbe zur Rampe tragen, die *Ptite Poule* mit dem Anhänger zum Hafen fahren ... Frank ist in Dublin und wird für zwei Wochen nach Kanada reisen. Wir fühlen uns im Stich gelassen! Wir haben es nicht mal geschafft, den schweren Johnson-Motor aus dem Kofferraum zu holen. Ich möchte keinen Hexenschuss und Paul keinen Herzinfarkt riskieren. Mark, der uns gestern den Rasen gemäht hat, plagen wieder Rückenschmerzen, ich habe mich nicht getraut, ihn wegen des Motors um Hilfe zu bitten.

Ich konnte nicht mal auf den Felsen Pflanzen sammeln: Der Weg ist zum Sumpf geraten.

Im Haus hingegen bleibt es gemütlich, dank Wärmerückgewinnung: mittags das Torffeuer angemacht.

31. Juli

Mamestra! Ich liebe diesen Ausdruck, den mein Vater benutzte, wenn alles im Argen lag. Heute Morgen heftige, eisige Böen. Starke Schauer. Aber ein schönes Licht.

Wir sind nach Kenmare gefahren, das uns früher mit seinen bunten Häusern und Schaufenstern voller Souvenirs geblendet hatte, und waren entsetzt. Überall derselbe Schund: scheußliche Pullis, Plüschschafe, deren Fell sich bereits auflöste etc.

Die langen Abende kann man nur schön eingekuschelt und mit den nötigen Mengen Alkohol zu Hause verbringen. Selbst unsere Schwalben fliegen gegen 17 Uhr heim.

1. August

Mamestra! 10° und Nordwind, also kalt. Ich versuche, meine Halsschmerzen mit einem Biquinol-Zäpfchen zu bekämpfen, dessen Mindesthaltbarkeitsdatum angeblich seit 1990 überschritten ist. Kampfer und Bismut halten aber ewig!

Regen ist hier kein Regen, sondern nasse Luft.

Als Titel für mein nächstes Buch schlägt mir Paul vor: *Ich hatte ein Haus in Irland ...*

Zum ersten Mal in sechs Jahren hat unser Schweizer seinen Aufenthalt abgebrochen und sein Boot abgetakelt. Auf der Fähre waren noch Plätze frei, sodass er sein Ticket umbuchen konnte. Er hielt es einfach nicht mehr aus: Die See war zu grob, in seiner Kajüte war es zu kalt. Seine Reusen hatte er nur zweimal ausgelegt.

Ich wäre auch versucht, nach den starken Gezeiten vom 7. bis 13. August eine Woche früher als vorgesehen abzureisen, sollte Mo nicht wie geplant herkommen.

2. August

Im Schlafzimmer den Heizlüfter angemacht und den Heizstrahler im Bad, während die Heizung im Wohnzimmer kaum Wärme erzeugt.

In den letzten Wochen dachte Paul ernsthaft darüber nach, sich einen Gehstock zuzulegen! Ich sprach mich mit aller Entschiedenheit dagegen aus: Wenn man sich einmal einen Stock zulegt, legt man ihn nicht mehr aus der Hand. Aber dann hat er in Killarney einen entdeckt, dessen Griff aus Ziegenbockhorn besteht, und ihn prompt gekauft. Innerhalb eines Tages hat er sich in einen alten englischen Landlord verwandelt und schwingt drohend seinen Stock. Er erinnert an diese böswilligen Greise, die einem ein Bein stellen. Dieser Stock ist so albern, dass ich hoffe, Paul wird ihn hier zurücklassen. Ich ahne jedoch, dass wir auch in Hyères einen Stock beherbergen werden.

5. August

Abendessen im Huntsman, auf Einladung von Josephine. Inzwischen sind die Speisen dort ungenießbar. Paul hat sein büffelhartes Kalbssteak liegenlassen. Meine drei großen gefüllten Austern waren zäh wie Reifen, die mit Lachs gefüllten Seezungenröllchen einfach nur widerlich.

6. August

Bei schlechtester Sicht zwei Reusen ausgelegt. Die Fangkörbe von David beäugt, der Mistkerl hatte all unsere gewohnten Stellen besetzt: voll von herrlichen Garnelen. Grrr!

Verdammt hart, von heute auf morgen wieder die Ruder in die Hand zu nehmen und auf allen vieren im Tabur kauernd die Reusen einzuholen.

8. August

Bei grauem Himmel aufgewacht, gegen elf verzog sich der Nebel, wenn auch nur widerwillig. Heute Nachmittag endlich den Badeanzug und die Sandalen ausgepackt.

Abends übergießt ein greller Mond das Meer mit Quecksilber. Freude über den Sommer, auf den wir so lange warten mussten.

9. August

Heute Morgen konnten wir noch daran glauben. Um 8.30 Uhr mit der *Ptite Poule* rausgefahren: 200 Gramm Felsengarnelen.

Danach sind wir nach Reen gefahren: Koeffizient 100. Die Diagnose ist eindeutig: keine Spur mehr von dem schönen braunen Palmentang. Überall hat ein durchscheinend beiger Schaum die Algen erstickt. Für mich liegt auf der Hand, dass es mit der benachbarten Lachsfarm in Castel Cove zu tun hat. Dieser Ort hat seine Reinheit, seinen Zauber, seinen Reichtum verloren. *Ich hatte ein Haus in Irland …*

Ich setzte Paul am mittleren Strandabschnitt ab, dort, wo der Zugang noch am bequemsten ist. Er stieg aus, ohne irgendetwas mitzunehmen, weder den Bootshaken noch den Hummer- oder Anglerkorb. Ich parkte das Auto und ging zum Ankerplatz. Dort sah ich Paul auf allen vieren im Sand hocken. Er streckte mir den Arm entgegen, und mir krampfte sich das Herz zusammen: wieder ein Sturz, wieder eine Verstauchung. Ich half ihm auf. Nichts passiert, er war nur über einen Felsen gestolpert, aber jeder Sturz macht ihn noch ein bisschen anfälliger. Er konnte das Bein nicht mehr aus dem Stand vom Strand in unser Beiboot schwingen, ich musste es für ihn anheben und über Bord hieven, dito das andere.

Die Leere unserer Tage ist schwindelerregend: In Waterville bekommt man keine französischen Zeitungen mehr, am 20. Juli hatte ich zwar *Le Monde* abonniert, der Versand hat aber noch nicht eingesetzt. Paul interessiert sich ohnehin nicht mehr für die Nachrichten. Bis auf die des Seewetterdienstes.

Zum Glück habe ich diesen Besuch bei den Déons und den Joannons organisiert. Paul war hocherfreut, weil uns die zwei Wochen abscheulichen Wetters schwer zugesetzt haben. In Doëlan langweile ich mich nie, selbst wenn ich nicht rauskomme, denn ich habe dort einen richtigen Garten! Hier konnte ich binnen 48 Stunden beobachten, wie unsere einzige, herrlich rosig-weiß getönte Rose an der Frontseite allmählich zerfiel.

11. August

Gestern Nachmittag ist der Deckel über Irland zugeklappt ... Und ich habe einen Strauß aus diesen violett-orange-weißen Blumen gepflückt, die so üppig im Kies sprießen, zwischen Kühlschrankwrack und Bootskadaver.

Paul besteht darauf, aufs Meer hinauszufahren. Wenn man nicht fischt, empfindet man nur noch die Trostlosigkeit der Umgebung und des Himmels darüber ... Ich fahre aus Gewohnheit mit. Das Meer ist nicht schön, voller Schaumspuren von dubioser Herkunft. Wenn wir Pollacks fangen, was sicher der Fall sein wird, muss ich sie dann zu allen Mahlzeiten allein essen.

Bin trotz allem nach Reen gefahren – ein Muss bei Koeffizient 102 –, um meinen Tümpel mit den Seeigeln aufzusuchen: 18 Prachtexemplare gefangen, danach 800 Gramm Garnelen.

Paul kam mir entgegen, mit seinem neuen Spazierstock ausstaffiert. So geht er noch langsamer und gebeugter. Man könnte schwören, ihm wäre gerade eine künstliche Hüfte eingesetzt worden. Andererseits wirkt es so, als hätte er diesen Stock schon immer dabeigehabt.

12. August

Heute Nacht gehustet wie eine alte Asthmatikerin. Ich habe mich erkältet, weil ich das Meerwasser spüren wollte und deswegen beim Fischen in Reen auf meine

Wattstiefel verzichtet hatte. Anderthalb Stunden bei einer Wassertemperatur von 14, 15° … Die Kälte habe ich nicht gespürt, aber sie ist mir offenbar in die Knochen gedrungen. Und jetzt habe ich wieder Bronchitis. Bleicher Teint, triste Haut, irisches Haar: Ich sehe zum Fürchten aus.

13. August

Endlich ein »normaler« Tag: nicht sehr schön, nicht warm, aber erträglich. Zwei Hummer gefangen, der eine 300 Gramm schwer, der andere 850!

14. August

Paul sehr müde, ich immer noch schwer erkältet. Wir mussten mit eingeschalteten Scheinwerfern nach Waterville fahren.

Danach ist Paul krank geworden, aber so richtig. Kortison und Antibiotika hervorgekramt.

16. August

Wie schade, dass man hier nie mit nackten Armen aus dem Haus gehen und sich wohlig in der Sonne strecken kann.

Paul war »spazieren«. Während ich in Caherdaniel war, ist er zur Rampe hinunter und dann wieder hinaufgegangen. Er freut sich, dass er wieder Lust hatte zu gehen.

Mir geht es dafür sehr schlecht: Ich huste, als hätte

ich ein Leben lang geraucht. Nachmittags dann diverse Beschwerden: Schweißausbrüche, Erschöpfung. Daran ist wohl der *Palaemon Serratus* (Sägegarnele) schuld. Mittags hatte ich noch raue Mengen davon gegessen. Gegen 18 Uhr waren die Beschwerden auf einmal weg, wahrscheinlich hatte ich alles verdaut. Bis zu unserer Abreise werde ich keine mehr essen, obwohl sie sich gerade prächtig entwickeln.

Ich nehme wieder meinen Hustensaft ein. Daran ist nicht mehr zu rütteln: Ich bin empfindlich geworden, gegen Kälte, gegen Hitze, anfällig für schlechte Laune, ja sogar für den Blues ... Bisher konnte ich das alles ausblenden, was aber ständig Anstrengung verlangt. Jedenfalls in diesem Sommer. Ist diese Müdigkeit etwa eine Krankheit? Oder Zeichen für etwas anderes?

18. August

8 Uhr morgens – das, womit wir nicht mehr gerechnet, dessen Existenz wir völlig vergessen hatten ... am Himmel zeigt sich nichts als Azurblau, blass, als schämte er sich noch seiner Blöße. Keine Wolke dräut, weder im Norden oder Süden, Osten oder Westen.

19. August

Natürlich hat die Aufheiterung nur einen Tag vorgehalten. Und ich konnte diese schwache Sonne nicht einmal auskosten, denn sie wurde von einem unsichtbaren Dunst ihrer Wärme beraubt.

Heute Morgen wurden wir am Strand von einem

starken *drizzle* empfangen, als wir die Flut abwarteten, um unsere *Ptite Poule* flottzumachen. Wir hatten beschlossen, alle fünf Fangkörbe auf einmal zu holen.

Zum ersten Mal sahen wir am Kai ein Auto der Garda. Mit unseren beiden Hummern und fünf Fangkörben sind wir lieber noch eine Weile im Regen kreuz und quer gelaufen, bis ihr Auto weg war.

21. August

Dieses Klima greift meine Lungen an, nur in Frankreich werde ich wieder gesund werden. Paul hat allerdings gehört, dass die Bretagne in drei Tagen von Turbulenzen heimgesucht wird: Ende des Sommers. Genau wie im letzten Jahr, als wir bei Regen in Roscoff einliefen!

Gegen 18 Uhr wurde aus den Böen ein Südweststurm mit sintflutartigen Regenfällen. Unmöglich, die *Ptite Poule* aus dem Wasser zu holen.

Damian Foxall ist heute Nacht über Bord gegangen, während der Einhand-Segelregatta des *Figaro*. Er wurde vom Rettungsschiff, das den Seglern folgte, aus dem Meer gefischt und zu seinem Boot zurückgebracht. Wie Tabarly trug er keine Sicherheitsleine und wäre ohne dieses Schiff ebenfalls ertrunken.

Im Lobster Arthur gelauscht, dem Sohn von Josephine; er spielte Banjo und Gitarre in einer kleinen Band, ohne Verstärker, sehr angenehm. Im Lauf des Abends kam eine junge Frau auf mich zu und fragte mich auf Französisch, ob ich wirklich Benoîte Groult sei. Einfach eine Geste der Bewunderung, mitten in einem irischen Pub. Natürlich war es eine Deutsche: Ich stehe immer noch auf der Bestsellerliste des *Spiegel*!

Letzter Tag vor der Abreise.

1999

13. August

Denise Bombardier ist gestern bei Regen angekommen, so laut und lärmend wie immer. Sie hat sofort gemerkt, dass die *Ptite Poule* nicht mehr an ihrem Ankerplatz war! Wir suchten überall und erfuhren schließlich, dass John sich das Boot »geborgt« hatte. Ohne uns Bescheid zu geben. Wenigstens braucht sich Paul nicht vorzuwerfen, dass er es zu nachlässig vertäut hat.

Denise neigt immer zu Extremen: Sie nimmt wahnsinnig viel Raum ein, ist ungeheuer rege – körperlich wie geistig – und zugleich so gefühlsduselig wie ein Backfisch. Als wir zusammen einkaufen gingen, forderte sie mich zum x-ten Mal auf, ihr von meiner ersten Begegnung mit Kurt zu erzählen: Ja genau, 1945 im Offiziersclub des Hôtel de Crillon. Damals behauptete er – und ich glaubte ihm auf's Wort –, schon auf den ersten Blick habe er gewusst, dass er mich sein Leben lang lieben würde.

Ihrer Ansicht nach war Kurt in Topform, als wir sie vor zwei Monaten in Montreal besuchten. Tatsächlich hat ihn die Bypass-OP wieder aufleben lassen, und es ist ihm nicht anzusehen, dass er Rückenschmerzen hat oder wie sich die Strahlen auf seine sexuelle Leistungsfähigkeit auswirken – die seine bedeutendste Fähigkeit war! Dank ihr hat er Dottie erobert, die Witwe eines alten Generals, die drei Kinder bekommen, aber bis dato noch nie Lust empfunden hatte. Welche Frau könnte Kurt widerstehen? Jedenfalls drängt Dottie ihn dazu, die neueste Methode gegen Impotenz anzuwenden: eine winzige, schmerzlose Injektion in den Penis, die eine Stunde lang für die perfekte Erektion sorgt. Maybe …

Dotties Existenz nimmt mir meine Schuldgefühle. So ist er weniger einsam und, so hoffe ich jedenfalls, weniger unglücklich.

15. August

Die üblichen Verhaltensmuster, über die ich mir die Haare raufe: Paul duldet immer weniger, dass ich zum Gezeitenfischen gehe. Gestern, an ihrem letzten Tag hier, war ich mit Denise in Derrynane. Wir kehrten so schnell wie möglich zurück, aber es war nichts vorbereitet, nicht einmal der Aperitif, mit dem wir unseren Fang genießen wollten. Gerädert, wie ich war, habe ich mich um alles gekümmert, während Denise ihre Koffer packte.

Beim Abschied brach sie in Tränen aus. Paul hatte sich bereits hingelegt, um jedem Gefühlsausbruch zu entgehen. Nach dem Tod ihrer Mutter hat Denise mich zu ihrer Ersatzmutter auserkoren. Aber ich habe schon drei Töchter und ein viertes, greises Kind, das anstrengendste und besitzergreifendste von allen!

16. August

Nach einem Tag mit starken Schauern wird es langsam besser. Wir haben zwei Pollacks, 300 Gramm Garnelen, eine Samtkrabbe und zu kleine Taschenkrebse gefangen. Offensichtlich schwindet sogar hier die Fülle. Es gibt nicht mehr so viele Algenarten wie am Anfang und weniger Krustentiere. Ob es an den Wasserskiläufern liegt? An den Raubzügen der Trawler, die einmal im Monat die komplette Bucht von Derrynane leerfischen und zwanzig Reusen auslegen? An der Lachsfarm?

Meine Arthrose hat ein Eigenleben entwickelt. Mit dem Knie geht es besser, weil ich einen Knieschoner trage, oft denke ich gar nicht mehr daran. In den Händen ist sie hingegen so schmerzhaft, dass ich sie keinen Augenblick vergesse! *Sei still, mein Schmerz, du musst nun leiser klagen …*

Wenn ich daran denke, was ich früher alles gestemmt habe! Zehn Jahre lang habe ich kiloweise Lippfische zerlegt und gepökelt, von allem anderen ganz zu schweigen. Ich war wie besessen! Aber ich hatte auch Nicole und Bernard an meiner Seite, oder Michèle und Olivier, oder Blandine und Alain, oder Lison und Serge … Oder Bernard, der inzwischen tot ist, und Flora, die noch schlimmer dran ist, von Alzheimer geplagt wie Mama. Sie wussten alle nicht, wie's richtig geht, aber sie waren so begeistert dabei und haben so gern gegessen, was das Meer hergibt. Jean-Pierre Vivet ist gestorben, Maurice Werther ebenfalls … Paul und ich sind die Letzten, die unserer Leidenschaft treu bleiben.

Unterdessen lassen es sich meine Töchter mit ihren Liebhabern in Hyères gutgehen, denn die Ehemänner, die wir mochten, sind nun Geschichte …

19. August

Immer noch kein Hummer in den Körben. Dafür gibt es wieder Samtkrabben und auch schöne Felsengarnelen. Ein Fangkorb war verschwunden, bis ich schließlich die rote Boje unter einem Tangteppich erspähte: Der Korb hatte sich in den Spaghettialgen verfangen. Ich traute mich nicht, ihn dort rauszuholen. Der Wind wehte uns auf die Felsen zu – was, wenn ich den Korb nicht zu fassen bekam? Oder der Motor wegen der Algen ins Stocken geriet? Paul sagte: »Lass es uns einmal versuchen.« Für heikle Manöver ist er immer zu haben. »Heiliger Beneteau, verschone uns!« So lautet jedes Mal unser Gebet, wenn wir in Schwierigkeiten stecken (unser Boot wurde von Beneteau erbaut). Und es hat auch diesmal gewirkt, ich konnte den Korb bergen!

Bei den anderen musste ich ebenfalls akrobatische Leistungen vollbringen, inzwischen sind sie mir zu schwer. Außerdem sind sie in keinem guten Zustand – genau wie wir. Wir bräuchten neue, die hier nirgendwo aufzutreiben sind. Im Übrigen glaube ich nicht, dass wir nächstes Jahr wiederkommen. Paul ist am Limit: Jede Reise strengt ihn so an, als hätte er den Himalaya überquert. Und ich leide mit, wenn ich ihn über den Kiesstrand eiern und in Zeitlupe, entsetzlich schnaufend, an Bord gehen sehe. Wenn wir heimkommen, sinkt er gleich ins Bett. Abends isst er nichts mehr.

Wir sind wirklich zwei gefährliche alte Irre! Paul wäre beinahe gegen einen nackten Felsen gerammt, der wegen des geringen Nipptidenhubs nicht freigelegt war und den ich unter fünfzig Zentimeter eindrucksvoll wirbelndem Wasser erspäht hatte. Ich rief: »Achtung, ein Felsen«, aber was hätten wir tun sollen, von der Anrufung des heiligen Beneteau und aller Meeresgottheiten abgesehen? Außerdem hatten wir Jean-Claude an Bord und zogen eine Angelschnur hinter uns her, die sich infolge der Zuckungen einer verstörten Makrele um die Schraube wickelte. Zum ersten Mal habe ich erlebt, dass Paul sich bei der Umfahrung eines Riffs in dieser Bucht verschätzt. Und warum? Weil er unbedingt angeben musste. Wenn er Publikum hat, fährt er schnell. Auch mit dem Auto. Hier wollte er beweisen, dass er stets Herr der Lage bleibt; Umsicht lässt einen alt erscheinen. Wir hätten alle drei dabei draufgehen können. Weit von der Küste entfernt, bei grober See. Meine Wattstiefel, die mir bis zur Brust reichen, würden mich in die Tiefe reißen, wenn sie sich mit Wasser füllten. Paul würde dank Schwimmweste nicht untergehen, ihm würde aber wegen des Kaltwasserschocks das Herz stehenbleiben. Und Jean-Claude??

20. August

Zweiter Schoißtag, Mutter Ubu! Wir sind nicht aufs Meer hinausgefahren. Vielleicht sind wir weniger masochistisch als vor zehn oder fünf Jahren …

Mein alter Pulli aus Kamelhaar ist so abgetragen, dass er nicht mehr wärmt. Das Kamel ist weg!

Ich sage mir: »Nicht viel los mit dir, heute Abend, ist sicher die Müdigkeit. Wenn du erst mal geschlafen hast, wirst du sein wie neu.« Es liegt aber nicht an der Müdigkeit, sondern am Alter. Und ob ich nun gut oder schlecht schlafe: Jede Nacht bringt mich meinem Tod näher, anstatt die Spuren des Alters zu tilgen.

21. August

Vor einem Jahr, im Grunde bis neunundsiebzig, konnte ich noch schummeln. Jetzt habe ich Neuland betreten. Ich habe eine Grenze überschritten, auch wenn ich noch ganz sorglos im wahren Leben herumstreife.

24. August

Paul hat inzwischen die Haltung eines Deserteurs: »Das müsste so gehen«, sagt er ständig, um sich jede zusätzliche Mühe zu sparen.

Wie gelingt es mir nur, meine Lebensenergie zu bewahren, wenn ich ihn jeden Morgen schon beim Frühstück zutiefst erschöpft sehe? Er schläft am Tisch ein, dann legt er sich wieder ins Bett. Das Schlimmste ist aber diese ausufernde Traurigkeit, besser gesagt diese krankhafte Willensschwäche, mangelnde Lebensfreude, dieses flächendeckende Desinteresse … Trotzdem hat er nicht die geringste Lust, Irland zu verkaufen und darauf zu verzichten, während ich mich durchaus frage, ob es nicht allmählich waghalsig ist, in unserem Alter vier Häuser und drei Gärten zu unterhalten. Paris ist natürlich ein Muss: Dort arbeiten wir, dort leben unsere Töchter und unsere Freunde, außerdem gibt es dort Kinos, Ausstellungen, Theater … Hyères haben wir bereits den Mädchen geschenkt, außerdem stehen darin viele Möbel meines Vaters. Und das Leben in diesem Haus ist so einfach und angenehm … An Doëlan hängt mein Herz. Irland ist mein Traum. Und das, was mir an Jugend bleibt.

25. August

Gestern Abend hat Paul mir gesagt, dass er sich seines schleichenden Verfalls mehr als bewusst ist und dieses übermächtige Schlafbedürfnis schmerzhafte Begleiterscheinungen hat, die Augen brennen, die Lider fallen von allein zu. »Das mache ich nicht mehr lange mit«, sagte er. Ich würde ihn so gern dazu bringen, sich der gleichen Behandlung zu unterziehen wie Adenauer oder der frühere Papst, einer Frischzellentherapie, die Sterbende weckt und ihnen wieder Lebenslust einflößt.

27. August

Scheißsüdwestwind, heute! Ade, bleiches Irland.

2000

30. Juli

Irland kommt seiner Legende gleich … Wenn es sich von seiner schlechten Seite zeigt. Gestern bei mildem Wetter und grau-blauem Himmel angekommen. Schon ab Kenmare waren die Scheibenwischer im Einsatz, je mehr wir uns Bunavalla näherten, desto heftiger wurde der Regen.

Heute Morgen meinen Kescher am Strand von Bunavalla ausprobiert: ein paar graue Krabben, klein. Danach entlang der Felsen und im Tang: viele mittelgroße Garnelen. Anschließend in Derrynane 200 Gramm schöne Sägegarnelen im mittleren Gezeitentümpel und 200 Gramm in den Felsen. Ein gutes Jahr für Krustentiere, überall wimmelt es davon. Doch kaum in Derrynane angekommen: Niesel. Und kaum unten: Regen. Ich hatte vergessen, dass Irland stets schlimmer ist als befürchtet, und nur meinen K-Way angezogen. Mit meiner irischen Zauselfrisur heimgekommen: ein Vormittag hatte gereicht!

1. August

Ich konnte Pauls wütende Reaktion nicht fassen, als ich gestern Abend von seinem Blasenkrebs sprach.

»Es war gar kein Krebs«, sagte er stur.

»Aber du hast doch das Gutachten des Chirurgen gelesen.«

»Ja eben. Da war die Rede von … die Bezeichnung ist mir entfallen. Von Krebs aber auf keinen Fall. Das hat mir Halimi übrigens bestätigt.«

Halimi hatte ihm erst nach dem Eingriff verraten, worum es wirklich ging, und ich war im Krankenhauszimmer dabei. Er hatte Paul angemerkt, dass dieser zu den Patienten zählte, die es NICHT so genau wissen wollen, und daher nur von »Tumor« gesprochen. Im Operationsbericht stand jedoch Karzinom, und wir wissen alle, was das bedeutet. Es machte mich sprachlos, dass Paul sich aufführte wie ein abergläubischer alter Bauer und sich gegen das Wort »Krebs« sträubte. Vor allem, weil das Ergebnis der Ablation hervorragend ist: Das befallene Gewebe wurde komplett entfernt. Auch ein Jahr danach war nichts mehr festzustellen. »Pass auf, was du sagst«, mahnte Paul. »Mir ist es sehr unangenehm, dass du von ›meinem‹ Krebs sprichst.« Ich habe dann den Mund gehalten. Warum sollte ich ihn mit der Wirklichkeit konfrontieren, wenn er lieber so leben möchte?

2. August

Der Sturm fing heute Nacht an, nach einem Tag mit dichtem Nebel. Um ihr Rettungsschiff zu finanzieren, hatten die Gemeinden auf Abbey Island ein Fest mit Feuerwek organisiert. Und so leicht lassen sich die Iren nicht vom Feiern abhalten! Um Mitternacht schreckten mich die Raketen aus dem Schlaf. Ich dachte zunächst, unser Stromzähler wäre explodiert, weil Sheila mich auf ein Problem mit der Heizung hingewiesen hatte. Und die Sicherungen in der Garage sind arg verrostet. Ich stellte mir vor, dass ein Kurzschluss gerade das Haus in Flammen aufgehen lässt. In solchen Momenten wird einem bewusst, dass man sich immer noch keinen Feuerlöscher zugelegt hat.

3. August

Die Schwalben nisten wieder in der Garage. Gestern Abend flogen sie vor Schreck in die Küche, als ich meine gefüllten Teppichmuscheln zur Tiefkühltruhe brachte. Ich fing die Vögel behutsam mit einem Geschirrtuch ein und trug sie hinaus.

Die Verschmutzung und Zerstörung unserer Umwelt ist mir immer sehr nahegegangen: Die radioaktiven Abfälle von La Hague, Schweinegülle, Hormonhühnchen. Für mich waren das aber bisher Schlagworte. Gestern musste ich mich den Tatsachen stellen. Schon letztes Jahr fiel mir auf, dass Reen mit beigem Schaum überzogen war. Unter dieser Decke, die alles Leben erstickte, gab es kaum Garnelen und keine einzige Alge mehr. Ich hatte das für eine einmalige Erscheinung gehalten. Gestern gab es in Reen nicht ganz so viel Schaum, aber ich konnte im ganzen Meeresbereich wieder keine einzige Alge entdecken.

Es war furchtbar windig und regnerisch. Bin dennoch mit 800 Gramm mittelgroßen Garnelen heimgekehrt. Außerdem habe ich zwei Dutzend Herz- und

Teppichmuscheln gefangen, die VIEL dicker waren als sonst. Beim Verkosten stellte ich fest, dass die kleinen sehr gut waren, während die dicken penetrant nach Jod schmeckten. Ihr Fleisch wich auch in seiner Beschaffenheit ab, weich, bläulich-trüb, leicht ekelerregend. Sie nehmen jetzt andere Nahrung auf, die Abfälle der Lachsfarm von Castelcove, und werden so zu Batteriemuscheln. Im naturbelassenen Paradies, das Reen einst war, hat die Flora bereits schwer gelitten, das gilt nun auch für den sesshaften Teil der Fauna. Garnelen und Samtkrabben bewegen sich ständig fort, da fallen die Veränderungen nicht so stark ins Gewicht.

Heute Morgen fahre ich nach Lamb's Island, wo der Sand unberührt ist, um nach richtigen Teppichmuscheln zu suchen.

4. August

Fabelhafter Fang: 1,5 Kilo Felsengarnelen in der Falle des Gezeitentümpels. Koeffizient 100, aber das Meer hatte sich stärker zurückgezogen als gestern bei 105.

Von einem holländischen Knirps, der unter den Steinen nach Krabben suchte, habe ich gelernt, wie man Kammmuscheln aufstöbert, und sieben köstliche gefangen. Für Josephine ein Kilo beinahe rote Sandgarnelen erbeutet. Und das alles bei peitschendem Wind, von drei heftigen Schauern begleitet. Bis mittags plötzlich für eine halbe Stunde Sonne und Wärme durchbrachen. Danach kehrte der *drizzle* zurück.

5. August

Es ist hart, im Spiegel zu erkennen, wie weit der Verfall fortgeschritten ist: das Material verschleißt. Der Hals ist kein schöner, straffer Stängel mehr, und die Haut an den Armen erinnert nicht mehr an das Blütenblatt einer Rose, sondern an das einer Nelke …

6. August

Ich kaufe den *Kerryman*, um einen Eindruck von den Immobilienpreisen zu bekommen, und stoße auf einen Riesenartikel über Charles Haughey – den ehemaligen Premierminister, den wir mit Mitterrand besucht hatten – und seinen verschwenderischen Ausgaben auf der Blasket-Insel: »Dort hat er viele Prominente empfangen, unter anderem den französischen Präsidenten François Mitterrand, der im nebligen Kerry schöne Momente verlebt hat, begleitet von seiner Geliebten, Madame Grimaud.« Ein Rechtschreibfehler, der mir hier den Ruf rettet!

Die Biografie von Paul zu Ende gelesen, die Gérard Jaeger verfasst hat und beim Verlag Pen Duick veröffentlichen konnte. Ziemlich konventionell, aber sehr fundiert, auch wenn sich viele Fehler eingeschlichen haben. Ich bin bei der Stange geblieben, weil die Lektüre ein seltsames Gefühl bei mir ausgelöst hat: Ich entdeckte die wahren (wahren?) Beweggründe und Antriebsfedern eines Mannes, bei dem ich bestimmte Seiten bewusst ausgeblendet hatte. Jetzt erscheint er mir noch viel fremder!

8. August

Kurt schickt mir ein Foto von sich auf Hawaii. Wie immer schrecklich angezogen: ausgeleiertes, billiges Poloshirt, unförmiger Blouson. Und er hat nicht mehr die Haltung, die prächtigen Schultern, den geraden Rücken, die von seiner Kleidung ablenkten. Dank seiner gewölbten Brust sah früher alles gut aus. Jetzt ist sein weißes Haar schütter, die Wangen hängen, seine Ohren sind riesig und die Augen winzig usw.

9. August

Immer noch keine Aufheiterung ... Bisher sind wir trotzdem jeden Tag hinausgefahren. Gestern Abend kam Südwestwind auf, dazu heftige Regengüsse. Heute Morgen haben wir noch hin und her überlegt. Aber selbst die Leidensfähigkeit von Plitsch und Platsch hat ihre Grenzen – wir entschieden uns gegen das Meer.

Lese gerade *Les amants de la liberté* (»Die Liebhaber der Freiheit«) über Sartre und Beauvoir, kein besonders interessantes Buch, dennoch fasziniert die Geschichte dieses fürchterlichen Paares ... Ich würde gern Schlüpfrigeres über die Geliebten erfahren: Olga, Wanda, Michelle Vian, Dolores natürlich, und die Eintagsfliegen. Die Liebesgeschichte zwischen Algren und Simone, die sie selbst in *Die Mandarins von Paris* erzählt, erinnert mich sehr an Kurt und an mich: Algren gehörte ihr mit Leib und Seele an, so wie Kurt mir, im Gegensatz zu Paul oder Sartre. Anne (Simones Alter Ego im Roman) fragt sich, ob man sie dafür bestrafen müsste, dass sie liebt, ohne ihr ganzes Leben hinzugeben. Sie wollte drei, vier Monate im Jahr mit ihrem Geliebten leben, aber er trennte sich von ihr und verkündete, er werde seine Exfrau wieder heiraten. Als Simone ihm ihre Freundschaft anbot, antwortete Algren, er könne ihr nichts Geringeres geben als Liebe. Ich kann mir so gut vorstellen, dass Kurt mir das Gleiche sagen würde, weil er zu keiner anderen Art von Beziehung in der Lage ist. Das jedoch mit weit über siebzig, während Algren damals vierundfünfzig war …

In dem Buch entpuppen sich Sartre und Beauvoir als seltsam unsympathisch, egoistisch und dermaßen vergeistigt, dass sie den Alltag, das Elend, die Ungerechtigkeit verkennen. Um das Proletariat nicht zu verraten und die Arbeiter von Billancourt nicht verzweifeln zu lassen, weigerte sich Sartre, Krawtschenko Glauben zu schenken …

Fast habe ich den Eindruck, Irland ließe sich alles Mögliche einfallen, um mich loszuwerden. Das Wetter ist schlimmer denn je. Keine Spur von Licht über dem Meer. Keine Freunde am Horizont, mit Ausnahme unserer lieben Chaplin-Gardins, die am 2. angekommen sind. Auch sie halten es hier bald nicht mehr aus und haben keine Besucher. Josephine nimmt mehr oder weniger haltlose junge Mädchen auf: ihre Nichte Tamara und ein paar Freundinnen, darunter die Tochter von Gégauf. Ihren Sohn Julien habe ich gestern in Waterville aus diesem dubiosen Laden namens *Hair Saloon* kommen sehen, mit knallrotem Meckischnitt. Da wird Josephine aber staunen!

10. August

Endlich ein erträglicher Tag. Waren lange auf dem Meer unterwegs, ohne dass es sich wirklich gelohnt hätte: nur 250 Gramm Felsengarnelen in zwei Reusen. Und ein schöner Pollack, ein Kilo schwer, denn ich zum Pökeln filetiert habe.

Post gibt es nur alle drei Tage. Wir sind wirklich wie Neugeborene mit gekappter Nabelschnur.

Madeleine Gagnon rief an, um mir zu sagen, dass sie mein Vorwort zu ihrem Buch *Les femmes et la guerre* (»Die Frauen und der Krieg«) großartig findet.

12. August

Gestern haben Paul und ich uns das allererste Mal auf See gestritten, ja richtig gefetzt. Na und? Wenn wir sterben, wird es auch zum ersten Mal sein. Dass man alt ist, bedeutet nicht zwangsläufig, dass alles immer beim Alten bleibt. Gestritten haben wir uns, weil Paul am zweiten Tag in Folge bewusst auf die Riffs zusteuerte, in der Brandung, und dafür unterschiedliche Vorwände fand. Dabei geht es ihm nur darum, sich männlich zu fühlen, weil er Risiken eingeht. Ich sagte ihm mehrmals, dass ich mich bei diesen kurzen Wellen vorne nicht auf den Beinen halten kann, er beschleunigte trotzdem. Und das nur, um einen dicken Pollack zu fangen. Wir haben ihn gefangen, 1,5 Kilo schwer, solche Pollacks findet man aber überall. Und ich weiß, dass ich nicht schnell genug bei den Rudern bin, wenn der Motor ausfällt oder sich in der Schraube Algen verfangen. Ich bin langsamer als früher, nicht mehr so wendig. Paul duldet meine Ängste nicht. »Vertraust du mir etwa nicht mehr?« Tatsächlich habe ich das blinde Vertrauen der letzten fünfzig Jahre inzwischen verloren. Letztes Jahr sind wir knapp an einem großen Felsen dicht unter der Wasseroberfläche vorbeigeschrammt, den Paul einfach vergessen hatte. »Das wirst du mir also bis in alle Ewigkeit vorhalten«, giftete er. Tja, ihm fehlt nun mal sowohl die körperliche Kraft als auch die Geistesgegenwart, um beim Steuern solche Risiken einzugehen. Das will er partout nicht einsehen. »Was kann ich denn dafür, dass du so ängstlich geworden bist?« Mag sein. Er allerdings ist tollkühn geworden. Ich habe ihm immer so geschmeichelt, ihn geschont, auf seine Eitelkeit und auf sein Selbstwertgefühl Rücksicht genommen, dass er aus allen Wolken fällt, wenn ich ihn infrage stelle. »Vor fünf Jahren hättest du das nicht gesagt.« Da hat er recht, aber wir sind in den letzten fünf Jahren nicht fitter geworden! Ich weiß sehr wohl, was bei mir nicht mehr geht. Und daher rührt meine Angst – aus dem, was ich nicht mehr zu leisten vermag. Ich darf aber KEINE Angst haben, denn das ist für ihn eine Beleidigung.

Diese Auseinandersetzung auf See bedeutet einen Bruch. Zum Glück ist das unser letzter Sommer in Irland. Ich ahne, dass er für Paul eine Niederlage ist, die endgültige Kapitulation vor dem Feind. Aber wie kann er übersehen, dass er nur aufgrund meiner Hartnäckigkeit und Beherztheit die Illusion wahren durfte, er würde noch navigieren?

13. August

Das Schlimmste an Irland ist, dass es mich hässlich macht! Gesicht und Beine büßen ihre Bräune ein, das Haar sieht aus wie ein Haufen Spinnweben, die Wangen sind so fahl wie der Himmel und die Langeweile. Jeden Morgen frage ich mich aufs Neue, wo die Wahrheit steckt: im Badezimmerspiegel, wo ich mir selbst Angst einjage, oder im Schlafzimmerspiegel, der ein sehr viel schmeichelhafteres Bild zeigt?

14. August

Gestern war ein bezaubernder Tag: sanfte Brise, Schäfchenwolken, dazwischen blitzendes Blau. Ich konnte eine Spazierfahrt mit dem Tabur unternehmen, um meine Garnelenreusen einzuholen. Paul war »todmüde« zu Hause geblieben. Sein Leben lang war er müde und lag so oft im Bett, um sich einer lustvollen Siesta hinzugeben … Das Alter verstärkt lediglich seine chronischen Symptome. Gestern hat er wieder Solupred eingenommen. Das Barometer steht sehr tief, die Feuchtigkeit beträgt eindrucksvolle 90 %. Paul fällt das Atmen schwer, aber er hat weder eine Erkältung noch Bronchitis. Es ist das letzte Mal, dass wir uns das hier antun, und dieser Gedanke gibt mir Halt.

15. August

Heute Morgen ist uns Irland ins Gesicht gesprungen, als ich die Vorhänge aufgezogen habe: Nebel, *drizzle*,

Nordostwind. Als wäre der gestrige Tag nur ein Versehen gewesen. Wir sind wacker zum Fischen hinausgefahren, in Wolle, Ölzeug und Wattstiefel verpackt, unserer täglichen Rüstung.

Je älter Paul wird, desto mehr raue Schuppen überziehen seine Hände und seinen Rücken, ganz nach dem Bild der großen Meerechse unserer Ursprünge.

Nach dem achtzigsten Lebensjahr hat das Leben nicht viel Neues zu bieten. Oder doch: Das Alter ist neu. Es ist jeden Tag wieder für eine Überraschung gut, meistens keine angenehme, das stimmt. Trotzdem tun sich erstaunliche Landschaften auf, oft wüstenartig, und am Ende interessiert man sich brennend für die Kleinigkeiten, die in dieser Wüste blühen!

»Sollte ich eines Tages zum Ende meines Lebens gelangen, was keineswegs erwiesen ist …« Zwei Zeilen aus einem Jugendgedicht von Paul, dessen Sinn sich mir jetzt komplett erschließt. Die vielen körperlichen Einschränkungen, seine Kurzatmigkeit und Abulie bedrücken ihn. Ihm macht alles so wenig Spaß, dass er sich einen Taschenkalender gekauft hat, der einer Weigerung gleichkommt, zu leben und Freunde zu haben. Ein ganzes Jahr als Faltblatt, eine halbe Zeile pro Tag.

So schwach und schläfrig ist Paul, dass er mir gestern sagte: »Von innen bin ich komplett zerstört. Ich halte mich nur dank der Fassade.« Ihm bleibt immerhin eine Nabelschnur: meine Wenigkeit, die sich nicht darum gerissen hat. Er sagt, Angst habe er nicht. Er sagt aber auch: »Ich nähere mich dem Tod.« Und dann hält er den Kopf gesenkt, die Augen halb geschlossen, vermutlich, um nicht daran zu denken.

21. August

Drei oder vier normale Tage, hier und da ein paar Tropfen, bei leuchtend blauem Himmel.

Die Luft ist eisig, die Sonne wärmt. Gestern war es besonders schön, aber wir haben den Tag im Auto verbracht, weil wir den Chaplins versprochen hatten, uns ihr Häuschen auf Valentia anzusehen. In Portmagee einen Miesmuschel-Pub besucht, in dem es gar keine Miesmuscheln gab! So habe ich den einzigen strandtauglichen Tag im ganzen Monat verpasst. Ich rase vor Wut, wie Dorothy Parker sagen würde, die ich vor so langer Zeit übersetzt habe und immer mit demselben Vergnügen wiederlese.

Diese Woche keinen Hummer gefangen, nach den vieren von letzter Woche. Dafür werden die Garnelen größer und vermehren sich: 500 Gramm heute Morgen. Um 14 Uhr nach Hause gekommen. Paul hatte schon gegessen, also war das Spülbecken voll mit schmutzigem Geschirr. Für mich hatte er nicht gedeckt. Immer diese ablehnende Haltung, wenn ich zum Gezeitenfischen gehe. Jetzt kann er endlich jubeln: Es sind die letzten Male. Und das ist auch gut so.

Es gibt da diese uralte Geste, bei der man jedes Mal das Gefühl hat, ein Leben zu schützen – wenn eine Bettdecke verrutscht ist und man sie wieder über den Schlafenden breitet. Dieses Gefühl, ihn so vor Kälte,

Dunkelheit, Raubtieren zu retten … Eine mütterliche Urgeste.

22. August

Plitsch und Platsch an ihren letzten Tagen als Küstenfischer in Irland …

Drei Wochen bei Wetterverhältnissen, die uns erschöpft, durchnässt und gerädert haben, die fast schon über unsere Kräfte gingen. Vor allem über die von Platsch! Diese irischen Ferien haben uns aber nicht nur körperlich erschöpft, sondern auch seelisch. Und wenn ich an die Anstrengungen denke, die mir in den verbleibenden acht Tagen unablässig bevorstehen … Erst recht, da Paul einen Hexenschuss hat: Er rührt keinen Finger mehr! Bekommt das Frühstück ans Bett serviert. Heute Morgen MUSS er allerdings hinausfahren, um unsere beiden Reusen auf hoher See einzuholen – heute ist sie wundersamerweise ruhig. Um die drei in der Bucht kümmere ich mich mit dem Tabur. Ich glaube, diese gemeinsamen Stunden im Boot sind der Grund, warum Paul mich noch liebt. Auf dem Meer, beim Fischen, lieben wir uns so, wie wir es im Bett nicht mehr tun.

Wir haben den Vorvertrag für den Verkauf unseres Hauses unterschrieben. Das ist eine Erleichterung, fast ein Anlass zum Frohlocken. Was nichts daran ändert, dass Irland in meinem Leben eine besondere Rolle spielt, nach Kercanic, wo ich die gleichen Fischereifreuden erlebt habe. In Doëlan gibt es nichts zu fischen, zum Glück habe ich dort meinen Garten und diese herrliche Aussicht. Der County Kerry kam wie gerufen, um mich mein Glück wieder voller Leidenschaft im Tang suchen zu lassen. Dieser Leidenschaft werde ich nie wieder frönen, auch wenn ich mir fest vornehme, wieder ein paar Gezeiten in Bunavalla mitzumachen. Meine Ausrüstung lasse ich komplett hier zurück.

Jetzt muss ich erst mal sämtliche Koffer allein packen, entscheiden, was wir mitnehmen und was nicht, schließlich alles ins Auto laden. Das Auto in Doëlan wieder entladen, um es eine Woche später erneut zu beladen und nach Paris zu fahren. Danach mit dem Autoreisezug nach Hyères, wo ich meine Lasten endlich abladen kann, als allererste Paul!

2001

6. Mai

Mit Blandine und Patrick für meinen letzten Irland-Besuch angereist. Es ist so traurig, diese Strecke ohne Paul zu fahren, nachdem wir sie so oft gemeinsam zurückgelegt haben.

Das Wetter? Irisch – irischer geht es nicht.

8. Mai

Zwar löse ich mich jetzt von diesem Land, aber ich werde es immer im Herzen tragen. Ein solches Eintauchen in der Natur ist sonst nicht möglich. Im Feld gegenüber tummeln sich rund zwanzig Kühe mit ihren lebenslustigen Kälbchen. Im Sumpf von Derrynane sind Zugvögel zu sehen, allein vor einem Hintergrund aus Sand und Binsen, der sich ins Unermessliche erstreckt.

Gestern habe ich mich in das Fotoalbum 1996–97 vertieft: Flora – man vergisst, wie fröhlich, wie lustig sie gewesen ist –, die mit Violette herumalbert. Blandine, erhaben und dabei noch so jung, wie Josephine. Paul, breit lächelnd ... All das unwiederbringlich Verlorene ist über mich hereingebrochen, und ich habe einen Teil der Nacht voller Bedauern verbracht, nicht, weil wir unser Haus verkauft haben, sondern weil die Ausstattung und die Schauspieler, die aus Bunavalla einen so heiteren, einzigartigen, aufregenden Ort gemacht hatten, verschwunden sind.

Wenigstens behält man uns hier in guter Erinnerung, man vermisst uns auch, wie mir alle bestätigen. Sämtliche Häuser bleiben uns offen. Wir seien keine Touristen, keine Fremden gewesen, sondern gehörten zur Gegend dazu. Das zu hören, bewegte mich sehr und öffnete die Schleusen der Rührung, die ich meistens fest verschlossen halte.

Mittags bin ich zu meinem Felsen am Strand von Derrynane geflitzt: 400 Gramm dicke Felsengarnelen, Teppichmuscheln und Strandschnecken. Ein Ire, natürlich stets in allen Meeresdingen bewandert, wollte mich entmutigen: »Es war bisher zu kalt, da gibt es nichts zu fischen.« Als ich ihm auf dem Rückweg meine Beute zeigte, war er baff. »Ach! Und jetzt erkenne ich Sie wieder – Sie sind doch Madame Guimard?«

In der Nähe der O'Connors habe ich fünf gerade erblühte Rhododendren gepflückt, außerdem fünf Zweige mit rosa-weißen Apfelblüten. Und ich habe beim Nachbarn von unten einen Aronstab geklaut!

9. Mai

Es bleibt herrlich hier! Laut Wetterbericht liegen die Temperaturen für diese Jahreszeit weit unter dem Durchschnitt, so verfeuern wir schon mittags Torf und Kohle, vor allem, um Blandine zu wärmen, die im Grunde nur den Süden mag.

Dafür ist uns großes Fischerglück beschert. Constance und Jean-Jacques, die gestern angekommen sind, fangen 40 richtig dicke, prall gefüllte Seeigel. Danach angeln wir am Deich einen Steinbutt von 500 Gramm. Und in Reen erbeutet Constance 800 Gramm Garnelen, ich 500 Gramm, außerdem ziemlich viele Venusmuscheln.

10. Mai

Heute Morgen suchte ich in Derrynane gezielt nach Kammmuscheln und entdeckte unter den Steinen gleich 8 Stück! Blandine fand weitere 10 im unübersichtlichen Durchgang zwischen Abbex und Lamb's. Danach mit Constance 2,3 Kilo Garnelen gefangen, davon 1 Kilo richtig schöne, mit noch weichem Panzer, weil die Weibchen gerade an der Küste ihre Eier abgeworfen haben.

Unterdessen hat Patrick, der hervorragend mit dem Kescher umgehen kann, für uns eine dicke, 2 Kilo schwere Seespinne ergattert! Und Constance noch eine kleine dazu.

Die dicke Seespinne war so zäh, dass die beiden Jungs an ihr unsere Nussknacker kaputtmachten. Man musste ihr schließlich mit dem Hammer zu Leibe rücken.

Morgen der erste Termin beim Notar. Ob ich Zeit zum Fischen finden werde? Und um das Haus zu räumen, die Bilder einzupacken, das Geschirr, die Lampen, die Bettwäsche usw.? Zergliederung. Entwurzelung …

12. Mai

Letzte Nacht in meinem irischen Zimmer, in meinem Bett, in dem Kurt und ich uns so oft geliebt haben, Paul und ich hingegen nie, wenn ich mich nicht irre, 1980 hatten wir längst damit aufgehört. Mein Kurt … der wohl am 2. Februar dieses Jahres gestorben ist, wie ich durch einen Brief weiß, seinen letzten Liebesbrief, dem Poststempel zufolge am 4. Februar abgeschickt. Er hatte seine Tochter gebeten, mir diesen Brief nach seinem Tod zu schicken. Ich werde nie erfahren, wie er gestorben ist, da sie mir nur den Brief hat zukommen lassen, den er bereits versiegelt und frankiert hatte, ohne das winzigste Begleitschreiben. Ich hoffe, ihm war ein schneller Tod vergönnt, er hatte ja solche Angst davor, gelähmt und auf seine weit entfernten Kinder angewiesen zu sein oder auf Dottie, seine letzte Gefährtin, die auch nicht bei ihm wohnte. Bestimmt ist sie fast genauso unglücklich wie ich. »Mein Herz trauert um mich selbst …« – ich weiß nicht mehr, welcher Dichter diesen Vers geschrieben hat. Tatsächlich trauere auch ich um mich selbst. Zum Glück haben wir mehr als ein »Selbst«, aber jetzt bin ich wie amputiert … Mir fehlt ein einzigartiger, unvergleichlicher Blick. Eine allumfassende Liebe, »without reservation«, wie er mir so oft geschrieben hat. Auch Paul liebt mich, ohne Vorbehalt, aber mit der Kraft der Verzweiflung. Bei Kurt war es einfach nur Verzweiflung, »of not belonging«. Fünfundfünfzig Jahre währte seine Liebe zu mir. Hätte er in den letzten Jahren keine Dottie gehabt, würde ich mich entsetzlich schuldig fühlen. Andererseits hätte ich alles, was ich Kurt geben wollte, Paul wegnehmen müssen, der nur noch meinetwegen existiert, seit er keiner Beschäftigung mehr nachgeht und seine Lebensfreude verloren hat. Paul kann sich gar nicht erlauben, noch mehr zu verlieren, so karg ist der Rest seines Seins, von dem er zehrt.

Diesen letzten Brief trage ich immer bei mir, in meiner Brieftasche, er ist so schön, und ich muss jedes Mal weinen, wenn ich ihn wiederlese.

Meine allerliebste Benoîte, ich wollte, dass Du diese Wörter, die ich so oft verwendet habe, noch einmal liest. Mein Herz, ganz und gar erfüllt von der Liebe zu Dir, ist jetzt still. Ich bin dem Leben dankbar, dass ich vor Dir gehen durfte, Liebste. Ohne Dich hätte ich es in dieser Welt nicht ausgehalten. Es wäre noch schlimmer gewesen als die Hölle, die ich in diesen Monaten und Jahren fern von Dir durchgemacht habe. Ich danke Dir noch einmal für das Glück, das Du mir geschenkt hast, für die Liebe, die Du erwidert hast. Sollte es eine andere Zeit, einen anderen Ort geben, meine Benoîte, möchte ich beides an Deiner Seite erleben. Ja? Ja, mein Schatz. Ich bitte alle um Vergebung, denen ich mit meiner vorbehaltlosen Liebe zu Dir wehgetan habe. Ich liebe Dich. Kurt.

2003

27. September

Bis zur letzten Minute vor der Abreise war ich nicht sicher, Hyères verlassen zu können. Paul, so schwach wie noch nie, wollte weiterhin nichts essen. Dr. Philip, der gestern Abend hier war, sagte: »Fahren Sie, Benoîte, sonst brechen Sie mir noch zusammen. Fahren Sie ruhig, ich kümmere mich um ihn.« Ruhig war ich zwar nicht, aber ich bin gefahren.

In Killarney erwartete mich der liebe Frank. Noch erstaunlicher: Mein Koffer war mitgekommen!

Anne-Marie, die neue Besitzerin, hat alles vom Dachboden heruntergetragen, wo zwei Jahre lang drei Taschen bereitstanden. Die Habseligkeiten, die wir zurückgelassen hatten: alte Klamotten zum Fischen, Wattstiefel, Ölzeug, zwei Reusen …

Das Wohnzimmer ockerbraun gestrichen, sogar die Decke, dazu ockerbraune Vorhänge! Das Naturholz kommt nicht mehr zur Geltung, der ganze Reiz dieses Raums ist verflogen. Im ganzen Haus sind die Möbel – Sofas, Betten, Sessel – mit scheußlichen, ebenfalls ockerbraunen »Überwürfen« aus Frotteevelours verhängt, vermutlich, um die grauenhafte beige Tapisserie mit ihren Schäferinnen und Hainbuchen zu schützen, die überdies verkehrt herum verarbeitet wurde, so hängen die Schäferinnen mit dem Kopf nach unten! Der ganze Charme ist weg, aber die Proportionen sind nach wie vor so schön und die Aussicht so atemberaubend, dass man trotzdem berückt ist.

Ich habe schnell eine der letzten, noch nicht verwelkten Hortensien und drei Heckenrosen neben dem Gatter gepflückt. Um mich wieder heimisch zu fühlen.

Die Wiese ist unverändert, aber dieser selbst hier fast glutheiße Sommer hat die Gärten verwandelt und den Bäumen, Fuchsien und anderen Sträuchern ein herkömmliches Äußeres verliehen. Dieses Jahr ist vom Leid der hiesigen Vegetation nichts zu merken. Vielleicht wird Irland zum größten Nutznießer der berüchtigten Erderwärmung werden.

Ich warte voller Ungeduld auf Constance und Jean-Jacques, die am späten Nachmittag mit der Fähre ankommen, samt Honda und irdischer Nahrung. Seit heute früh habe ich nur ein paar Kekse im Flugzeug gegessen. Meeresnahrung gibt es erst ab morgen!

28. September

Sie waren erst um 21 Uhr hier – die Fähre hatte eine Stunde Verspätung.

Schöner Tag, ein paar Minuten *drizzle* und drei Regenbögen auf einmal! Wir waren in Derrynane fischen, wo wir eine unangenehme Überraschung erlebten: Die beiden räuberischen Gérots waren vor uns da! Entsprechend mittelmäßig fiel unser Fang aus, immerhin 24 Seeigel für Jean-Jacques, viele Teppich- und Kammmuscheln.

Leider hatte sich auch der beige Schaum wieder ausgebreitet, der den (ohnehin verschwundenen) Tang erstickt und die Garnelen vertreibt. Meinem Fischereilogbuch von 2001 entnehme ich, dass wir damals je 2 Kilo gefangen hatten. Diesmal zusammen nur 500 Gramm. Aber Reen ist so schön!

29. September

Rückkehr nach Derrynane. *Drizzle*, grauer Himmel und vor allem ein gemeiner, kalter Nordostwind. 1,5 Kilo kleine Garnelen, für die Suppe.

Mit der Springflut kehren unwillkürlich die quälenden Fragen wieder: Ob ich zum letzten Mal den Kescher auswerfe, zum letzten Mal in meinem Leben? Das Wasser so klar wie einst. Gevatterin Garnele tummelt sich nah am Rand des Ufers, Gevatterin grüne Krabbe tut es ihr nach … Ich komme mir vor wie in den gemeinsamen Sommern mit Paul.

Mein Gott, war das schön, nicht alt zu sein, sich jederzeit auf sich selbst verlassen zu können.

30. September

Nach einer herrlichen Nacht voller Sterne, wie in den Tropen, ist der Himmel mediterran, aber dieser scharfe Nordostwind lässt nicht nach. Sean wird uns mit der *Ptite Poule*, die wir ihm verkauft haben, in die Bucht hinausfahren, damit wir die beiden Reusen auslegen. Das Meer ist glatt, ich müsste problemlos an Bord gelangen.

Morgens schleichen Constance und Jean-Jacques im Wohnzimmer herum, rauchen ihre erste Zigarette und husten.

Im Kunsthandwerksladen von Waterville Geschenke eingekauft. Um 14 Uhr kamen wir nach Hause, nach einem Bier im Scariff. Ich hatte Hunger, briet gleich die Lachsmedaillons an und machte einen Tomatensalat. »Es eilt doch nicht«, meinte Constance. Ich für meinen Teil hatte aber seit dem Frühstück um halb acht nichts mehr gegessen …

Constance schenkt sich einen Whiskey ein (dann einen zweiten), Jean-Jacques einen Pastis (dann einen zweiten). Sie möchten später essen. Meinetwegen. Danach wird Constance Siesta halten. Gestern hat sie mir gesagt: »Ich bin glücklich, Mama.« Es kommt selten vor, dass sie eine solche Bemerkung macht. Unter diesen Umständen ist es aber auch nicht schwer, glücklich zu sein. Mary kommt jeden Morgen zu uns, sodass keine Haushaltspflichten anfallen. Jean-Jacques übernimmt das Fahren, das Feuermachen, er öffnet die Meeresfrüchte, kocht die Strandschnecken. Constance geht es allerdings nicht gut, das Gehen fällt ihr schwer, und sie kann nicht mehr Boot fahren. Sie spürt ihre Beine nicht, ihre Hände, die auch nichts spüren, sind innen mit roten Striemen überzogen. Essen tut sie wie Paul, nämlich NICHTS. Und trinken tut sie auch wie er, nämlich VIEL.

Unseren Tabur hatten wir den Gérots geliehen, sie haben vergessen, uns die Ruder zurückzubringen.

Gestern Abend haben wir mit unseren beiden Reusen eine Stunde lang gewartet, bereit, sie auszulegen. Es kam aber niemand. Dabei spürte ich in mir genug Energie, um bis Iskaroon zu rudern, mit dem Hummerkorb und der Garnelenreuse ... Aber vielleicht wäre es mir auch zu viel geworden?

1. Oktober

Das Alter? Ein grausames Thema, weil man auf alle Fälle daran stirbt. Es ist eine Reise ohne Wiederkehr, und man rückt auf einer Terra Incognita vor. Nach einer überstandenen Krebserkrankung oder Deportation kann man von seinen Erfahrungen berichten, das Alter kann man aber erst vernünftig beschreiben, wenn man seine tiefsten Täler durchschritten hat. Dann ist es allerdings selbst so tief in einem vorgedrungen, dass man kaum mehr in der Lage ist, es in Begriffe zu fassen. Trotzdem wird es das Thema meines nächsten Buches! Ich will ein aufrüttelndes, sarkastisches Buch schreiben, das glücklich enden wird, weil meine Heldin selbst über ihr Ende befindet, wenn die Zeit gekommen ist.

Ich möchte so gern, dass sich meine Tochter nach meinem Tod weiterhin gegenseitig bei ihren Kosenamen nennen – Boudou, Zou und Toulou.

2. Oktober

In gewisser Hinsicht ist es unmöglich, mit Jean-Jacques und Constance zusammenzuwohnen: Das Radio läuft den ganzen Tag, danach der Fernseher, bis es Zeit wird, ins Bett zu gehen. Diese Bilder, die immerzu den Blick auf sich ziehen, ob man will oder nicht, während man sich unterhält oder auf der Ottomane döst, das Ganze auf Englisch oder Gälisch …

Ich frage mich, ob Constance nicht an Magersucht leidet, weil sie ihrem Vater nacheifert. Am Telefon sagte mir Paul: »Ich esse sehr wenig und sehr schlecht. Die Mahlzeiten sind eine Qual.« – »Trinkst du?« – »Ja, viel und gut.«

Constance schließt selbst nicht aus, dass die Angst vor dem baldigen Tod ihres Vaters sie nötigt, sich genauso zu verhalten wie er.

3. Oktober

Lange die Bilder aus glücklichen Zeiten betrachtet: Alle zeigen jemanden, der inzwischen tot ist. Kurt am 2. Februar 2001, dann Flora, die am 3. Juni an Herzversagen starb. Die Landschaft wird immer wüster. Flora lebt in unseren Gesprächen wieder auf, die Erinnerung an das schreckliche Wrack, das sie in ihren letzten Lebensjahren war, verblasst zugunsten der wahren Flora.

Denk ich zag … an die Zeit, die nun schon weit, und muss weinen …

4. Oktober

Ich gewöhne mich nur schwer an die Abwesenheit von Flora. Als sie starb, hat meine kleine Schwester einen großen Teil meiner Vergangenheit mitgenommen, und in meinem Alter erholt man sich kaum von einem solchen Verlust. Sie war der einzige Mensch, den ich in der Stunde meines Todes um mich herum geduldet hätte. Die Vorstellung, dass meine Liebsten mich sterben sehen, finde ich nämlich obszön. Nie wollte ich mir etwas anmerken lassen, wenn es mir nicht gutging, doch da werde ich mich nicht mehr dagegen verwahren können. Sie werden erleben, wie ich mich ergebe, den unerträglichen letzten Seufzer tue. Nur mit Flora hätte ich das nicht als Demütigung empfunden: Sie war eine Art Alter Ego.

5. Oktober

Das Haus, in dem ich stets so viel von mir zurückgelassen hatte, ist leer. Dafür ist der Honda zum Bersten voll! Constance und Jean-Jacques sind gerade losgefahren. Die beiden nicht mehr den ganzen Tag trinken und rauchen zu sehen bedeutet eine ungeheure Erleichterung. Von ihnen ging ein intensiver Geruch nach Tabak aus, der meinen armen Honda und das ganze Wohnzimmer erfüllte. Man konnte kaum atmen.

Immerhin hat Constance dann mehr gegessen, von Jean-Jacques unauffällig, aber fürsorglich begleitet.

Dr. Philip sagte mir, dass Pauls Blutdruck schon wieder gesunken ist. Die Nahrungsverweigerung schwächt ihn erheblich. Gestern Nacht ist er erneut aus dem Bett gefallen.

6. Oktober

Ich tänzle ein bisschen vor mich hin, allein im Wohnzimmer, und mir fallen all diese herrlichen Abende mit Kurt ein, an denen wir getanzt haben, weil er ein so guter Tanz- und ein so schlechter Gesprächspartner war. Diese Momente der Vor-Liebe und Nach-Liebe, die dafür sorgten, dass wir uns immer liebten. Mein Gott, war das schön mit ihm, der sich so rückhaltlos hingab. Mit dieser Leidenschaft, die um kein Jota nachließ, nie. Auch wenn er keine Ahnung hatte, was ein Jota ist!

7. Oktober

Ja, es war verrückt, total verrückt von Paul und mir, hierher zu kommen, ans Ende der Welt, und uns zu zwingen, auf diesem ungastlichen Meer zu navigieren, in dem so viele Schiffe untergegangen sind, von den Resten der Unbesiegbaren Armada bis zur Invasionsflotte des Generals Hoche vor der Bantry-Bucht. Da waren sich alle unsere Freunde einig.

Diese Freunde besuchten uns dann oft, um die grandiosen Landschaften zu entdecken und unsere wundersamen Fänge zu bestaunen. Zum Ende hin waren wir allerdings recht einsam. Selbst unsere Töchter kamen nicht mehr, sie hatten in ihrer Kindheit wohl zu viele Netze entwirrt und von Algen und toten Krabben gereinigt, um unsere Besessenheit noch lustvoll zu teilen und dabei dem oft so alarmierenden Wetterbericht zu lauschen. Aber ich fand mich damit ab, kämpfte ohne Unterlass, um mein Heidestückchen zum Blühen zu bringen, und hatte stets ein Buchprojekt dabei, so konnte ich am Fuß von Hügeln schreiben, die wilde Rhododendren rosa oder das Heidekraut lila färbten, mit Blick auf diese Bucht und ihre magischen Lichteffekte …

Heute frage ich mich, ob Paul mich in den letzten Jahren lediglich begleitet oder mehr daraus gezogen hat. Lange Zeit bin ich davon ausgegangen, dass er es ebenso genoss wie ich, jeden Tag bei Wind und Wetter aufs Meer hinauszufahren und die stets neue Schönheit des Tagesanbruchs auf sich wirken zu lassen. Dieses Meer, das wir so geliebt haben und das uns immer wieder zusammengebracht hat. Dieses Meer, auf dem wir den ersten Kuss getauscht haben, dem so viele folgen sollten. Ich habe übrigens oft davon geträumt, wie schön es wäre, zusammen an einer keltischen Klippe zu kentern und im »grünen Tang« zu versinken. Das sollte nicht sein. Paul ist ganz allein, ganz langsam in den bodenlosen Ozean des Alters eingesunken. Ob eine andere Frau, vielleicht diejenige, die er über Jahre (die mir wie eine Ewigkeit erschienen) geliebt hat, es vermocht hätte, ihn von diesem trägen Weggleiten abzuhalten? Gab es dagegen ein Mittel, eine Methode, die ich übersehen habe?

In Wahrheit glaube ich kaum, dass ihn in diesen letzten Jahren etwas anderes beglückt hat als mein eigenes Glück. Wenn man alt wird, stirbt man nicht nur an Krankheiten, man stirbt, weil man auf nichts mehr Lust hat.

Mittlerweile ist mir durchaus bewusst, dass der Tod

irgendwo in der Nähe lauert und zwischen seinen immerwachen Krokodilslidern nach Beute Ausschau hält. Woher kommt die Gnade, das gelegentlich zu vergessen? Welcher List ist zu verdanken, dass man die Schönheit dieser Welt, das Glück zu schreiben noch genießt, dass man sich jeden Morgen beim Aufwachen freut?

Diese Frage sollte man besser nicht ergründen. Ein Unglück ist so schnell passiert …